Die Geheimnisse von Pittsburgh

Michael Chabon

Die Geheimnisse von Pittsburgh

Roman

Aus dem Amerikanischen von
Denis Scheck

Kiepenheuer & Witsch

Titel der Originalausgabe
The Mysteries of Pittsburgh

Aus dem Amerikanischen von Denis Scheck

Umschlag Kalle Giese, Overath
Satz Froitzheim, Bonn
Druck und Bindearbeiten Mohndruck, Gütersloh
ISBN 3 462 01929 5

Für Lollie

Inhalt

Wie Diebe haben wir unter uns aufgeteilt
den Schatz der Tage und Nächte

– J. L. Borges

I

Im Fahrstuhl nach oben

Am Anfang des Sommers traf ich mich zum Mittagessen mit meinem Vater, dem Gangster, den seine undurchsichtigen Geschäfte übers Wochenende in die Stadt geführt hatten. Wir waren gerade am Ende einer Phase feindseliger Funkstille angelangt – ein Jahr hatte ich mit einem eigenartigen, zierlichen Mädchen verbracht, das er mit einer Direktheit und Wut, die ihm gar nicht ähnlich sahen, auf den ersten Blick verabscheut hatte; ich hatte sie geliebt und mit ihr zusammen in einem Apartment gelebt. Doch Claire war vorigen Monat ausgezogen. Weder mein Vater noch ich wußten, was wir mit unserer neuen Freiheit anfangen sollten.

»Heute morgen war ich bei Lenny Stern«, sagte er. »Er hat nach dir gefragt. Du erinnerst dich doch an deinen Onkel Lenny?«

»Klar.« Einen Augenblick dachte ich an Onkel Lenny, wie er vor Millionen von Jahren im Hinterzimmer seines Ramschladens im Hill District mit drei Sandwichhälften jongliert hatte.

Ich war nervös und trank mehr, als ich aß; mein Vater machte sich bedächtig über sein Steak her. Dann fragte er mich, wie meine Pläne für den Sommer aussähen, und im Überschwang irgendeines heftigen Gefühls sagte ich ungefähr in diesen Worten: Es ist Sommeranfang, und ich stehe in der Lobby eines Grandhotels mit tausend Stockwerken, wo eine meilenlange Liftreihe und eine endlose rote Schlange uniformierter Boys in Livreen mit goldenen Tressen darauf warten, mich nach oben zu bringen, hinauf, immer weiter hinauf, durch die Suiten von VIPs, Spionen und Starlets, auf schnellstem Wege zu dem Zeppelinmast auf der Art-deco-Kuppel, wo das riesige Luftschiff August vertäut liegt und in den starken Winden schlingert. Auf dem Weg zu der glänzenden Nadel auf der Spitze werde ich eine Menge Krawatten tragen, fünf oder sechs Meisterwerke auf 45 rpm kaufen und mich vielleicht zu oft dabei ertappen, wie ich auf das gebrochene Rückgrat einer Zitronenscheibe auf dem Grund eines Drinks starre. »Ich erwarte einen Sommer voll vertrödelter Mußestunden und spärlich bekleideter Frauen«, sagte ich.

Mein Vater meinte, daß ich überreizt sei und Claire einen unguten Einfluß auf meine Sprache genommen habe, aber etwas an seiner Miene verriet, daß er Verständnis hatte. Noch am gleichen Abend flog er nach Washington zurück, und am folgenden Tag suchte ich zum erstenmal seit Jahren wieder in der Zeitung nach irgendeinem grausigen Hinweis auf die Folgen seines Besuchs, aber natürlich stand nichts drin. So eine Art Gangster war er nicht.

Claire war am dreizehnten April ausgezogen und hatte außer sämtlichen Joni Mitchells die vollständige Aufnahme der Dialoge aus Zeffirellis *Romeo und Julia* mitgenommen, eine Kassette mit vier Platten, die sie auswendig konnte. Irgendwann gegen Ende des sex- und handlungslosen letzten Akts von *Art und Claire* hatte ich ihr gesagt, nach Ansicht meines Vaters leide sie an Dementia praecox. Mein Vater hatte großen Einfluß auf mich, und ich glaubte ihm aufs Wort. Später erzählte ich den Leuten, ich hätte mit einer Verrückten zusammengelebt und außerdem die Schnauze voll von *Romeo und Julia*.

Das letzte Semester meines Abschlußjahres auf dem College verstrich in einem wochenlangen Wechselbad aus Prüfungen und gefühlsduseligen Zechgelagen mit Professoren, bei denen mir – noch während ich ihnen die Hand schüttelte und sie zu einem Bier einlud – klar war, daß sie mir eigentlich nicht fehlen würden. Es stand jedoch noch eine letzte Hausarbeit über Freuds Briefe an Wilhelm Fliess aus, und wie ich feststellte, würde es mir nicht erspart bleiben, einen nervtötenden letzten Gang in die Bibliothek anzutreten, dem morschen Fundament meiner Ausbildung, dem weißen, geräuschlosen Allerheiligsten sämtlicher öden Sonntage, die ich damit verbracht hatte, die dürftigen Reize der Volkswirtschaftslehre auszukosten, meines trostlosen und zynischen Hauptfachs.

Daher bog ich eines Tages Anfang Juni um die Ecke des Betonbaus, hinter dem die marmorierte Treppe der Bibliothek lag. Während ich an den braunen Fenstern im Erdgeschoß entlangging, warf ich einen Blick auf mein Spiegelbild und begutachtete dessen Gang, Slipper und zerzaustes Haar. Dann hatte ich ein schlechtes Gewissen, denn mein Vater, der Amateurpsychologe, hatte mich bei unserem Mittagessen als »hartgesottenen Narzißten« bezeichnet und die Befürchtung geäußert, ich könnte zu einem »Schicksal unheilbarer Adoleszenz« verdammt sein. Ich sah weg.

So spät im Semester, das offiziell schon zu Ende war, hielten sich nur noch wenige Studenten in dem Gebäude auf. Hinter dem großen Ausleihschalter lungerten ein paar glotzäugige, unrasierte Hilfskräfte herum und starrten durch die riesigen getönten Fensterscheiben in die braune Sonne. Geräuschvoll klapperte ich in meinen Slippern über den Fliesenboden. Als ich den Aufzug zur Freud Abteilung drückte, blickte ein Mädchen auf. Sie stand an einem Fenster; im Haar trug sie eine blaugrüne Schleife. Das Fenster sah wie das Schaltergitter einer Bank aus und befand sich am anderen Ende des Korridors, in dem ich auf den Aufzug wartete. Das Mädchen am Fenster hielt in der einen Hand ein Buch und in der anderen ein dünnes Stück Draht. Wir sahen uns vielleicht drei Sekunden an, dann drehte ich mich um und richtete den

Blick wieder auf den plötzlich leuchtenden roten Aufwärts-Pfeil, während es mir warm über meine sich versteifenden Nackenmuskeln lief. Als ich in den Fahrstuhl trat, hörte ich, wie sie zu jemanden, der dort hinter dem Gitter neben ihr stand und den ich nicht gesehen hatte, vier deutlich vernehmbare merkwürdige Worte sagte.

»Das war er, Sandy«, sagte sie.

Ich war ganz sicher.

Freuds Briefe an Fliess machen viel Aufhebens von der fast unauslotbaren Wechselwirkung zwischen der menschlichen Nase und einem gesunden Sexualleben. Daher erwies sich die Arbeit an meinem Referat als relativ kurzweilig, und lange Zeit schrieb ich vor mich hin, um nur kurz für einen Schluck aus dem plätschernden Trinkbrunnen zu unterbrechen oder einfach einmal von meiner lächerlichen Gelehrsamkeit aufzublicken. Spät an diesem langen Nachmittag fiel mir ein junger Mann auf, der mich hinter seinem Buch hervor ansah. Der Titel war in Spanisch, und den Schutzumschlag zierte ein blutrünstiges Bild, auf dem ein Messer, eine Frau in einer Mantilla und ein halb entkleideter brauner Muskelprotz zu sehen waren. Ich lächelte ihm zu und zog eine Augenbraue hoch, um meine Skepsis gegenüber dem reichlich eigenartigen Buch zum Ausdruck zu bringen. Es hatte den Anschein, als wolle er mich noch eine Weile länger anstarren, doch ich sagte mir, ein solcher Blickkontakt pro Tag – zudem noch mit einer Frau – sei Aufregung genug, und konzentrierte mich wieder auf die Nase, dem Nexus aller menschlichen Begierden.

Als ich meinen Bleistift weglegte, war es kurz vor acht. Mit dem üblichen innerlichen »Ächz« stand ich auf und ging zu einem der hohen, schmalen Fenster hinüber, von dem man auf den darunterliegenden Platz sah. Hinter dem Rauchglas erschien der Himmel in der Dämmerung weißlich braun. Unten liefen Kinder in kleinen Pulks johlend über den Beton

und steuerten offensichtlich ein bestimmtes Ziel an, was mich auf den Gedanken brachte, etwas essen zu gehen. Ganz links, in der Nähe der Vorderseite des Gebäudes, sah ich ein Blaulicht. Ich suchte meine Bücher und Notizen zusammen und bemerkte, daß der Spanischschmöker-Typ gegangen war. An seinem Platz lag eine leere Dose Ananassaft und ein kleiner Origamifetzen, der wie ein Hund oder ein Saxophon aussah.
Im Aufzug dachte ich auf dem Weg nach unten an das Mädchen-hinter-Gittern, aber im Erdgeschoß war alles dicht und ein Holzrolladen an dem Schalterfenster heruntergelassen. Hinter dem Ausleihschalter hockte jetzt ein unappetitlicher Typ, der mich, als ich auf klappernden Sohlen durch die Diebstahlsicherung ging, ohne aufzublicken durchwinkte.
Ich blieb eine Weile stehen, sondierte die Umgebung und rauchte eine köstliche Zigarette, dann hörte ich aus einem Funkgerät Polizistengequassel und sah ein Stück links von mir wieder das Blaulicht. Dort hatten sich kleine Gruppen von Leuten gebildet, die sich anscheinend nicht recht entscheiden konnten, ob sie nun weitergehen oder stehenbleiben sollten. Ich schlenderte hin und schob mich durch den äußeren Kreis der Passanten.
Im Mittelpunkt des ganzen Theaters stand eine junge Frau, die den Kopf leicht vorgeneigt hielt und etwas flüsterte. Links von ihr wuchtete sich ein zu Boden gegangener Bulle mit einer Schramme im Gesicht gerade auf die Knie und versuchte dann aufzustehen, wobei er wenig überzeugende Drohgebärden in Richtung eines riesengroßen Jungen machte. Rechts von dem Mädchen, auf der anderen Seite des von uns zufällig gebildeten Zuschauerrunds, stand noch ein Bulle und mühte sich mit beiden Armen ab, einen anderen riesengroßen Jungen in den Griff zu bekommen, der die Polizisten beschimpfte, das Mädchen, seinen wütenden

Zwillingsbruder ihm gegenüber und uns alle, die wir zuschauten.
»Laß mich los, du Wichser«, rief er. »Du Miststück, du Wichser, du Arschloch, ich bring euch um! Laß mich los!«
Er war ein Koloß und körperlich so fit, daß er sich mit einer kurzen Drehung, durch die der kleine blaue Bulle auf die Straße geworfen wurde, von seinem Gegner losreißen konnte. Die beiden Jungen gingen auf einander zu, bis beide auf Armeslänge an das Mädchen herangekommen waren, das ich mir noch mal ansah. Sie war schlank und blond, eine nichtssagende Dorfschöne mit nichtssagendem Gesicht, grünen Augen und einer kleinen Nase; sie trug einen geblümten Rock. Ihr Blick war zu Boden gerichtet, auf den Bürgersteig, auf nichts. Ihre schmalen Knöchel wackelten auf zehn Zentimeter hohen Stöckelschuhen, und ihre Lippen bewegten sich stumm. Inzwischen hatten sich die beiden Bullen aufgerappelt und die Gummiknüppel gezogen. In der Auseinandersetzung trat eine seltsame kurze Pause ein, als warteten die Polizisten und die Hünen auf einen leisen Befehl von der benommenen Frau, ehe sie nach den verschiedenen heiklen Sachen griffen, die sie griffbereit parat hielten. Plötzlich war es kühl und fast Nacht. In der Ferne heulte noch eine Sirene auf und kam näher. Das Mädchen schaute auf, horchte und wandte sich dann dem Jungen zu, der sich gerade befreit hatte. Sie warf sich an seine breite Brust und klammerte sich an ihn.
»Larry«, sagte sie.
Der andere Junge öffnete die Fäuste und sah die beiden an, dann drehte er sich mit Tränen in den Augen und verständnisloser Miene zu uns um.
»Pech gehabt, Junge«, sagte jemand. »Sie hat sich für Larry entschieden.«
»Hals und Beinbruch, Larry«, rief jemand anderes.
Damit war die Sache erledigt; die Leute klatschten. Die

lädierten Polizisten stürzten hinzu, mit quietschenden Reifen fuhr Verstärkung vor, Larry küßte sein Mädchen.
»Ein gebrochenes Herz mehr ins Pittsburgh«, sagte eine Stimme direkt neben mir – der Spanischschmöker.
»He«, sagte ich. »Ja. Stimmt. Davon gibt's hier mehr als Kielbasawürste auf der Forbes Avenue.«
Unter dem Gemurmel der Leute, die sich dann für die Festnahmen nicht mehr interessierten, schlossen wir uns dem allgemeinen Aufbruch an.
»Wann bist du dazugekommen?« fragte er. In seinem Ton schwang zweifellos Sarkasmus mit, andererseits meinte ich, daß ihn die Szene beeindruckt, vielleicht sogar erschüttert hatte. Er hatte kurze, flachsblonde Haare, helle Augen und einen Vierundzwanzig-Stunden-Bart, der seinem jungenhaften Gesicht einen Hauch abgeklärter Dekadenz verlieh.
»Im besten Moment«, sagte ich.
Er lachte, genau ein vollkommenes Ha.
»Das war Wahnsinn«, fuhr ich fort. »Ich meine, hast du das gesehen? Es ist mir ein Rätsel, wie man sich mitten auf dem Bürgersteig so gehen lassen kann, vor aller Augen.«
»Manche Leute wissen eben, wie man sich amüsiert«, sagte er.
Selbst als ich diese Redewendung zum erstenmal aus Arthur Lecomtes Munde hörte, hatte ich schon das dunkle Gefühl, daß sie ihm als Motto diente. Als er die Worte aussprach, hallte seine Stimme wie bei einem Rundfunksprecher.
Wir stellten uns vor und schüttelten uns dic Hand, weil wir beide mit Vornamen Arthur hießen; einen Namensvetter zu treffen ist eine der köstlichsten und kürzesten Überraschungen, die es überhaupt gibt.
»Aber ich werde Art genannt«, sagte ich.
»Ich Arthur«, erwiderte er.
Auf der Forbes Avenue wandte sich Arthur nach links, drehte den Kopf aber zu mir nach halbrechts und zog die

rechte Schulter ein wenig nach, als wolle die auf mich warten oder bleibe absichtlich zurück, um mich zu angeln und mitzuschleifen. Er trug ein weißes Frackhemd von ausgefallenem, blusig elegantem Schnitt, das bauschig über seine Bluejeans fiel und trotz des nachlassenden Tageslichts hell hervorstach. Er blieb stehen und schien vor Ungeduld heftig mit dem Fuß aufstampfen zu wollen.

Ich war sicher, daß er schwul war und unsere zufällige Begegnung dazu benutzen wollte, um seinen kurzen ersten Annäherungsversuch in der Bibliothek fortzusetzen, wahrscheinlich weil er annahm, ich sei homosexuell wie er. Manchen Leuten unterlief dieser Irrtum.

»Wohin wolltest du eigentlich, als dir Jules und Jim in die Quere kamen?« fragte er.

»Jules und Larry«, sagte ich. »Hm, ich bin zum Essen verabredet – mit meiner Exfreundin.« Das Wort Freundin spuckte ich ihm richtig ins Gesicht.

Mit ausgestreckter Hand kam er zu mir zurück. Ich schüttelte sie noch einmal.

»Ich arbeite in der Bibliothek«, sagte er. »Neuerwerbungen. Es würde mich freuen, wenn du mal vorbeischaust.« Seine Worte klangen steif und merkwürdig höflich.

»Klar, mach ich«, sagte ich. Einen Augenblick dachte ich an Claire und an das Essen, das sie nun vielleicht für mich zubereiten würde, wenn ich es nicht bloß erfunden hätte und ihr nicht schon allein bei meinem Anblick jeder Appetit vergangen wäre.

»Um wieviel Uhr erwartet dich deine Freundin?« fragte Arthur, als hätten wir uns nicht gerade die Hand geschüttelt und ich könnte noch nicht meiner Wege gehen.

»Halb neun«, log ich.

»Wohnt sie weit von hier?«

»In der Nähe der Uni.«

»Hm, jetzt ist noch nicht mal acht. Wie wär's mit einem

Bier? Es wird ihr nichts ausmachen. Sie ist sowieso deine Exfreundin.« Bei ihm lag die Betonung auf der Silbe vor »Freundin«.

Ich hatte die Wahl, entweder mit einem Schwulen ein Bier trinken zu gehen oder mich linkisch aus der Affäre zu ziehen, indem ich zum Beispiel sagte: »Äh – Viertel nach acht, wollte ich sagen«, oder: »Tja, also ich weiß nicht recht.« Ich hatte Angst, einen unbeholfenen oder dümmlichen Eindruck auf ihn zu machen. Auf jeden Fall hatte ich nicht irgendwelche Vorurteile oder Berührungsängste gegenüber Homosexuellen; in bestimmten Büchern von schwulen Autoren hatte ich die Tiefe und das geheimnisvolle Beben ihrer Gedanken zu schätzen gewußt, außerdem bewunderte ich ihre elegante Kleidung und ihren scharfen, nüchternen Verstand, ihre Waffe. Es war bloß so, daß mir viel daran lag, sozusagen einem Mißverständnis vorzubeugen. Doch hatte ich mir nicht erst am Morgen, als ich einer Reihe narbengesichtiger, vollbusiger und rotgekleideter schwarzer Mädchen nachgesehen hatte, die lachend mit Steppschritten die Ward Street entlanggetänzelt waren, zum fünfzigstenmal meine Unfähigkeit vorgeworfen, neue Bekanntschaften zu schließen, etwas zu riskieren, mich auf ungewöhnliche und unbegreifliche Situationen einzulassen – mit einem Wort, auf ein Mißverständnis? Und so ging ich mit einem fatalistischen Schulterzucken ein Bier trinken.

2
Ein ungebundenes Atom

Mein Vater, ein stattlicher, gutaussehender Mann mit rosigem Gesicht, pflegte zu sagen, er sei Profigolfer und Hobbymaler. In seinen wahren Beruf wurde ich erst völlig eingeweiht, als ich im Alter von dreizehn Jahren das Recht erhielt, aus der Thora vorzulesen. Seine Aquarelle – in blassen Orangetönen gehaltene Bilder, die an Arizona erinnerten – hatten mir immer gefallen, doch noch mehr mochte ich die Karikaturen, die er zeichnen konnte – nie, wenn man ihn darum bat oder anbettelte, nicht einmal wenn man heulte, sondern nur, wenn ihn plötzlich wie durch Zauberei der unwiderstehliche Drang überkam, in sieben Farben das Bild eines Clowns mit Zylinder auf die Tafel im Kinderzimmer zu malen.

Sein Kommen und Gehen im Haus, stets von Zigarrengestank begleitet und dem Knarren des jeweiligen Möbelstücks, das er dazu ausersehen hatte, die Fülle seines Gangsterkörpers aufzunehmen, war nachts für mich eine unerschöpfliche Quelle des Rätselratens und Kopfzerbrechens, wenn wir beide wach waren, weil wir an Schlaflosigkeit – unserer Familienkrankheit – litten; mich ärgerte, daß er umherwandern, malen, Bücher lesen oder fernsehen durfte, während ich im Bett bleiben und um jeden Preis versuchen mußte einzuschlafen. Manchmal kam ich Sonntag morgens ganz früh nach unten und traf ihn auf der hinteren Veranda, wo er sich schon durch die gigantische Sonntagsausgabe der *Post* gekämpft hatte, weil er kein Auge zutun konnte und seit neunundzwanzig oder dreißig Stunden wach war.

Bis zum Tag meiner Bar Mizwa war ich angesichts seiner unglaublichen, wenn auch selten demonstrierten geistigen und körperlichen Fähigkeiten felsenfest davon überzeugt

gewesen, daß mein Vater ein Doppelleben führte. Hinter der geheimen Identität mußte sich mein wahrer Vater verbergen, das war mir klar. Hundertmal sah ich in den Schränken nach, im Keller, unter den Möbeln und im Kofferraum des Autos, immer auf der vergeblichen Suche nach dem bunten Kostüm, in dem er als Superheld (oder Superbandit) in Aktion trat. Er ahnte wohl etwas von meinen Vermutungen und pflegte ihnen alle paar Monate neuen Auftrieb zu geben, indem er mir bewies, daß er Auto fahren konnte, ohne das Lenkrad zu berühren, unfehlbar sicher mit drei Fingern Fliegen und sogar Hummeln aus der Luft fing, oder mit der bloßen Faust Nägel in die Wand schlug.
Sehr viel später erzählte er mir, er sei an dem Tag, als meine Mutter begraben wurde, knapp sechs Monate vor meinem dreizehnten Geburtstag, drauf und dran gewesen, mir die Wahrheit über seine Arbeit zu sagen. Aber sein Halbbruder, mein Onkel Sammy »Red« Weiner, bewog ihn dazu, sich an seinen ursprünglichen Plan zu halten und zu warten, bis ich zum erstenmal einen Tallit überzog. Statt mir also an jenem strahlenden, öden Samstagmorgen, als wir am Küchentisch saßen und zwischen uns die Zuckerdose stand, die Wahrheit über seinen Job zu sagen, erzählte er mir, meine Mutter sei bei einem Autounfall ums Leben gekommen. Ich weiß noch, daß ich das purpurrote Blumenmuster auf der Zuckerdose anstarrte. An das Begräbnis erinnere ich mich kaum. Als ich am nächsten Morgen meinen Vater wie immer um die Comicbeilage und den Sportteil der Zeitung bat, tauchte ein merkwürdiger Ausdruck auf seinem Gesicht auf, und er wandte den Blick ab. »Heute ist keine gekommen«, sagte er.
Mitten in der Nacht war Marty bei uns eingezogen. Er war schon früher oft bei uns zu Besuch gewesen, und ich konnte ihn gut leiden – er kannte ein Gedicht über Christy Mathewson, den berühmten Baseballspieler, das er aufsagte, sooft ich ihn darum bat, und einmal hatte ich für Sekunden die

Pistole gesehen, die er links unter dem Jackett hatte. Er war ein schmächtiger kleiner Mann, der immer Krawatte und Hut trug.
Marty zog nie wieder aus. Er brachte mich morgens immer mit dem Auto zur Schule oder fuhr manchmal überraschend mit mir ein paar Tage nach Ocean City in Ferien, und dann mußte ich überhaupt nicht zur Schule. Erst lange Zeit später erfuhr ich die näheren Umstände, unter welchen meine Mutter, die gesungen hatte, so jäh aus der Welt geschieden war, aber ich mußte wohl geahnt haben, daß man mich belogen hatte, weil ich nie mehr nach ihr fragte und sie auch kaum einmal erwähnte, eigentlich nie.
Als mich mein Vater am Nachmittag meiner Bar Mizwa schließlich in seinen wahren Beruf einweihte, erklärte ich voller Begeisterung, daß ich in seine ruhmreichen Fußstapfen treten wolle. Er runzelte die Stirn. Längst hatte er beschlossen, mir Collegeausbildung und »weiße Weste« zu kaufen. Er war der erste Bechstein, der studiert hatte, doch der Tod eines wichtigen Onkels sowie die Möglichkeiten, die sich damals für einen Mann mit betriebswirtschaftlicher Ausbildung und der Zulassung als Wirtschaftsprüfer gerade aufzutun begannen, hatten ihn in die Arme der Familie getrieben (den Maggios aus Baltimore). Er wurde ärgerlich, fast schon wütend, und hielt mir eine Standpauke. Nach jahrelangem Rätseln und Suchen hatte ich endlich erfahren, welcher Art die Tätigkeit meines Vaters war, und er verbot mir, ihn deshalb zu bewundern. Ich merkte, daß sein Beruf zornige Scham in ihm auslöste, daher brachte auch ich ihn mit Scham und dem Eintritt ins Mannesalter in Verbindung, was mich doppelt und auf unterschiedliche Weise von meinen Eltern zu trennen schien. Später hatte ich nie auch nur das geringste Verlangen, sein Geheimnis einem meiner Freunde zu verraten; im Gegenteil, ich tat alles, daß es nicht herauskam.
Meine ersten dreizehn Lebensjahre, Jahre ekstatischer,

beunruhigender und stummer Neugier, denen sechs Monate voll Unglück und Enttäuschung folgten, ließen mich irgendwie zu der Überzeugung gelangen, jeder neue Freund besitze ein tolles Geheimnis, das er eines Tages, wenn ich nur diskret, bewundernd und ehrfürchtig Schweigen wahrte, aus freien Stücken preisgeben würde.

Als ich Arthur Lecomtes Bekanntschaft machte, stellte ich mich sofort darauf ein, auf seine Enthüllungen zu warten. Ich dachte mir hundert Fragen zur Homosexualität aus, die unausgesprochen blieben. Ich wollte wissen, wie er herausgefunden hatte, daß er schwul war, und ob er je das Gefühl hatte, seine Entscheidung sei ein Fehler gewesen. Das hätte ich liebend gern gewußt. Statt dessen trank ich Bier – nicht gerade wenig – und harrte der Dinge, die da kommen sollten.

Ungefähr fünf Sekunden, nachdem ich mitbekommen hatte, daß wir nicht mehr bei vollen Aschenbechern und leeren Gläsern in der Kneipe saßen, sondern umgeben von Mohawk-Indianern und Schwarzen, die Frankfurter aßen, an einer lärmenden Straßenecke standen, hielt ein grünes Audi-Kabrio mit einem Araber am Steuer neben uns und hupte.

»Mohammed, stimmt's?«

»Hallo, Mohammed!« rief Arthur, lief um das Auto herum zum Beifahrersitz und hechtete auf die protzig weißen Lederpolster.

»Hallo, Mohammed«, sagte ich. Ich stand immer noch auf dem Bürgersteig. Ich hatte sehr rasch sehr viel getrunken und kam mir vor wie im falschen Film. Alles wirkte unheimlich schnell, grell und laut.

»Komm schon!« riefen der blonde Kopf und der schwarze Kopf. Mir fiel ein, daß wir zu einer Party gingen.

»Geh schon, Arschloch«, sagte jemand hinter mir.

»Arthur! Hatte ich nicht irgendwann heute abend einen Rucksack dabei?« fragte ich.

»Was?«

»Mein Rucksack!« Ich war schon auf dem Weg in die Kneipe. Dort war alles dunkler und ruhiger; mit einem raschen Blick auf das Spiel der *Pittsburgh Pirates,* das ohne Ton und in gräßlicher Farbe über der Glatze des Barmanns flimmerte, hastete ich zu unserer Nische und angelte mir den Rucksack. Es tat gut, das schummrige Licht dort, und ich blieb kurz stehen; ich fühlte mich, als hätte ich mehrere Minuten vergessen zu atmen.

»Mein Rucksack«, erklärte ich den Kellnerinnen, die an einem Tisch neben der leblosen Jukebox zusammen hockten, Kaugummi kauten und Kaffee tranken.

»Hm mhm«, sagten sie. »Haha.« Mehr noch als vielleicht an anderen Orten unserer indifferenten Nation, ist in Pittsburgh einer Kellnerin alles egal.

Auf dem Weg nach draußen sah ich die Dinge plötzlich glasklar: Sigmund Freud, der sich Kokain aufs Nasenseptum pinselte, das stetig wachsende Chaos der letzten anderthalb Stunden, den im Leerlauf wartenden Audi voller bevorstehender Unbesonnenheiten, den explodierenden Sommer; und da ich das alles im Rausch sah, war die Wahrnehmung vollkommen, allumfassend und dauerte etwa eine halbe Sekunde.

Ich ging nach draußen zum Auto. Einsteigen, einsteigen, sagten sie. Zwischen den Lehnen der Schalensitze und dem Kofferraumdeckel war soviel Platz wie in einem Toaster.

»Quetsch dich hinten rein«, sagte Mohammed und verrenkte sich den Hals, um mich mit seinem braunen Filmstargesicht anzustrahlen. »Sag ihm, er soll sich auf den Fond setzen, Arthur.« Er sprach mit französischem Akzent.

»Den Fond?« Ich warf meinen Rucksack rein. »Für mich ist jetzt kein Platz mehr.«

»Auf den Kofferraum. Er nennt ihn Fond«, sagte Arthur lächelnd. Lecomte hatte ein kühles, sarkastisches Lächeln, das nur selten in Erscheinung trat, vor allem aber dann, wenn er jemanden überreden oder verspotten wollte – oder beides. Gelegentlich tauchte es nur als eine Art grausame Warnung auf, eine viel zu späte Warnung vor den Plänen, die er für dich gemacht hatte, ein aufrichtiges Lächeln, das einen in falscher Sicherheit wiegen sollte, ein Lächeln, wie es Montresor Fortunato zuwarf, die Hand auf der Maurerkelle in seiner Tasche. »Du mußt dich auf die Kante des Kofferraums setzen, wo das Verdeck verstaut ist.«

So ängstlich ich sonst auch sein mochte, ich tat es.

Wir fädelten uns in den starken Samstagabendverkehr auf der Forbes Avenue ein, und vielleicht wegen des Vorfalls, den ich zuvor miterlebt hatte, mußte ich bei dem Gewoge der Rücklichter – so nah und rot! – an Polizeisirenen denken.

»Ist das eigentlich erlaubt, was ich hier mache?« schrie ich in den brausenden Fahrtwind.

Arthur drehte sich um. Das Haar wehte ihm ins Gesicht, und die Zigarette, die er sich angesteckt hatte, versprühte glühende Asche wie eine Wunderkerze.

»Nein!« rief er. »Also fall nicht raus! Mohammed hat sowieso schon massenhaft Strafzettel!«

Die Leute in den Autos, denen es gelang, sich neben den Audi zu schieben, schüttelten über mich den Kopf und verdrehten die Augen, so wie ich es bei anderen betrunkenen Typen in schnellen Autos oft getan hatte. Ich beschloß, mich nicht um sie zu kümmern, was auch ganz einfach war, und blickte starr in den Wind und die stetig an uns vorbeirauschenden Straßenlaternen. Ich war von meinen fünf hastig gekippten Bieren benebelt und besänftigt und nahm nur noch wahr, mit welcher Geschwindigkeit Mohammed losbrauste, und das Quietschen der Reifen auf dem Asphalt, der so angenehm roch und so dicht unter meinem Kopf vorbeiglitt. Kurze Zeit später legte sich der Wind, als wir bei der Craig Street an eine rote Ampel kamen und anhielten. Ich holte meine Zigaretten aus der Tasche und zündete mir während der kurzen Windstille eine an. Arthur drehte sich um und schien gelinde überrascht, daß ich nicht kreidebleich, sterbenselend oder halb ohnmächtig war.

»He, Arthur«, sagte ich.

»Was he?«

»Du arbeitest doch in der Bibliothek, stimmt's?«

»Ja.«

»Wer ist das Mädchen-hinter-Gittern?«

»Wer?«

»Neben den Aufzügen im Erdgeschoß. Ein Fenster. Gitter. Dahinter arbeitet ein Mädchen.«

»Du meinst wohl Phlox.«

»Phlox? Sie heißt Phlox? Es gibt Mädchen, die Phlox heißen?«

»Sie spinnt«, erklärte Arthur mit einer Mischung aus Spott und Schwärmerei. Dann riß er die Augen auf, als sei ihm gerade etwas eingefallen. »Eine Punkerin« fügte er bedächtig hinzu. »Sie wird Mau-Mau genannt.«

»Mau-Mau«, wiederholte ich.

Als die Ampel umsprang, wechselte Mohammed rasch auf die linke Spur und blinkte erst, als er schon halb abgebogen war.

»Was soll das, Momo?« sagte Arthur.

»Momo?« fragte ich.

»Ah, Scheiße! Wir fahren ja zu Riri!« sagte Mohammed. Ihm schien gerade wieder einzufallen, daß wir zu einem bestimmten Ziel unterwegs waren.

»Momo«, sagte ich noch einmal. »Riri.«

»Du hättest weiter auf der Forbes bleiben müssen, Momo«, sagte Arthur und lachte mich an. »Riris Haus liegt ein Stück weiter oben an der Forbes Avenue.«

»Okay, ja, ich weiß, halt die Klappe«, rief Mohammed. Auf der glücklicherweise freien Mittelspur der Craig Street wendete er und brauste mit laut quietschenden Reifen zurück auf die Hauptstraße. Trotz des 100-Stundenkilometer-Winds lag sein schwarzes Haar fettig, glänzend und wie angeklebt auf seinem Kopf, wie ein Toupet aus Papiermaché und Lack. Erneut ballte sich eine Wolke glückseligen Trans zusammen und vernebelte meinen Verstand. Ich warf meine Zigarette weg und nahm wieder meine vorige Stellung ein, klammerte mich an den verchromten Gepäckträger und sog wie ein Düsentriebwerk in vollen Zügen Luft ein.

Riris Haus, ein Riesenkasten im Tudorstil, lag nicht weit vom Campus des Chatham College, wo ihr verwitweter Vater, wie mir Arthur erzählte, während wir die Auffahrt zur Haustür hinaufgingen, Farsi lehrte, sich jedoch oft beurlauben ließ, so wie auch jetzt; aus seinem Haus strömte überall Licht auf den riesigen Rasen, und laute Musik hallte bis in die Nachbarschaft.

»Jetzt bist du froh, daß du bist mitgekommen«, sagte Mohammed und schüttelte mir unnötigerweise die Hand. Dann zwängte er sich in das Getümmel in der Diele.

»Äh, danke«, erwiderte ich.

»Wirklich schön, daß deine Exfreundin so verständnisvoll war«, sagte Arthur und lächelte fast.

Ich hatte einen zerknirschten Anruf bei Claire vorgetäuscht und dem Rufton erklärt, mir sei etwas dazwischengekommen, ich müsse das Essen ausfallen lassen, aber es täte mir schrecklich leid, daß sie sich die ganze Mühe wegen mir nun umsonst gemacht hätte, wobei letzteres zweifellos der Wahrheit entsprach, wie ich mir in Erinnerung rief.

»Ha. Ja. Woher kommt Momo?«

»Aus Libanon«, sagte Arthur, doch dann kam eine reizende braune Frau in einem Sarong auf uns zu, strahlte über das

ganze Gesicht und streckte die Arme weit zu einer herzlichen Umarmung aus.
»Momo! Arthur!« rief sie. Ihre Augen waren groß und braun, mit goldenem Glimmer und drei abgestuften Lidschatten geschminkt; sie hatte sich allerlei bunten Schnickschnack ins Haar gesteckt, lackierte Eßstäbchen, Federbüschel und Kreppstückchen. Ich stand neben der offenen Tür, beobachtete, wie sich alle umarmten, und trug ein geduldiges, gewinnendes, unechtes Lächeln zur Schau. Momo stieß einen Schrei aus, fluchte auf Französisch und spurtete mit einem finsteren, irren Ausdruck im Gesicht ins Haus, als verfolge er eine Beute, die er nach einer Jagd über Millionen von Jahren endlich in die Enge getrieben hatte. Ich nahm an, daß es Riri war, die uns begrüßte. Sie hatte wunderschöne Schultern, die sanft und ohne von Kleidung behindert zu werden zum prall ausgefüllten Oberteil ihres geblümten Wickelkleids abfielen. Wie viele Perserinnen war sie auf adlerhafte Weise schön; sie hatte eine Hakennase, dunkle Haut und einen fiesen Zug um die Augen. Nachdem sie die beiden Jungen geküßt hatte, wandte sie sich mir zu und streckte mir, ganz Gastgeberin, ihre niedliche Hand entgegen.
»Riri, das ist Art, ein Freund von mir«, stellte Arthur mich vor.
»Hocherfreut«, sagte ich.
»Oh, hocherfreut!« sagte Riri. »Wie höflich! Alle deine Freunde sind so höflich, Arthur! Kommt herein! Alle sind hier! Alle sind betrunken – aber höflich! Ihr werdet euch gleich wie zu Hause fühlen! Kommt in den Salon!«
Sie drehte sich um und ging in den Salon, ein großes Zimmer mit roten Vorhängen, das seinem antiquierten Namen alle Ehre machte. Es war voller Vasen und trinkender Leute, außerdem gab's einen Flügel.
»Ist es wirklich so auffällig?« flüsterte ich Arthur ins Ohr, wobei ich ihm nahe, aber nicht zu nahe kam.

»Daß du höflich bist, meinst du?« Er lachte. »Ja, es ist schon fast peinlich – du machst dich lächerlich mit deinen guten Manieren.«

»Na, in dem Fall muß ich wohl unverschämt werden«, sagte ich. »Gibt's hier eine Bar?«

»Warte«, sagte er und hakte mich unter. »Ich möchte dich mit jemandem bekannt machen.«

»Mit wem?«

Er führte mich durch einen Pulk Jugendlicher, von denen die meisten Ausländer zu sein schienen, ein Glas in der Hand hielten und die eine oder andere Sorte Zigaretten rauchten. Einige unterbrachen ihre lauten Gespräche und drehten sich zu Arthurs Begrüßung um, der alle gewandt mit einem kurzen und recht arroganten »Hallo« abfertigte. Er schien beliebt zu sein oder zumindest Achtung zu genießen. Viele der kleinen Grüppchen wollten ihn im Vorübergehen ins Gespräch ziehen.

»Wohin bringst du mich?« fragte ich. Ich versuchte, möglichst besorgt zu klingen.

»Zu Jane.«

»Oh, prima. Und wer ist das?«

»Clevelands Freundin. Ich glaube, sie ist hier – Augenblick mal. Warte einen Moment hier, okay? Tut mir leid. Bin gleich wieder da. Entschuldige, aber ich sehe da jemand, äh...« sagte Arthur, ließ meinen Ellbogen los und verschwand.

Ich rührte mich nicht vom Fleck, ließ meinen Blick in die Runde schweifen und staunte über die vielen hübschen Frauen aus aller Herren Länder. Arthur hatte mich in einen Winkel des Salons gebracht, in dem ein turmhohes Möbel stand, an das ich mich lehnte und an dem ich mir die Wange kühlte. Viele von den Leuten, die ich sah, hatten wunderschöne braune Haut, sämtliche Braunschattierungen waren vertreten: Iraner, Saudis, Peruaner, Kuwaiter, Guatemalteken, Inder, Nordafrikaner, Kurden – wer konnte sie unterscheiden? Hellhäutige Frauen waren wie ein Besatz aus weißer Spitze über das ganze Zimmer verteilt; Jungen mit interessanten Kopfbedeckungen und Lacoste-Hemden oder schlecht sitzenden Gabardineanzügen lachten und besahen sich die Frauen. Arthur studierte an jenem Fachbereich der Universität, in den reiche oder von enormem Glück begünstigte Ausländerkinder geschickt werden, damit sie lernen, hohe Beträge internationaler Zahlungsmittel und Mißstände in ihren Heimatländern zu verwalten. Diplomat, hatte Arthur auf meine Frage nach seinen Berufsplänen geantwortet.

»Ich gehe auf diese Parties, um zu üben«, hatte er gesagt. »Hier gibt es Gruppierungen, Bündnisse, Geheimnisse, Schulden, und es werden eine Menge Dummheiten gemacht – ich meine natürlich in sexueller Hinsicht. Und sie alle betrachten sich als Iraner, Brasilianer oder was immer, aber ich – ich betrachte mich nicht als Amerikaner: Ich bin ein Atom, ich schwirre hier überall herum, wie ein Söldner. Nein, nicht wie ein Söldner, wie ein freier Wirkstoff, ein ungebundenes Atom – ist das nicht irgendwas aus der Chemie? Bewege ich mich nicht stets auf dem Außenorbit all der anderen, äh, Moleküle?«

»Ich glaube nicht, daß es so ist«, hatte ich gesagt. »Was ein ungebundenes Atom ist, habe ich vergessen. Aber was du da meinst, ist wohl auf deinem eigenen Mist gewachsen.«

Der Salon war laut, verräuchert, gerammelt voll und pompös. Beim Sturz des Schahs hatte Riris Vater eine bescheidene Flugzeugladung Teppiche und Skulpturen außer Landes geschafft, und der erdrückende Prunk dieses Mobiliars verlieh der Party seiner Tochter einen düsteren, überladenen und irgendwie verruchten Anstrich. Ich warf einen Blick in die Vitrine, an die mich lehnte; auf den Glasböden lagen Dolche und Eier. Die Eier – der Größe nach hätten sie von

Emus stammen können – waren bemalt und mit Juwelen besetzt. Zerbrechliche, aus der Schale geschnittene Klapptürchen gaben den Blick auf Miniaturszenen frei, in denen Schlangenmenschen in 3-D höfisch-persischer Liebe frönten. Der Künstler hatte den Gliedmaßen und Genitalien der Figurinen mehr Aufmerksamkeit geschenkt als ihren Gesichtern; die kleinen, ineinander verschlungenen Liebenden hatten jenen kuhähnlichen Ausdruck, auf den man in der erotischen Kunst Asiens stößt und der einen so merkwürdigen Kontrast zu den gequälten Körperverrenkungen bildet. Von den Dolchen waren nur die Griffe zu sehen, ihre Klingen verbargen sich in märchenhaften Scheiden aus blauem Samt und gefärbtem Leder. Da und dort lagen in den Glasfächern der Vitrine verstreut drollige, nicht identifizierbare Geräte aus Silber.

»An was denkst du?« Es war Arthur. Obwohl sein Ton fröhlich klang, wirkte er verägert, jedenfalls geistesabwesend.

»Ich denke, Riris Vater muß ein Mädchenhändler sein. Schwer was los auf der Party, Mann.« Ich bemühte mich, meiner Stimme jenen lockeren Tonfall zu geben. »Hast du ›Jemand Äh‹ gefunden?«

Er wich der Frage aus – physisch. Er wandte den Blick ab und wurde rot wie eine Jungfrau, wie Fanny Price aus *Mansfield Park*. Mit einem Mal mochte ich ihn, seine sichere Gewandtheit im Umgang mit anderen, seine unerwartete Zurückhaltung, die exotischen Parties, zu denen er ging. Der Wunsch, mich mit ihm anzufreunden, überkam mich spontan und mit Gewißheit, und noch während ich hin und her überlegte und zu dem Schluß kam, Arthur nicht schon wieder die Hand zu schütteln, mußte ich daran denken, daß Spontaneität und Gewißheit immer dabei gewesen waren, wenn ich als Kind Freundschaften schloß, bis hin zu jener langen, unglücklichen Phase der Pubertät, während der ich mich scheute, Freundschaften mit Jungen einzugehen, und anscheinend nicht imstande war, mich mit Mädchen anzufreunden.

»Nein«, sagte er schließlich. »Die Sache mit ›Jemand Äh‹ hat sich bereits erledigt.« Er richtete den Blick auf den Trubel rings um uns.

»Tut mir leid.«

»Vergiß es. Machen wir uns auf die Suche nach der schönen Jane.«

3
Manche Leute wissen eben, wie man sich amüsiert

Um Jane Bellwether zu finden, die während unserer Suche einen Nachnamen und ein paar vage Eigenschaften bekam, verließen wir das feuchtfröhliche Serail und gingen durch eine lange Reihe ruhigerer, dunklerer Zimmer, bis wir in die Küche kamen, die weiß war. Sämtliche Lampen schienen von der Decke, und wie oft auf großen Parties, hatte sich im grellen Küchenlicht eine schlapp wirkende Clique versammelt: die ganzen Säufer und Fresser. Alle sahen uns an, als wir in die Küche traten, und ich hatte stark den Eindruck, daß vor unserem Auftauchen da drin minutenlang kein Wort gefallen war.

»He! Tag, Takeshi«, begrüßte Arthur einen der beiden käsigen Japaner, die neben dem Kühlschrank standen.

»Arthur Lecomte!« Takeshi war hackedicht. »Das ist mein Freund Ichizo. Er studiert – Carnegie-Mellon University.«

»Tag, Ichizo. Nett, dich kennenzulernen.«

»Mein Freund«, fuhr Takeshi lauter werdend fort, »ist sehr geil. Mein Freund sagen, wenn ich ein Mädchen wäre, würde er mich vögeln.«

Ich lachte, doch Arthur blieb ernst, schaute einen kurzen Augenblick wunderbar verständnisvoll drein und nickte mit jener vornehmen, nichtssagenden Höflichkeit, mit der er anscheinend jedem begegnete. Er besaß eine natürliche Begabung für gute Umgangsformen, bemerkenswert vielleicht nur deshalb, weil sie unter Menschen seines Alters so ungewöhnlich war. Ich hatte das Gefühl, daß Arthur durch seine altmodische, merkwürdige Vornehmheit aus jeder Szene, die zu machen ihm in den Sinn kommen sollte, als Sieger hervorgehen würde; zwar mochten seine gönnerhafte

Herablassung, sein Elitedenken und sein absoluter Mangel an Aufrichtigkeit in einer durch Offenheit jämmerlichen Welt verhängnisvolle Eigenschaften sein, doch ich wollte seinem Korps beitreten und ein Mann von feiner Lebensart werden.

»Kennt einer von euch Jane Bellwether?« fragte Arthur.

Die Typen, mürrisch, vollgefressen und besoffen, verneinten. Keiner schaute uns an, und ich hatte den Eindruck – so übertrieben, wie mir an diesem übertriebenen Abend alles erschien –, als könnten sie den Anblick von Arthur oder mir in seiner magischen Begleitung nicht ertragen, wie wir hier milchmunter und kabafit auf der Suche nach der angeblich bildhübschen Jane Bellwether aufkreuzten.

»Versucht's mal auf der Terrasse«, sagte schließlich jemand, irgendein Araber, der den Mund voller weißer Krabben hatte. »Da hinten tummeln sich viele Leute.«

Wir traten in den gelben Lichtschein der Veranda, jenes fahle, tropische Gelb der *Bug-Lite-Fackeln,* deren Licht schon die Gärten und weichen Mottenkörper von so vielen Sommern erhellt hat. Es stimmte nicht; auf dem düsteren Rasen tummelten sich kaum Leute, obwohl sich eine stattliche Schar in leichten Pullovern und mit Gläsern in den Händen dort eingefunden hatte. Nur eine junge Frau tummelte sich, die übrigen sahen ihr zu.

»Das ist Jane«, sagte Arthur.

Sie stand allein mitten im Dunkel des riesigen Gartens und schlug kaum sichtbare Bälle blindlings in die Gegend. Während wir über die Holzstufen in das leise raschelnde Gras polterten, beobachtete ich ihren Schlag. Mein Vater hätte ihn ideal gefunden: die leichte, philosophische Neigung des Kopfs, der Aufschwung eine stumme Drohung, dann der feste, triumphierende Durchschwung, bei dem sie den Schläger einen aristokratischen Sekundenbruchteil zu lange oben hielt. Sie wirkte groß, schlank und in dem schlechten

Licht in ihrem weißen Golfrock und der Bluse ziemlich grau. Vor Konzentration war ihr Gesicht völlig ausdruckslos. *Tak!* und sie lächelte, schüttelte sich das gelbe Haar aus der Stirn, und wir klatschten. Sie fischte einen neuen Ball aus der Tasche und legte ihn auf den Abschlag.
»Sie ist blau«, sagte ein Mädchen, als bedürfe es keiner weiteren Erklärung.
»Sie ist schön«, hörte ich mich sagen. Einige der Zuschauer wandten sich um zu mir. »Ich meine, ihr Schlag ist wie aus dem Lehrbuch. Seht euch das an.«
Sie machte noch einen Treibschlag, und kurz darauf hörte ich, wie der Ball weit entfernt Metall traf.
»Jane!« rief Arthur. Sie drehte sich um und senkte den glänzenden Schläger; das gelbe Licht schien ihr direkt ins Gesicht und fiel auf die makellose Vorderseite des kurzen Rocks. Sie legte die Hand an die Stirn, um den Rufer unter uns Schatten auf der Veranda ausmachen zu können.
»Hallo Arthur!« sagte Jane. Sie lächelte und ging über den Rasen auf ihn zu.
»Arthur, wessen Freundin ist sie?«
Ein halbes Dutzend Leute gaben mir Antwort.
»Clevelands.«

Kurze Zeit später saßen wir in einem der weniger lauten Zimmer abseits des Salons zu dritt nebeneinander auf einem Möbel, das nur als Kanapee zu bezeichnen war. Jane roch interessant nach leichter Anstrengung, Bier, Parfüm und frischgemähtem Gras. Arthur hatte mich als einen neuen Bekannten vorgestellt, und ich hatte Jane beobachtet, ob auf ihrem Gesicht nicht der Anflug eines anzüglichen Grinsens auftauchte, aber das war nicht der Fall. Allmählich fragte ich mich, ob ich mich in Arthurs Absichten mir gegenüber nicht getäuscht hatte, und machte mir schon Vorwürfe, daß ich ihm vielleicht bloß wegen seiner Freundlichkeit mißtraut hatte. Nachdem Jane und ich über unsere Studienfächer gesprochen hatten – sie studierte Kunstgeschichte – und übereingekommen waren, daß keiner von uns begründen konnte, weshalb wir sie gewählt hatten, wir jedoch beide heilfroh waren, alles hinter uns zu haben, wandte sich das Gespräch unseren Plänen für den kommenden Sommer zu.

Ich hütete mich, mit meinen wahren Absichten rauszurükken, die unbestimmt und keineswegs so selbstlos waren, daß sie eine nähere Beschäftigung mit ihr und der Urquelle ihres aufregenden Dufts ausgeschlossen hätten, ungeachtet dieses Clevelands, wer immer das sein mochte.

»Ich werde diese Stadt auf den Kopf stellen«, sagte ich. »Im Herbst muß dann ein verantwortungsbewußter Erwachsener aus mir werden. Du weißt schon, mit ordentlichem Beruf und so weiter. Mein Vater behauptet, er habe etwas in der Hinterhand für mich.«

»Was macht dein Vater?« fragte Jane.

Er frisiert Schweizer Bankkonten mit Geld, das von Buchmachern, Huren, Erpressern, Kredithaien und Zigarettenschmugglern stammt.

»Er ist im Finanzwesen.«

»Jane fährt nach New Mexico«, sagte Arthur.

»Echt? Wann?«

»Morgen«, sagte Jane.

»Ach du Schande! Morgen. Wie schade.«

Arthur lachte, denn er hatte wohl mit einem Blick erfaßt, was meine heftige Kopfbewegung und mein immer näher an ihren rasierten Oberschenkel rückendes Jeansbein zu bedeuten hatten.

»Schade?« Jane sprach mit tranendem Südstaatenakzent und dehnte die Silben drollig aus. »Nicht die Spur schade! Ich kann es kaum erwarten – Mutter, Vater und ich wollen schon seit einer Ewigkeit mal nach New Mexico!

Meine Mutter nimmt seit vierzehn Jahren Spanischunterricht! Und ich möchte hin, weil ...«

»Jane möchte hin«, sagte Arthur, »weil sie scharf auf Geschlechtsverkehr mit einem Zuni ist.«

Sie wurde rot, oder vielmehr sie glühte; sie reagierte nur leicht verärgert, als zöge Arthur sie oft mit Zuni-Sex auf.

»Ich bin nicht auf ›Geschlechtsverkehr‹ mit irgendeinem blöden Zuni scharf, Arschloch.«

»Stark!« sagte ich. »Arschloch.« Die Art, wie sie das Wort auszukosten schien, während es ihr langsam über die Lippen kam, ließ mich vermuten, daß sie es selten benutzte. Es klang wie eine besondere Gunstbezeigung, ein Zeichen ihrer Vertrautheit mit Arthur, und für einen Augenblick war ich sehr eifersüchtig auf ihn. Ich überlegte, wie ich es wohl anstellen könnte, daß Jane auch zu mir Arschloch sagte.

»Aber mich *faszinieren* die Indianer, verstehst du? Das ist alles. Und Georgia O'Keeffe fasziniert mich auch. Ich möchte mir diese Kirche in Taos ansehen, die sie ausgemalt hat.«

Im anderen Zimmer begann jemand, Klavier zu spielen, eine Mazurka von Chopin, die sich einige Takte lang sehr unangenehm mit der Discomusik vermischte, die aus dem halben Dutzend übers ganze Haus verteilten Lautsprechern dröhnte, bis jemand anderes mit einem Schlachtruf auf den Lippen und einem Seidenkissen in den Händen über den Klavierspieler herfiel. Wir lachten.

»Manche Leute wissen eben, wie man sich amüsiert«, sagte Jane, was mir bestätigte, daß es tatsächlich ein Motto von ihnen war, und mit einem Mal war ich ganz wild darauf, es selbst auch mal anbringen zu können.

»Ja«, sagte Arthur und erzählte ihr von der Szene, die wir vor so vielen Stunden miterlebt und bei der wir uns kennengelernt hatten.

»Aber ich habe dich schon in der Bibliothek gesehen. Was war das eigentlich für ein spanischer Schmöker, den du da gelesen hast?«
»*La muerte de un maricón*«, sagte er und machte eine verschnörkelte, komische Armbewegung.
»Oh. Und was heißt das?« fragte ich.
»Frag Janes Mutter, das Hispanophon.«
»Läßt du wohl sofort meine Mutter in Ruhe«, sagte sie. »Halt bloß den Schnabel.« Betrunken redete Jane wie Nancy Drew, die Zimtzicke aus dem Fernsehen. Ich war verrückt nach einem Mädchen mit gespreizter Ausdrucksweise. »Meine Mutter ist eben nicht wie du ein ganzes Jahr in Mexiko rumgelottert und hat sich eine Hepatitis gefangen, Arthur.«
»Na, Gott sei Dank«, sagte Arthur.
»Mann! Bist du echt einfach so ... rumgelottert?« fragte ich.
»Darauf kannst du einen lassen.«
»Und was hast du diesen Sommer vor, Arthur?«
»Ich werde bei Janes Familie wohnen und den Hund hüten. Du mußt mich besuchen kommen. Wenn die Bellwethers aus dem Haus sind, wird's da sehr gemütlich.«

Arthur und Jane waren gerade an der Stelle angelangt, wo die blinde Bedienung in der Fernfahrerkneipe außer sich vor Freude mit fleckigen Händen Clevelands Nase und Stirn abtastet und ihn beschuldigt, Octavian zu sein, der leuchtende Mann von einem anderen Planeten, der sie vor vielen Jahren geliebt, dann aber in seine eigene Welt zurückgekehrt war und sie ohne Augenlicht und mit einem hochintelligenten, mißgebildeten Kind sitzengelassen hatte – »Solche Sachen passieren Cleveland laufend«, sagte Arthur –, als Mohammed in das dunkle Zimmer platzte und rief: »Der Graf! Der Graf!«
»Der Graf«, wiederholte Arthur mit leichtem Stirnrunzeln.

»Mein Freund«, sagte Momo, fast so, als meine er es ernst. »Mein Freund, mein teurer Freund Arthur Lecomte! Sag mal, was kann ich für dich tun? Was würde ich nicht für dich tun, mein Freund?«
Er schwankte, hatte sich das Hemd mit Whisky beklekkert, und ich dachte, das großspurige Gefasel, das er von sich gab, würde als typische Säuferkumpanei abgetan. Doch Lecomte sah ihn an, ohne etwas zu sagen, sah ihm in die Schweinsäuglein, während ihm eine offenbar wohlüberlegte Antwort nur widerwillig über die Lippen kommen wollte.
»Arthur? Ein Wort von dir genügt. Ein Wort! Was es auch sein mag.«
»Du könntest«, sagte Arthur, »deine Wichsgriffel von Richard lassen.«
Nur der Lärm der Party war zu hören, und der nützte auch nichts. Die obszöne Beleidigung loderte auf und sank in der strahlend weißen Hälfte einer Sekunde wieder in sich zusammen. Wie das Echo eines Axthiebs hing sie zwischen ihm und Momo in der Luft. Arthur wurde plötzlich knallrot und schien sich über seinen Ausrutscher zu schämen. Mohammeds Hand, die er Arthur zum Schütteln hatte hinstrecken wollen, baumelte schlaff und wie ohne Muskeln am Gelenk. Dank des Alkohols im Blut unterdrückte er seine Verwunderung und lächelte erst mich, dann Jane an.
»Jane«, sagte er. »Erklär du ihm, daß mit mir und Richard alles paletti ist und alles andere auch und daß er nicht über jeden verfügen kann, wie er sich das einbildet, und das sagst du ihm jetzt.«
»Gehen wir nach draußen«, sagte Jane zu mir. »Ich weiß, wie man die Hunde in der Nachbarschaft dazu bringt, alle auf einmal loszubellen.«
»He, ja, okay«, sagte Mohammed. »Fürs erste reicht es

wohl. Ich komme später wieder.« Er steuerte in den heißen, schwarzen Salon und verschwand dort in der heißen, schwarzen Musik.

»Arthur, war Richard ...« setzte ich an.

»Reden wir nicht davon«, sagte er.

Jane hielt ihre feuchte Schnute dicht an mein Ohr und flüsterte etwas; mir sträubten sich am ganzen Körper die Haare.

»Richard ist Clevelands Cousin«, sagte sie.

»Ah, Cleveland!« Ich staunte über das eiffelturmartig verwobene Geflecht der Beziehungen, das sich rings um mich erhob. Waren sie alle miteinander verwandt? Waren Arthur und Richard ein Paar? Ich sah ihn an. Er starrte auf seinen kühlen, gelbschäumenden Plastikbecher der Reue. Das Haar fiel über sein ziemlich glattes Profil und verdeckte das Auge.

»Das Thema«, murmelte mir Jane wieder ins Ohr und öffnete einen riesigen Reißverschluß in meinem Inneren.

Ich griff nach ihrer knochigen Hand. »Welches Thema?«

»Laß es.« Wieder der schleppende Südstaatenakzent.

»Hör mal, Arthur«, sagte ich. »Du hast mir noch nicht erzählt, was mit dem Kind der Bedienung war. War es von ihm? Hatte es Clevelands gutes Aussehen geerbt und seinen sagenhaften Sinn für Humor?«

Die Erwähnung von Cleveland munterte ihn tatsächlich auf und brachte ihn auf andere Gedanken, und wenige Augenblicke später hörte ich, wie Cleveland einmal per Anhalter Hals über Kopf durch die Black Hills nach Mount Rushmore gefahren war, im Lieferwagen eines fahnenflüchtigen Soldaten, der einem Sprengkommando angehört und den Wagen voll Trinitrotoluol und Plastiksprengstoff hatte, und Arthur traten Tränen in die Augenwinkel, so lachte er.

Später, als der immer düster und lauter werdende Abend schon weit fortgeschritten war, blickte ich mich um, als wäre es das erste Mal seit Stunden.
»Cleveland«, sagte ich.
Mein Sehvermögen – und folglich auch mein Kurzzeitgedächtnis – war an den Rändern völlig verwischt, und diese Ränder hatten sich nach jedem Glas zusammengezogen, bis zwei Gesichter, die verwirrend ähnlichen von Jane und Arthur, unerträglich scharf im Brennpunkt von allem standen und laberten. Ich wollte Jane, ich wollte meine Ruhe, ich wollte einfach aufhören; deshalb stand ich auf – eine beachtliche Leistung – und ging ins Freie, um mir dreimal eine runterzuhauen.
Cleveland, Cleveland, Cleveland! Sie hatten praktisch von nichts anderem als von seinen Heldentaten gesprochen. Cleveland, der mit einem Pferd in ein Schwimmbecken ritt; Cleveland, der im Alter von dreizehn Jahren Co-Autor eines Buchs über Baseball war; Cleveland, der eine Prostituierte aufgabelte, nur um sie zur kirchlichen Trauung eines Cousins mitzunehmen; Cleveland, der in einer Dachkammer in Philadelphia hauste und nach sechs Monaten, in denen seine Freunde fast kein Wort von ihm gehört hatten, mit zwei unanständigen Tätowierungen und einem gelehrten, witzigen Essay über die Kakerlaken, mit denen er das Zimmer geteilt hatte, wieder in Pittsburgh auftauchte.
Ich hatte den Eindruck, daß Cleveland zumindest Arthur und Jane so haushoch überlegen war, oder überlegen gewesen war, wie die beiden in meinen Augen mir überlegen waren – aber sein Stern sank entweder oder war schon untergegangen, oder sie befanden sich alle drei auf dem absteigenden Ast. Sie hatten es nicht gesagt, doch ich merkte, daß die große Epoche, die Zeit, als Cleveland und Arthur ein engelgleiches und unzertrennliches Paar gewesen waren, ihrer Vorstellung nach längst vorbei war. Hier bin

ich, dachte ich, denn ich war sauer, verbittert und fühlte mich beschissen, am Anfang des ersten Sommers meines neuen Lebens, und erfahre nun, daß ich zu spät gekommen bin und alles verpaßt habe.

Obwohl ich wieder hinaus in das behagliche Gelb auf der hinteren Veranda gewollt hatte, geriet ich durch meinen Zustand und weil ich das Haus nicht kannte in die falschen Zimmerfluchten und kam an einem anderen Stück des großen Rasens heraus, einem Stück, das beleuchtet war und knallgrün ins Auge stach. Zwei Schwimmer unterhielten sich leise im Wasser, ein Junge, der mit gedämpfter Stimme ein Mädchen davon zu überzeugen suchte, jene Sache zu tun, für die der rechte Augenblick vermutlich schon viel früher am Abend gekommen und verstrichen war. Was genau gesagt wurde, konnte ich nicht verstehen, aber die Entschiedenheit, mit der ihn die junge Frau abblitzen ließ, war deutlich und kam mir bekannt vor. Es würde heftiger Widerspruch folgen, dann Schweigen, schließlich rasches Wasserschlagen.

Jemand stupste mich am Ellbogen, und ich drehte mich um.

»Hallo«, sagte Arthur.

»Ich will nur ein wenig Luft schnappen«, sagte ich. »Ich habe wohl zu viel gesessen. Zu viel getrunken.«

»Tanzt du gern? Möchtest du tanzen gehen?«

Ich überlegte, was er damit meinte. Eigentlich wollte ich nicht »tanzen gehen«, hauptsächlich deshalb, weil ich noch nie tanzen gegangen war (Claire tanzte nicht), aber auch weil mir etwas in seinem Ton und überhaupt der bloße Gedanke an eine Diskothek angst machte.

»Klar«, sagte ich. »Klar tanze ich gern.«

»Fein. Es gibt eine Disko in East Liberty. Nicht weit von hier.«

»Okay.«

»Ist aber ne Schwulendisko.«

»Oh.«
Auf der High-School hatte es nämlich eine Zeit gegeben, in der ich mich mit der Möglichkeit herumschlug, daß ich schwul sein könnte, ein qualvoller, sechs Monate währender Höhepunkt von Jahren der Unbeliebtheit und Mädchenlosigkeit. Nachts lag ich im Bett und machte mir nüchtern klar, daß ich schwul war und mich besser damit abfand. Der Umkleideraum wurde zu einem Ort der Qual, in dem es von entblößten männlichen Genitalien nur so wimmelte, die mich zu verspotten schienen, weil ich es nicht lassen konnte, mal flüchtig hinzugucken, zwar nur für Sekundenbruchteile, was zufällig wirken mochte, in Wahrheit aber, wie ich erkannte, ein bitteres Symptom meiner Perversität war. Weil ich wie jeder typische Vierzehnjährige vor Lüsternheit fast platzte, ging ich in Gedanken sämtliche Jungen meiner Bekanntschaft durch und versuchte, meine Begierde auf einen von ihnen zu konzentrieren, denn ich hoffte, auf diese Weise ein Ventil für meine Geilheit zu finden, selbst wenn es pervers und heimlich sein mußte und zum Mißerfolg verdammt war. Meine Versuche riefen ausnahmslos nichts anderes als Verwirrung in mir hervor, wenn nicht sogar Ekel.
Diese Krise meiner Selbstachtung war mit einem Schlag durch das Auftauchen Julie Lefkowitz' gelöst worden, auf die alsbald ihre Schwester Robin gefolgt war, dann Sharon Horne, die kleine Rose Fagan und Jennifer Schaeffer; meine Phase tiefer sexueller Unsicherheit vergaß ich jedoch nie. Hin und wieder lernte ich einen faszinierenden Mann kennen, der die von Julie Lefkowitz gelegten Fundamente schwach, aber spürbar ins Wanken brachte, und einen kurzen Augenblick grübelte ich dann darüber nach, durch welche Laune des Schicksals ich zu der Entscheidung gelangt war, nicht homosexuell zu sein.
Ich sah Arthur an. Auf seinen Wangen entdeckte ich zarte

goldene Bartstoppeln, auf der rosa Haut der Kehle eine gerötete Stelle. Seine Augen waren klar und hell, als hätte er nichts getrunken. Ich spürte etwas. Es flatterte in meiner Brust herum wie eine schwarze Fledermaus, die sich ins Haus verirrt hat, versetzte mich für einen sonderbaren Augenblick in Angst und verschwand dann wieder.

»Lieber nicht. Ich bin hetero, Arthur. Ich mag Mädchen.«

Er setzte sein diplomatisches Lächeln auf.

»Das sagen alle.« Er streckte die Hand aus und berührte fast mein Haar. Ich zuckte zurück. »Na schön, du bist hetero.«

Es war, als hätte ich eine Prüfung bestanden oder sei durchgefallen.

»Aber wir können doch Freunde bleiben, oder?«

»Mal sehen«, sagte er, machte auf dem Absatz kehrt und ging zurück ins Haus.

Im Lauf von Riris langer Party veränderte sich manches: die empfindliche Satinhandtasche eines Mädchens wurde zum Gegenstand einer heftigen Auseinandersetzung zwischen zwei für kurze Zeit wütenden Jungen und dabei zerrissen; eine Lampe verwandelte sich in einen Scherbenhaufen, um verflucht, zusammengekehrt und eiligst weggeworfen zu werden; und der Swimmingpool, der zu Anfang des Abends vermutlich der allgemeinen Vorstellung vom himmlisch blauen Vergnügen der Wohlhabenden entsprochen hatte, war nun abstoßend, grün und beinahe leer. Ich hatte jedoch den ganzen Abend in angenehmem, mysteriösem Dunkel und vergnüglicher Gesellschaft verbracht, und als ich am Beckenrand ankam, hatte ich das Hemd schon halb ausgezogen.

4
Die Wolkenfabrik

Mein schlimmster Alptraum war ein langweiliger Alptraum, in dem ich an einen öden Ort kam, wo mit grauenvoller Langsamkeit nichts geschah. Nach diesem Traum erwachte ich erschöpft und mit ein paar banalen Gedankenfetzen, die der dumpfen Furcht, die ich im Schlaf empfunden hatte, nie ganz gerecht zu werden schienen: das tiefe Summen einer elektrischen Uhr, ein umherstreunender Albinohund, eine Stimme, die über Lautsprecher pausenlos Abfahrtszeiten durchgab; und solch einem Traum entsprach auch mein Job in jenem Sommer. Ich hatte in einer echten, altmodischen Buchhandlung arbeiten wollen, in der es nach Literatur und dem durch die offene Tür hereinwehenden Pittsburgh roch. Statt dessen hatte ich mich von Boardwalk Books anheuern lassen.

Boardwalk, eine Ladenkette, verkaufte Bücher zu Niedrigpreisen im großen, neongrellen Supermarktstil, einem Stil, den Verdrießlichkeit und verständnislose Abneigung gegen die wenig Gewinn abwerfende Ware kennzeichneten. Der Laden, in dessen langen weißen Gängen sich megalithische Stapel von Billigthrillern und Fitneßratgebern türmten, war eingerichtet, als hätte die Geschäftsleitung gehofft, Mittagssnacks oder Gartengeräte zu verkaufen, sei dann aber von einem skrupellosen Großhändler geleimt worden – ich malte mir das enttäuschte »Was zum Teufel sollen wir mit diesen ganzen Scheißbüchern anfangen?« der Inhaber aus, einem haarigen Vater aus Philadelphia und seinem glatzköpfigen Sohn, die an der Küste von New Jersey mit Postkarten und Strandsouvenirs angefangen hatten. In ihren Augen war ein gutes Buch immer noch ein dickes kleines Taschenbuch, das wußte, wie man in einer Badetasche sitzt und die Klappe hält.

Literatur hatte man in eine winzige und für andere Zwecke unbrauchbare Nische zwischen Krieg und Modernes Heim gequetscht, und von allen Angestellten, von denen mehrere dick waren und Rettungssanitäter werden wollten, war ich der einzige, der es befremdlich fand, daß Boardwalk zwar die Monarch-Erläuterungen zu Werken wie *Tristram Shandy* verkaufte, die Bücher selbst aber gar nicht vorrätig hatte. Von der Klimaanlage betäubt, fast ohne einen klaren Gedanken im Kopf, sollte ich die Tage des Sommers in ständiger Erwartung meiner abendlichen Verabredungen verbringen. Sommer würde es nach dem Abendessen sein. Der Job nahm mich nicht in Beschlag.

Anfang Juni, ein paar Tage nach der Party bei Riri, war mein Mietvertrag für das »Claire-Apartment« endlich ausgelaufen. Früh am Abend schloß ich hinter mir die Glastür von Boardwalk, verabschiedete mich von Gil Frick, zuckte unter dem plötzlichen Schlag der Hitze draußen zusammen und fuhr mit dem Bus zu meinem neuen Haus an der Terrace, auf dem Schoß eine Einkaufstüte mit den allerletzten Resten der Einrichtung meines alten Apartments.

Die Terrace war vor vielen Jahren einmal eine feine Wohngegend gewesen. Große, gleich aussehende Backsteinhäuser standen in Hufeisenform um einen langgezogenen, grasbewachsenen Hang, und die Terrace strahlte noch immer etwas von der Vornehmheit einer Enklave aus, die einst Familien mit Dienerschaft und eigenem Gespann angezogen hatte. Letzteres wußte ich, weil ich in ein Haus zog, das als Remise oder Kutscherhaus gedient hatte – kleine Zimmerchen über den Garagen hinter der eigentlichen Terrace. Keiner meiner neuen Nachbarn schien Ähnlichkeit mit mir zu haben: ein alter Mann, Babys, Eltern.

Nachdem ich die braune Tüte zwischen die herumstehenden

Kartons mit meinen Siebensachen aus der alten Wohnung gestellt hatte, ging ich nach draußen, setzte mich auf die oberste der sechsundzwanzig rissigen, zu meiner Tür hinaufführenden Betonstufen und rauchte eine. Links die Terrace, wo Kinder und glückliche Schnauzer herumtollten; rechts und überall vor mir das Gewirr der baufälligen Ställe und oft torlosen Garagen, in den meisten waren Skier oder Autos untergestellt. Die Dächer der Garagen waren mit Apartments wie meinem überbaut, in den Fenstern standen spindeldürre Kletterpflanzen, hinter den Fliegengittern dudelten Radios. Die späte Sonne war immer noch das Hauptereignis des Tages, brachte die um mich herum parkenden Autos zum Knarren und heizte die Metallgeländerstange an meinem nackten Hals auf. Eine warme Brise trug Essensdüfte und Vogelgezwitscher durch die Nachbarschaft, streichelte sanft über mein schweißnasses Gesicht und richtete die Härchen an meinen Armen auf. Ich hatte eine Erektion, lachte darüber und drückte sie geduldig nach unten. Vier Jahre, in denen Pittsburgh mir vertraut und gleichgültig gewesen war, verwandelten sich mit einem Schlag in Erregung und Liebe, und ich schlang die Arme um mich.

Tags darauf war mein freier Tag, und ich hatte Pläne. Ausstaffiert mit Sonnenbrille und ärmellosem T-Shirt, ging ich in die Hillman Library, um Arthur zum Mittagessen abzuholen. Das Sommersemester hatte begonnen (aber nicht für mich!), und in der Bibliothek drangten sich verhältnismäßig viele Studenten in Shorts, die sich damit abquälten, brav und gelehrig auf ihren Plätzen zu bleiben. Der Raum, in dem Arthur die Formulare für Neuanschaffungen tippte, ging von demselben Korridor ab, in dem das Mädchen-hinter-Gittern arbeitete, und auf dem Weg zu Arthur mußte ich an jenem Gitter vorbei, hinter dem sie auch heute wieder saß. Ich ging langsam darauf zu und war froh, daß ich

Turnschuhe und nicht die lauten Slipper trug, denn sie war eifrig mit ihren Bücherstapeln beschäftigt und blickte nicht auf, so daß ich sie mir genau ansehen konnte.
Heute hatte sie mehrere Schichten Rot und Weiß übereinander an, T-Shirts hauptsächlich, darunter den einen oder anderen Rock, und viele verschiedene Halstücher und Armreife. Ihr rotbraunes Haar, das sie in einer adretten, unsymmetrischen Ponyfrisur im Stil der vierziger Jahre trug, ließ nur einen Teil des Profils erkennen, aber sie sah völlig konzentriert aus und hörte mich nicht, als ich mich an ihr vorbeimogelte und den Korridor zu Arthurs Abteilung entlangging. Mir fiel ein, daß er sie als Punkerin bezeichnet hatte, doch ihr Auftreten und ihre propere Erscheinung widersprachen dem, und nach den rosa Fingernägeln und Schleifchen im Haar zu schließen, legte sie offensichtlich ganz unpunkerhaft viel Wert darauf, einen traditionell weiblichen Eindruck zu machen. Ich fragte mich, was sie – wenn nicht Punkerin – nun eigentlich war.
Arthur hatte seine Lunchtüte griffbereit und steckte rasch ein Lesezeichen in das Buch, aus dem er gerade etwas abschrieb, als ich eintrat.
»Tag«, sagte er. »Bist du fertig? Hast du Phlox gesehen?«
»Tag. Ja, ich hab sie gesehen, Phlox, haha. Toller Name.«
»Jedenfalls ist sie ganz schön scharf auf dich, Mann. Paß bloß auf.«
»Was soll das heißen? Woher weißt du das? Was hat sie gesagt?«
»Nur sachte, gehen wir erst mal essen. Ich erzähl's dir unterwegs. Wiedersehen, Evelyn – oh, tut mir schrecklich leid, Evelyn. Darf ich bekannt machen, Art Bechstein, ein Freund von mir. Art, das ist Evelyn Masciarelli.«
Evelyn arbeitete in der gleichen Abteilung, nominell war sie Arthurs Vorgesetzte. Sie war eine kleine graue Maus, die ihr Leben in der Hillman Library verplempert hatte und, wie

Arthur mir später anvertraute, »total verknallt« in ihn war. Ich ging zu ihr und gab ihr die Hand, wobei ich mir der Förmlichkeit bewußt war, mit der Arthur uns vorgestellt hatte. Das war mir durchaus angenehm, denn dadurch hatte ich die Wahl, ihr gegenüber der zu sein, der ich gerade sein wollte, und ich entschied mich für die Rolle des aufgeweckten jungen Manns, der direkt aus der Sonne der Welt draußen kam und dem es im Unterschied zu ihr freistand, wieder dorthin zurückzukehren. Nachdem ich kurz ihre kleine, feuchte Hand gedrückt und Evelyn all meine bezaubernden Zähne gezeigt hatte, verabschiedeten wir uns höflich und gingen.

Auf dem Weg nach draußen trafen wir natürlich auf Phlox, die am Trinkbrunnen in der Halle stand. Sie mußte sich schützend die Hand über den Busen legen, damit der ganze Plunder, den sie um den Hals trug, beim Vorbeugen nicht in den Wasserstrahl geriet.

»Phlox, hier ist jemand, mit dem ich dich gern bekannt machen möchte«, sagte Arthur mit leicht spöttischem Unterton.

Sie richtete sich auf und wandte sich zu uns um. Ihre Augen, inmitten von all dem Haar und den Schals, waren die blausten, die ich je gesehen hatte; Phlox riß sie erstaunt auf, als sie mich sah. Ich fühlte mich mit meinen nackten Schultern sehr exponiert. Ihr Gesicht war länglich, ihre Haut glatt, sie hatte eine breite, makellose Stirn; fraglos war sie schön, und doch stimmte etwas an ihrem Aussehen, ihrer Kleidung nicht, wirkte merkwürdig: alles an ihr war ein bißchen zu dick aufgetragen, angefangen bei den *zu* blauen Augen mit dem *zu* offenen Blick bis hin zu ihren *zu* roten Strümpfen. Es war, als hätte sie aus großer Entfernung amerikanische Schönheitsideale analysiert und sei den weiten Weg hierhergekommen, nur um feststellen zu müssen, daß sie die

Details übertrieben hatte: eine Debütantin von einem anderen Planeten.
»Art Bechstein, ich möchte dich mit Phlox bekannt machen«, fuhr Arthur fort. »Phlox, entschuldige bitte, deinen Nachnamen weiß ich nicht, aber das ist Art, ein Freund von mir. Er ist ein wunderbarer Mensch.« Sein letzter Satz klang ziemlich seltsam, und unter dem Druck ihres erwartungsvollen Blicks und Arthurs übertriebener Einführung, fühlte ich mich plötzlich genötigt, Eindruck zu machen, hatte aber keine Lust mehr dazu – am liebsten hätte ich mich in den Korridor verdrückt, eine schwarze Hornbrille aufgesetzt und einen schweren Mantel übergestreift, um dann wieder aufzutauchen, doch diesmal furzend und von grotesken Zuckungen geschüttelt.
Phlox hatte noch nichts gesagt. Sie stand da, die Hände an den Seiten, Handgelenke nach oben abgewinkelt, die Finger leicht gespreizt: eine wirklich klassische Pose, die förmlich nach sentimentaler, geigenschluchzender Musikuntermalung schrie, jenen berauschenden paar Takten Borodin zur Feier des Augenblicks-von-dem-jedes-Mädchen-träumt. Sie schaute mich ein oder zwei lange Sekunden an.
»Hallo, Art«, sagte sie schließlich. »Ich kann gar nicht glauben, daß ihr euch kennt – das heißt, daß Arthur uns beide kennt. Wie geht's?«
»Ganz gut, danke. Und selbst?«
»Bestens. Ich – Arthur sagt, du bist nicht aus Pittsburgh.«
»Ach?« Ich sah zu Arthur, der auf seine Hände sah. »Nein. Aus Washington. Nein, also eigentlich bin ich fast aus Pittsburgh. Die Familie meiner Mutter wohnt in Newcastle«, sagte ich.
»Sie ist tot.« Mitfühlendes Lächeln.
Ich sah wieder zu Arthur. Seine feingliedrigen Hände faszinierten ihn.
»Äh, ja. Schon lange. Bist du von hier?«

»Ich bin ein sehr wichtiger Teil von Pittsburgh«, erklärte sie und sah mich mit einem starren Blick aus den beiden Blaus an. Eine Pause trat ein.
»Na schön«, sagte Arthur. »Das reicht.« Er faßte mich am Ellbogen.
»Hm, wirst du, hm, wirst du noch öfters in die Bibliothek kommen – zu Arthur – geht ihr jetzt Mittag essen?«
Im Ton eines Vertrauensarztes setzte Arthur ihr die näheren Umstände unserer Verabredung auseinander, wies darauf hin, daß ich heute meinen freien Tag hätte, seine Mittagspause aber leider knapp bemessen sei, und schleifte mich fort, nicht ohne Phlox in meinem Namen ein Wiedersehen zu versprechen. Dann gingen wir nach draußen in den flirrenden Mittag.
»Puh«, sagte ich. »Das ist vielleicht eine Nummer. Wie wird sie noch gleich genannt?«
»Mau-Mau. Das war aber noch zu ihrer Zeit als Punkerin. Wie ich höre, ist sie jetzt Christin.«
»Dachte ich mir doch, daß so was dahintersteckt. Was wird sie als nächstes sein?«
»Joan Crawford«, sagte er.

Niemand hat mir je eine befriedigende Erklärung für das gigantische Loch geben können, das an drei verschiedenen Stellen von langen Eisenbrücken überspannt wird und den gesamten Südosten des Pittsburgher Stadtteils Oakland in einen Abgrund verwandelt. Zwischen der doofen, arroganten Front der Carnegie-Mellon University und der häßlichen Rückseite des Carnegie Institute, zwischen den kleinen Marienschreinen in den Vorgärten an der Parkview Avenue und dem Park selbst, liegt die breite, trockene Schlucht, in der sich im wesentlichen vier Dinge befinden: die Vergessene Gegend, die Wolkenfabrik, Bahngleise und jede Menge Müll.

Von einem nur Insidern bekannten Aussichtspunkt aus, einer hohen Betontreppe, deren oberste Stufe mindestens zehn Stock über der Talsohle lag, konnte ich zum erstenmal einen genaueren Blick auf die Vergessene Gegend werfen: jene geheimnisvollen zwei oder drei Straßen und Häuserzeilen – ein Diorama, wie man es nur von oben sehen kann, falls es einem überhaupt auffällt. Während meiner vier Jahre in Pittsburgh hatte ich es ein paarmal gesehen, von dem halben Dutzend uralter, über den ganzen Süden von Oakland verteilten Treppen, die zu ihm hinunterführten, wußte ich jedoch nichts, und daß dort tatsächlich Menschen lebten, war mir auch nie aufgefallen. Es gab sogar eine Schule und ein Baseballfeld; man konnte die winzigen Gestalten von Kindern sehen, die dort unten am Boden von Pittsburgh von einem Laufmal zum anderen liefen.
Arthur hatte die oberste Stufe ausgesucht, wo uns die Sonne den Rücken wärmte und den Salat auf unseren Sandwiches welken ließ. Und während ich dort, hinter dem Fine Arts Building, wo Oakland wie an hundert anderen Stellen ganz unvermittelt aufhört, sehr dicht neben ihm im Gras saß, fühlte ich mich unbehaglich und spürte nur zu deutlich, daß die Abgeschiedenheit und Intimität unseres Hochsitzes die eindeutige Möglichkeit in sich schloß, Arthur könnte mich hierhergeführt haben, um, wie er es ausgedrückt hätte, erneut ein heikles Thema anzuschneiden. Ich beschloß, meinen Standpunkt im Verlauf des Mittagessens noch einmal unmißverständlich klarzustellen; leider stand ich aber auf dem Standpunkt, Arthur sei der Größte. Ich wollte wie Arthur Lecomte sein, so trinken, nehmen, ablehnen, beherrschen und – mit dem unbändigen Cleveland als Freund – die verzauberte Fahne des Sommers hochhalten.

»Wahnsinn, da zu wohnen«, sagte ich und deutete mit meinem Schinken-Käse-Sandwich auf die Vergessene Gegend.

»Warst du schon mal da unten?«
»Nei-ein. Du?«
»Ja, klar. Cleveland und ich haben uns früher die ganze Zeit dort rumgetrieben. Wir haben die Schule geschwänzt« – an dieser Stelle deutete er über die Schulter und meinte vermutlich die Central Catholic High-School – »und sind diesen Weg runtergegangen« – er zeichnete die Route mit seinem blauweißgestreiften Ärmel nach – »hinterm Museum und an der Wolkenfabrik entlang, dann am Schuttabladeplatz vorbei nach unten. Früher wuchs zwischen alten Reifen, Abfall und dem ganzen Plunder Marihuana.«
»Die Wolkenfabrik?«
Er lachte, blickte erst auf seine Hände, dann wieder auf, wobei er wie immer meinem Blick auswich und leicht errötete.
Ich hatte noch nie einen Mann kennengelernt, der so oft errötete, obwohl Arthur ohnehin ziemlich affektiert war.
»Ja, die Wolkenfabrik. Ist sie dir nie aufgefallen? Wenn man über die Schenley-Park-Brücke geht, dort vom Park nach Oakland rüber, liegt unter einem die Wolkenfabrik. Was wird dort gemacht? haben wir uns immer gefragt. Weshalb steigen aus dem Gebäude neben den Gleisen diese großen Wolken auf, schneeweiß und blütenrein, weiß wie neue Baseballs? Cleveland und ich kamen aus der Schule, hatten die Krawatten gelockert und waren völlig bekifft, und da lag die Wolkenfabrik und produzierte einen neuen Schwall dieser jungfräulichen Wolken.«
Mir wurde klar, daß ich das Gebäude zigmal gesehen hatte, und tatsächlich war es eine Wolkenfabrik, nichts anderes. Ich sagte dies, und dann dachte ich an die katholische Schule und wie typisch es für Arthur war, als Ministrant angefangen und als Lustknabe aufgehört zu haben.
»Ist Cleveland katholisch?« fragte ich.

»Nein, eher alkoholisch«, sagte Arthur. »Möchtest du was von der Birne?«
Ich bedankte mich und nahm einen warmen, körnigen Schnitz. Der wiederholte Hinweis auf meine Heterosexualität brannte mir nun nicht mehr ganz so auf der Zunge, und ich hatte eigentlich keine Lust mehr, unser ruhiges, an gemächlichen Pausen und Kaugeräuschen reiches Gespräch aus dem Takt zu bringen.
»Wann kann ich denn Cleveland kennenlernen?«
»Ja, er will dich auch kennenlernen. Ich habe ihm von dir erzählt. Also, am Wochenende gebe ich eine kleine Party bei den Bellwethers – hey, du bist mich bisher nicht besuchen gekommen, Bechstein. Komm doch mal und bleib über Nacht.«
»Oh«, sagte ich.
»Mohammed war schon da. Wir haben gegen die Vorschrift verstoßen und Netties und Als Bettwäsche entweiht.«
»Ach!« sagte ich. »Das ist gegen die Vorschrift?«
»Soll das ein Witz sein? Du müßtest das mal sehen! Es gibt eine zwölfseitige Liste mit Sachen, die ich zu tun und zu lassen habe. Ihr Bett ist absolut tabu.«
Diese beiläufige Enthüllung, er habe nach dem Vorfall auf der Party mit Mohammed geschlafen, war so komplex, so verwunderlich, daß sie gleichzeitig Erleichterung, Neugier, Verwirrung, Abscheu und Bewunderung in mir hervorrief. Ich formulierte acht oder neun zusammenhanglose Fragen und verwarf sie wieder, ehe mir klar wurde, daß alles auf so etwas wie »Du hast mit Momo geschlafen?« hinauslief. Statt dessen sagte ich: »Ich schätze, ich werde zu der Party am Wochenende kommen. Wird Cleveland auch da sein?«
»Er steht auch auf der Liste.«
»Erlaubt oder …«
»Verboten. Ausdrücklich. Aber wir werden sehen.«
»Weshalb hat er Hausverbot?«

»Weil man ihn fürchtet und verachtet, wo immer er sich blicken läßt«, erwiderte Arthur. »Meine Mutter behauptet, er sei das Böse in Menschengestalt.«
»Verstehe«, sagte ich lachend.
Er stand auf, zündete sich eine Zigarette an und deutete mit dem Kopf zur Bibliothek.
»Ich muß mich auf die Socken machen«, sagte er.
Am Haupteingang trennten wir uns, ich schüttelte ihm die Hand, bedankte mich für eine weitere vergnügliche halbe Stunde, und insgeheim dafür, daß er nicht mit einer verstohlenen Liebkosung alles zerstört hatte. Später erfuhr ich, daß er auf dem Weg zurück zur Arbeit Phlox zu der Party eingeladen und ihr erzählt hatte, ich habe nur zugesagt, um mit ihr zu tanzen.
Ich rauchte, blickte eine Zeitlang auf den Boden von Pittsburgh hinab und beobachtete das winzige Baseballspiel der Kinder, die weit entfernten Silhouetten der Hunde, die einem kleinen vorbeifahrenden Auto nachkläfften, eine Hausfrau en miniature, die auf ihrer Veranda einen roten Teppichfetzen ausschüttelte, und hastig und erschreckt gelobte ich mir, niemals so klein zu werden, sondern alles zu tun, um immer größer und größer und größer zu werden.

5
Eindringlinge

Um halb sieben am Morgen eines trüben Junidienstags, der nur die noch trübere Aussicht auf einen weiteren Tag bei Boardwalk Books versprach, duschte ich (das plärrende Radio im Dampf auf dem Klo), trank meinen Orangensaft und kaute einen harten, mit Margarine beschmierten Kanten Schwarzbrot, um dann in dem Apartment herumzutrödeln, das nach wie vor zur Hälfte voller Kartons stand. Nacheinander probierte ich diverse Hemden an und zog sie wieder aus, während ich gleichzeitig ohne bestimmte Absicht nach einem Foto stöberte, das ich von dem Ei besaß, aus dem Godzilla schlüpfte.

Ich hatte schlecht geschlafen und war zu früh aufgewacht; doch einem gewohnheitsmäßigen Langschläfer tut es gut, hin und wieder einmal früh aufzuwachen und nichts zu tun zu haben. Ich trank Instantkaffee und beobachtete durch die Wassertropfen am Fensterfliegengitter den gemächlich im Rinnstein abfließenden Regen, beobachtete den Zwerg, der unter mächtigem Gerassel den gelben, an den Laternenpfahl Ecke Forbes Avenue und Wightman Street geketteten Stahlautomaten mit den Morgenzeitungen bestückte, und die in der Psychiatrie arbeitende Krankenschwester, meine Nachbarin von nebenan, die gerade von der Nachtschicht im Western Psych nach Hause kam, mit dem Schirm schlenkerte und ihr langes blondes Haar aus dem Knoten löste, zu dem sie es aufgesteckt hatte. Durch das frühe Aufstehen kam ich mir wie in einen neuen Stadtteil verpflanzt vor, oder wie ein abgestumpfter New Yorker, der schließlich doch einmal auf der Freiheitsstatue steht, von dort nicht den Wassertank auf dem Dach seines Hauses ausmachen kann und mit

sonderbarer Freude erkennt, wie groß und unbegreiflich seine Stadt ist.
Ich fand das schlecht verpackte, zerknitterte Foto und warf es weg (winzige Gestalten umringen an einem tristen Strand das Monster in seiner gesprenkelten Schale). Da der Regen aufgehört hatte und immer noch Zeit blieb, ehe man mich und meine miserable Arbeitshaltung bei Boardwalk erwartete, beschloß ich, den Bus schießenzulassen und zu Fuß nach Oakland zu laufen.
Der Morgen war warm; Dunstschwaden trieben und kräuselten sich über dem wohlriechenden Asphalt und hüllten auch den Golfplatz ein, als ich näherkam. Aus dem Wattenebel rund um die Fahnenstange des Klubhauses ragte ein alter Wimpelfetzen auf. Gerade als ich an die Tore des Schenley Parks kam, stiegen die Platzwarte auf die grünen Rasenmäher und erfüllten die Luft mit dem infernalischsten Lärm, den man sich an einem regnerischen Sommervormittag denken kann. Ich sprang über das niedrige weiße Geländer und guckte wie immer nach, ob die kleine Kritzelei noch da war, die ich während eines lustigen, triefnäsigen Abends mit Claire vor zwei Wintern dort eingeritzt hatte. Ich latschte über die makellosen Fairways, bis mich die Skrupel übermannten, die mir beim jahrelangen Golfspielen mit meinem Vater eingebleut worden waren, und ich von der sakrosankten Rasenfläche in ein Eichenwäldchen auswich, das ans Klubhaus und das achtzehnte Grün grenzte.
Während ich mit den Fingern über den halb umgestürzten Drahtzaun strich und sich silbrige Regentropfen auf meinen Schuhspitzen sammelten, überkam mich ein kurzer schmerzlicher Gedanke an meinen Vater, und dann, als ich leise das Wort »Dad« vor mich hin murmelte und die nach frischgemähtem Gras riechende Luft einsog, fiel mir ein, daß er morgen wieder nach Pittsburgh einflog; wir würden zusammen Mittag essen, ich würde »He, Liftboy – aufwärts

bitte!« rufen, und er würde sein mächtiges Haupt schütteln, die Rechnung bezahlen und mir zum zehntenmal von der Tochter der Weitzmans erzählen, die mit einem Vollstipendium in Brandeis studiere, bildhübsch sei und außerordentlich intelligent.

Der Golfplatz ging schließlich in die parkähnlichen Außenbezirke der Carnegie-Mellon-University über, und der Park wiederum in die Schlucht, die Brücke und Oakland. In der Wolkenfabrik rührte sich nichts; die Produktion lag heute still. Ein weißer Backsteinbau, zwei beige Schornsteine und eine geheimnisvolle Reihe von Laufplanken und verschlossenen Türen, so lag die Wolkenfabrik auf der anderen Seite der Brücke, unterhalb vom Carnegie Museum, neben dem Schienenstrang, der unter der Brücke verlief. Das Stahlgewirr der Gerüste und Drahtseile rings um das Gebäude schien die Wolkenfabrik sowohl mit dem Museum voll Geoden und Dinosaurier als auch mit den Zügen zu verbinden, die mit Autos beladen nachts hier vorbeifuhren.

Als ich näherkam, blickte ich tief in die Schlucht hinab und versuchte mir auszumalen, wie zwei Krawatten tragende Schuljungen dort unten nach Sandhaufen und Colabüchsen traten und über die Blüte ihrer Jahre sprachen, als läge sie noch weit in der Zukunft und hätte nicht schon begonnen. Da ich mir jedoch nicht vorstellen konnte, wie Cleveland aussah, blieb das Bild verschwommen, außerdem wären die beiden wahrscheinlich sowieso bekifft gewesen, dachte ich, und hätten bloß über Trigonometrie, John Lennon und Väter geredet.

Als ich auf die andere Seite der Brücke kam, wandte ich mich einer spontanen Regung folgend nach rechts und stieg eine Betontreppe hinab, die ich früher nie bemerkt hatte und über die man zu der mit einem Vorhängeschloß versperrten Eisengittertür eines Eingangs in die Wolkenfabrik gelangte. Von dort führten Holzstufen zur sandigen Sohle der

Schlucht, und nach einem Blick auf die Uhr lief ich hinunter; mir blieb noch ungefähr eine halbe Stunde. Unten angekommen, sah ich zu der verrosteten roten Brücke hinauf, die sich über meinem Kopf erstreckte und unter jedem Auto erbebte. Ich ging etwas näher an die Wolkenfabrik heran und versuchte, hinter den weißen Milchglasfenstern etwas zu erkennen.

Arthur gab sich wohl damit zufrieden, sie für eine Wolkenfabrik zu halten; ich aber mußte ihren wahren Zweck kennen, ehe ich weiter *so tun konnte,* als gäbe ich mich ebenfalls damit zufrieden. Ich konnte jedoch nicht feststellen, ob das Gebäude nun mit dem Museum oder der Bahn zu tun hatte, und nachdem ich ein paar verrostete Schilder, die verbogen und kaum noch zu entziffern im Schutt rund um das Gebäude lagen, einer kurzen ergebnislosen Prüfung unterzogen hatte, drehte ich mich um und wollte wieder die Treppe hinaufgehen.

Im Inneren der Fabrik wurde etwas in Gang gesetzt, und ein dumpfes Grollen schwoll rasch zu einem Heulen und Klopfen an. Aus meinem Regendienstags-Phlegma aufgerüttelt, hetzte ich im Takt mit dem metallischen Hämmern aus der Wolkenfabrik die Treppe hinauf. Im Laufen drehte ich mich nach dem Gebäude um und war schon fast oben, als aus einem riesigen Ventil ein dichter weißer Schwaden strömte, sich in der Luft ausbreitete und nach oben stieg, bis eine Musterwolke über meinem Kopf hing, eine Wolke wie aus dem Bilderbuch, wie Schäfchen oder Zuckerwatte oder die üblichen Wolkenklischees. Im selben Moment fuhr Phlox ziemlich affektiert und mit flatternden dünnen Schals mit dem Fahrrad über die Brücke, in mustergültiger Haltung, den Blick hinter der Sonnenbrille nach vorn und vermutlich gespannt auf die weiße Bibliothek in der Ferne gerichtet. Soweit ich sehen konnte, war sie hübsch angezogen. Ich blieb halb versteckt hinter einem kalten roten Brückenpfeiler stehen, bis die Wolke sich aufzulösen begann und Phlox im Verkehr untergetaucht war. Schon wieder hatte ich Phlox nachspioniert. Etwas an ihr machte mir angst, wenn ich damals auch nicht das richtige Wort dafür fand.

Als ich in die Buchhandlung trat, schloß ich messerscharf anhand einiger unverwechselbarer Anhaltspunkte, daß im Hinterzimmer »die Post abging«. Dem ehemaligen Jeschiwaschüler Gil Frick, einem Hobbyschützen und stinklangweiligen Knirps, der Maschinenbau studierte, war die Ladenkasse anvertraut worden, ein ungewöhnlicher Schritt, da die Geschäftsleitung in der Regel jene Arbeiten für Gil reservierte, die sie selbst für Leute meines unzufriedenen Schlages für zu niedrig oder zu stupide hielt, zum Beispiel die Preisschildchen von den riesigen Bergen unverkaufter Taschenbücher abzupulen oder die Restposten der verramschten Autobiographien abgehalfterter Möchtegernstars ganz hinten im eiskalten Keller verschwinden zu lassen. Außerdem hatten die etwa fünfzehn Kunden bei den Ringer- und Männerzeitschriften und in der Sportabteilung des Ladens den Kopf interessiert zum hinteren Arbeitszimmer gedreht; einige schienen aus vollem Herzen über das zu lachen, was dort hinten ablief: Geschrei, hysterisches Frauenlachen, jemand sang.
»Tag, Gil«, sagte ich. »Na so was! Hört sich ganz so an, als hätte hinten im Büro jemand seinen Spaß.« Arthurs Beispiel folgend, hatte ich mir angewöhnt, Gil Frick und seinesgleichen gegenüber ein überkorrektes, gespreiztes Verhalten zur Schau zu tragen, weil ich, wie wohl auch Arthur, diese Leute davon abhalten wollte, mich in ein Gespräch zu verwickeln.
»Ja, hört sich so an.« Mir fiel auf, daß er einige Schrammen im Gesicht hatte und die Brille mit einem Stück Isolierband notdürftig repariert war.

»Du bist doch nicht etwa in eine Rauferei oder einen Streit geraten, Gil?«
»Nein«, sagte er und wurde rot.
Ich drang nicht weiter in ihn. Als ich vom vorderen Ladenbereich über den mit schwarzen Kaugummiflecken verschmierten weißen Fliesenboden zu den Ständern am Hinterzimmer ging, die vollgestopft mit miserablen Kinderbüchern waren (diese Woche hießen sie *Tuffy das Ei* und *Zigtausendundeins wirklich lustige Witze zum Erzählen und Ausmalen),* kam ich zu dem Schluß, daß die ablaufenden Festivitäten trotz der frühen Stunde die Folge von Alkohol sein mußten oder, wofür mehr sprach, von fünf oder sechs Dutzend Doughnuts, beides Quellen hirnloser Heiterkeit, die zuweilen mit erschütternd gutem Erfolg in die alltägliche trostlose Boardwalk-Mondödnis eingeführt wurden.
Tatsächlich waren sowohl Whisky als auch Doughnuts im Spiel, aber nicht die waren die Ursache für das Gelächter, sondern Ed Lavella, dreihundert Pfund, und sein Bruder Joey, zweihundertneunundsiebzig Pfund, die Kleider, Stökkelschuhe und Make-up trugen und in dieser Verkleidung gerade die Herz-Lungen-Reanimation vorführten.
»Bechstein!« riefen sie, als ich ins Zimmer trat. »Wie wär's mit nem Rendezvous, alter Schwuli?«
Obwohl Ed und Joey mich immer so nannten, zuckte ich innerlich zusammen; zum erstenmal nahm ich es beinahe ernst, als ob mich die Freundschaft mit Arthur zu so etwas wie einem Mitschwulen machte. Natürlich, rief ich mir in Erinnerung, meinten sie nicht Homosexueller im eigentlichen Sinn; im Grunde wollten sie sagen: du kleiner Schwächling, so eine halbe Portion wie dich könnten wir ohne große Mühe in Stücke reißen oder unter unseren gewaltigen Ärschen zerquetschen. Ich lachte.
»Haha«, sagte ich. »Was ist das? *Manche mögen's fett?«*
»Haha«, sagten alle im Raum. Außer den beiden riesigen

Rettungssanitätern in spe waren das: drei an Bulimie leidende junge Kettenraucherinnen, die verschiedene höhere Posten in der undurchschaubaren Firmenhierarchie von Boardwalk einnahmen; Rodney, ein großer schweigsamer Schwarzer, der im Gefängnis gewesen war, weil er sich während des Vietnamkriegs der Einberufung entzogen hatte, und nun im Begriff stand, zum Katholizismus zu konvertieren, womit er langfristig die Hoffnung verband, Trappistenmönch zu werden »wie Thomas Merton«, mit dem es, wie Rodney mir oft erzählte, ein schreckliches und lächerliches Ende genommen hatte; schließlich Calvin, ein weiterer angehender Rettungssanitäter, der sich für Messer und kleinkalibrige Schußwaffen begeisterte und Gil Fricks einziger Freund in der Buchhandlung war – ein Freund mehr, als ich selbst hatte. Diese Leute verkauften Bücher im Schatten der University of Pittsburgh.

»Heute ist bunter Abend auf der Rettungswache«, sagte Ed und rappelte sich auf. Joey blieb am Boden liegen, auf seinem Oberkörper ein wüstes Durcheinander aus verrutschtem Dekolleté, verhedderten grauen BH-Trägern und zerknüllten Kleenextüchern. »Wollten bloß mal die Kostüme an euch ausprobieren.«

»Tolle Kostüme, Jungs«, sagte ich. »Umwerfend. Hm – es ist noch nicht zehn, oder? Hab ich noch Zeit? Entschuldigung. Ich muß noch telefonieren.«

Mit zitternden Händen ging ich wieder in den Laden und zum Telefon vorn.

Bei den Bellwethers war besetzt. Ich versuchte, mir darüber klar zu werden, ob das, was ich empfand, Angst war oder Besorgnis. Was, so fragte ich mich, was soll das eigentlich? Im Hinterzimmer lachten sie noch immer; zwei Kunden standen fast auf der Schwelle und hatten dabei vermutlich die Doughnuts im Auge. Mit wem sprach er? Was sollte ich sagen, wenn er abnahm?

Zwar hatte ich seit dem Abschlußjahr auf der Highschool verschiedene Mädchen geliebt und mit ihnen geschlafen, war aber durch meine schwächliche Konstitution als Kind und meine sexuelle Unsicherheit, all mein Leiden als »Schwuli« unter den Beschimpfungen und kräftigen Fäusten stärkerer Jungen und das, was auf meine Schwärmerei für Arthur hinauslief, leichte Beute für diesen unbeabsichtigten Überraschungsangriff der beiden aufgetakelten Fettsäcke geworden. Während ich den immer noch hektisch tutenden Hörer in der Hand hielt, fragte ich mich auf die nüchtern soldatische Art, in der man sich derlei Fragen stellt, ob ich Lust hatte, mit Arthur ins Bett zu gehen.
»Art!« rief Valerie, die klügste, wichtigste und erschreckend dünnste der Frauen bei Boardwalk. »Du wolltest gerade auflegen!« Sie sah mich streng an; Valerie hielt Strenge für die wirksamste Methode der Unternehmensführung und verfügte über einen reichhaltigen Fundus strenger Mienen, die durch ihre langen Augenbrauen und ihr Windhundgesicht noch effektvoller ausfielen.
»Ja, natürlich, Valerie, genau. Na so was!« sagte ich und legte rasch auf. »Wie hast du das erraten?«
»Modernes Heim«, sagte Valerie. »Bißchen flott. Dort sieht's aus wie nach einem Poloturnier.«
»Klar.« Ich schnappte mir einen Staubwedel von Gil und steuerte die Abteilung Modernes Heim an, um für Ordnung und glänzende Regale zu sorgen und Staub aufzuwirbeln, bis ein dichter Ring pulvrig-pudriger Staubchenwolken um meinen Kopf schwirrte.
Wie jeden Tag schlängelte ich mich auch heute den ganzen Tag mit den Armen voller Bücher zwischen den Kunden hindurch und wiederholte mein »Entschuldigen Sie bitte« so oft, ohne einer Antwort gewürdigt zu werden, bis ich mir allmählich wirklich unentschuldbar vorkam. Wie in einem Film über eine Invasion aus dem Weltall die sich mehrenden

Anzeichen für eine heimtückische Änderung im Alltag (tote Vögel und Telefonleitungen, der plötzliche Ernst des großkotzigen Sheriffs, in einem magischen Kreis auf dem verödeten Schulhof im Chor singende Kinder der Nachbarschaft) schien alle zehn Minuten in die für gewöhnlich ereignislose Welt von Boardwalk Books etwas anderes einzudringen, das mich an Homosexualität erinnerte: ein gutaussehendes Männerpaar, eine Ausgabe von *Notre-Dame-des-Fleurs,* die ich bisher nie bemerkt hatte, oder ein abgegriffenes Magazin mit nackten Männern, das wie ein abgetrenntes Glied aus einem Versteck in einem Buch über Schalt- und Sicherungstechnik fiel. Der Höhepunkt des heimlichen Angriffs war, als ein kleiner Junge auf mich zukam und neben mir stehenblieb.

»Äh, Mister?«

»Wirst du schon bedient?«

»Nein. Ich suche ein Buch über Make-up.«

»Make-up?« fragte ich. »Also über Kosmetik? Ratgeber für Gesundheit und Schönheit? Du meinst *Make-up?«*

»Um Himmels willen, nein!« kreischte er beinahe, stoppte den Angriff und rettete die Erde in letzter Sekunde vor der endgültigen außerirdischen Fremdherrschaft. Nein, das meine er keineswegs. Monster Make-up meine er, für Werwolfmasken, aufplatzende Stirnen und so. Ich hätte zum Dank auf die Knie sinken können.

Ich war, das muß ich betonen, nicht so dumm zu glauben, der bloße Umstand, daß ich einen schwulen Freund hatte – wenn es meines Wissens auch der erste in meinem Bekanntenkreis war –, bedeute, ich selbst sei auch irgendwie homosexuell. Ich war aber so unsicher (und dumm) zu glauben, Arthur habe sich nur mit mir angefreundet, um mich zu verführen, er fände nichts an mir, das er so bewundern könnte, wie ich sein Auftreten bewunderte, seine Kleidung und seine Ungezwungenheit im Umgang mit anderen; kurzum, ich glaubte, im Grunde würde er mich nicht mögen. Falls es mir an diesem Tag gelungen wäre, Arthur zu erreichen, hätte ich ihm keine Frage gestellt. Ich hätte nur darauf geachtet, wie er mit mir sprach, ob ich die Sprache der Freundschaft aus seinen Worten hätte heraushören können: jene Banalität, Lockerheit und Ungeniertheit, die ein Gespräch zwischen zwei Freunden kennzeichnet.

Nach dem morgendlichen Vergnügen ging der Tag für die anderen in ausgesprochene Unlustigkeit und sechs oder sieben angeblich gräßliche Spätnachmittagskater über. Ich sah gerade der Uhr dabei zu, wie sie meine letzten zehn Minuten wie die Falten eines Fächers langsam zusammenschob, als ein riesiges Motorrad, eine BMW 1500 cm^3, über den Bordstein vor dem Laden setzte und die Schaufensterscheiben klirren ließ. Der Fahrer trug eine schwarze lederne Überhose, eine schwarze Jacke und ein schwarz verspiegeltes Helmvisier; er stieg ab, ohne den Motor abzustellen. Die Maschine dröhnte so laut, daß Valerie, die sich vor Kopfschmerz die Schläfen rieb, mit Ed und Joey aus dem Hinterzimmer nach vorn gestürzt kam.
Groß war der Motorradfahrer nicht, jedenfalls nicht von hohem Wuchs, aber er hatte einen Bauch, und seine Stiefel polterten, als er die Eingangstür aufriß. Warum hast du nicht noch achteinhalb Minuten warten können, dachte ich. Gewöhnlich gingen die Motorradtypen direkt zu den Zeitschriften, zu *Easyriders,* und glotzten in der vollklimatisierten Buchhandlung eine Weile kichernd das Chopper-Mädchen-des-Monats an, ehe sie den *Hustler* klauten und wieder abdampften; *gewöhnlich* machten sie ihre Motorräder aus, ließen die Helme am hinteren Chrombügel oder sonstwo hängen und bauten sich nicht drohend wie der Tod in Leder vor dem Ladentisch auf. Ich warf einen Blick auf Valerie, die gerade eine strenge Miene aufsetzen

wollte, und wandte mich dann an den Motorradfahrer, der sein Visier nach oben geschoben hatte. Er trug eine Brille, ein dickes Horngestell.

»Kann ich Ihnen behilflich sein?«

»Ja«, antwortete der Motorradfahrer, aber er blieb einfach stehen und sah mir prüfend ins Gesicht, ohne etwas zu sagen. Sein Blick wanderte hinauf zu meinem Haar, das seiner Vorstellung irgendwie zu entsprechen schien, und dann wieder nach unten.

»Sie haben vergessen, Ihr Motorrad auszuschalten, Mister«, sagte ich.

»Ist es denn die Möglichkeit«, sagte er.

»Kann ich Ihnen behilflich sein?«

»Ich suche *Sohn eines Gangsters* von Art Bechstein«, sagte er. Er lächelte, große Zähne.

Einen Augenblick lang blieb mir der Verstand stehen; sämtliche Denkvorgänge hörten auf. Dann bekam ich Angst, und in meiner Verwirrung öffnete ich die Ladenkasse und schob sie wieder zu. Ich sah zur Uhr und war nicht imstande, die Zeit abzulesen. Aber *überrascht* war ich von dem Auftauchen dieses Racheengels in Motorradkluft überhaupt nicht. Es war, als hätte man mich schließlich bei einem Verbrechen ertappt, das schon lange ungesühnt war, und ich dachte: Aha.

Man wollte mich also für die Sünden meines Vaters zur Rechenschaft ziehen; alte Rechnungen sollten beglichen werden. Ich beschloß, alles zu tun, was er von mir verlangte. Eine Waffe war nicht zu sehen, aber in dieser Situation hatte ich keine Zeit, lange zu überlegen. Ich fügte mich einfach.

«Am besten, du entführst mich, ja?» sagte ich. »Das klappt bestimmt. Ich weiß, wie mein Vater denkt.«

»Gehen wir«, erwiderte er. Er machte einen verständigen Eindruck. Wieder lächelte er. Einer seiner Schneidezähne war abgebrochen.

»Was geht hier vor, Art?« fragte Valerie.
»Die Rache der Unterwelt«, sagte der Motorradfahrer.
»Kann sein, daß ich ein paar Tage Urlaub brauche«, sagte ich.
Er zog mich hinter der Kasse hervor und zerrte mich auf den Bürgersteig hinaus. Ich warf einen Blick zurück in den Laden und sah, wie Valerie zum Telefon ging. Ed und Joey schnauften hinter uns her und zögerten draußen einen Augenblick.
»Das geht schon klar«, sagte ich. »Macht keinen Ärger. Stempelt mein Kärtchen für mich ab.«
»Wer ist der Kerl?« fragte Joey. Er wirkte eher interessiert als bereit einzugreifen.
»Ich bin der Tod«, antwortete der Motorradfahrer.
»Sachte, Mann«, sagte ich. »Loslassen. Ich kann selber gehen.«
»Kann selber gehen«, äffte er mich nach.
Als ich mich auf den riesigen schwarzen Sattel schwang, begann ich zu zittern und hielt mich krampfhaft am hinteren Chrombügel fest. Er würde mich zu irgendeinem Schuppen in Bloomfield bringen, dachte ich, mich dort an eine schmutzige Wand stellen und erschießen. Man würde den Monongahela mit einem Schleppnetz absuchen müssen, um meine von Kugeln durchsiebte Leiche zu finden. Mein Vater würde sich ans Telefon hängen und sich bei seinen Bossen für Rache Auge um Auge einsetzen. Meine Cousine Debbie würde Gitarre spielen und »Blackbird« oder »Moonshadow« bei meinem Begräbnis singen.
Wir bogen in die Forbes Avenue ein, und als wir schließlich an eine rote Ampel kamen, streckte er die rechte Hand nach hinten und hielt sie mir entgegen. Ich schüttelte sie.
»Art Bechstein«, sagte mein potentieller Killer. »Mann,

wie geht's dir?« Er lachte, die Ampel sprang auf Grün, und wir brausten los Richtung Highland Park, ohne daß er zu lachen aufhörte: »Hihi«, wieherte er vor sich hin.

»Cleveland!« rief ich.

6
Gehorsam

Arthur hatte mir die Geschichte von Happy erzählt, dem schönsten Hund der Welt, und wie dieses Vieh von der wahnsinnigen Mrs. Bellwether verhunzt worden war.

Vor einigen Jahren war Happy eines Tages Jane vor die Füße gelaufen; ein großes verspieltes Hundekind, ohne Halsband, ungefähr zehn oder elf Monate alt, fast völlig weiß, stubenrein, wohlerzogen und atemberaubend schön. Die Bellwethers unternahmen nichts, um herauszufinden, wer die Hündin erst liebevoll abgerichtet und dann verloren hatte, sondern schlossen sie sofort in ihre gemarterten Herzen und gaben ihr diesen tragischen und idiotischen Namen. Eingehüllt in ihr extravagantes Fell, war Happy durch ihr längliches, edles Gesicht und ihre elegante Gangart in jeder Beziehung die Anna Karenina unter den Hunden, und Jane zufolge reagierte sie sogar mit einer ausgeprägten Mischung aus Furcht und Faszination auf die Eisenbahnzüge, die sie auf ihren gemeinsamen Marathonspaziergängen vorbeifahren lassen mußten. Wenn Jane mit Happy Gassi ging, fuhren die Autos langsamer, weil die Leute den vollkommenen Gang des Hundes beobachten wollten, der die lockere Leine überflüssig und ordinär erscheinen ließ.

Jane liebte die Hündin und sorgte gut für sie, gestattete ihr, die festen weißen Strünkchen von Erdbeeren von ihren Lippen zu nehmen, ließ Happy auf dem Friedhof von Highland Park zu dreistündigen Hetzjagden von der Leine (denn, so sagte sie, Hunde sind vernarrt in Friedhöfe) und lackierte die schwarzen Krallen des Collies rosa; unglücklicherweise verbrachte Happy jedoch die meiste Zeit mit Janes Mutter und bekam deshalb nach und nach Dickdarmentzündung und panische Angst vor Frauen – selbst vor dem Geräusch weiblicher Schritte – und das Fell wechselte die Farbe, die heute, Jahre später, zu einem zarten, changierenden Braun geworden war.

Auf diese Weise wurde der Hund ein echter Bellwether, der Dr. Link, den Tierarzt, ebenso oft konsultierte wie Mrs. Bellwether, die mit Migräne zu tun hatte, ihren Internisten Dr. Arbutus, Dr. (der Philosophie) Bellwether, der an Ekzemen litt, seinen Dermatologen Dr. Niyogi aufsuchte, oder Jane, die sich eingeengt fühlte und verängstigt war, sich bei Dr. Feld, ihrem Psychotherapeuten, ausweinte. Wenn der Gedanke, Happys ärztliche Behandlung sei die zwangsläufige Folge ihrer Aufnahme in die Familie Bellwether gewesen, auch absurd erscheinen mag, wird man vielleicht anders darüber denken, sobald man weiß, daß Jane eines Tages in den Keller ging, um sich die fünf ausrangierten Eisen- und Holzschläger ihres Vaters einmal anzusehen, und ihre Mutter dabei ertappte, wie sie Happy mit einem Sattlerhammer Schläge auf den Kopf verabreichte, weil es dem Hund gelungen war, seinen gequälten Darm auf den Kellerboden zu entleeren.

Unglückliche Familien mögen jede auf ihre Weise unglücklich sein, ihre Häuser sind jedoch immer gleich, jedenfalls meiner Erfahrung nach. Die Bellwethers wohnten im einzigen normal aussehenden Haus in einer waldigen, wohlhabenden Gegend von Highland Park, in der es ansonsten von historisierenden Bauten, architektonischen Exzessen und exzentrischen Verzierungen nur so wimmelte. Ein Spitzdach, rote Ziegelmauern mit weißer Seitenwandung, aus den offenen Küchenfenstern flatterten biedere weiße Spitzengardinen, Azaleenbüsche, betonierte Auffahrt, im Vorgarten ein aufgewickelter Schlauch, der aussah wie ein Waldhorn. Nichts, was ich von den Bellwethers gehört hatte, hatte mich auf die Entdeckung vorbereitet, daß das Haus, in dem

Jane aufgewachsen war, genau wie das meiner Großeltern aussah. Cleveland stellte die Maschine auf der Straße ab, und als ich mich vom Sattel schwang und ein paar steife Kniebeugen machte, hatte ich bereits nacheinander jedes der benachbarten Häuser als das mutmaßliche Heim der verrückten Bellwethers auserkoren, ehe mich Cleveland wieder leicht belustigt am Ellbogen packte, als wolle er immer noch die Kidnapper-Nummer abziehen, und auf den typischen Weg aus Schieferplatten zerrte, der zur Bellwetherschen Haustür führte.

»Das hier ist es; das ist das nette normale Haus, das Arthur für die Bellwethers hütet, während sie in Urlaub sind.«

Zum erstenmal sah ich ihn mir genauer an. Clevelands Gesicht entsprach überhaupt nicht meiner Erwartung. Irrtümlicherweise, aber ganz instinktiv, hatte ich angenommen, er würde blond und rosig aussehen, genau wie Arthur. Keineswegs. Sein Kopf wirkte fast wie der eines Rockers: ungekämmt, rothäutig, massig; dazu der abgebrochene Schneidezahn. Aber seine Arroganz und die schwarze Hornbrille hoben diesen Eindruck wieder auf – Cleveland sah eigenartig aus.

»Cleveland«, sagte ich auf dem Weg zur Haustür. »Woher weißt du über meinen Vater Bescheid?«

Er wandte kurz den Kopf zu mir, und seine Augen waren strahlend und verschlagen.

»Das weiß doch jeder«, sagte er. »Oder?«

»Niemand weiß es«, widersprach ich und hielt ihn an seinem ledernen Ärmel fest. »Absolut keiner.«

Er drehte sich zu mir um und schüttelte meine Hand so heftig ab, daß sie mir gegen die Hüfte schlug.

»Dein Vetter David Stern schon.«

»Er ist nicht mein Vetter«, sagte ich. »Wir haben früher zusammen Soldaten gespielt. Das ist lange her.«

»Jedenfalls hat er sich zu einem echten Arschloch entwikkelt.«
»Er ist ein Großmaul.« Ich dachte einen Augenblick nach, dann fragte ich: »Woher kennst du David Stern? Arbeitest du für seinen Vater?«
»Ich arbeite für niemand. Die Sterns sind lediglich Geschäftspartner von mir.«
»Damit würde ich nicht auch noch angeben.«
»Immerhin kann ich mir meine Zeit selbst einteilen«, sagte Cleveland. Er stürmte die Treppe hinauf, dann wirbelte er zu mir herum. »Außerdem ...« Er warf mir einen gespielt drohenden Blick zu. »Niemand weiß es. Absolut keiner.« Er rüttelte wie ein Verrückter an der Gittertür aus Aluminium, bis sie aus den Angeln krachte und er sie in der Hand hielt. »Hoppla«, sagte er.
»Mann!« rief ich. »Du bist ja ein Monster.«
»I'm walking destruction«, sang er. *»I'm a demolition man.«*
Wir gingen ins Haus, wo es überhaupt nicht wie bei meinen Großeltern aussah, und das beruhigte mich. Der auffälligste Teil der Einrichtung war der Teppich. Von einem »ruhigen«, unangenehm künstlichen Himmelblau, strahlte er wie eine beleuchtete Decke über den ganzen Boden; auf diese Weise hatte ich in Janes Haus vom ersten Moment an unterschwellig, aber nachhaltig den Eindruck, alles stünde Kopf. Die Möbel wirkten eher wie zufällig zusammengekommen als bewußt ausgewählt. In der Ecke des Wohnzimmers hing ein leerer, aus Weiden geflochtener Vogelkäfig, der Boden noch mit Zeitungspapier ausgelegt, die Wasserflasche viertelvoll. Ein häßliches braunes Metallregal, das Janes zahlreiche Golftrophäen und Bilder von Jane und ihrem Dad enthielt, der wie ein gebrechlicher Alec Guinness aussah, trennte das Eß- vom Wohnzimmer. Mir gefielen die Fotos von Jane mit ihrem Erdbeergesicht und der auffallend eleganten Haltung.

»He!« rief Arthur, der nur mit Boxershorts bekleidet aus der Küche kam. Er wischte sich die mehligen Händen an den nackten sonnengebräunten Schenkeln ab und streckte Cleveland und mir die Rechte entgegen. »Cleveland!« Sein Gesicht zeigte den einzig aufrichtig verblüfften Ausdruck, den ich je bei Arthur erleben sollte. »Was zum Teufel ist denn los?«
»Was soll das heißen?« fragte ich. »Hast du ihn denn nicht zu mir geschickt?«
»Quatsch, nein«, sagte Cleveland. »Das hab ich mir selber ausgedacht. Arthur hat mir von seinem neuen Freund erzählt« – an dieser Stelle warf mir Cleveland einen höchst bedeutungsvollen, spöttisch anzüglichen Seitenblick zu, als wollte er damit sagen: ›Ich weiß, daß ihr beiden es nicht miteinander treibt, aber andererseits weiß ich es vielleicht auch nicht‹ – »von Art Bechstein, der bei Boardwalk Books auf der Forbes Avenue arbeitet, diesem beschissenen kleinen Laden, der kein einziges Buch von Brautigan oder Charles Bukowski hat, und da hab ich mir gesagt: ›Art Bechstein, na den kenn ich doch! Und ich wette, daß sich genau in diesem Augenblick jene geistige Leere des Nachmittags wie ein Schatten über ihn legt. *Wie ein Schatten.*‹« Er schüttelte seine lange schwarze Mähne.
»Ihr kennt euch?« fragte Arthur. Er stahl sich immer näher zu der blauen Treppe, und mir kam der Gedanke, es könnte noch jemand oben sein.
»Nur dem Namen nach«, sagte Cleveland. »Wen versteckst du da oben, Artie?«
»Jemand. Ich habe gerade unser Abendessen gekocht. Ihr kennt ihn nicht.«
»Cleveland hat mich gekidnappt«, sagte ich.
»Das sieht ihm ähnlich«, sagte Arthur. »Hört mal, könntet ihr beiden nicht in etwa einer halben Stunde wiederkommen?«

»Nein!« sagte Cleveland. Sie spielten ein Spiel, ließen sich sofort darauf ein, stachelten sich dazu auf, Situationen zu meistern, die Motive hinter den Motiven zu durchschauen, das verräterische Flackern eines Blicks zu bemerken und zu entlarven – Cleveland wortreich und plump, Arthur beherrscht und manieriert. Schließlich kamen sie miteinander ins reine; die meisten Leute können das nicht. »Damit erreichst du doch nur, daß er durch die Hintertür verschwindet und sich völlig besudelt, nackt und ungeliebt vorkommt. Weshalb holst du ihn nicht runter? Wer ist es? Vetter Richard? Nein – nein, ich wette, es ist Mohammed. Ich wette, ihr habt's wieder getrieben. Er hat eine Hausarbeit über Andrew Jackson, die du für ihn schreiben sollst, und deshalb ist er mit 'nem Pfund Schwertfisch angerückt, hat einen großen libanesischen Kußmund gemacht, und jetzt ist alles paletti.«

Arthur lachte und wirkte begeistert. »Mohammed!« rief er. »Komm runter.«

»Wo ist Happy?« fragte Cleveland.

»Sie zittert sich im Keller unten einen ab, wie immer. Ich glaube, sie ist läufig.« Arthur wandte sich an mich. »Ist er nicht unheimlich? Tatsächlich waren es Lincolns Erklärung zur Sklavenbefreiung und Kalbsschnitzel. Es gibt Kalbfleisch in Marsala.«

Wir hatten uns die Bäuche mit Kalbfleisch und Spargel vollgeschlagen und tranken schon ziemlich lange; die Sonne ging unter, und in der Nachbarschaft wurde es still. Zwischen den Songs im Radio konnte ich in der Ferne einen Rasenmäher hören, das Bellen eines Hundes. Die Bellwethers hatten keine Fliegengitter vor den Fenstern, und ein Mückenschwarm hing über der Mitte des Wohnzimmers.

Arthur maß dem Umstand, daß Momo zur Hälfte Maronit

war, große Bedeutung zu. Dies verlieh Mohammed einen besonderen Reiz. Unter der dünnen Schale seiner kultivierten französischen Umgangsformen und Verdrossenheit verbarg sich der geheimnisvolle, widerborstige Kern des Levantiners (Arthur mochte dunkelhäutige Typen); er war das strahlend schöne Beiruter Hotel, in dem eine versteckte Bombe tickte. Das äußerst zwanglose Verhältnis zwischen Arthur und Mohammed bestand schon seit langer Zeit und hatte sich zu einer angenehmen Gewohnheit eingespielt. »Jede Woche«, sagte Arthur, »bumsen wir nach dem Motto Anhauen-Umhauen-Reinhauen, und dann folgt ein zärtlicher und hitziger Streit.« Momo, der das ganze Essen hindurch kauend und mit finsterer Miene dagesessen hatte, war danach sofort gegangen, weil er »ein Fickloch« sei, wie er uns sagte, und vergessen habe, daß seine Cousine sich darauf verlassen hätte, nach der Gymnastikstunde mit ihm nach Hause zu fahren, und jetzt auf dem Bürgersteig vor der Turnhalle mit einigen deftigen französischen Ausdrücken auf ihn wartete.

Arthur war nicht die Spur von verlegen, nachdem ihn Cleveland mit dem Jungen im Schlafzimmer ertappt hatte. Etwas in seinem Verhalten änderte sich, weil Cleveland da war; er zog sich von seinem angestammten Platz im Mittelpunkt der Aufmerksamkeit zurück und lachte einfach, in Unterwäsche und Hemdzipfeln. Cleveland trank und trank. Mein Verhältnis mit Phlox schien bereits ausgemachte Sache zu sein, obwohl ich kaum von ihr gesprochen hatte, und mehrere Minuten lang mußte ich ihre hartnäckigen Sticheleien über mich ergehen lassen. Cleveland behauptete, er habe mit ihr geschlafen, brachte mich mit merkwürdigen Einzelheiten in Verlegenheit, gab mir ein paar »Fingerzeige« – und erklärte dann, vielleicht habe das Mädchen, mit dem er sich, er als Batman und sie als Robin verkleidet, auf dem Boden einer dunklen Garage herumgewälzt hatte, auch Floss und nicht

Phlox geheißen. Ich wechselte das Thema und fragte nach Jane.

»Ich stehe in der Out-Spalte des Bellwetherschen Modemagazins«, erklärte Cleveland, zerdrückte eine weitere leere Bierdose und katapultierte sich aus dem mit buntem Wollstoff bezogenen Liegesessel, aus dem sich niemand – es stand auf Seite acht von Dr. Bellwethers Verbotsliste – katapultieren durfte. Als Cleveland seine Leibesfülle dem Kühlschrank entgegenschleuderte, gab der Liegesessel genau jenes metallische Ächzen von sich, das Dr. Bellwether wohl am meisten fürchtete.

»Gilt das auch für Jane?« fragte ich und versuchte, nicht allzu hoffnungsvoll zu klingen. Im Grunde machte ich mir keine Hoffnungen auf Jane; bei manchen Fragen schwingt eben ganz automatisch ein gefährlicher Unterton mit.

»Manchmal ja, manchmal nein«, sagte Arthur. »Von den sechs Jahren, die Jane und Cleveland verliebt sind, waren sie ungefähr drei Jahre verliebt.« Er grinste – ein weiteres beispielloses Ereignis. »Bring mir ein Bier mit, Cleveland.«

»Das Problem«, sagte Cleveland, warf eine smaragdgrüne Dose Rolling Rock genau in den Winkel zwischen Arthurs ausgestreckten Füßen, in den sie exakt paßte, und schleppte sich dann wieder in den bedauernswerten Sessel, »sind ihre Eltern. Ihrer Meinung nach bin selbstverständlich ich das Problem.«

»Das Böse in Menschengestalt«, sagte ich.

»Oh, natürlich; auch nach Meinung von Arthurs Mutter bin ich das Problem. Aber in Wirklichkeit bin ich *kein* Problem.«

»Bloß ein bißchen falsch sozialisiert«, sagte Arthur.

»Ich bin bloß in Jane Bellwether verliebt«, erklärte Cleveland und wiederholte es dann noch zweimal. »Das ist eine Tatsache, mit der sich Nettie und Al eben abfinden müs-

sen. So unangenehm das auch sein mag. Ich wünschte, sie würden einfach sterben. Ich hasse sie wie die Pest.«
»Wann kommen sie aus New Mexico zurück?« fragte ich.
»Bald«, sagte Arthur. »Dann muß ich umziehen.«
Im Radio kam einer der populären Songs dieses Sommers.

Don't drink, don't smoke, what do you do?
Don't drink, don't smoke, what do you do?
Subtle innuendos follow:
»Must be something inside.«

Vor dem nächsten Lied trat eine kurze Pause ein, und aus dem Nebenhaus war Geschrei zu hören – kein zorniges Geschrei, eher wie wenn jemand ans Telefon gerufen wird.
»Der Junge von nebenan ist wirklich ungewöhnlich«, sagte Cleveland. »Er hält sich Bullterrier. Nettie und Al können ihn wegen der Hunde natürlich nicht ausstehen, denn wie ihr wahrscheinlich aus dem Fernsehen wißt, fressen sie mit Vorliebe hilflose Kleinkinder und Rentner. Und Jane behauptet, Teddy sei gewalttätig und – wie sagt sie noch gleich? – lüstern. Vom Hörensagen kenne ich ihn schon lange, aber wie das so geht, persönlich kennengelernt habe ich ihn nie. Im Augenblick ist er nur was zum Lachen. Eine Witzfigur. Genaugenommen ...« Er stand auf, ging ans offene Fenster und rief: »Teddiiii!« Im Nachbarhaus sagte jemand: »Was?« Wir lachten. »Gehen wir in den Garten«, schlug Cleveland vor. »Scheiß auf die Scheiß-Bellwethers.« Arthur zog sich erstmal eine Hose an.
Die beiden Gärten hinter den Häusern waren lediglich durch ein paar halbtote Sträucher abgetrennt und bildeten zusammen eine große Rasenfläche, auf der es von Glühwürmchen wimmelte.
»He, Teddy!« rief Cleveland.
Teddy kam mit seinen Hunden auf den Rasen heraus, drei

an der Zahl, die bei Fuß gingen und dabei eine sehr streng wirkende Formation einhielten, wie eine Kunstflugstaffel der Navy. Wir winkten.
»Hallo, Teddy«, sagte Arthur, nun wieder in abweisendem und herablassendem Ton.
»Wir glauben, daß er geistig etwas zurückgeblieben ist«, erklärte mir Cleveland gedämpft. Ich machte ein fragendes Gesicht. »Na ja, weil Jane immer als ›armer Teddy‹ von ihm spricht, weißt du? Sieh mal – er trägt das Haar zu kurz, wie zurückgebliebene Kinder, so als ob ihn niemand danach fragt, wie er es haben will, und da er nicht lange stillsitzen kann, säbelt man eben eins, zwei, drei soviel ab, wie nur geht.« Mit zwei auf- und zuschnappenden Fingern säbelte er in der Luft herum. »Klarer Fall von Dachschaden. He, Teddy, dürfen wir uns mal deine Hunde ansehen?«
»Moment mal«, sagte ich. »Halt. Ihr wollt doch nicht etwa ein behindertes Kind und seine Haustiere quälen?«
»Wart's ab«, sagte Cleveland.
»Nein, bei irgendwelchen Gemeinheiten mache ich auf keinen Fall mit. Ein kleiner Streich, na schön, aber nichts Brutales oder Grausames, okay? So gut kenne ich euch noch nicht.«
»Warte. Das geht alles in Ordnung.«
Teddy und die Bullterrier bahnten sich einen Weg durch die Hecke und kamen zu uns rüber.
»Wo sind die Bellwethers?« fragte er. »Was habt ihr mit ihnen gemacht?« Er lächelte. Es war sofort klar, daß er keineswegs geistig zurückgeblieben war. Wahrscheinlich war er achtzehn und ganz intelligent, aber sein furchtbarer Haarschnitt, die kleine Nase, die Äuglein und dicken Bakken ließen ihn jünger und dümmer erscheinen. Arthur fragte ihn, ob er gern ein Bier hätte, und ging dann ins Haus zurück, um ihm eins zu holen.
»Großartige Hunde«, sagte Cleveland.

»Ich habe sie selbst abgerichtet«, sagte Teddy. »Sie sind tadellos abgerichtet.«
Die Hunde saßen nebeneinander, hechelten fast im Gleichklang, drei robuste, kleine gutmütige Hundemuskelpakete, die jede Bewegung von Teddys Händen aufmerksam verfolgten. Er befahl ihnen, mit Hecheln aufzuhören, und zack! schnellten die Zungen in die Schnauzen zurück.
»Toll«, sagte Cleveland. Er kniete sich hin und tätschelte die Köpfe der Reihe nach. Dann grinste er finster. »Sag mal, was hätten wir denn mit den Bellwethers machen sollen?«
»Sie überreden, von hier wegzuziehen.«
Arthur kam mit Teddys Bier.
»Hör mal, Artie«, sagte Cleveland. »Hast du nicht erwähnt, Happy sei gerade läufig oder so?«
»O nein!« sagte ich. »O nein. Kommt schon. Laßt das.«
»Das ist einer der Punkte auf der Liste«, sagte Arthur und blickte auf, während er sich an den genauen Wortlaut zu erinnern versuchte. »Irgendwo gegen Ende. ›Machen Sie ... Machen Sie sich keine Sorgen, falls Happy sich komisch zu verhalten scheint, denn sie ist momentan in Östrus.‹ Jaja, der gute König Östrus. Als ob der Hund noch komischer werden könnte, als er schon ist.«
»Seht euch diese Kerlchen nur mal an«, sagte Cleveland. »Ich kann mir vorstellen, daß sie schrecklich scharf auf so einen feudalen Collie-Knackarsch sind. Und von Rechts wegen steht der ihnen auch zu. Stimmt's nicht, Jungs?« fragte er die Hunde und redete nun fast wie ihr Anwalt. »Wahrscheinlich sind sie seit Jahren bis über beide Hundeohren in Happy verknallt und schicken ihr Blumen, Geschenke und Liebesbriefe, die Nettie immer abfängt und wegwirft. Bedenkt doch, wie oft man den Jungs schon das Herz gebrochen hat.«

7
Der Kontrollpunkt

Cleveland ließ sich also nicht davon abhalten, Happy aus einem ihrer Verstecke im Keller nach oben zu bringen und sie mit Teddys drei Bullterriern zu paaren, die sich, als sie Happy im Eßzimmer der Bellwethers zugeführt wurden, mit Feuereifer daranmachten, die fernen Höhen ihrer Vagina zu erklimmen.

Anfänglich erstarrte Happy, blieb mit einzogenem Schwanz stocksteif stehen, die Ohren dicht an den länglichen Kopf gelegt, die Augen halb geschlossen, in jener unverwechselbaren, nahezu katatonischen Haltung, die Cleveland eine Sattlerhammer-Trance nannte. Manny (die Hunde hießen nach den Pep Boys, den Gründern jener Ersatzteilmärkte, von deren Werbeschildern sie auf diese große Nation herabgrinsen) ihr erster Liebhaber, begattete eine zitternde, teilnahmslose Hundestatue, doch bei ihrem zweiten Partner, Moe (der sich eine halbe Stunde später an ihr abstrampelte, denn Manny brauchte ziemlich lange, um sich aus Happys fest zusammengepreßten Tiefen zurückzuziehen), taute sie allmählich auf und schien Spaß an der Sache zu finden. Als Jack zum Zuge kam (Cleveland fuhr in der Zwischenzeit weg und kam mit frischem Nachschub an Bier wieder angebraust) beschnüffelte Happy ihn genauso ausgiebig wie er sie und duckte sich sogar ein wenig, damit er leichter aufsteigen konnte. Wir feuerten die Jungs mit Gebrüll an und tranken weiter.

Und dann kamen wir an den Kontrollpunkt, wie Cleveland es ausdrückte – das Fiasko seiner Laufbahn als Draufgänger, der den Bogen immer etwas überspannte; und an diesem Zuviel-Spaß-Kontrollpunkt, der zwangsläufig eine Ein-

bahnstraße war, fand man unsere Papiere in Ordnung, und wir überquerten die Grenze in das unsichtbare Land des Pechs. Teddys Mutter – hoppla, Teddy war also doch erst fünfzehn – suchte ihren Sohn und fand Graf Arthur, das Böse in Menschengestalt, ihren nicht zurückgebliebenen Sohn mit dem miserablen Coiffeur und mich auf dem Boden des Bellwetherschen Salons, wo wir inmitten von leeren grünen Rolling Rock-Dosen und vier abgeschlafften Hunden lagen, von denen zwei immer noch einen qualvoll wirkenden Tanz aufführten, um voneinander loszukommen. Die Frau wurde aschfahl (bläulich weiß) im Gesicht, schnappte sich ihren Sohn und war so unmenschlich, von Teddy zu verlangen, Jack zu befreien; nachdem sie so lange Terror gemacht hatte, bis Arthur ihr schließlich den Namen des Motels der Bellwethers in Albuquerque gab, zog sie mit ihrem benebelten Sohn und dem tadellosen Hundegespann Manny, Moe und Jack im Schlepptau wieder ab.
Die Bellwethers waren jedoch nicht mehr in der Casa del Highway an der Route 16 in Albuquerque; sie waren in der Auffahrt. Kaum hatten sie die Sicherheitsgurte abgeschnallt, als Teddys Frau Mutter mit einer zornbebenden und leidlich zutreffenden Schilderung unseres skandalösen Verhaltens über sie herfiel; wir hörten jedes Wort. Arthur sprang auf und begann rasch, den über die Möbel und den schimmernden blauen Teppich verstreuten Trümmerhaufen aus verbogenem grünem Aluminium aufzulesen.
»Verschwinde, Cleveland!« sagte er. »Lauf hinten raus.«
»Warum?« fragte Cleveland. Er ging zum Kühlschrank und holte sich noch ein Bier.
Damals hielt ich dies für dumm, eine überzogene melodramatische Geste. Ich irrte mich. In meinem naiven Zynismus erkannte ich nicht, daß Cleveland keineswegs den harten Kerl markieren wollte; es war ihm einfach egal. Was heißen soll, er wußte, was er war, und hatte sich mit der Erkennt-

nis, Alkoholiker zu sein, zumindest abgefunden, wenn es ihm vielleicht auch nicht paßte. Und ein Alkoholiker ist überaus sensibel, was die richtige Zeit und den richtigen Ort für den nächsten Drink angeht; sein Tod ist eines der am sorgfältigsten geplanten und vorbereiteten Ereignisse der Welt. Cleveland sah ganz einfach sein dringendes Bedürfnis nach einem weiteren Bier voraus. Eine Epoche von unterschwelligem Haß und Zurückhaltung zwischem ihm und den Bellwethers ging auf vermutlich unerfreuliche Weise zu Ende, und er wollte es auch so; aber er würde Hilfe brauchen.

Gerade hatte er mit den Fingern einer Hand die Lasche aufgezogen, als eine rosa Elefantenversion von Jane Bellwether in einem großen geblümten Kleid den Rahmen der Haustür ausfüllte. Mrs. Bellwether starrte ungewöhnlich lange auf die aus den Angeln gerissene Gittertür, die an der Vorderseite ihres Hauses lehnte, als sei sie im Augenblick nicht imstande, noch mehr Beschädigungen zu verarbeiten. Im Schatten hinter ihr tauchten Dr. Bellwethers Kopf und linker Arm auf, an dem Arm hing eine Reisetasche. Über seine gigantische Frau hinweg sprach er uns an.

»Wir werden vor Gericht gehen«, sagte er ganz leise und mit englischem Akzent.

Mrs. Bellwether betrat ihr Haus und versuchte, vor Happy in die Knie zu sinken; aber der Hund, der vor wenigen Augenblicken noch entspannt, gelöst und unbeschwert gewesen war, schauderte vor der Hand seines Frauchens zurück und verdrückte sich in die Diele.

»Was habt ihr unserem Hund angetan?« fragte Mrs. Bellwether – an Cleveland gewandt, fand ich.

Arthur wollte gerade zu einem »Nichts« ansetzen, doch Cleveland fiel ihm ins Wort.

»Wir haben ihm mit einem Sattlerhammer auf den Kopf geschlagen«, sagte er.

Dr. Bellwether war ins Haus getreten und warf einen kurzen Blick auf seine Frau, die rot wurde.
»Du hast hier Hausverbot«, sagte er zu Cleveland – zumindest mußte er dies gesagt haben, wie mir hinterher klar wurde. Jedes seiner Worte war ein leise fallendes Klümpchen englischen Pürees. Diese Äußerung, die letzte, die ich je aus seinem Munde hörte, hatte ihn anscheinend Kraft gekostet; er setzte sich auf ein Sitzkissen und überließ fortan seiner Frau das Wort.
»Wo ist Jane?« fragte Cleveland.
»Raus«, sagte Mrs. Bellwether.
Cleveland drängte sich an ihr vorbei; sie fiel gegen den zum Glück leeren Vogelkäfig. Er lief durch die Haustür.
»Wer sind Sie?« fragte mich Mrs. Bellwether.
»Art Bechstein.«
Sie runzelte die Stirn. »Arthur«, sagte sie. »Wenn du auf der Stelle aus meinem Haus verschwindest – und deinen jungen hebräischen Freund mitnimmst -, behalten wir unsere zweihundertfünfzig Dollar und rufen nicht die Polizei. Das ist nur recht und billig, wenn man bedenkt, was du dem Haus und dem Hund angetan hast. Cleveland werden wir nicht verzeihen. Cleveland wird das teuer zu stehen kommen.«
»Wo ist Jane?« wollte Arthur wissen. Er hatte sich aufgerappelt, wie es Betrunkene zu tun pflegen, wenn sich der Alkohol angesichts der von ihm verursachten Schwierigkeiten feige verflüchtigt, und stopfte sein Hemd in die Hose, als sei er bereit, nun zum Geschäftlichen zu kommen.
»Sie ist noch in New Mexico geblieben. Sie kommt in ein paar Tagen zurück. Aber nicht für Cleveland, o nein.«
Cleveland kam wieder ins Haus, in der Hand ein Bier und auf dem Kopf einen üppig verzierten schwarzen Filzsombrero, der mit Silberfäden bestickt war. Er mußte ihn im Auto der Bellwethers gefunden haben.
»Wo ist sie?«

Mrs. Bellwethers Miene hellte sich auf, und sie sagte, Jane sei tot. »Es war furchtbar, nicht wahr, Albert?« Mr. Bellwether schüttelte den Kopf und sagte etwas. »Und nun kommen wir in unserem Schmerz nach Hause, wollen nichts weiter, als in der Stille unserer eigenen vier Wände Janes gedenken, und was erwartet uns? Ausschweifungen! Tierquälerei! Und du!«

Auf die Behauptung der Mutter, Jane sei gestorben, wollte Arthur etwas sagen – wohl um der lächerlichsten Lüge zu widersprechen, die ich je in meinem Leben gehört hatte, eine Lüge, die unter so grober Mißachtung der Erfolgsaussichten aufgetischt wurde, daß ich in diesem Moment erkannte, wie verrückt Mrs. Bellwether eigentlich war und daß eine gute schlichte Lüge ein Zeichen geistiger Gesundheit ist; doch Cleveland grinste, ganz kurz nur, und Arthur sagte nichts.

»Tot! Nein, das kann nicht sein!« sagte Cleveland. »Nicht Jane! Mein Gott, nein! Wie – wie ist es geschehen?« Er brach in Tränen aus; es war eine Meisterleistung.

»Ruhr«, antwortete Janes Mutter in weniger schroffem Ton, vielleicht weil sie die Wirkung ihrer Lüge auf Cleveland aus dem Konzept brachte.

»Und dieser Hut ...« Er war überwältigt und brachte eine genau kalkulierte Zeitlang kein Wort über die Lippen. »Dieser Hut ist alles, was von ihr geblieben ist?«

»Ja. Ihre Kleider mußten wir verbrennen.«

»Hören Sie mal, Nettie, gleich gehe ich durch diese Tür, und mein Schatten wird niemals mehr auf ihren Fußabstreifer fallen. Das verspreche ich Ihnen. Ich weiß, daß Sie mich hassen, und natürlich habe auch ich Sie stets gehaßt – bis heute –, aber Ihre Tochter habe ich geliebt, leidenschaftlich geliebt. Ich weiß, daß Ihnen das klar ist. Und daher – darf ich diesen Sombrero behalten?«

An dieser Stelle hob Dr. Bellwether seine bleiche Hand und

wollte wieder etwas sagen, aber seine Frau schnitt ihm das Wort ab und erlaubte Cleveland, den Hut zu behalten.
»Danke«, sagte Cleveland, trat zu ihr und küßte sie ehrerbietig wie ein Sohn auf die dicke Backe. Er setzte den Hut auf, lüftete ihn dann, verneigte sich, strich mit dem geschmacklosen Ding elegant über den Boden und kratzte die Kurve. Er hatte etwas erreicht: Da Jane nun von Mutterhand gemeuchelt war, war sie jemand anderes, ein Mädchen ohne Eltern, der Traum eines jeden jungen Mannes wie Cleveland – wenn nicht eines jeden jungen Mannes, Punkt.
Mrs. Bellwether ging zu dem Liegesessel und ließ sich hineinplumpsen. Auch sie hatte etwas erreicht, freilich etwas reichlich Dummes, das nur in ihrer Phantasie existierte.
»Er hat Ihnen geglaubt«, sagte Arthur in angemessen betretenem Ton. »Wahrscheinlich ist er halb wahnsinnig vor Kummer.«
»Hoffentlich macht er keine Dummheit«, sagte ich.
»Soll er doch von einer Brücke springen«, sagte Mrs. Bellwether. »Meinen Segen hat er.« Plötzlich schien sich ein pragmatischer Einfall in ihr völlig wirklichkeitsfremdes Denken verirrt zu haben. »Ihr werdet's ihm verraten. Ich hätte es euch nicht sagen sollen. Ihr werdet ihm verraten, daß sie lebt.«
»Tja, schon möglich, Mrs. B.«, sagte Arthur. Er setzte sich wieder in den Sessel und schnürte seine Turnschuhe.
»Verratet es ihm nicht. Bitte. Laßt ihn in dem Glauben, daß sie tot ist.«
»Aber was ist, wenn sie eines Tages zufällig im gleichen Bus sitzen? Oder an benachbarten Tischen im Dirty O?«
»Ich werde sie fortschicken. Ich schicke sie auf die Farm meiner Mutter in Virginia. Dort wird sie sicher sein. Verratet ihm nichts!«

Arthur setzte sich auf und fixierte die Verrückte mit dem schonungslosen, scharfen Blick, der ihm zu einer Karriere im Außenministerium verhelfen würde.

»Zweihundertfünfzig Dollar«, sagte er.

Während Mrs. Bellwether mit selbstzufriedener Miene Arthur auf dem Küchentisch den Scheck ausstellte, trug ich seinen Koffer aus dem Haus.

»Angenehm, Sie kennengelernt zu haben, Mrs. Bellwether«, rief ich. »Schalom!«

Den ganzen Weg zu meinem Haus gingen wir zu Fuß. Aus irgendeinem Grund war ich niedergeschlagen, und wir lachten nicht. Arthur rauchte eine Zigarette nach der anderen; als ich ihm meine Entführung durch Cleveland schilderte, seufzte er nur; er fluchte über die Luftfeuchtigkeit.

»Du hast doch nicht etwa schlechte Laune, weil du deine Pflichten den Bellwethers gegenüber vernachlässigt hast oder so?« fragte ich. »Das wäre schön blöd.«

»Nein.«

Wir kamen an die Kreuzung zwischen der Forbes Avenue und der Wightman Street, die im Licht der Halogenlampen groß, verlassen und trügerisch wirkte. An einen der Laternenpfähle war der mittlerweile leere Zeitungskasten gekettet, den der Zwerg am Morgen vor meinen Augen bestückt hatte. Der Himmel über den Stahlwerken im Süden sah böse, orangefarben und verpestet aus. Wir kamen zur Terrace und gingen durch das Labyrinth der Garagen zu meinem Apartment hinauf, wo ich mit dem Hausschlüssel herumfummelte. Ich war immer noch stockbetrunken.

Als ich die Tür aufstieß, legte mir Arthur die Hand auf die Schulter, und ich drehte mich zu ihm um.

»Art«, sagte er. Er berührte mein Gesicht. Sein Bart war zu stark, unter den Augen hatte er aufgedunsene Tränensäcke, und er schien fast zu schwanken, als könne er jeden Moment umfallen. Er wirkte so betrunken und widerwärtig, daß ich zurückzuckte.

»Nein«, sagte ich. »Du bist müde. Du bist einfach nur müde. Hör auf.«

Und dann – so heißt es doch im Schlager – küßte er mich, vielmehr er preßte mir die Lippen auf die Haut oben am Kinn. Ich trat einen Schritt zurück in mein Apartment, und er fiel nach vorn und konnte sich gerade noch abstützen, als er mit den Knien auf den Boden schlug.

»O Gott, tut mir leid«, sagte ich.

»Was bin ich doch für ein Arschloch.« Vorsichtig rappelte er sich auf. »Ich bin einfach nur müde.«

»Ich weiß«, sagte ich. »Schon gut.«

Er entschuldigte sich, wiederholte noch einmal, daß er ein Arschloch sei, und ich wiederholte, es sei schon gut. Ich mochte ihn gern und wünschte, er würde gehen. Er schlief auf dem Boden zwischen den Kartons, während ich im Bett unter meiner kühlen feuchten Steppdecke zitterte. Als ich am nächsten Morgen aufwachte, war er weg. Er hatte sein Päckchen Kools aufgerissen, einen Hund oder ein Saxophon daraus gefaltet und auf dem Kissen neben meinem Kopf liegenlassen.

8
Das Mau-Mau-Repertoire

In der Buchhandlung gab's am nächsten Tag nicht den Zirkus, den ich erwartet hatte. Die Leute haben immer ein offenes Ohr, wenn sich etwas Beunruhigendes doch nur als Jux herausstellt – und das galt auch für die Polizisten, die kurz nach meinem jähen Abgang eingetroffen waren. Ich rief an und erklärte ihnen und meinen Arbeitskollegen, der Schwarze Rocker sei ein Kommilitone aus der Pi-Kappa-Delta-Verbindung, den es auf die Palme gebracht habe, daß man mich mit seiner Freundin beim Tanzen gesehen hatte, im Grunde genommen sei der Kerl aber ganz nett und habe mir bloß einen ordentlichen Schreck einjagen wollen. Diese Geschichte war ein Bombenerfolg und ließ mich sogar ein wenig in der Achtung der angehenden Rettungssanitäter und der Pittsburgher Polizei steigen, weil ich den Mumm besessen hatte, mit der Freundin von einem dieser Verbindungstypen zu tanzen, die als Schläger berüchtigt waren. Um elf Uhr konnte ich wieder meiner Arbeit nachgehen, als wäre ich nie hinter dem Kassentisch hervorgezerrt, mißhandelt und auf einem riesigen Motorrad weggefahren worden, und der vorübergehende Wirbel, den ich in der für gewöhnlich ruhigen Welt von Boardwalk Books verursacht hatte, legte sich wieder.

Nach der Arbeit ging ich nach draußen, von der Klimaanlage ermattet, und fummelte die letzte Zigarette aus dem Päckchen. Arthur und Phlox kamen Seite an Seite aus Richtung der Bibliothek auf mich zu. Phlox trug Perlen, ein trägerloses weißes Kleid mit blauem Blumenmuster und ein Paar hochhackige weiße Sandaletten; Arthur eine hellgraue Hose und einen taubenblauen Blazer, dazu eine Krawatte und Halbschuhe ohne Socken, wie Prinz Philip. Sie waren noch ein ganzes Stück von mir entfernt, und ich beobachtete, wie die Leute, an denen sie vorbeigingen, ihnen bewundernd nachschauten; die beiden kamen wie eine Reklame für Sommer, Schönheit und gesunden amerikanischen Sex auf mich zu. Die Sonne schien ihnen genau ins Gesicht, doch sie blinzelten nicht und wandten auch nicht den Blick ab; das Licht fiel auf Phlox' Halskette, Arthurs Haar und den Schimmer einer silbernen Armbanduhr an seiner Manschette. Wieder überkam mich einer dieser Anfälle von Liebe, der Wunsch, zu ihnen zu laufen und sie beide zu umarmen, in ihrer Begleitung gesehen zu werden, mein Leben unter Männern und Frauen zu verbringen, die sich so in Schale warfen und dann wie Filmstars den Bürgersteig entlanggingen.

»Tag, Art Bechstein«, sagte Arthur, als sie bei mir angelangt waren. Meine Zigarette war ungefähr zur Hälfte heruntergebrannt.

»Tag, Art Bechstein«, sagte Phlox.

»Hallo, Phlox; hallo, Arthur. Stark!«

Nach ihrem flotten Spaziergang in der Sonne vor aller Augen und in den feudalen Nobelorten und Kurbädern meiner Phantasie atmeten die beiden schwer. Dünne Schweißfäden standen ihnen auf der Stirn.

»Seid ihr so zur Arbeit gegangen?« fragte ich.

»Klar«, sagte Arthur. »Schien ein günstiger Tag dafür.«

»Arthur und ich hatten heute die gleiche Idee. Telepathisch. Tauchten total aufgedonnert in der blöden Bibliothek auf. Wir waren eine Sensation. Telepathisch. Nur zu deinem Vergnügen.« Mein unverhohlenes Staunen über ihr schönes breites Gesicht und der neben ihr stehende hübsche Mann, dessen Fingerspitzen zu meiner Verblüffung fast ihr Handgelenk streiften, erregte sie offensichtlich.

»Nun, es ist mir ein großes Vergnügen«, sagte ich.

»Dein Vergnügen«, sagte Arthur, »ist mir Wurst.«
»Gott sei Dank!« meinte ich.
Wir warfen uns seltsame Blicke zu, als ob keiner von uns so recht wüßte, wovon wir eigentlich redeten.
»Ha«, sagte ich.
»Gehen wir was trinken. Ich hätte Lust auf was Kühles, Erfrischendes«, sagte Phlox, wiegte den Kopf hin und her, riß die Augen auf und kniff sie dann zusammen wie eine wollüstige und verschlagene biblische Königin.
»Bier«, erwiderten Arthur und ich.

»Jane ist tot«, sagte Arthur gerade. »Und alles ist in Butter. Das ist die ganze Geschichte.« Er war betrunken.
»Was habt ihr denn gemacht?« fragte Phlox. Sie hatte ihn bereits fünf- oder sechsmal danach gefragt, und jedesmal war er errötet, hatte zu Boden geblickt und es nicht erklären wollen.
»Möchtest du es wissen?«
»Na endlich«, sagte sie, was vielleicht unklug war. »Jetzt bist du betrunken genug, um zu beichten.«
»Nein!« widersprach er, kippte leicht gegen Phlox, die neben ihm auf der Bank in der Nische saß, und sein feines Haar fiel auf ihre nackte Schulter. »Ich werde es dir nicht verraten.«
»Vorsicht!« sagte sie und wandte keinen Blick von mir, während sie Arthur sanft in seine Ecke zurückbugsierte. Mit jedem kühlen, erfrischenden Schluck, den sie trank, schien sich der Druck ihres Fußes auf meinen Knöchel zu verstärken; sie hatte die Sandaletten abgestreift und trug Seidenstrümpfe; ich hatte keine Socken an. Ich war so betrunken, daß ich auch noch den letzten Rest jener Vorsicht aufgab, die mich am Tag zuvor noch in die Brombeersträucher bei der Brücke am Schenley Park getrieben hatte. Unvermutet

(so unvermutet, wie mein Blick zum hundertstenmal auf ihre blaugeblümten Brüste fiel) fragte ich mich, ob sie wohl einen BH trug.

»Phlox«, sagte ich, ehe ich es mir nochmal überlegen konnte. »Trägst du einen BH?«

»Nein«, antwortete sie. »Gottbewahre, doch nicht mitten im Juni.« Sie sagte das ohne Verlegenheit, ohne Verärgerung oder Entrüstung über meine Unverschämtheit.

»He, Blanche DuBois!« sagte Arthur. »›Gottbewahre, doch nicht mitten im Juni.‹«

Sie sah mich weiter unverwandt und fast ohne Blinzeln an. Allmählich hatte ich eindeutig den Eindruck, daß mich dieses Mädchen nüchtern, sachlich und ernsthaft begehrte. Arthur hatte wohl den gleichen Eindruck. Er stand auf, errötete wieder und entschuldigte sich, allerdings in leicht geschäftsmäßigem Ton, als hätte er noch etwas zu erledigen, das er nun hinter sich bringen wollte.

»Nein, nein«, rief ich ihm nach. »Laß mich bloß nicht mit dieser Frau allein.«

Hier vor mir liegt eine Foto von Phlox; das einzige, auf dem sie kein Make-up trägt. Ihre Stirn wirkt, offen gesagt, riesig. Sie hat eine lässige Donnerstagabend-zu-Hause-mit-meinem-Freund-Pose eingenommen, der eingerissene Sweatshirtkragen ist über eine runde, olivfarbene Schulter gerutscht, das Gesicht ganz untypisch levantinisch (ihr Vater war mit den berühmten Tambellinis aus Pittsburgh verwandt); fromm. Ein kaum merkliches Etwas, der Anflug einer Rötung der Augen, läßt darauf schließen, daß sie geweint hat; die Unterlider wirken ein wenig aufgedunsen. Natürlich hat sie geweint. Ihre Nase sieht groß, gerade und glänzend aus – wie immer. Ein paar schlaffe Locken fallen über die gewölbten Augenbrauen und die leinwandbreite Stirn. Und die Augen, die legendären blauen Augen des Todes. Ja.

Arthur war blaß, wirkte aber beträchtlich vernünftiger, als er vom Klo zurückkam. Er beobachtete mit großem Interesse, wie ich die Fingerspitzen hastig von Phlox' Hand mit den lavendelfarben lackierten Nägeln zurückzog.
»Arthur Bechstein mag dich, Phlox Lombardi«, sagte er.
»Oh, glaubst du wirklich, Arthur LeComte?« sagte Phlox. Ihr Busen wogte sichtlich.
Ohne den Bierschaum überschwappen zu lassen, rutschte Arthur neben mich auf die Bank. Seine Miene hatte sich verändert; offensichtlich rief überraschenderweise irgend etwas ein heftiges Gefühl in ihm hervor. Mit gesenktem Blick murmelte er sich etwas in den Bart, murmelte ins Bier, die Bierpfütze auf der Tischplatte, seinen Schoß.
»Ich hasse dich, Phlox Lombardi«, sagte er.
Ich lachte. Arthur blickte auf und lächelte, radiumstrahlend weiß, ein irgendwie anmutiges, altmodisches, reiches und trauriges Lächeln, wie ein Relikt aus jener fernen Zeit, als Radium noch unser Freund war. Direkt vor meinen Augen ließ er dieses Lächeln auf Phlox los; ich saß da und sah mich, wie ich meinte, mit der unvorstellbaren, schwindelerregenden Gehässigkeit eines abgeblitzten Homosexuellen konfrontiert.
»Entschuldigt«, sagte ich. Arthur stand auf, um mich rauszulassen.
Die Herren- und Damentoiletten dieser Kneipe waren berühmt für die Originalität oder zumindest die Menge der Graffiti, die selten abgewaschen oder überstrichen wurden. Ich las folgenden Gedankenaustausch:
WAS SOLL AN FRAUEN EIGENTLICH SO TOLL SEIN?
Etwas weiter unten stand:
GANZ EINFACH, JUNGE: JEDE FRAU IST EIN BUCH VOLLER GESCHICHTEN EIN REPERTOIRE AN HANDLUNGEN EINE FACETTENREICHE ANSAMMLUNG VON BILDERN
Darunter:

NICHT ZU VERGESSEN DIE ERFORSCHUNG DER GEHEIMNISSE IHRER KINDHEIT
Ein Vierter hatte hinzugefügt:
UND DESSEN WAS SICH UNTER IHREN KLEIDERN VERBIRGT
Als ich an unseren Tisch zurückkam, war Arthur mitten im Erzählen und hatte sich nach seinem aufschlußreichen Gefühlsausbruch anscheinend wieder in der Gewalt.
»Immer wenn Cleveland ›Teddiiii‹ brüllte, sagte jemand im Nachbarhaus: ›Was?‹ und wir lachten.«
»Erzähl mir einfach, was ihr gemacht habt«, sagte Phlox. »Das reicht.«
»Nein, warum läßt du dich von ihm nicht ein bißchen auf die Folter spannen?« schlug ich vor. »Es lohnt sich.«
»Oh, ich mag es nicht, wenn man mich auf die Folter spannt, Arthur. Arthurs. Arthurs, haha. Nein, mal ehrlich, was habt ihr angestellt?«
»Wir haben getrunken«, sagte Arthur.
»Deshalb sind die Bellwethers wohl kaum so ausgerastet.«
Ich setzte mich auf den Platz gegenüber von Phlox und zog die Schuhe aus. Arthur erzählte ihr, daß Teddy die Hunde erstaunlich im Griff gehabt hatte, und an dieser Stelle von Arthurs Beichte, genau bei dem Wort »erstaunlich«, ließen Phlox und ich uns ernsthaft auf ein sanftes, zermürbendes und fast bewegungsloses Füßeln ein, Inbegriff köstlicher Qual, bei dem wir beide aufs Ganze gingen und jede einzelne der zahlreichen Techniken zur Erzeugung von Wollust oder des Versprechens auf noch mehr, zu denen der Fuß fähig ist, anwandten. Dabei ließen wir keinen Blick von Arthur; nur am Rande nahm ich wahr, wie geschickt Phlox gespannte Aufmerksamkeit heuchelte. Sie war nun mit beiden Füßen aus ihren weichen Sandaletten geschlüpft. Unter ähnlichen Umständen – das heißt in ähnlich betrunkenem Zustand – hätte ich dies wahrscheinlich mit jeder attraktiven Frau getan, die mir zufällig barfuß und mit glühenden

Wangen gegenübergesessen hätte, jedoch nicht mit der gleichen nachdrücklichen Betonung der Technik, dem gleichen Perfektionsdrang, den Phlox in mir weckte. Keiner von uns bekam viel von Arthurs Bericht mit, den zudem ein Betrunkener in einer vom Dröhnen der Musikbox erfüllten Kneipe zwei Leuten gab, deren ohnehin schon vom Bier beeinträchtigte Aufmerksamkeit sich in erster Linie auf den sachten, behutsamen Ringkampf richtete, der sich unter der nassen Tischplatte abspielte. Später mußte ich ihr die ganze Geschichte noch mal von vorn erzählen.

»Ich schäme mich«, sagte Arthur zum Schluß. »So gedemütigt bin ich mir schon seit einer Ewigkeit nicht mehr vorgekommen.«

»Ach, deshalb hast du dich heute so in Schale geworfen«, sagte ich.

Phlox schnaubte.

»Ist es denn die Möglichkeit!« Plötzlich zog sie die Füße zurück und ließ meine Zehen kalt und verlassen zurück, so daß mich einen Augenblick lang heftige Einsamkeit überkam. »Schreckt ihr denn vor gar nichts zurück, wenn ihr betrunken seid? Kein Wunder, daß Janes Eltern wütend waren – lieber Himmel, ein fünfzehnjähriger Junge!«

»Darum ging es nicht, Phlox. Teddy ist ihnen scheißegal. Gestört hat sie bloß zweierlei: erstens, daß ich den bösen Cleveland ins Haus ließ, und zweitens, daß ich drei hundsordinären Bullterriern erlaubte, ihren zartbesaiteten Liebling zu mißbrauchen.«

»Jedenfalls haben sie allen Grund, verärgert zu sein.«

»Ihr Frauen haltet doch immer zusammen«, sagte ich, was keine sonderlich witzige Bemerkung war, aber ich hatte Mühe, klar zu denken, und wollte wieder das Nylongefühl ihrer Zehen spüren.

»Was hast du denn nun vor, Arthur?«

»Da ist vermutlich noch ein Ehepaar, dem ich das Haus hüten soll. Einen Hund haben sie aber nicht.«
In der Musikbox lief der Stevie-Wonder-Titel jenes Sommers. Soweit ich mitbekam, ging es um einen Kuß, der wie eine Wassermelone oder ein Schokokeks schmeckte.
»Tanzt du mit mir, Art?« fragte Phlox.
»Nein«, sagte ich und fuhr ihr mit dem Nagel meines großen Zehs fest der Länge nach über den Fußrist; ich meinte es aber nicht ernst.
In der Mitte des Lokals lag ein kleiner Innenhof. Wenn der Geschäftsführer die Musikbox lauter stellte, tanzte man unter freiem Himmel zwischen den weißen Eisentischen und den mit Lichterketten behangenen Zierbäumen. Zu viele Paare tanzten; Phlox und ich wurden in eine Ecke gedrängt, und wir fanden uns von Leuten umgeben, die wir beide nicht kannten und die nicht auf uns achteten, weshalb unser merkwürdiges, jedoch nicht weiter verwunderliches Gespräch den aufreizenden Kitzel völligen Alleinseins besaß. Unbemerkt und unbeaufsichtigt kamen wir uns näher, wurden gesprächig, betrunken, erregt. Ich blieb barfuß und strich mit den Fußsohlen über den Kunstrasen des Innenhofs.
Phlox hatte sich an jenem Tag mit Perlen behängt – an Hals und Handgelenken sowie an den Ohren. Während sie im noch hellen Abendlicht Hände und Kopf bewegte und von sich erzählte, schienen sich die Perlen am unsichtbaren Band ihrer Gesten immer wieder neu aufzufädeln. Wie ein plötzlich auftauchender Phosenphenschleier faszinierte mich dieser wabernde Nebel um ihren Kopf und Busen zunächst, dann lenkte er mich ab und schließlich ging er mir gewaltig auf die Nerven. Ich hatte ständig das Gefühl, zu schnell aufgestanden zu sein und Sternchen zu sehen, was mich wenigstens dazu hätte bringen müssen, weniger Gintonics zu trinken, denn ich hatte den zweifelhaften Weitblick

besessen, zwei davon mit in den Hof zu nehmen und auf einem kleinen Tisch neben uns abzustellen. Ein Gintonic mit einem winzigen Limonenhütchen, sagte ich, erhebt die Seele und sorgt für geistreiche Konversation.

Wir tanzten; Phlox versuchte, sich auf französisch mit mir zu unterhalten. Sie plapperte verliebtes Zeug. Prompt antwortete ich auf englisch, nicht ohne zu erwähnen, daß es heutzutage als geschmacklos gelte, von Liebe auf französisch zu sprechen. »Sei doch nicht so gemein zu mir«, sagte sie und lachte. Ich lachte auch. Spielerisch wiegte sie sich in dem trägerlosen Kleid hin und her. Ich musterte ihr Make-up genauer, und als sie plötzlich einen Blick über die Schulter warf, fiel mir auf, daß sie tatsächlich in letzter Zeit eine Punkerin gewesen sein mußte; der Lidschatten und das Rouge waren für ihr Aussehen eher abträglich als vorteilhaft, ihre Ohren waren mehrmals durchstochen, und ich glaubte sogar, noch die grübchenhafte Spur vom Durchstechen der Nase zu bemerken.

»Sieh mal«, sagte sie. »Da oben, schau. Da ist eine Art Galerie. An den Wänden hängen lauter Sachen. Sieh nur, Art, die afrikanischen Masken.«

»Apropos Afrika, Phlox.«

Sie hatte wohl damit gerechnet, daß ich dieses Thema anschneiden würde, denn sie war sofort empört und blieb stehen. »Nein. Nein, verschone mich bloß damit. Wenn du je Mau-Mau zu mir sagst, siehst du mich nur noch von hinten.«

»Aber wieso denn?« fragte ich. »Warum nennt man dich so?«

»Niemand nennt mich so. Und du auch nicht.«

»Nie«, sagte ich. »Nie wird mir dieser Name über die Lippen kommen.«

»Merci.« Sie streckte die Hand aus und zog vorsichtig an einer meiner Locken. *»Que tu es beau, Arthur.«*

»Laß das. Sag nie ›Artüür‹ zu mir«, äffte ich sie nach. »Und ›que tu es beau‹ – bleib auf dem Tepppich.«
Sie streifte mir mit den Fingerspitzen über den Arm. Ich konnte den Blick nicht von ihrem dreifarbigen, eine Spur zu raffinierten Lidschatten losreißen.
»Daniel sagt das immer zu mir. *Que tu es belle, Phlox.* Zumindest versucht er es. Er hat einen schrecklichen Akzent.«
»Verstehe. Wer ist eigentlich dieser Daniel?« Der Name war im Gespräch mit Arthur ab und zu aufgetaucht, ohne daß eine bestimmte gute oder schlechte Eigenschaft mit ihm verknüpft worden wäre, doch oft genug, um mir den Eindruck zu vermitteln, daß die Bekanntschaft mit diesem rätselhaften Daniel für Arthur eine gewisse Rolle spielte; irgendwie verursachte es mir Unbehagen, Phlox den Namen aussprechen zu hören.
»Ein Freund. Er arbeitet in der Bibliothek. Wir drei gehen gelegentlich einen trinken.« Diese dürftige Erklärung stellte zwei Dinge unmißverständlich klar: daß ich mit einem Konkurrenten um Phlox' Zuneigung rechnen mußte und daß mich Arthur irgendwie hinters Licht geführt hatte, denn er kannte Phlox offenbar viel besser, als er mir weisgemacht hatte. Ich dachte: Na schön, von mir aus, alles, was mich nicht umbringt, macht mich nur noch härter, das wird bestimmt lustig. Daneben ging mir aber durch den Kopf, daß ich Arthur demnächst ein oder zwei wichtige Fragen stellen würde – oder dies zumindest tun sollte.
»Daniel meint, ich sei auf post-godardsche Weise schön.«
»Ein echter Charmeur, dieser Daniel.«
»Aber etwas an ihm gefällt mir nicht. Dich mag ich viel lieber. Er ist launisch, so gefühllos. Er leidet an Melancholie; verstehst du, was ich meine? Er – na ja, er ist Künstler. Du weißt schon. Aber du hast ein sonniges Gemüt, das sehe ich. Heiter. Fröhlich. Ich werde dich Smiley nennen.«

»Die Nächste!« rief ich, scheuchte sie locker weg und schnippte ungeduldig mit den Fingern, als hätte sie gerade das Vorsprechen verpatzt.
»Halt, schon gut. Aber ich werde einen anderen Spitznamen für dich finden, darauf kannst du Gift nehmen. Wirst du mich küssen, Arthur Bechstein?« fragte sie.
»Irgendwann bestimmt.«
»Jetzt.«
»Du siehst sehr schön aus, Phlox«, sagte ich, und während mein lächerliches Herz pochte, schob ich meine Lippen ein winziges Stück näher an die ihren heran; dann zog ich sie sanft in den Schatten eines Bäumchens und küßte sie; jemand hustete. Ich hörte, wie ihr Kleid in den dünnen Zweigen raschelte, und das leise Geräusch ihrer fleischigen, feuchten Lippen, die nach Limone und Gin schmeckten. Ich öffnete die Augen.
»So«, sagte sie. »Das hätten wir hinter uns.«
Dann gab es für uns kein Halten mehr.
Als wir an unseren Tisch zurückkamen, saß neben Arthur ein großer magerer Junge in Basketballkleidung, der ein italienisch aussehendes Gesicht hatte und Zigaretten ohne Filter rauchte. Der große Junge gab Arthur gerade Feuer, und ich merkte, daß sich im Arrangement des Abends etwas geändert hatte. Nun waren wir zwei Paare, die getrennte Wege gehen würden.
»Phlox, Arthur, das ist Bobby.«
Wir sagten hallo. Phlox und ich standen so dicht nebeneinander, daß ich nicht entscheiden konnte, ob Bobbys abschätzender, vom Scheitel bis zur Sohle schweifender Blick Phlox galt oder mir. Ich rutschte neben Arthur auf die Eckbank, doch Phlox blieb stehen und faßte ihren Geldbeutel ins Auge.
»Oh«, sagte ich. »Ich glaube, wir gehen.«
»Ja, glaube ich auch. Tschüß.« Arthur wandte den Blick von

uns ab, Bobby reichte Phlox ihr Handtäschchen, ich ließ ein paar Dollar auf dem Tisch liegen, und wir gingen raus.
»Wie merkwürdig«, sagte ich.
Sie faßte mich ein wenig brüsk am Arm.
»Ich finde es widerwärtig«, sagte sie. »Ich finde es schrecklich, daß der arme Arthur schwul ist.«
»Wieso?« fragte ich. »Das ist doch ...«
»Tut mir leid, aber ich finde es einfach widerwärtig und schandbar. Männer, die mit Männern schlafen, sind doch bloß jämmerliche Feiglinge.« Ein Schauder überlief sie, dann klammerte sie sich noch fester an meinen Arm und wandte sich lächelnd zu mir. »Gehn wir zu mir, Art.«
Ich küßte sie hinters Ohr und hatte den Mund voller Haare.
»Huii«, sagte sie. »Möchtest du den Bus nehmen oder zu Fuß gehen?«
»Gehen wir zu Fuß«, schlug ich vor. »Auf diese Weise hab ich Gelegenheit, ein bißchen von meiner überschüssigen heterosexuellen Energie auszuschwitzen.«
»Ich wette, du bist der reinste Rammler.«
»Äh, Phlox, ginge es nicht auch ohne diese Koseworte? ›Huii.‹ ›Der reinste Rammler.‹ Du redest wie ein Starlet, wie Mamie Van Doren oder so jemand.«
»Ich liebe Mamie Van Doren«, sagte Phlox und gab mir einen leichten Klaps auf die Wange. »Ich bin ein Starlet.«

9
Die Herzschmerz-Masche

Ich habe eine mißliche Vorliebe für Verallgemeinerungen, das gebe ich zu, und so wird man es mir vielleicht nachsehen, wenn ich behaupte, daß mit einem Mädchen, das im Hauptfach Französisch studiert, immer irgend etwas nicht ganz stimmt. Erstens hat sie sich in diesem Studienfach immatrikuliert, obwohl sie genau weiß, daß sie damit nur Französischlehrerin werden kann, ein höchst grausames Schicksal, dessen geringstes Übel noch die schlechte Bezahlung ist, doch allein schon diese trübe Aussicht hätte genügen müssen, um sie direkt in die Industrie oder Werbung zu treiben. Ohne die schrecklichen Folgen zu bedenken, hat sie sich zum Studium des Französischen verführen lassen, weil sie fasziniert ist von dieser Sprache, die mehr junge Amerikanerinnen ins Verderben gestürzt hat als irgendeine andere Fremdsprache.

Zweitens würde sich die Französischstudentin, wenn sich ihre Studien bloß auf Grammatik und Vokabular beschränkten, vielleicht nicht anders entwickeln als ihre Kommilitoninnen, die sich für Spanisch oder Deutsch eingeschrieben haben, doch das unglückselige Mädchen, das sein Studium über das zweite Jahr hinaus fortsetzt, kommt unweigerlich und viel zu früh mit der französischen Literatur in Berührung, potentiell eine der verderblichsten Kräfte der Welt; mit der Zeit begeistert sie sich an vorher eher reizlosen Bestandteilen ihres Wortschatzes wie *langueur* und *funeste*, und wenn sie Englisch spricht, stellt sie die Adjektive hinters Substantiv, um zu zeigen, daß sie manchmal sogar französisch denkt. Die Schriftsteller, die sie schätzen lernt – Breton, Baudelaire, Sartre, de Sade, Cocteau – üben eine entfremdende Wirkung auf sie aus, vor allem auf ihre Einstellung zur Liebe, und sie fängt an, ihren Gefühle auf schwierige und theatralische Art Ausdruck zu verleihen; jene französischen Schriftsteller, deren Einfluß heilsam sein könnte, Stendhal oder Flaubert zum Beispiel, liest sie hingegen ungern und bald nur noch in Übersetzungen, so daß die Wirkung auf ihr Denken und ihre Sprache unerheblich bleibt; oder sie interpretiert *Madame Bovary* und *La Chartreuse de Parme* absichtlich falsch, indem sie düstere Liebesgeschichten in sie hineinliest. Wie mir mit der Zeit klar wurde, fühlte sich Phlox sowohl mit Nadja als auch mit der O »schicksalsverbunden« *(liée par le destin).* So denkt eine Französischstudentin.

Sie wohnte in einem Apartment im zweiten Stock eines alten Hauses, das in einer ruhigen Gegend irgendwo zwischen Squirrel Hill und Shadyside lag. Während wir die helle Treppe zu ihrer Wohnung hinaufstiegen, zählte ich die Stufen und verfolgte das Spiel der Blumen auf dem breiten, ziemlich flachen Hintern von Phlox. Ich wußte, was nun geschehen würde, aber ich machte mir keine Gedanken darüber – bis auf den Gedanken, daß ich wußte, was nun geschehen würde.

»Wir können ruhig laut sein«, sagte sie, als sie in die Wohnung trat und das Licht anknipste. »Es ist erst zehn, und meine Mitbewohnerin ist sowieso nie zu Hause.«

»Fein!« schrie ich.

Das Wohnzimmer war klein und schlicht, ein normales Studentenwohnzimmer mit gebrauchten Möbeln, die wahrscheinlich schon am Tag ihrer Herstellung alt ausgesehen hatten, einem Renoirposter an der einen Längswand und einem abscheulichen selbstgemalten Katzenbild an der anderen. Wie ein riesiger Klecks Schlagsahne thronte eine weiße Perserkatze aus Porzellan auf dem Couchtisch; ihre blauen Augen wirkten lebensecht und grotesk. Über den Tisch verstreut lagen verschiedene Nummern *Paris-Match* und *Vogue*.

»Wem gehört dieser Katzengötze?« fragte ich.

»Mir – das ist mein Chloe«, sagte Phlox. Sie ging zu dem häßlichen Trumm und kraulte ihn unterm Porzellankinn. »Chloe, Chloe, Chloe, Chloe, Chloe«, murmelte sie wie eine Sprechpuppe. »Er wohnt bei meiner Mutter. Ich darf hier keine Katze halten. Das ist mein kleiner Ersatz-Cloe. Ich habe ihn im Kunstunterricht auf der High-School gemacht.«

»Sehr hübsch. Aber ist Chloe nicht ein Mädchenname?«

»Komm, jetzt zeig ich dir mein Schlafzimmer«, sagte sie, umklammerte meine Finger und schob mich sanft ins Dunkel des Flurs.

Ihr Zimmer war aufregend und paßte zu ihr: lachsrosa, aufgeräumt, mit weißen Spitzenvorhängen und einer teilweise verstümmelten Schaufensterpuppe, die in einem Winkel stand und mit einem Brautkleid und einem Nasenring ausstaffiert war. Die Wände bedeckten riesige Poster von Diana Ross und den Supremes, Arthur Rimbaud und dem hügeligen Riesengesicht der Garbo. Ein Rosenkranz hing am Spiegel der Frisierkommode, auf der ein breitgefächertes Sortiment von Flakons und Fläschchen mit weiblichen Duftwässerchen aufgereiht war. Ich saß auf der Bettkante und schnupperte den letzten Rest ihres Eau de Cologne auf, während sie zur Toilette ging. Auf dem Nachttischchen lagen einige Bücher, ihre Lieblingsbücher, wie ich annahm, darunter *Der selbstsüchtige Riese* und *Der glückliche Prinz* von Oscar Wilde, *Die Geschichte der* O und Mailers *Marilyn*.

Als sie wieder ins Zimmer kam – breite Hüften, frischgewaschenes kupferbraunes Gesicht, das Haar mit einer weißen Schleife zurückgebunden – trug sie nichts außer einem pfirsichfarbenen Teddy. Sie wirkte wie aus den 40ern, die Frau

eines Soldaten, der irgendwo gegen die Deutschen kämpft, und einen Moment lang hatte ich das prickelnde Gefühl, ein Eindringling in diesem Haus zu sein.
»Du trägst *Opium*«, sagte ich.
Sie setzte sich neben mich und schmiegte sich mit dem Gesicht an meinen Hals.
»Ganz schön clever. Kennst dich sogar mit Parfüms aus«, sagte sie und biß mich.
»Ran an den Speck!« Ich zog sie auf die Chenilledecke und sog den Geruch nach Seife und *Opium* an ihrem Hals ein, wo ihr Puls sichtbar klopfte.

Während Phlox nackt Eier in eine weiße Schüssel schlug, weil sie Rührei auf Toast machen wollte, rief ich im Duquesne an und ließ mich mit dem Zimmer meines Vaters verbinden. Ich stand in einer Ecke der schönen weißen Küche, den Hörer faul zwischen Schulter und Kinn eingeklemmt, schaute in den sonnigen Garten hinter dem Haus und schnüffelte an meinen Fingern.
»Bechstein«, meldete sich mein Vater in munterem Ton.
»Bechstein«, sagte ich. »Hier spricht dein Sohn.«
»Ah, ja. Mein Sohn. Wie geht's dir, Junge? Wie läuft der Sommer bisher für dich?«
Bestens, Dad. Ich rufe aus der Küche eines Mädchens an, das gerade nackt vor mir steht, und weißt du, Dad, jetzt sehe ich, daß manche Frauen tatsächlich ein bißchen Ähnlichkeit mit Gitarren haben.
»Bestens.«
»Ist mal wieder ein teures Essen in der Stadt fällig?«
»Ich muß arbeiten, Paps.«
»In diesem Fall schlage ich ein sündhaft teures Essen auf dem Mount Washington vor.«
»Toll. Wir können mit der Zahnradbahn fahren.«
»Ja, am anderen Ufer des Monongahela«, sagte mein

Vater. Der Name des Flusses war eins seiner Lieblingswörter.
»Ich komme gegen sechs ins Hotel«, sagte ich. Wir legten auf.
»Das ging aber schnell«, meinte Phlox.
»Dieses Gespräch führen wir immer, wenn ich ihn im Hotel anrufe. Es ist mir das liebste Gespräch der Welt.«
Ich setzte mich an den Küchentisch und sah ihr beim Kochen zu. Phlox hatte sich zwar als leidenschaftliche Köchin bezeichnet, zog in Profimanier eine Menge Schubladen auf und legte die Speckstreifen in die Pfanne, als gehöre eine besondere Kunst dazu, doch sonderliches Vergnügen schien ihr die Sache nicht zu machen. Sie malträtierte den Toast mit dem Spachtel, spähte alle fünf Sekunden unter jede Scheibe und fluchte gereizt, als aus der Pfanne mit dem Speck Fett spritzte. Sie ging aus der Küche, um einen Morgenmantel überzuziehen und eine Vivaldiplatte aufzulegen, und als sie zurückkam, war alles angebrannt. Ich sagte, daß ich sowieso selten richtig frühstückte und bloß eine Tasse Kaffee brauchte, worüber sie sich ärgerte. Also fraß ich wie ein Schwein.
»Erzähl mir von dir«, forderte ich sie kauend auf.
»Ich kam zur Welt, wurde groß und schön, erfuhr sowohl Freud als auch Leid, wurde alt und starb als Äbtissin.« Da Phlox schon früh erkannt hatte, daß sie keinen Sinn für Humor besaß oder vielmehr nicht die Begabung, Witze zu erfinden, hatte sie sich unzählige skurrile Stellen aus Büchern und anderen Quellen eingeprägt und statt Humor die Fähigkeit entwickelt, diese Bomben mit zuweilen tödlicher Präzision ins Gespräch zu werfen, was man ihr gar nicht zugetraut hätte. Tatsächlich beherrschte sie eine ganze Reihe ungeahnter Fähigkeiten, oder, besser gesagt, Tricks beim Plaudern. Sie kannte sich in der Wunderwelt der Technik aus und konnte mit bewundernswerter Klarheit

erklären, woran ein Fahrstuhl den dritten Stock vom vierten unterscheidet und weshalb beim Ausschalten des Fernsehers ein Fleck auftaucht und rasch verglüht; sie konnte eine Menge willkürlich ausgewählter Wörter im Kopf in alphabetische Reihenfolge bringen, und das Eindruckvollste war, daß sie sich an alles erinnerte, was man ihr je über sich erzählt hatte – selbst an so triviale Dinge wie den Namen eines entfernten Verwandten oder des Goldfisches, den man als Kind so geliebt hatte. Diese Fähigkeit ließ sie zum Schrecken aller Gelegenheitslügner werden. Wenn man ihr etwas vormachen wollte, mußte man mit großer Sorgfalt und Umsicht zu Werke gehen.

»Wie ich gehört habe, bist du wiedergeboren?« fragte ich.

Sie knallte das Saftglas auf den Tisch und verdrehte die Augen, als habe sie seit einiger Zeit von Jesus die Nase gestrichen voll. »Nein, das war bloß so eine *Masche*. Was nicht heißen soll, daß ich nicht an Gott glaube, denn ich glaube an Gott, auch wenn es eher *en vogue* ist, nicht an ihn zu glauben.

Aber weißt du, was diese Christen von mir verlangt haben? Sie haben von mir verlangt, daß ich lernen müsse, ohne Sex zu leben. Ich kann nicht ohne Sex leben, Art. Das ist lächerlich. Falls mich Jesus wirlich liebt, dann möchte Er, daß ich mit Jungen schlafe.«

»Amen«, sagte ich. »Gab es denn noch mehr solche *Maschen*?«

»Laß mich mal überlegen. Ich habe die Punk-Masche hinter mir, die Rockerbraut-Masche, die Näh-Masche, die Popper-Masche und auch eine Art Hausfrauen-Masche, obwohl ich nie verheiratet war. Die Ehe-Masche habe ich noch nie abgezogen.«

»Du hast genäht?«

»Ich habe wie ein Engel genäht.«

»Was kommt als nächstes?« wollte ich wissen, weil ich es für die naheliegendste Frage hielt.
»Ich weiß nicht«, meinte sie obenhin. »Wahrscheinlich ein gebrochenes Herz.«
»Ha«, sagte ich.

An jenem Abend saß ich in der letzten Reihe eines unerklärlicherweise leeren Busses und fuhr Richtung Stadtmitte. Ich sah, wie eine dünne Rauchwolke über dem Kopf des Busfahrers aufstieg.
»He, Busfahrer«, rief ich. »Kann ich rauchen?«
»*Darf* ich«, sagte der Busfahrer.
»Ich liebe Sie!«

In der großen, piekfeinen und muffig riechenden Eingangshalle des Duquesne Hotels – in einer Stadt, in der manche Männer, wie zum Beispiel mein Vater, noch Filzhüte tragen – kann man sich immer noch die Haare schneiden und die Schuhe putzen lassen oder eine Rennzeitung oder eine Lakritzstange kaufen. Als ich klein war und wir die Verwandten meiner Mutter in Pittsburgh zu besuchen pflegten, bildete ich mir immer ein, mein Vater, der vielleicht vierzig Jahre zu spät geboren war, habe das Duquesne für sich bauen lassen. Mein Vater legte großen Wert darauf, daß man ihm morgens auf einem Tablett den Sportteil der Zeitung mit dem Kaffee aufs Zimmer brachte und unten in der Bar eine Zigarettenverkäuferin mit Lukkies und Philip Morris Commanders zur Stelle war. Obwohl er in vieler Beziehung ein Mann mit modernem Geschmack war, hielt er sich, was Musik, Hüte und Hotels betraf, an die Zeit der Weltwirtschaftskrise und ließ nichts über Goodman, Borsalinos und das Duquesne kommen.
Die Tür zu seinem Zimmer war angelehnt; ich stieß sie

auf und sah, daß er telefonierend in einem Sessel am Fenster saß. Beim Eintreten hüstelte ich, damit er das Gespräch beenden konnte, falls es nicht für meine Ohren bestimmt war, doch er winkte mich lässig herein, zwinkerte mir zu und redete weiter. Aus seinen gemurmelten Antworten versuchte ich zu erraten, mit wem er sprach.

»Schön, schön«, sagte er. »Hör mal, gerade ist Artie hereingekommen. Ja, ja, er sieht großartig aus. Ich werde ihn von dir grüßen, klar. Gut. Siebenunddreißig fünf. Gut. Bis morgen dann. Wiedersehen.«

»Onkel Lenny«, sagte ich.

»Er meint, du sollst mal zum Essen kommen.«

»Ich kann Tante Elaine nicht ausstehen.«

»Er auch nicht. Mein Gott, Art, deine Haare – du siehst furchtbar aus. Soll ich dir Geld für einen Kamm leihen?«

»Nein, danke, Dad. Ich werde mir zu Hause selbst einen basteln. Aus ganz gewöhnlichen Haushaltsgegenständen. Du siehst großartig aus.«

»Die Geschäfte gehen gut.«

»Oh.«

Wir runzelten beide die Stirn. Ich wußte nie, was ich sagen sollte, wenn ich hörte, daß die Geschäfte gut gingen; es war immer so, als hätte mir mein Vater gerade quietschfidel erzählt, er habe eine hohe Lebensversicherung abgeschlossen und mich als Begünstigten eingesetzt.

Dann sagten wir beide, daß wir Hunger hatten, fuhren mit dem lahmen alten Fahrstuhl nach unten und traten auf die Straße. Ein Gewitter braute sich zusammen; große staubige Zeitungsknäuel und mit Strohhalmen durchstochene Plastikdeckel von Pappbechern wirbelten über die Smithfield Street. Wir schlenderten über die Smithfield Street Bridge in den Süden der Stadt, und mein Vater erinnerte mich an den Tag vor fünfzehn Jahren, als wir mit dem Auto über diese Brücke gefahren waren und ich ihn damit ver-

blüfft hatte, daß ich unaufgefordert Monongahela buchstabierte.
»Du warst ein kluger Junge«, sagte er.
»Was ist geschehen?«, fragte ich und lachte, und er lachte auch und sagte, ja, was bloß.

Ich hatte beschlossen, ihn nach Cleveland zu fragen, obwohl mir klar war, daß mein Vater – ein ziemlich wichtiger Mann – ihn wahrscheinlich nicht einmal dem Namen nach kannte, wenn Cleveland, den ich für einen Laufburschen der Stern-Familie hielt, ihm nie begegnet war. Ich stellte meinem Vater selten Fragen über seine Arbeit und tat es auch nicht gern.
»Paps«, setzte ich an und bemühte mich, möglichst beiläufig zu wirken, indem ich ein Stückchen Weißbrot in meine riesige Tasse mit Hummercremesuppe tunkte, »kennst du ein paar von den Leuten, die für Onkel Lenny arbeiten?«
»Ob ich die kenne?« sagte er. »Bei der Hälfte von ihnen war ich auf der Hochzeit. Hab mit ihren Frauen getanzt.«
»So, aha. Ich meine eher die Typen in den unteren Rängen.«
»Wieso, kennst du da jemand? Einen von den Jungs?« Er sah ärgerlich aus. »Wo treibst du dich eigentlich rum, daß du an solche Typen gerätst?«
»Na, zum Beispiel in der Konzerthalle, dem Carnegie Institute, der Oper oder der wirtschaftswissenschaftlichen Fakultät. Irgendwo eben.«
»Hör mal«, sagte er, und das Blut schoß in sein stets rosiges Gesicht. »Für die Geschäfte deiner Familie hast du bisher doch immer nur Verachtung gezeigt. Und das sind Männer, die zwar nicht so gebildet sind wie die du und ich, ja, die aber ihr ganzes Leben lang hart gearbeitet haben, die Kinder haben und verheiratet sind, und die Geld verdienen, um es nach Hause zu ihren Kindern und Ehefrauen zu tragen. Aber jetzt treibt sich unser Herr Akademiker auf einmal mit Schmalspurganoven herum, gemeinen habgierigen Schwach-

köpfen, die ihr Geld zu anderen gemeinen habgierigen Schwachköpfen tragen.«

»Schon gut, Dad, schon gut. Ich treibe mich nicht mit Onkel Lennys Gorillas herum. Ich habe bloß gefragt, ob du sie kennst.«

»Glücklicherweise nicht«, erwiderte er; es klang verdammt sarkastisch.

Wir schwiegen. Von unserem Tisch im höchsten und teuersten Restaurant Pittsburghs blickte ich nach unten, auf die Lichter der Innenstadt, das schwarze Gabelbein der Flüsse und das Stadion am anderen Ufer, das für ein abendliches Spiel in Flutlicht getaucht war, und eine Weile dachte ich an frühere Baseballspiele.

Mein Vater war der Buchhalter der Maggio-Familie (denn wie die Sterns und alle anderen jüdischen Verbrecherclans waren auch die Bechsteins längst zusammengeschrumpft und von anderen Familien geschluckt worden), aber er hatte auch irgendwie eine Verbindungsfunktion zwischen den Leuten in der Hauptstadt und denen in Pittsburgh. Ein Besuch in Pittsburgh ermöglichte meinem Vater, das Angenehme mit dem Nützlichen zu verbinden; meine Mutter hatte er auf einer Hochzeit in Squirrel Hill kennengelernt, deshalb hatte er eine Menge Verwandte in der Stadt; er kannte Pittsburghs Straßen, den vertrackten Umleitungsverkehr, die Vorstädte und Golfplätze und war ein alter Fan der *Pirates.* Als kleiner Junge hatte er mich aufs *Forbes Field* mitgenommen, und unzählige Male war ich mit ihm im *Three Rivers Stadion* gewesen. An dem Tag, als ich in meine Spieltabelle ohne einen einzigen Fehler ganze neun *Innings* eingetragen hatte, kaufte er mir für zweihundert Dollar Spielzeug bei *Kaufmann's,* viel mehr Spielzeug, als ich mir je gewünscht hatte.

»Paps, ich habe da ein neues Mädchen kennengelernt.«

Er trank sein Glas Tonic aus.

»Warum machst du so ein Gesicht?« fragte ich.
»Habe ich nach Claire nicht allen Grund dazu? Es tut mir leid, Art.«
»Was tut dir leid?«
»Nun, ich muß gestehen, daß ich ... daß ich dir nicht mehr traue. Art, du hast dich zu einem sehr merkwürdigen jungen Mann entwickelt.«
»Dad.«
»Bei unserem letzten Treffen hast du wie ein Geistesgestörter geredet. Was sollte dieser ganze Blödsinn? Es war bestürzend, dich so reden zu hören. Ich fühlte mich grauenhaft. Ich war sehr erschüttert.«
Mein Vater konnte einen ansehen, als würde er jeden Moment losheulen, unternehme aber eine übermenschliche Anstrengung, die Tränen zurückzuhalten; das machte mich immer völlig fertig. Während ich an einem feuchten und nicht enden wollenden Stück Brot kaute, begann ich leise zu weinen.
»Dad.«
»Ich weiß nicht, was ich von dir halten soll. Natürlich liebe ich dich, aber – allein, was du diesen Sommer machst. Was machst du diesen Sommer? Du arbeitest in dieser lächerlichen Buchhandlung. Ich kann nicht glauben, daß dich so ein Job befriedigt.«
»Dad.«
Jetzt, nachdem er mich fertig gemacht hatte und mein Schluckauf und Schniefen die Leute an den anderen Tischen veranlaßte, sich umzudrehen und diesen seriösen Vater anzusehen, der gelassen auf seinen weinenden Sohn mit dem wirren Haar einredete, jetzt, da er mich wieder in die Rolle meiner Kindheit gedrängt und mir gezeigt hatte, wie sehr ich in seiner Achtung gesunken war, ließ er sich erweichen und fuhr in sanfterem Ton fort, als hätte ich gerade mein Fahrrad zu Schrott gefahren oder wäre in der Schule zusammenge-

schlagen worden, und er klebe nun vorsichtig das so gut riechende *Band-Aid-Pflaster* auf.
»Also, was ist mit diesem neuen Mädchen?«
»O Dad!« sagte ich.
Der Kellner kam mit unserem Essen, ich weinte noch eine Weile, und wir sagten beide kaum ein Wort, bis er fragte, ob ich gehen wolle. Dann fuhren wir mit der Zahnradbahn hinunter, und ich beobachtete, wie die Lichter in den Bürogebäuden immer mehr an Glanz einbüßten, während wir hinunterratterten, und mein Vater legte mir kurz die Hand auf die Schulter und nahm sie dann wieder weg.
»Du würdest sie wahrscheinlich nicht mögen, Paps; wahrscheinlich würdest du alle meine Bekannten nicht mögen und überhaupt alles, was ich in diesem Sommer mache.«
»Ja, wahrscheinlich«, sagte mein Vater.
»Nachher gehe ich zu ihr nach Hause und schlafe mit ihr«, sagte ich, und dann kamen wir plötzlich unten an, und von dem abrupten Halt wurde mir übel, und mein Vater sagte, er sei nicht beeindruckt.

10

Sex und Gewalt

Der Juni verstrich; Jane Bellwether war immer noch in New Mexico und rief Cleveland nur einmal an, um ihm zu sagen, daß es zwischen ihnen aus sei (»Ist das nun das neunte oder das zehnte Mal?« fragte Cleveland zurück); spätestens am neunundzwanzigsten Juni waren Phlox und ich fest in eine »Masche« verstrickt, die sie – voreilig, wie ich fand – Liebe nannte, obwohl mir langsam Zweifel kamen, und eines Abends hörte ich im Radio »You've Really Got a Hold on Me« und dachte: Ach, Smokey.

Phlox hatte sich angewöhnt, jeden Abend nach Geschäftsschluß zur Terrace herüberzukommen, und meistens hockten wir auf der Treppe, rauchten Zigaretten – und manchmal Marihuana – oder tranken Tequila, wobei wir die Limonen einfach aufaßen und uns das Salz gegenseitig aus den winzigen Falten unserer Hände leckten. Eines Abends hing direkt über dem Horizont ein riesiger dicker Vollmond, so als sei er zu aufgedunsen und zu schlapp, um noch höher zu steigen. Wir waren bekifft; der schwarze romanische Kirchturm an der Ecke zeichnete sich als Silhouette vor dem Mond ab, eingerahmt von den Umrissen der Äste eines abgestorbenen Baums; es sah wie die Anfangsszene eines Vampirfilms aus, und das sagte ich auch. Phlox drückte sich zähneklappernd an mich.

»Warum hast du Angst?« fragte ich.

»Ich weiß nicht. Weil Vampire so schön sind«, sagte sie.

Ein andermal weinte sie eine geschlagene Stunde lang zum Steinerweichen, weil Arthur an diesem Tag bei der Arbeit gemein zu ihr gewesen war und gesagt hatte, in ihrem karierten Kleid sähe sie fett aus.

»Er ist bloß eifersüchtig auf mich, das ist mir klar«, sagte sie. »Art, ich bin sicher, er hat es auf dich abgesehen.«
»I wo«, sagte ich. »Er mag dich.«
»Art!« rief sie. »Hör mir gefälligst zu und behandle mich nicht wie ein Baby. Ich weiß genau, daß er es auf dich abgesehen hat, er will Sex mit dir, homosexuellen Sex, ekelhaften Homosex mit meinem Artischöckchen« – denn so nannte sie mich.
»Phlox, was hast du eigentlich gegen Schwule? Alle schwulen Jungs, die ich kenne, kann ich gut leiden, besonders Arthur, aber auch alle seine Freunde. Sie sind alle nett.«
»Natürlich sind sie alle nett, sie sind *hübsch,* und es ist eine Affenschande, daß sie lauter widerliche Homos sind. Manche von ihnen sind hübscher als ich.«
Das bestritt ich.

Am neunundzwanzigsten Juni, dem Abend, an dem mir Phlox erklärte, daß sie mich liebe, Daniel ein Idiot sei, einen häßlichen purpurfarbenen Penis habe und ich mir nie mehr seinetwegen Sorgen machen müsse, las sie mir im gelben Lichtschein auf meiner kleinen Veranda aus *Die Geschichte der O* vor. (Ich hatte dieses Buch vor Jahren gelesen, als ich es noch zu Lebzeiten meiner Mutter unter deren Büchern fand, verstanden hatte ich es jedoch nicht. Nur die konventionelleren Sexszenen hatten mich erregt, während mir die Peitschen, Eulenmasken und durchstochenen Lippen verwirrend, bizarr und eklig erschienen waren.) Als sich Phlox in einem grünen Minirock aus Leder, unter dem sie keinen Slip trug, mit dem Rücken an die Ziegelmauer lehnte, die Knie an die Brust zog und mir vorlas, stellte ich entsetzt fest, wie böse dieser Roman war, wenn auch hübsch geschrieben, und die Vorstellung, daß es ihr Lieblingsbuch war, beunruhigte mich. Dennoch löste ihre Stimme ein prickelndes

Gefühl in mir aus, und ich bekam eine Erektion, die sich nicht verbergen ließ; Phlox streckte die Hand aus, holte meinen Penis hervor und verschaffte mir Erleichterung, um dann, ohne das Vorlesen zu unterbrechen, sich selbst Erleichterung zu verschaffen.
»Das war herrlich«, sagte sie, als sie keine Lust mehr zum Lesen hatte.
»Ich bringe dich nach Hause«, schlug ich vor und reichte ihr ihren Pullover.
»Art, ich möchte bei dir bleiben.«
»Ich würde dich lieber nach Hause bringen.«
»Arthur, ich liebe dich.«
»Auspeitschen ist jedenfalls nicht drin.«
Sie brach in Gelächter aus und sagte mir, was für ein dummer Junge ich doch sei. Und, wie es mein Vater vielleicht ausgedrückt hätte, das war ich allerdings.

Am Abend darauf ließen Cleveland, Arthur und ich uns vollaufen und beschlossen, zum Landhaus von Clevelands Familie zu fahren, das irgendwo am Eriesee im Staat New York lag. Nur wir drei ganz allein. Zu einem noch relativ nüchternen Zeitpunkt begann Arthur, kaum merklich über Phlox herzuziehen. Er sah an diesem Abend blendend aus, hatte gerade ein Sonnenbad im Freien hinter sich und trug einen türkisfarbenen Baumwollpullover, der auffallend mit seinen blauen Augen kontrastierte. Phlox sei bekloppt, sagte er lächelnd, sie würde mich total vermurksen, und wieder lächelte er.
»Du hast mich mit ihr bekannt gemacht«, sagte ich.
»Stimmt«, sagte er.
Er hatte gerade das damals noch nicht übersetzte neue Buch von García Marquez auf Spanisch gelesen und übersetzte für mich dessen ziemlich schreckliches Motto, das ihn beeindruckt hatte.

»›Jagd nach Liebe ist hohe Jagd‹«, sagte er. »Findest du nicht, daß das zutrifft, Cleveland?«
»Man soll nie sagen, Liebe sei wie irgendwas«, sagte Cleveland. »Es stimmt nicht.«
Mir war schon lange aufgefallen, daß Arthur die Angewohnheit hatte, alle fünf Minuten auf seine Armbanduhr zu schauen. Er hatte stets irgendeinen Plan im Hinterkopf, ein festes Programm, das sich fast über den ganzen Abend erstreckte und in das er uns nur Schritt für Schritt einweihte. An diesem Abend behielt er sein Handgelenk besonders im Auge, und Cleveland zog ihn wie immer damit auf, und zwar so, wie es wohl schon seit langem bei ihrem Spielchen üblich war. Arthur warf einen raschen Blick auf die Uhr, und Cleveland sagte: »Wie spät ist es, Arthur?« Fünf Minuten später, als Arthur wieder auf die Uhr sah, fragte Cleveland erneut nach der Zeit, so daß Arthur wie ein Idiot dastand und jedesmal noch röter wurde als zuvor, und so ging das weiter, bis Arthur schließlich lachte und sagte, er müsse jetzt gehen.
»Und darf man fragen wohin, Artie?« wollte Cleveland wissen.
»Zur Messe«, antwortete Arthur.
»Oh, selbstverständlich«, sagte ich. »Wann bist du denn das letzte Mal zur Messe gegangen?«
»Letzten Sonntag«, sagte Arthur. Er ließ etwas Geld auf dem Tisch liegen, schüttelte uns die Hände und ging hinaus. Cleveland und ich tranken weiter, bis die Kneipe zumachte. Die Nacht war heiß, und die Deckenventilatoren zerzausten uns das Haar und rissen den Zigarettenrauch in kleine Fetzen. Jede Flasche Rolling Rock kam mit Kondensperlen bedeckt auf unseren Tisch und zog einen Streifen Kältedampf hinter sich her. Cleveland erzählte mir Geschichten aus früheren Jahren im Landhaus, von dem Pferd, mit dem er in den Swimmingpool eines Nachbarn geritten war, und

von der Eiscremeverkäuferin, die ihm seine Unschuld genommen hatte. Dann sprachen wir über Frank O'Hara und wie er gestorben war, von einem Strandbuggy auf Fire Island zerquetscht; Cleveland lehnte sich in der Nische zurück, verdrehte die Augen und deklamierte:

»›Ach ein Engel zu sein (wenn's welche gäbe!), flugs in den Himmel fliegen, dort sich mal umsehen, dann wieder runterkommen.‹«

Er verstummte, und sein Blick wurde sanft und glasig.

»Ich mag dich, Bechstein«, sagte er, was mich erröten ließ, und ich merkte, wie mir Tränen in die Augen stiegen. »Um Himmels willen, fang bloß nicht an zu heulen, Bechstein. So sehr mag ich dich nun auch wieder nicht. Wir wär's mit ein paar Essigeiern?« Cleveland bestellte und verdrückte dann ungefähr zwölf der kleinen auberginefarbenen Essigeier, eins nach dem anderen. »Solange man in Kneipen noch Essigeier bekommt«, sagte er und leckte sich die Finger ab, »besteht Grund zur Hoffnung.«

Als die Kellnerin die Stühle hochzustellen begann, sagte Cleveland, daß die Kneipe ganz in der Nähe vom Haus seines Vaters liege und er heute nacht einfach dort schlafen würde, statt den langen Weg zurück zu sich nach Hause zu gehen.

»Busse fahren nicht mehr, und zu Fuß brauchst du zu dir nach Hause fast eine Stunde. Warum übernachtest du nicht einfach bei uns?« schlug er vor. »Du kannst unten schlafen. Es wird dir gefallen – das Haus ist gespenstisch.«

Bevor sie Selbstmord beging, als er siebzehn war, brachte Cleveland Arnings Mutter, eine lustige Frau, ihrem Sohn bei, wie man scherzt und Witze erzählt. Sein Vater, ein großer schlanker Mann, trug einen Spitzbart und lange rote Koteletten, die ihm bis an die ansonsten kahlen Schläfen reichten. Auch er hieß mit Vornamen Cleveland, und obwohl er durchaus eine eigene düstere Vorstellung davon hatte, was ein gelungener Witz war, lachte er nur selten, und wenn, dann meistens in der Abgeschiedenheit seines Arbeitszimmers. In der Küche pflegten Cleveland und seine Mutter auf das unerklärliche Geräusch des durch die Eichentür dringenden Gelächters zu horchen, und die Geschichte, mit der er die Mutter gerade hatte aufheitern wollen, blieb dem Sohn dann im Halse stecken. Schweigend kauten sie weiter, klapperten mit dem Geschirr in der Spüle und gingen auf ihre Zimmer. Cleveland senior war Psychiater.

Wie ich jetzt merke, hat mir Cleveland sehr wenig über seine Kindheit erzählt. Er sprach einmal davon, nordwestlich von Pittsburgh auf dem Land gewohnt zu haben, sagte natürlich aber nur, daß er dort sehr häufig Ärger bekommen hatte. In einer seiner Stammkneipen stand hinter der Theke ein Mann, der auf dem Land vor Jahren ein Nachbar der Arnings gewesen war. »Das ist Charlie«, sagte Cleveland, als er mich eines Abends mit ihm bekannt machte. »Seine Eltern haben mir verboten, je wieder einen Fuß über ihre Schwelle zu setzen.« Doch obwohl ich im Grunde kaum Genaueres weiß, habe ich eine deutliche Vorstellung davon, wie merkwürdig das Arningsche Familienleben war – der wortkarge, verschrobene Vater, der Verhältnisse mit Männern hatte; die Mutter, nervös, untergewichtig und musikalisch, die so lange es ging mit dem Geheimnis ihres Mannes weiterlebte; Cleveland, gescheit und ungestüm, der sich bereits mit zwölf für »ausgeflippt und dem Untergang geweiht« hielt; und seine Schwester, Anna, die Jüngste, Opfer der brüderlichen Wutanfälle und sein erster Fan.

Ich war nur dieses eine Mal in dem Haus; ich schlief unten auf der Couch und spürte dennoch in jenen zehn Minuten, als ich um drei Uhr morgens allein und nur vom Geräusch der Wasserspülung begleitet, die Cleveland irgendwo in dem riesengroßen Haus betätigt hatte, den ersten Stock erkundete, die Unruhe, die angespannte Atmosphäre dieses Orts.

Das Mobiliar war kostbar, antik und fühlte sich selbst Ende Juni kalt an: riesige Uhren, Sessel mit märchenhaft geschnitzten Armlehnen, alte, angsteinflößende medizinische Instrumente und Teppiche, die unter meinen bestrumpften Füßen nicht nachgaben. Ich ging in alle Zimmer, die ich finden konnte, zuckte wie ein Einbrecher bei jedem Knarren der Bodendielen zusammen, und beim Übertreten jeder Schwelle fragte ich mich: Ist es dieses Zimmer? Welches Zimmer könnte es gewesen sein? Die meisten tun es im Bad. Oder in der Garage.

Vom Selbstmord seiner Mutter, der acht oder neun Jahre zurücklag, hatte mir Cleveland genaugenommen nie etwas erzählt. Ich hatte davon durch Arthur erfahren, der es mir eigentlich nicht hatte sagen wollen.

In Dr. Arnings Arbeitszimmer – wie eng es mir um die Brust wurde, als ich nach dem schweren Lichtschalter an der getäfelten Wand tastete! – stand ein Foto von Clevelands Schwester Anna, in Schwarz gekleidet, ein Diamantanhänger, kein Lächeln. In dem Zimmer roch es nach Parfüm, ein möglicherweise männlicher Duft, aber schrecklich blumig und stark. Dr. Arnings goldene Füllfederhalter und marmorne Schreibtischgarnitur lagen in senk- und waagrechten Reihen auf dem riesengroßen Schreibtisch, der durch seine Größe und das trübe Lampenlicht kahl und tückisch wirkte, der Schreibtisch eines Dr. Moreaus.

Ich wollte mir Zeit nehmen, um mir die unzähligen Bücher in den Regalen näher anzusehen, doch etwas trieb mich voran; ich hatte das Gefühl, ich müsse rasch weiter, ehe man mich entdeckte, obwohl ich wußte, daß alle im Haus schliefen und mir die ganze Nacht zur Verfügung stand, um meine Neugier zu befriedigen, falls ich Wert darauf legte. Ich fröstelte in meinem leichten Hawaiihemd und knipste das Licht aus.

Nachdem ich den riesigen Wohnbereich im Erdgeschoß durchstreift hatte, gelangte ich wieder zu dem langen zitronengelben Sofa, auf das Cleveland eine fusselige Decke und ein gestreiftes Seidenkissen für meinen Kopf geworfen hatte. Ich setzte mich. Ich zog meine Socken aus und legte mich hin; die Lampe hatte ich angelassen, und ich starrte durch den Schirm nach oben auf die brennende Glühbirne, bis sie mich blendete. Dann wandte ich den Blick ab und sah zu, wie die Farbkleckse in meinem Auge über die makellosen Wände des Wohnzimmers zogen. Mir war gar nicht nach Einschlafen zumute, aber ich war betrunken, so betrunken, daß ich aufstand und barfuß den dunklen holzverkleideten Korridor entlangging.

Am anderen Ende des Korridors lag ein schwarzes Eisengitter mit silbernen Beschlägen, ein mit Blättern und Ranken verzierter Fahrstuhl. Arthur hatte mir erzählt, daß Clevelands Vater einen Aufzug im Haus hatte. Ich verspürte den kurzen aber heftigen Drang, einzusteigen und in den oberen Stock zu fahren, wo Cleveland schlief und Dr. Arning samt »Freund«. Der obere Stock! Ich drehte mich um. Zu beiden Seiten des Fahrstuhls führte eine Treppe nach oben; ich wählte die linke, stieg leise hinauf und bohrte meine Zehengelenke in den weichen roten Teppichboden, der zum unheimlichen Schlaf der Familie Arning führte.

Sieben Türen standen zur Auswahl, drei auf dem Gang zu meiner Linken, vier auf dem Gang zu meiner Rechten, alle geschlossen. Clevelands Zimmer, das des Arztes, ein Bad, eine Toilette, das seiner Mutter? Das Zimmer von Anna, zwei Toiletten? Zwei Badezimmer? Ich wandte mich nach links und blieb vor der Tür am Ende des Korridors stehen. Sie stand einen Spalt weit offen. Ich legte das Ohr an den Spalt und horchte auf das Atmen eines Schlafenden, hörte nichts, setzte das Auge an den Spalt und suchte nach dem Leuchten eines Zifferblatts oder einer Radioskala, sah nichts. Als ich mich leicht gegen die Tür lehnte, schwang sie geräuschlos auf.

Ich hatte in eine Ecke des Zimmers geschaut, wo es nichts zu sehen gab, nur eine kahle Wand. Auf der anderen Seite des Zimmers fiel durch ein großes milchiges Fenster Licht auf ein leeres weißes Bett, ein Mädchenbett, ein Mädchenzimmer, Vorhänge und Kissen in hellen gedämpften Farben, an den Wänden Mädchenposter. Ich trat in Annas verwaistes Zimmer und schloß hinter mir die Tür. Mein Herz klopfte, und eine Weile atmete ich nur tief durch. Ich fühlte mich sicherer, geschützt und dennoch in Gefahr, allein an einem verbotenen Ort. Zudem kam ich mir lächerlich vor, wie ich da in einem mit Satin, Kätzchenfotos und Einhörnern ausstaffierten Zimmer keuchte und schluckte wie ein Schwerverbrecher auf der Flucht. Ich schmunzelte über Annas Geschmack und wurde etwas ruhiger.

Annas Bett gab unter meinem Gewicht ungeheuer nach. Ich beugte mich vor, um an ihren Kissen zu schnuppern. Ich hatte eine Art Mädchenduft erwartet, aber die Kissen rochen lediglich wie frisch gewaschen, sogar ein wenig nach Staub, und fühlten sich sehr kühl an meiner Nasenspitze an.

Als Anna zwölf war und Cleveland fünfzehn, unternahm die am Rand der Katastrophe stehende Familie die jährliche Urlaubsreise zu dem Landhaus, das Clevelands Vater ein paar Monate nach Mrs. Arnings Tod kaufen sollte.

Die Geschwister zogen ihre gestreiften Badeanzüge an und liefen zum See, Cleveland mit mehreren Metern Vorsprung vor Anna und ohne auf sie zu achten. Die drei Jahre Altersunterschied zwischen ihnen spielten eine größere Rolle als je zuvor, und der stille zornige Junge wollte nichts mit seiner seilhüpfenden Schwester zu tun haben, die ihn vergötterte. Er hechtete mit einem Kopfsprung ins Wasser

und schwamm so schnell er konnte, so daß Anna nichts anderes übrigblieb, als am Kiesstrand des Sees »Cleveland!« zu brüllen und sich die Tränen und den Rotz mit der kleinen Hand vom Gesicht zu wischen. Ungefähr zwanzig Meter entfernt tauchte Cleveland auf und trat Wasser, die Sonne brannte ihm auf die Schultern, und die aus seinen langen Haaren fallenden Wassertropfen sorgten für Kühlung. Er sah seiner Schwester einen Augenblick dabei zu, wie sie vor Enttäuschung und Wut herumhüpfte, und hatte ein furchtbar schlechtes Gewissen, ehe er mit dem Gefühl nicht mehr zu Rande kam und statt dessen ärgerlich wurde und stinkwütend auf sie war, weil sie ihn nicht allein ließ, weil sie eine Nervensäge war, ein Mädchen und der einzige Mensch auf der Welt, der ihn wirklich mochte.
In seinem Zorn schwamm er ans Ufer zurück, packte Anna ohne aufzutauchen an den spitzen Knien, schnellte empor und hob sie aus dem Wasser. Anfangs lachte Anna und setzte zu einem »Huii« an, doch dann bemerkte sie den Ausdruck in seinen Augen. Im nächsten Moment war sie unter Wasser, und er drückte ihr mit aller Kraft den Kopf nach unten. Mit Untertauchen hatte er ihr schon früher einen Schrecken eingejagt, doch diesmal war es Ernst, und sie geriet in Panik, weil sie glaubte, sie müsse nun sterben. Als er schließlich seine mörderisch drückende Hand zurückzog, kam sie wutschnaubend an die Oberfläche, schrie, heulte, war verwirrt. Sie sagte »Arschloch« zu ihm, kratzte zwei kleine Hände voll Schlick zusammen und warf damit nach ihm. Der Dreck klatschte in schmalen grauen Streifen an seine Brust. »Scheiße«, sagte er, dann füllte auch er seine größeren Fäuste mit Schlamm und Kieseln und schleuderte sie ihr in das empörte Gesichtchen. Die allerkleinsten Steinchen drangen ihr in die Augen und machten sie blind. Kreischend fiel sie ins Wasser und drosch wild auf ihr Gesicht und die umgebende Luft ein, während Cleveland bis

zu den Knien im Wasser stand, »Blöd! Blöd! Blöd!« rief und drei Sekunden lang nachdachte, wie gemein er zu seiner Schwester gewesen war und wie sehr er sie dafür haßte, daß sie in der Nähe gewesen war, so daß er seine Wut an ihr hatte auslassen können.

Zum Glück – und ich hatte wirklich viel mehr Glück, als ich eigentlich erwarten durfte – wachte ich am nächsten Morgen um halb sieben in Annas Bett auf und schlich mich wieder nach unten zu dem gelben Sofa, wobei ich eine erste Bestandsaufnahme meines bereits ausgewachsenen Katers machte. Um halb elf legte Cleveland mir eine eiskalte Pepsi auf die Wange, und so wachte ich zum zweitenmal an diesem Tag auf. Während wir auf wackligen Beinen und mit einem Riesendurst zu Fuß nach Oakland gingen, wo ich um eins anfangen mußte zu arbeiten, stellte ich ihm ein paar harmlose Fragen über seine Schwester, in deren Bett ich in der letzten Nacht geschlafen hatte, und er wiederholte die oben stehende Geschichte, wenn auch etwas anders. Arthur schmückte sie später für mich aus. Da Anna nach einer Notoperation ihr Augenlicht völlig zurückgewonnen hatte, konnte Cleveland nun auf die unwichtigeren Einzelheiten im Leben eines einsamen Fünzehnjährigen eingehen und machte dank seiner erzählerischen Begabung eine sehr lustige Geschichte daraus, so daß ich trotz meiner Kopfschmerzen lachte.

Abends ging ich mit Phlox zum Essen ins Elbow Room, aber da mir immer noch flau im Magen war, bestellte ich nur Blattspinat und sah ihr dabei zu, wie sie eine Terrine Fischsuppe, einen Berg Tortellini und eine ordentliche Portion Eiscreme verdrückte.

»Wir bleiben bloß ein paar Tage weg«, erklärte ich. »Trennung frischt die Triebe auf, sagt mein Vater immer.«

»Aber wieso kann ich nicht mitkommen?« fragte Phlox. »Weil Arthur mich haßt. Stimmt's?«

»Nein, weil ich dich hasse.« Das war daneben. »Komm schon, Phlox, niemand haßt dich.«
»Liebst du mich?«
»Darauf kannst du einen lassen«, sagte ich. »Schau mal, das ist nur etwas zwischen mir, Cleveland und Arthur. Unanständige Witze, Pokerspiele, Fachsimpeleien über Sport, rührselige Besäufnisse – Jungenkram eben.«
Sie runzelte die Stirn. Mir war klar, daß ich mich zu flippig ausdrückte, aber ich fühlte mich mies, und hinzu kam noch, glaube ich, daß ich sie vom Hals haben wollte, um eine kurze Atempause einzulegen. Irgendwo und -wann während der vergangenen paar Tage hatte ich gehört, wie sich auf leisen Sohlen etwas Unheimliches in meinen wehrlosen Sommer schlich, ein verhaltenes Knarren im Gebälk, und ich hatte das Gefühl, daß ich nun ganz still verharren sollte, den Atem anhalten und aufpassen, ob da vielleicht nicht noch etwas zu hören wäre: der nächste verräterische Schritt.

11
Suchscheinwerfer und Riesenfrauen

Am nächsten Morgen saß ich vor Sonnenaufgang auf dem Rücksitz des alten Barracudas der Arnings, wischte mir ein paar Krümel Doughnutglasur von den Lippen und bemühte mich nach besten Kräften, die mehr als bescheidene Wirkung einer einzigen Tasse Kaffee wahrzunehmen. Cleveland und Arthur sangen die Songs auf einer alten Kassette von John und Yoko mit und zeigten mit den Fingern auf die heißgeliebten Wahrzeichen, an denen wir unterwegs nach Fredonia vorbeikamen: wie Windmühlen aussehende Restaurants, riesige Bären und dicke Männer aus Gips, die auf den Dächern von Autoniederlassungen thronten, Waffenhandlungen und Werbetafeln mit Bibelsprüchen. Ich sang »Hail, Freedonia« aus dem Film der Marx Brothers. Seit ich vor vier Jahren mit Sack und Pack von Washington nach Pittsburgh gezogen war, um zu studieren, war ich keine lange Strecke mehr gefahren und hatte vergessen, wieviel Spaß es mir machte, auf dem Rücksitz eines Autos zu liegen, aus dem einen Fenster meine Haare und aus dem anderen meine Füße hängen zu lassen, den vorbeiziehenden Leitungsmasten nachzusehen und der Musik, dem Motor und dem Fahrtwind zu lauschen.

Nachdem wir die Lennons zweimal durch hatten und ich bei Clevelands anderer Kassette offenbar eingenickt war, hörte ich plötzlich nur noch das Geräusch des Barracudas und die irgendwo ganz leise im Radio singende Patsy Cline; es war acht Uhr morgens, und ich sah glücklich auf die Hinterköpfe meiner Freunde.

Wir fuhren in eine *Stop & Shop*-Raststätte, um eine Kaffeepause einzulegen, und mir war nach Reden zumute; ich fragte, wie lange sie eigentlich schon befreundet seien.

»Seit neun Jahren. Wir haben uns in der ersten Klasse der Central Catholic kennengelernt«, sagte Cleveland. »Man könnte sagen, wir waren gemeinsam einsam.«

»Das soll heißen, daß alle anderen uns haßten wie die Pest«, sagte Arthur.

»Dich vielleicht«, meinte Cleveland. »Mir fiel lediglich auf, daß wir nicht wie die anderen Jungs an dieser hervorragenden Schule waren.«

»Die Central wirkt auf mich immer wie das Schloß vom Weihnachtsmann«, sagte ich.

»Wir waren jedenfalls nicht wie die anderen Elfen«, erklärte Arthur.

»Ich glaube, unser lieber Arthur hatte bereits eine leise Vorahnung von den perversen und sündhaften sexuellen Gelüsten, durch die er bald darauf so unkatholisch wurde wie nur menschenmöglich ...«

»Und Cleveland trank schon täglich seine Sechserpackung Bier und rauchte Zigaretten und Marihuana. Und er las jedes Buch, das auf dem *Index librorum prohibitorum* stand. Außerdem ...« Arthur wandte sich um und warf seinem Freund einen betrübten Blick zu, fuhr aber im gleichen sarkastischen Ton fort: »Außerdem hat Cleveland damals *geschrieben.*«

»Ja. Sag mal, ist es für diese Diskussion nicht noch zu früh? Könnten wir sie nicht so lange verschieben, bis ich betrunken genug bin, um sie zu ignorieren und mitten in der Antwort einzuschlafen? Apropos«, sagte Cleveland, bog, ohne abzubremsen, von der schmalen Landesstraße ab und hielt auf dem menschenleeren Parkplatz eines Supermarkts, wo er ausstieg und zum Kofferraum ging.

»Was ist im Kofferraum?« fragte ich Arthur, der gähnte, sich streckte und sich dann unrasiert und mit gerötetem Gesicht zu mir umdrehte.

»Vergessen«, sagte er. »Vergessen ist im Kofferraum.«
Mit einem Sechserpack aus der Kühlbox stieg Cleveland wieder ein, und als wir schließlich in die Nähe des Hauses am See gelangten, hielt er bereits die zweite grüne Aluminiumdose Rolling Rock in der Hand; obwohl er sich beim Fahren noch ganz gut unter Kontrolle hatte, war ich froh, daß wir nicht noch weiter fuhren. Die Straße wurde eng und kurvenreich, die Bäume standen dichter, und auf der linken Seite konnte ich durch die wenigen Lücken zwischen den Kiefern und Platanen silberne Seestreifen und die gestreiften Markisen von in der Ferne stehenden Häusern erkennen; bald kamen wir zu einer mit Kies bestreuten Auffahrt und einer Ansammlung verrosteter Briefkästen, die wie eine Reihe baufälliger Mietskasernen wirkten und deren rote Metallwinker schräg nach oben oder unten standen. Als wir über knirschendem Kies in die Auffahrt bogen, hielt Cleveland an, stellte die Automatik auf Park-Stellung und stieg aus.
»Ich gehe zu Fuß«, sagte er. Er schlug die Tür zu und machte sich mit einer Dose Bier in der Hand auf den Weg. Arthur und ich blieben einen Momemt sitzen und sahen ihm nach, wie er festen und doch bedächtigen Schrittes zu dem leeren Haus schlurfte. Der Motor tuckerte schwerfällig im Leerlauf. Es vergingen drei oder vier Minuten. Arthur legte die Füße aufs Armaturenbrett.
»Und?« fragte ich.
»Das macht er immer«, sagte Arthur. »Er kommt zurück.«
»Soll das heißen, wir bleiben hier einfach sitzen und warten?«
»Kannst du fahren?«
»Du nicht?« Ich kletterte über die Rückenlehne und setzte mich hinters Steuer, das an genau zwei Stellen warm war, vermutlich von Clevelands Händen. »Du gehörst echt ins Museum.«
»Bisher haben sich immer Leute gefunden, die bereit waren,

mich zu fahren«, meinte er achselzuckend, während ich den Gang einlegte. »Leute wie du.«

Obwohl Cleveland gesagt hatte, daß sein Vater jedes zweite Wochenende hier verbrachte, machte das Sommerhaus den Eindruck, als sei es seit langem verwaist. Das weißlackierte Holzhaus hatte blaue Rahmen und eine umlaufende Veranda; vorn auf dem verwilderten Rasen verrottete ein weißes Ruderboot. Dieser von Unkraut und Stechmücken wimmelnde Rasen begann am Strand des Sees, umschloß das Haus und hörte dann am Waldrand jäh an einem durchhängenden, mit Kletterpflanzen überwucherten Maschendrahtzaun auf, als könnte er dem Vordringen des umliegenden Waldes gerade noch standhalten – tatsächlich wagten sich da und dort zwischen dem Unkraut Gruppen von Schößlingen und sogar junge Bäume vor. Eine der vorderen Stufen war locker, von den weißen Pfeilern der Veranda blätterte die Farbe ab, unter dem breiten Fenster auf der Vorderseite baumelte der Sitz einer kaputten Schaukel an einer Kette, und als ich auf der Türschwelle stand, mußte ich an die vielen Ferien denken, die hier im Lauf des letzten halben Jahrhunderts verbracht worden waren, an die vielen geisterhaften Ausrufe – »Ein Kolibri!« »Eine Sternschnuppe!« – und die vielen Lagerfeuer und bitteren Seufzer von einem Dutzend längst entschwundener Familien.
Als ich in das düstere, nach Zedernholz riechende Haus kam, stand Cleveland mit dem Rücken zu mir im Wohnzimmer und betrachtete ein gerahmtes Foto, das über dem Kamin hing. Ich stellte mich hinter ihn und sah es mir an. Die Aufnahme zeigte ihn im Alter von fünfzehn oder sechzehn Jahren, ein engelhaftes Grinsen im Gesicht, strahlende Augen, lange Haare, die ein bißchen heller als heute waren; in der einen Hand hielt er bereits eine Dose Rolling Rock, in der anderen eine Zigarette, doch etwas an dieser charakteri-

stischen Pose war anders, da war Begeisterung, eine diebische Freude, und das Grinsen war das eines Adepten, der gerade in ein Mysterium eingeweiht worden war und gar nicht glauben konnte, daß es so einfach war. Auf dem Foto sah Cleveland hübsch aus, nahezu blendend, und als ich ihn nun musterte, wie er groß, voller Narben und reglos vor mir stand, sah ich ihn zum erstenmal so, wie Cleveland auf Arthur und Jane wirken mußte: Verkleinerung beim Wachsen, Schwund durch Zunahme, ein Stern, der vom gelben Stadium ins rote übergegangen war. Vielleicht las ich zuviel in dieses Foto hinein, aber die Art, wie Cleveland darauf reagierte, sollte meinen Eindruck bald bestätigen. »Mann, Cleveland«, rutschte mir heraus. »Auf diesem Foto sieht du echt umwerfend aus.«

»Ja«, sagte er. »Ich war glücklich.«

»Wurde es im Sommer aufgenommen?«

»Mhm. Hier am See.«

»Im Sommer bist du wohl immer so gut drauf wie hier auf dem Bild?«

»Logisch«, antwortete er, aber mir war klar, daß er das nur sagte, um mich nicht zu enttäuschen; der Ton seiner Stimme war ehrlicher und gab mir zu verstehen: Nein, heute nicht mehr. Er klopfte mit dem Finger auf das Glas des Rahmens, dann drehte er sich zu mir um.

»Ich zeige dir jetzt dein Schlafzimmer«, sagte er und wich meinem Blick aus. Er machte einen Schritt zur Tür, dann wandte er sich wieder um und klopfte noch mal an das Glas.

Mein Schlafzimmer war die hintere Veranda, die bei Flut über den Eriesee ragte. Ich zog langsam meine Badehose an, dann lief ich, noch ganz steif von der langen Autofahrt, runter zum Strand, wo Arthur und Cleveland schon ausgestreckt auf ihren Handtüchern lagen und lachten; die Bierdosen hatten sie wie kleine Bunker halb im Sand vergraben.

Ein leichter Wind wehte vom Wasser her, deshalb hatten sie ihre T-Shirts anbehalten; auf Arthurs stand: LAST CALL. Wir tranken, wir schwammen, wir lagen im schmuddeligen Sand und blickten hinaus zu den Booten auf dem See. Cleveland verschwand eine Weile im Haus und kam mit einem Luftgewehr und einem Müllbeutel voller Blechdosen zurück. Ich blieb auf meinem Handtuch liegen und beobachtete, wie er die Dosen in einer Reihe auf dem Zaun aufstellte, zielte und sie ohne einen einzigen Fehlschuß abräumte.

»Wie macht er das, er ist doch betrunken?« fragte ich Arthur.

»Er ist nicht betrunken«, sagte Arthur. »Er ist nie betrunken. Er trinkt ganz einfach immer weiter, bis er umkippt, aber betrunken wird er nie.«

Dabei fiel mir das Foto über dem Kaminsims ein, die Bierdose.

»Was waren das für Sachen, die er früher geschrieben hat?«

»Oh, man könnte sie wohl Essays nennen, komische Essays. Von dem über die Kakerlaken habe ich dir erzählt. Wir hatten da eine Lehrerin auf der High-School, eine tolle Frau. Ihretwegen hat er angefangen zu schreiben.«

»Und?« fragte ich.

»Und später ist ihr natürlich ein Unglück zugestoßen.«

»Was für ein Unglück?«

»Der Tod.« Er wälzte sich herum und wandte das Gesicht von mir ab, so daß ich nur seinen Hinterkopf sehen und seine Stimme nur undeutlich hören konnte, als spräche er in den Wind. »Theoretisch hat er deswegen aufgehört. Aber das ist bloß wieder sein typisches Geseiere. Für jede seiner Schwächen hat Cleveland einwandfreie Entschuldigungen parat. Meistens ein Unglück.«

»Zum Beispiel?«

»Zum Beispiel, daß sich seine Mutter umbringt oder sein Vater so ziemlich die ängstlichste Schwuchtel wird, die ich je gesehen habe – und ich hab viele ängstliche gesehen, das kannst du mir glauben. Auf diese Weise ist Cleveland davon befreit, je wieder etwas Nützliches oder Produktives zu leisten.« Er zog sein T-Shirt aus und legte es sich über den Kopf; sein schlanker rosiger Rücken kam zum Vorschein.

»Wollte er Schriftsteller werden?« Ich versuchte, ihm das T-Shirt vom Kopf zu ziehen, aber er hielt es rasch fest und blieb dahinter verborgen.

»Klar wäre er gern Schriftsteller geworden, aber jetzt hat er diese tollen Ausreden, verstehst du? Es ist wesentlich bequemer, sich Abend für Abend einen in die Birne zu knallen.«

»Du trinkst auch viel.«

»Das ist was anderes.«

»Sieh mich an.«

»Nein. Hör mal, er hat diese Masche vom verlorenen Wochenende weidlich ausgeschlachtet. Ich bin genauso schuld wie alle anderen, weil ich über ihn lache und ihn als ausgeflippten Typ respektiere. Er kennt massenhaft Leute, und die meisten davon wollen seine Freunde sein. Anfangs zumindest. Oft ändern sie ihre Meinung.«

Da war was dran. Sein Charme und sein feuchtfröhlicher Witz hatten bereits so weit nachgelassen, daß man hin und wieder jemand traf, der bei Erwähnung von Clevelands Namen fragte: »Dieser Trottel?«

»Ich habe dir erzählt, daß seine Mutter ihm zwanzigtausend Dollar hinterlassen hat, als sie starb. Das Geld ist weg. Er hat es verpulvert. Hauptsächlich für Stoff, Bier, Platten und Ausflüge zu den Konzerten der Grateful Dead nach Charleston, Boston und einmal sogar nach Oakland, Kalifornien. Für Scheißdreck. Weißt du, was er jetzt macht?«

»Ja«, sagte ich.

Er riß sich das T-Shirt vom Kopf und drehte sich schnell zu mir herum, obwohl sein Gesicht natürlich keine Spur von Überraschung verriet.

»Hat er es dir erzählt?«
Ich stand auf.
»Ich bin hackedicht«, sagte ich. »Was meinst du, wieviel Dosen ich treffen kann?«

Ich machte gerade ein Nickerchen auf der mit Fliegengitter umgebenen Veranda über der plätschernden Flut, als ich plötzlich Chili con carne roch. Ich lag auf der Liege und wachte langsam und allmählich auf, während sich der warme rote Geruch einen Weg in mein Gehirn bahnte, bis ich die Augen öffnete. Ich ging in die Küche und sah Cleveland zu, wie er eine Büchse nach der anderen aufmachte, bis er zwei Dutzend Übungsziele für morgen und fast fünf Liter Chili con carne im Topf hatte. Er trug kein Hemd und hatte an der linken Schulter, aber auch am Schienbein und am Unterarm die für Säufer typischen blauen Flecke.
»Donnerwetter, hast du einen großen Magen«, sagte ich.
Er hörte auf, den würzigen braunen Matsch in der Terrine umzurührern, und tätschelte sich stolz den Bauch.
»Natürlich. Ich bin im Begriff, die ganze Welt aufzufressen. Ein Land nach dem anderen. Vorige Woche habe ich Bahrain und Botswana weggeputzt. Und Belize.«
Wir setzten uns mit unseren Chilischüsseln an den zerkratzten, schönen alten Eichentisch, und ich fing wieder an, Bier zu trinken, das kühl war und mir einen klaren Kopf verschaffte. Nach dem Abendessen gingen wir nach draußen. Es war gerade noch hell. Arthur fand einen durchlöcherten Plastikball und einen leichten Übungsschläger, und so gingen wir ins Wasser. Er schlug mit großem Geschick lange Flugbälle, hinter denen wir viele Meter weit herschwimmen mußten, um sie zu fangen und zurückzuwerfen. Nachdem wir ans Ufer gewatet waren, standen wir fröstelnd in der Brise und zogen unsere Sweatshirts an. Cleveland brachte mir bei, »wie der Marlboro-Mann« die Hände über ein

windgefährdetes Streichholz zu wölben, und zeigte mir dann, als ich ausgeraucht hatte, wie man die Zigarettenkippe zehn Meter weit fortschnipste. Die Sonne ging unter, doch wir blieben am Strand und beobachteten die Glühwürmchen und flüchtig auftauchenden Fledermäuse. Der Wald wimmelte von Grillen, und die Musik aus dem Radio auf der Veranda vermischte sich mit dem Zirpen der Insekten. Ich saß im Sand und dachte einen Augenblick an Phlox. Cleveland und Arthur schlenderten zum Seeufer hinunter, wo sie sich außer meiner Hörweite unterhielten und zwei lange Antonio-y-Cleopatra-Zigarren rauchten, die sie kurz darauf im Sand ausdrückten. Sie zogen ihre Sweatshirts aus und liefen ins Wasser, wo Cleveland seine kleine Schwester vor Jahren brutal mißhandelt hatte.

Ich war glücklich – oder in meinem Magen konzentrierte sich ein schwaches, schönes Gefühl, das vom Bier herrührte – beim Anblick des bleicher werdenden blauen Himmels, der an den Rändern von den Blitzen der Hitzegewitter aufgerissen wurde, und auch über die Grillen, das Geschrei im Wasser und Jackie Wilson im Radio, aber es war ein der Traurigkeit so eng verwandtes Glück, daß ich einen Augenblick später den Kopf hängenließ.

»Wie kannst du nur so oft mit ihr zusammensein?« fragte Arthur und warf in die Mitte des Feuers, das Cleveland am Strand gemacht hatte, Kiefernnadeln, die dort Feuer fingen, aufflammten und verschwanden – genau wie meine den ganzen Tag über wechselhaften Launen. »Sie hält sich für den absoluten Star.«

»Du doch auch«, sagte Cleveland. Zwei kleine Lagerfeuer brannten in den schwarzen Gläsern seiner Brille. »Was gibt's bitte schön daran auszusetzen? Sie übertreibt eben. Das schadet nicht.«

»Es ist unerträglich«, sagte Arthur.

»Es zeugt von Begabung«, widersprach Cleveland. »Eine

Begabung, die du nicht besitzt. Behaupte ich nicht von mir, im Begriff zu sein, die ganze Welt aufzufressen? Eine offenkundige Übertreibung. Behaupte ich nicht, das Böse in Menschengestalt zu sein?«

»Ja«, sagte ich. »Ja.« Und dann erzählte ich ihnen von meinem Wolkenkratzer, dem Zeppelin und dem hinaufsausenden Fahrstuhl, und Arthur schnaubte verächtlich, leerte noch ein Bier und meinte, das sei auch ziemlich unerträglich.

»Nein, das ist groß – er hat's kapiert, das ist groß«, sagte Cleveland. »Größe ist das Ziel des Lebens, der Evolution, von Mann und Frau. Nimm nur mal die Dinosaurier. Die fingen als Molche an, kleine Wassermolche. Alles ist größer geworden. Zivilisationen, Gebäude, die Wissenschaft ...«

»Lebern, Alkoholprobleme«, sagte Arthur. Er stand auf und ging ins Haus, um mehr Bier zu holen.

»Er kapiert's nicht«, sagte ich.

»Aber sicher«, sagte Cleveland. »Er hat das schon tausendmal gehört. Wir hatten früher so eine Sache, so eine Vorstellung von uns – eigentlich nicht von uns, sondern von, na ja, es war jedenfalls genau wie diese Sache von dir mit dem Hotel. Wie würdest du so etwas nennen, Bechstein?«

»Eine Vorstellung. Eine Vorstellung von dem großen Dingsbums, das ihr euch gewünscht habt?«

»Also hör mal, da wird dir doch noch was Besseres einfallen.«

»Wie wär's mit ›eine Manifestation des Größewillens‹?«

»Genau!« Er warf mir einen Kiesel an den Kopf. »Arschloch. Es ging jedenfalls um Frauen. Das war damals, als Artie noch mehr auf Bisex als auf Bizeps stand.«

»Quatschkopf.«

»Halt die Klappe. Wir hatten da eine Vision – stell dir dein Wolkenkratzerhotel vor, nur denk dir auch die ganze Stadt drum rum dazu, denk dir eine ganze Skyline in diesem Stil, groß und Art deco, mit Suchscheinwerfern, den Lichtkegeln von Suchscheinwerfern, die über den Himmel streichen, total konfus und hektisch. Und dann siehst du sie. Im hin und her huschenden Licht der Suchscheinwerfer.«

»Was soll ich sehen?«

»Riesenfrauen! Wunderschöne Frauen, so wie Sophia Loren oder Anita Ekberg, nur eben groß wie ein Berg, die mit den Füßen Gebäude zum Einstürzen bringen, unter ihren kolossalen pedikürten Zehen Autos zermalmen, und in ihrem Haar verfangen sich Flugzeuge.«

»Ich sehe es vor mir«, sagte ich.

»Das war die Manifestation unseres Größewillens.« Wir schwiegen lange. Ich hörte, wie im Haus die Toilette gespült wurde. »Äh, hör mal, Bechstein ...«

»Hmm?«

»Wann kann ich deinen Vater kennenlernen?«

»Du spinnst.«

»Nein, ich bin sicher, daß er mir sympathisch wäre. Er ist ebenfalls groß. Ich habe von ihm gehört. Er soll zu den ganz hohen Tieren gehören. Ich möchte, daß du mich mit ihm bekannt machst, falls du nichts dagegen hast. Selbst dann, falls du was dagegen hast.«

»Was machst du eigentlich bei Dave Stern? Glücksspiel?«

»A bis Z.«

Er meinte abkassieren und zustellen für einen Kredithai: dem bedauernswerten Schuldner das Geld auszahlen und dann einmal in der Woche bei ihm vorbeischauen, um die aberwitzigen Zinsen zu kassieren.

Anfangs hatte ich Clevelands angebliche Verbindungen zur Unterwelt nicht ganz ernst genommen, doch jetzt tat ich es plötzlich. Cleveland war es zuzutrauen. Er würde eine Bresche in die Mauer schlagen, die zwischen meiner Familie und meinem Leben stand, er würde den Schutzwall erklimmen, den ich um mich errichtet hatte.

»Nein, das geht nicht, Cleveland, du kannst meinen Vater

nicht kennenlernen.« Falls man ein Winseln mit einem Wispern verbinden kann, war das der Ton, in dem ich sprach. »Komm schon, erzähl mir mehr über die Suchscheinwerfer und Riesenfrauen.«
»Ich erinnere mich an sie«, sagte Arthur, der gerade zurückkam. »Das war sein Wunsch, nicht meiner. Ich wollte bloß erfahren, wer die Wolkenfabrik gebaut hat. Und die ist übrigens ziemlich klein.«
»Gott hat die Wolkenfabrik gebaut«, sagte Cleveland. »Und Gott ist der Größte unter den Großen.«
»Irrtum«, sagte Arthur. »Es gibt keine Wolkenfabrik. Und auch keinen Gott, keine Riesenfrauen und keine Zeppeline.«
»Leck mich«, sagte Cleveland. »Eines Tages kommen sie und holen mich. Euch werden sie auch holen. Macht euch drauf gefaßt. Bereite auch deinen Vater darauf vor, Bechstein.« Damit stand er auf, ging ins Haus und kam nicht zurück.
»Was sollte das mit deinem Vater?« fragte Arthur.
»Wer weiß?« sagte ich. »Wahrscheinlich hat er mich mit Jane verwechselt.«

Als ich am nächsten Morgen im Spiegel meinen Kater begutachtete und mein Kopfweh vorsichtig in den Händen wog, hörte ich Geschrei, dann ein paar dumpfe Schläge vorn im Haus und schließlich eine Frauenstimme, einen vertrauten Südstaatenakzent. Ich schlurfte hinaus, um nach dem Rechten zu sehen.
Direkt hinter der Haustür standen sich Cleveland und Jane neben zwei Einkaufstüten in Boxerhaltung gegenüber, und Arthur, der eine Unterhose und das T-Shirt mit der Aufschrift LAST CALL anhatte, beobachtete sie argwöhnisch, aber lächelnd und mit großen Augen. Ich mußte an unsere erste Begegnung vor der Bibliothek denken. Jane, sonnengebräunt und hübsch, mit ausgebleichtem Haar, das ins Weiße

spielte, trug ein rosagelb kariertes Baumwollkleid, das weder zu ihren geballten Fäusten noch zu den muskelbepackten Schultern oder zu den blitzenden Augen paßte.
»Nur zu«, rief Cleveland. »Du traust dich ja nicht.«
»O doch!« sagte Jane. »Ich krieg dich.«
»Tag, Jane«, begrüßte ich sie. »Du siehst umwerfend aus.«
Sie drehte sich zu mir um, öffnete die Fäuste und lächelte, dann wandte sie sich wieder zu Cleveland und verpaßte ihm mit der Rechten einen Kinnhaken. Er taumelte gegen die Wand; mit der Hand strich er sich über den Mundwinkel und betrachtete verwirrt das Blut, das an seinen Fingern klebte. Einen Augenblick lächelte er Jane, mich und Arthur an, ehe er sich auf Jane stürzte und sie mit lautem Getöse auf den Holzboden riß. Sie ächzten und knurrten »Scheiße!«, »Du Arschloch!« und ähnliches, während sie miteinander rangen. Cleveland war dem Gewicht nach im Vorteil, obwohl ich bezweifelte, daß er wirklich stärker war als sie.
»Hört auf, Cleveland, Jane, laßt den Quatsch!« sagte Arthur gelassen. Er sah mich an, zog eine Augenbraue hoch, rührte sich nicht vom Fleck. Ich mußte einfach etwas unternehmen und ging zu den beiden hin, aber irgend jemand rammte mir die Faust in die Leiste. Es tat weh, und ich fiel nach Luft schnappend hin. Jane, die unter Cleveland lag, drückte ihm das Knie auf die Brust und stieß ihn weg. Er flog nach hinten, und Jane sprang hoch, warf sich auf ihn und schrie: »Cleveland.« Wie angewurzelt blieben wir liegen. Sie keuchten, ich keuchte; ich wuchtete mich auf die Knie und sah, wie Cleveland zu lachen und Jane zu weinen begann.
»O Cleveland«, stöhnte sie.
»Bist du zweihundertfünfzig Kilometer weit gefahren, nur um mich zu verdreschen?«
»Ja«, sagte sie, zog stolz die Nase hoch, warf den Kopf zurück und streckte das Kinn vor.
»Wirklich?«

»Nein.« Sie sank mit der Stirn an seine Brust und küßte ihn auf den großen Bauch, und in diesem Augenblick kam Arthur, den ich nicht aus dem Zimmer hatte gehen sehen, mit einem Kochtopf voll Wasser in der Hand zurück, das er ihnen grinsend über die verzweifelten Köpfe goß.

»Denen geht's prima«, rief ich. »Herrgott noch mal, gieß lieber mir ein bißchen Wasser über die Eier!«

»Ich warte schon so lange darauf, daß du das sagst«, witzelte Arthur.

Nun war also Jane bei uns, und wenn ich auch die Vertraulichkeit vom Vortag vermißte, fand ich Jane doch so hinreißend, so kleinmädchenhaft und *sportive,* daß ich ihr Auftauchen begrüßte – wie wir alle. Mit einem traurigen Choral auf den Lippen, den sie so laut und inbrünstig vor sich hin sang wie ein junges Mädchen, das ihn erst am Morgen in der Kirche gelernt hat, ging sie zum Wagen, um ihr Gepäck zu holen. Als sie wieder ins Haus kam, hörte sie auf zu singen, schaute sich um, ließ ihre Taschen fallen und seufzte. Aus dem karierten Kleidersack packte sie zwei frisch gebügelte Kleider mit Pünktchenmuster aus und hängte sie an der Klinke der Wohnzimmertür auf, dann trug sie die Lebensmittel in der zerrissenen Tüte von der Diele in die Küche und breitete sie auf der Arbeitsplatte aus.

»O nein – ein Salat«, rief Arthur.

Jane hatte pfundweise Grünzeug eingekauft und machte sich nun daran, einen riesigen Salat zuzubereiten und – ziemlich halbherzig – ihren Ärger an Cleveland auszulassen. »Du hast unseren Hund vergewaltigt«, sagte sie und schnitt hauchdünne durchsichtige Gurkenscheiben in eine hölzerne Salatschüssel vom Umfang eines Fahrradreifens. »Ich meine ...«

Cleveland war wie ausgewechselt. Er stieg vom Bier auf den Orangensaft um, den sie mitgebracht hatte, und immer wieder ging er zu ihr, um sie in die Arme zu schließen, an ihr zu schnuppern, sich zu vergewissern, daß sie wirklich da war. Arthur und ich setzten uns an den Küchentisch, aßen Trauben und beobachteten ihre Versöhnung; sie hatten uns völlig vergessen oder taten zumindest so.

»Sie haben gesagt, du seist tot«, erklärte Cleveland glücklich. »An Ruhr gestorben.«

Jane wurde rot. »Du hast sie dazu gezwungen«, sagte sie schnitt Karotten und Lauch in orange Rädchen und grüne Ringe. »Du hast ihnen keine andere Wahl gelassen.« Sie tat so, als ob sie sich mit dem Küchenmesser die Kehle durchschneiden wollte, und streckte die Zunge heraus. »Wie ich gehört habe, hast du es recht gut aufgenommen.«

»Ich war am Boden zerstört«, sagte er, machte ein grimmiges Gesicht, und einen Moment sah er wirklich wie am Boden zerstört aus. »Wie war's denn in New Mexico?«

»Wundervoll.«

»War es heiß? Heiß und sinnlich?« Während sie munter weiterschnippelte, umkreiste er sie langsam wie Jupiter und musterte sie von allen Seiten, doch bei diesem letzten Wort geriet er auf seiner Umlaufbahn ins Schlingern und stieß sanft mit ihr zusammen.

»Heiß und sinnlich ist gar kein Ausdruck. Du Arschloch.«

Jane und Cleveland waren seit fast sechs Jahren ein festes Gespann, und obwohl sie völlig zwanglos miteinander umgingen, hackten sie vor anderen mit der unbändigen Gehässigkeit eines brandneuen Pärchens aufeinander herum. Es war, als seien sie sich noch nicht ganz im klaren, ob sie einander mochten. Wenn sie ihm einen liebevollen Blick zuwarf, stand in ihren Augen die tiefe Trauer und Mißbilligung einer Mutter, deren Sohn auf die schiefe Ebene geraten ist. Und wenn er mit ihr sprach, gelang es ihm bei ihr zwar besser als bei anderen, den höhnischen Unterton in seiner Stimme zu unterdrücken, ganz verschwand er jedoch nie. Ich glaube, im Grunde war Cleveland eifersüchtig auf sie: nicht eifersüchtig auf irgendwelche imaginäre Nebenbuhler

– denn die gab es bei ihr nicht –, sondern auf *sie*, auf ihre Fimmel für Salatdressings und endlose Spaziergänge, auf ihren verrückten Optimismus, den sie von ihrem englischen Vater geerbt haben mochte. Außerdem glaube ich, daß Jane Angst um Cleveland hatte, Angst hatte vor dem unvermeidlichen Tag, an dem er wirklich alles kaputtmachen würde.

»Mag einer von euch keinen Schnittlauch?« fragte sie. »Ich habe einen Bund frischen Schnittlauch gekauft.« Sie wedelte erwartungsvoll damit herum. »Ich wette, seit ihr hier seid, gab's kein einziges Mal Gemüse.«

»Einmal gab's Bohnen«, sagte ich.

Schweigen trat ein, während wir alle verfolgten, wie Jane eine Vinaigrette zubereitete; ohne auf die Etiketten der Döschen zu sehen, streute sie alle möglichen Gewürze in einen Schüttelbecher. Ich sah, wie Muskatnuß in das Dressing wanderte und Curry. Nachdem sie den Becher ans Licht gehalten, eine halbe Minute kritisch beäugt hatte und gesehen, wie die Gewürzpartikel langsam durch die Grenze zwischen Öl und Essig sanken, richtete sie den Blick auf Cleveland. »Weißt du, New Mexico hat mir irre gefallen. So viele interessante Tiere, und die Indianer sind dermaßen freundlich. Ich habe eine Klapperschlange gesehen, Cleveland. Und Motorräder noch und nöcher. Ich glaube, es würde dir gefallen. Ich habe mir überlegt, ob wir zwei vielleicht irgendwann mal hinfahren könnten.«

»Sicher«, sagte Cleveland. Er breitete die Hände aus, als wollte er sagen: Warum nicht jetzt gleich?

»Das meinst du nicht ernst«, sagte sie.

»Warte, bis ich ein bißchen Geld auftreibe. Dann können wir überall hinfahren. Wir können einen Wohnwagen kaufen.«

»Du wirst nie Geld auftreiben«, sagte Jane. Sie schüttelte das Dressing, dann kippte sie es über den Salat. »Oder doch?«

Ich beobachtete Clevelands Gesicht, das nichts verriet, aber

als ich mich wieder zu Jane wandte, starrte sie mich direkt an, und ich merkte, wie ich rot wurde.
»Das ist ein herrlicher Salat«, sagte ich.
»Er ist zum Essen da, Art«, sagte sie. »Cleveland, Arthur, kommt. Eßt ein bißchen Grünes.«

Zu meiner Überraschung bat mich Jane nach dem Mittagessen, mit ihr einen Spaziergang in die Stadt zu machen. Cleveland lächelte hölzern und prostete mir mit seiner Bierdose zu; offenbar hatte sie mit ihm abgesprochen, was sie vorhatte.
»Wenn's um unser Betragen geht, so kann ich dir nur Gutes berichten, Jane«, sagte ich.
Ich zog meine Tennisschuhe an und versuchte, den Mut aufzubringen, ihre Bitte abzulehnen. Schon beim Mittagessen hatte ich das auf mich zukommen sehen – sie wußte etwas, hatte etwas erfahren, machte sich Sorgen um Cleveland. Arthur kam ins Wohnzimmer, unterm Arm ein Buch von Manuel Puig mit einem langen spanischen Titel. Er war stets in irgendeinen neuen lateinamerikanischen Schriftsteller vernarrt.
»Wo wollt ihr hin?« fragte er mit einem Blick auf Cleveland.
»In die Stadt«, sagte Jane. »Brauchst du was?«
»Kann ich mitkommen?«
»Du mußt Cleveland Gesellschaft leisten.«
»Klar kannst du mitkommen«, sagte ich.
Arthur sah noch einmal zu Cleveland.
»Nein, schon gut«, sagte er. »Ich wollte sowieso lesen.«
Jane ging zur Tür; ich blieb ein paar Sekunden zurück, verlegen, weil Janes Wahl auf mich gefallen war, und plötzlich hatte ich Angst davor, mit ihr zu reden. Doch als ich nach draußen kam, hatte sich der Sonntag prächtig herausgemacht, man konnte den See riechen, Wolken trieben

rasch über die Sonne. Ich hüpfte ein paarmal auf der Stelle und spürte das Federn der Erde unter meinen Füßen.
»Ist es nicht schön hier?« fragte Jane. »Nächstes Mal mußt du Phlox mitbringen.«
»Hätte ich auch, wenn ich gewußt hätte, daß du kommst.«
»Das sollte kein Vorwurf sein. Ich kann mir denken, weshalb ihr Jungs hierherkommt.«
»Gut«, sagte ich. »Auch ich kann mir denken, weshalb du gekommen bist.«
»Gut. Schau mal. Da ganz oben, ein Geier! In New Mexico habe ich viele Geier gesehen. Wie wunderschön sie sind!«
»Ich glaube nicht, daß es Geier in New York gibt«, sagte ich.
»Überall, wo es Nahrungsketten gibt, gibt's auch Geier«, sagte sie. »Hier lang.« Wir gingen den Kiesweg hinunter zu den Briefkästen, doch anstatt die rissige alte Asphaltstraße zu nehmen, zeigte sie auf einen Feldweg, der über die Straßenböschung vom Haus wegführte. »Das ist kürzer«, sagte sie. Den Weg säumten Mantelblumen, Unmengen von Geißblatt und Pflanzen mit vielstrahligen weißen Dolden, die ich nicht kannte; Jane hob einen Ast auf und hieb träge auf den Efeu und die Dornensträucher ein, von denen der Feldweg überwuchert war. Kurz darauf blieb sie stehen, riß eine von den Pflanzen mit den weißen Dolden aus, drehte sie am Stiel um und hielt mir die dicke braune Wurzel unter die Nase.
»Riech mal«, sagte sie. »Das ist eine Wilde Möhre.«
»Mhm.« Ein Geruch nach Erde und Fleischbrühe. Ich kam mir wieder wie ein Kind vor, das in den Ferien mit einer älteren Verwandten spazierengeht. Als wir an einen winzigen Bach kamen, zog sie mich näher und kniete sich dicht neben das funkelnde Wasser. Ich fand einen Zweig

und brach ihn entzwei; zwar fühlte ich mich ein wenig befangen, bemühte mich aber, meine Nervosität loszuwerden.
»Wettrennen gefällig?« fragte ich. Wir warfen unsere Bötchen ins Wasser und sahen ihnen nach, wie sie hin und her schlingerten, bis sie außer Sicht gerieten. Dann nahm sie wieder den Bergstock zur Hand, und wir marschierten weiter, bis wir an eine Stelle kamen, wo der Bach breiter war und eine einfache Holzbrücke auf die andere Seite führte. Wir lehnten uns eine Weile über das niedrige Geländer.
»Weitspucken gefällig?« fragte ich. Wir spuckten. Es machte Spaß, und wir spuckten noch mal. Ich lachte noch immer, als sie mich mit Tränen in den Augen am Handgelenk packte und wir nicht mehr zwei Kinder auf einem Ausflug ins Grüne waren. Ich saß in der Falle.
»Art«, sagte sie. »Ich weiß, daß du es weißt. Sag mir, was Cleveland macht.«
»Was meinst du?«
»Ich habe da zufällig so einen fiesen Freund von Cleveland getroffen, Dave Stern.«
»Er ist mein Vetter«, sagte ich.
»Entschuldige; so fies ist er eigentlich gar nicht.«
»Schon gut«, sagte ich. »Er ist nicht richtig mit mir verwandt. Was hat er gesagt?«
Sie schluckte die Tränen runter; mit der Hand wischte sie sich über die Stirn, blies sich das Haar aus den Augen und lief plötzlich wieder los. Ihr rosa gemusterter Unterrock rutschte nach oben, als sie ein paar Schritte weit rannte, dann anhielt und auf mich wartete.
»Er hat eigentlich gar nichts gesagt. Bloß Andeutungen gemacht. Er hat gesagt, daß Cleveland für seinen Vater arbeitet. Deshalb habe ich gefragt, was sein Vater von Beruf ist.«
»Und was hat er geantwortet?«

»Er hat gesagt: ›Mein Vater macht Geschäfte.‹«
»Und dann wieherte er los wie ein alter Esel.«
»Sag's mir«, wiederholte sie. Drei Silben.
»Ich weiß es nicht«, sagte ich. Es klang so sehr nach einer Lüge, daß ich mir auf die Lippe biß. »Hast du Cleveland gefragt?«
»Er hat gesagt, ich soll dich fragen.« Sie blieb stehen, heftete den Blick auf mich und streckte das Kinn so weit zu mir hinauf, daß ich ihre nächsten Worte auf meinem Gesicht spürte.
»Los, gib mir eine Antwort.«
»Er hat gesagt, du sollst mich fragen?« Wollte er mich auf die Probe stellen? Glaubte er allen Ernstes, ich könnte ihr die Wahrheit sagen? »Er führt dich an der Nase rum. Ich habe keine Ahnung, was Lenny Stern macht.«
»Lenny Stern?« fragte sie.
»Er ist so eine Art Onkel von mir.«
»Ist er Rauschgifthändler? Dealt Cleveland?«
Ich war froh, bei der Wahrheit bleiben zu können.
»Nein«, sagte ich. »Das wenigstens weiß ich.«
Sie wirkte unwillkürlich erleichtert, obwohl ihr klar war, daß sie sich trotzdem Sorgen machen mußte.
»Hauptsache, du weißt wenigstens das.« Sie trat einen Schritt von mir zurück und musterte mich sehr genau. Ihr war klar, daß ich sie belogen hatte, und wenn sie es auch vorzog, mir zu glauben, schenkte sie mir nie wieder volles Vertrauen.
Als wir zurückkamen, fingen Jane und Cleveland an zu trinken, und Arthur und ich sahen ihnen zu, wie sie den restlichen Nachmittag über stritten. Eine Weile versuchte ich, Cleveland wortlos Bescheid zu geben, daß ich dichtgehalten hatte. Er schenkte mir keine Beachtung und schien sich wohl in seiner Haut zu fühlen. Er stand auf, atmete tief durch und rief: »Ah, wie süß das Zedernholz nach Pisse

riecht!« Schließlich versuchten Arthur und ich bloß noch, ihnen aus dem Weg zu gehen. Dennoch ertappten wir sie immer wieder beim Küssen in dem engen Winkel, den zwei offene Türen in der Diele bildeten, oder im Schatten der Kastanie, deren Zweige in den Garten vor dem Haus hingen. Bei Sonnenuntergang lachten wir über ihre bizarren Silhouetten, die Seite an Seite am Strand entlanggingen. An die gegenüberliegenden Türpfosten gelehnt, standen wir in der Haustür und rauchten. Dann lachten wir nicht mehr. Ich beneidete sie darum, wie sie sich gegenseitig die Hände in die Gesäßtaschen der Jeans gesteckt hatten, und ich beneidete sie um ihre Geschichte, um die stillen und um die hektischen Tage, einfach um die Länge der hinter ihnen liegenden Jahre.

»Wie lange ich euch beide auch kenne, ich werde es nie mehr aufholen können.«

Die Zigarette hing Arthur lässig an der aufgesprungenen Unterlippe, und ich merkte, daß er nicht von ungefähr mit einem Mal so still geworden war.

»Was aufholen?« Seine Kool wackelte beim Sprechen.

»Die Zeit. All die Tage und Abende wie heute.«

»Ach so.« Er lächelte matt.

»An was denkst du?«

»Offen gestanden habe ich gerade gedacht, daß es mich anödet, Cleveland und Jane wieder zusammen zu sehen. Weißt du, all die Tage und Abende wie heute. Aber viel länger kann es nicht mehr dauern.«

»Was meinst du damit?«

»Ich meine – nichts. Da kommen sie.« Mit einer übertrieben umständlichen Armbewegung, als schieße er Salut oder feuere eine Leuchtkugel ab, schnipste er seine Kippe in ihre Richtung.

12
Die böse Liebesschwester

Als ich zurück in die Großstadt kam, war ich froh, Phlox wiederzusehen – beängstigend froh. An jenem Montag wartete sie abends auf dem Bürgersteig vor Boardwalk Books auf mich, und ohne lange nachzudenken, hob ich sie hoch, küßte sie und wirbelte sie herum, ganze dreihundertsechzig Grad, wie ein Soldat und sein Mädchen. Wir ernteten beachtlichen Beifall. Ich raffte den dünnen groben Baumwollstoff an der Taille ihres Strandkleids mit den Fäusten zusammen, packte fester zu und drückte sie an den Hüften an mich. Wir redeten eine Menge dummes Zeug und steuerten auf den Wok Inn zu, Köpfe zusammen, Füße getrennt, aneinandergelehnt wie die Spitze eines Kartenhauses. Ich erkundigte mich nach den neuen kastanienbraunen Strähnen in ihrem Haar.

»Sonne und Zitronen«, erklärte sie. »Man setzt sich einen locker geflochtenen Strohhut auf und zieht ein paar Haarsträhnen durch die Löcher. Dann nimmt man den Saft und läßt sich die Strähnen damit vollsaugen. Ich habe ein einsames Wochenende damit verbracht, mich vollzusaugen wie ein Schwamm.«

»Dito. Das ist aus dem *Cosmo,* diese Sache mit den Zitronen«, sagte ich. »Ich habe neulich morgens bei dir im Badezimmer davon gelesen.«

»Du hast mein *Cosmo* gelesen?«

»Alle deine Illustrierten. Ich habe sämtliche Liebestests ausgefüllt und so getan, als wäre ich du und würde die Fragen beantworten.«

»Wie habe ich abgeschnitten?«

»Du hast gemogelt.«

Wir kamen an einem Secondhand-Laden vorbei, dessen Fenster voll von alten Toastern war, von Lampen mit Sockeln in Form spanischer Galeonen und Schaufensterpuppen ohne Kopf, die mit Ziermünzen besetzte Kleider trugen. In einer Ecke des Schaufensters lag eine flache bunte Schachtel. »Twister!« rief Phlox. »Oh, Art, laß uns das Spiel kaufen. Stell dir nur mal vor.«

Sie packte mich am Arm und zerrte mich in das Geschäft. Die Verkäuferin holte das Spiel für uns aus dem Fenster und zeigte uns, daß es in Ordnung war; die Drehscheibe drehte sich noch, und die Spielmatte war leidlich sauber. Beim Abendessen lag es unter dem Tisch, schräg zwischen Phlox' Fuß und meinem, und während wir erst unsere fröhliche, belanglose Plauderei fortsetzten und ich dann über das Wochendende in dem Landhaus berichtete, reizte und piekte mich die Twister-Schachtel bei jeder Bewegung von Phlox' unruhigem Knöchel.

Im Wohnzimmer ihres Apartments schoben wir die Sessel und den Couchtisch beiseite und breiteten die Plastikmatte auf dem Teppich aus. Die primärfarbenen Felder und die verzerrten, schwungvollen roten Buchstaben oben und unten an der Matte, die das Wort »Twister!« ergaben, riefen eine Flut von Erinnerungen wach an Geburtstagspartys in den 60er Jahren, die an verregneten Samstagen in ausgebauten Kellerräumen stattgefunden hatten. Phlox verschwand im Schlafzimmer, weil sie »die beengende Hüllen der Zivilisation abstreifen« wollte, wie sie es ausdrückte, und ich setzte mich auf den Boden und schnürte mir die Turnschuhe auf. Eine seltsame Zufriedenheit überkam mich. Obwohl die gebrauchten Versandhausmöbel, der falsche Renoir, die Katzenfigur und der andere Kram nach wie vor irgendwie häßlich und geschmacklos wirkten, stellte ich fest, daß ich einen jener alltäglichen ästhetischen Kraftakte geleistet hatte, die darin bestehen, daß man sich ein geschlossenes System von Geschmacklosigkeiten – Las Vegas, eine Bowlingbahn oder Filme mit Jerry Lewis – einfach einverleibt und es dann schön und lustig findet.

Mit Phlox, überlegte ich mir, hatte ich in gewisser Beziehung das gleiche getan. Alles an ihr, was eher an ein Animiermädchen oder eine Gangsterbraut denken ließ, an eine Kurtisane aus einem schlechten Roman oder eine *actrice* in einem französischen Kunstfilm über Entfremdung und Langeweile – ihr zu dick aufgetragenes Getue und Make-up –, alles, was von zweifelhaftem Geschmack zeugte und mich hätte verlegen machen oder zum Kichern reizen können, hatte ich anzuerkennen gelernt, ich suchte danach und ermunterte sie noch dazu. Sie löste in mir das gleiche Entzücken aus wie hochtoupierte Frisuren und Elvis-Presley-Tinnef. Als sie in einem Nylonkimono und riesigen Pantoffeln aus türkisfarbenem Pelz aus ihrem Schlafzimmer kam, wurde mir fast schwindlig vor Vergnügen, und die knallbunte Twister-Plastikmatte zu meinen Füßen schien die Matrix, das gedruckte Konzept all dessen zu sein, was ich an ihr mochte.

»Wer dreht?« fragte ich. »Ist Annette zu Hause?« Annette war Phlox' Mitbewohnerin, eine große, aufdringliche, attraktive Krankenschwester, deren komplizierten Dienstplan in all seinen Absonderlichkeiten ich nie ganz durchschauen konnte.

»Nein. Wir werden die Drehscheibe hier neben uns stellen müssen und uns abwechseln.«

Ich kroch auf die andere Seite des Spielfelds und ging in die Hocke, Phlox ebenso. Einen feierlichen Moment lang sahen wir uns über die Matte hinweg in die Augen. Dann setzte Phlox den schwarzen Plastikzeiger der Drehscheibe in Bewegung.

»Rechte Hand blau«, verkündete sie.

Ich beugte mich vor und legte die rechte Hand in die Mitte

eines blauen Feldes. Phlox folgte meinem Beispiel, und als sie leicht nach vorn kippte, gingen die Flügel ihres Kimonos auf und das Haar fiel ihr über den gesenkten Kopf. Zwischen ihrem wippenden zweifarbigen Haar hindurch spähte ich in die Schatten des Morgenrocks. Sie drehte noch einmal.

»Rechter Fuß grün.«

Damit kauerten wir beide halb auf der Matte und halb auf dem Boden. Die blauen und grünen Reihen lagen näher bei mir als bei ihr; ich hatte eine Art gestreckte Hocke eingenommen und die rechte Hand und den rechten Fuß hintereinander auf die Matte gesetzt, doch Phlox mußte sich ganz herüberbeugen und den rechten Fuß in dem Pelzpantoffel vor die rechte Hand setzten. Sie hob ihr schimmerndes linkes Bein ein paar Zentimeter in die Luft, um besser an die Stelle heranzukommen, und schwankte einige Augenblicke, ehe sie auf die Seite fiel.

»Verloren«, sagte ich und lachte, aber sie meinte, das zähle nicht, und schob mir die Drehscheibe zu, ehe sie sich wieder hochwuchtete; die weiche Haut auf ihrem gestreckten Schenkel zitterte vor Anstrengung. Ich drehte.

»Linker Fuß blau.«

Da ihre rechte Hand auf dem blauen Feld lag, wo ich meinen linken Fuß am geschicktesten hingesetzt hätte, und sie mich so auf das zweitbeste Feld verwiesen hatte, war ich gezwungen, das linke Bein durch das von ihrem rechten Bein und Arm gebildete Dreieck zu schieben, und ich spürte, wie mein linker Oberschenkel in der Bluejeans sanft ihren nackten Knöchel berührte. Wir stützten uns nun in Schräglage an drei Stellen ab, Kopf neben Kopf, und berührten uns leicht mit den Ohren. Ihr tiefes, italienisches Lachen, ganz nah an meinem Ohr, schien von dem Dunkel im Spalt des warmen Kimonos auszugehen, und ich merkte, wie sich zwischen dem oberen und unteren Ende

meiner Wirbelsäule ein hektischer Nachrichtenaustausch entspann. Ich rutschte mit den Hüften ein Stück weg und drehte noch einmal.
»Rechte Hand gelb.«
Der Vorteil wechselte auf ihre Mattenseite; die rechte Hand auf dem Rücken, ließ sich Phlox nach hinten fallen, und einen Moment später lag ich, jetzt ebenfalls lachend, beinahe auf ihr; das wippende Haar hing so dicht vor meinem Mund, daß ich die nächsten losen Spitzen zwischen die Zähne nahm und auf ihnen herumkaute; es knirschte seltsam, bis mir die Haare aus den Lippen glitten und feucht und aneinanderklebend wie Pinselspitzen herunterhingen.
»Dreh«, sagte sie.
»Ich dreh gleich durch.«
Sie beobachtete mich, die Lippen zusammengekniffen, aber mit den Augen war sie drauf und dran, wieder loszulachen, doch dann spannte sie die Gesichtsmuskeln niedlich an, biß sich auf die Unterlippe und guckte ängstlich, als rechne sie damit, vielleicht doch zusammenzuklappen. Mit der linken Hand, die mir gerade noch einen Moment frei blieb, setzte ich die Drehscheibe erneut in Bewegung.
»Linke Hand grün.«
Ich streckte die Hand nach dem günstigsten Feld aus, doch sie gab sich alle Mühe, mir mit ihrem Körper den Weg zu versperren, und zwang mich, mit dem linken Arm unter ihren beiden Schenkeln durchzugreifen, so daß ich den Oberkörper nach hinten beugen mußte. Ich war mit dem Kopf in die Kuhle zwischen ihrer Hüfte und ihren Rippen geraten und blickte nun nach oben in ihre angenehm duftende Armbeuge. Mit bebenden Schenkeln streckte ich die Finger nach dem grünen Feld aus. Mir taten die Knie und die Schultern weh. Irgendwie war es

ihr gelungen, sich aufrecht zu halten. Sie lachte über meine wackelige, in vier Richtungen gleichzeitig gehende Anstrengung, das Gleichgewicht zu halten, doch plötzlich mobilisierte ich ungeahnte Kräfte.
»Du drehst«, stieß ich zwischen zusammengebissenen Zähnen hervor.
»Ich kann nicht.«
»Dreh, verdammt noch mal, dreh, dreh das Ding, na los.« Allmählich lockerte sich ihr schmerzhafter Griff um meinen rechten Fuß auf dem grünen Feld.
»Ich kann nicht.«
»Phlox!« Ich ließ meinen Kopf auf das glatte Nylon an ihrem Schenkel sinken. Ihre zitternde Brust verströmte flüchtig *Opium* und Schweiß. Ich hatte eine Erektion – ich bitte um Entschuldigung, daß ich noch einmal den Zustand meines Penis erwähne, der sich gegen die Stoffwände seiner einsamen Zelle stemmte. Ich merkte, daß meine Finger abrutschten.
Das Telefon klingelte: einmal, zweimal, dreimal.
»Fall«, sagte sie. Sie neigte sich vor, reckte den Hals wie ein Vogel und küßte mich auf die Lippen.
»Nein.« Meine schlüpfrigen Füße und Hände rutschten auf dem Plastik herum und machten kurze und verräterische Quietschgeräusche. Sie biß mich in die Nasenspitze.
»Fall!«
Ich fiel, mit einer Geschwindigkeit von 9,81 Meter pro Sekunde mal Sekunde.

Während der ersten Juliwochen kam Ordnung in mein Leben, woran man erkennt, daß Juli ist. Die Nächte verbrachte ich in Phlox' Apartment, die Tage bei Boardwalk Books, und die Abende abwechselnd in Gesellschaft von Cleveland und Arthur oder der bösen Liebesschwester, wie Cleveland Phlox neuerdings nannte. Ein gewisser Zwang, den ich von meinem Vater geerbt habe, und so eine Art unnötiges Feingefühl hatten mich stets dazu getrieben, meine Freunde säuberlich auseinanderzuhalten und Gruppenausflüge zu vermeiden, doch während dieser zwei ruhigen Wochen inmitten des Sommers war ich frei von den Schuldgefühlen, die mein Jonglieren mit Freundschaften für gewöhnlich begleiteten, und frei von dem Selbstvorwurf, ein doppeltes Spiel zu spielen, der damit einherging, daß ich die Menschen, die ich sehr gern hatte, in jeweils getrennte Nischen meines Lebens drängte; daher kam es, daß Phlox, Arthur und ich von Zeit zu Zeit auf dem gleichen Rasenstück unsere Mittagsbrote verzehrten.

Cleveland verbrachte die meisten Nächte mit Jane. Seit Jahren hatte sie eine erfundene Freundin namens Katherine Tracy, ein künstlerisch veranlagtes, zartbesaitetes Mädchen, das hin und wieder versuchte, sich das Leben zu nehmen, oder ernstlich an Dickdarmentzündung, Magersucht, Gürtelrose, Liebeskummer oder Hämorrhoiden erkrankte. Während dieser Phasen bedurfte Katherine Tracy ständiger Aufmerksamkeit und Gesellschaft, und Dr. und Mrs. Bellwether, die das schüchterne, äußerst gehemmte Mädchen mit der Zeit ziemlich ins Herz geschlossen hatten, stimmten stets wohlwollend zu, wenn Jane ein paar Tage außer Haus verbrachte, um bei der Betreuung von Katherine zu helfen, die zudem so eine neurotische Angst vor Telefonen hatte, daß sie keinen eigenen Anschluß wollte. Was Cleveland tagsüber tat, sollte ich bald herausfinden.

Für Arthur hielt der Julianfang zwei Abschlußklausuren in seinen Ferienkursen und einen schweren Fall von Krätze bereit, die, abgesehen von Herpes, die schlimmste Geschlechtskrankheit war, die man sich damals vorstellen konnte. Dieses Mißgeschick fesselte ihn weitgehend ans Haus, wo er büffelte und nach *Kwell*-Puder stank. Ich fühlte mich nicht gedrängt, dem einen Teil meines Lebens mehr

Zeit zu widmen als dem anderen. Phlox (die früher als ich ahnte, daß an eine Versöhnung zwischen ihr und Arthur nicht zu denken war, ja die Arthur vielleicht nie gemocht hatte – einmal hatte sie sogar erklärt: »*Mögen* tu ich Jungs nie; entweder ich liebe sie oder ich hasse sie.«) und Arthur verdarben allerdings den einen Abend, an dem wir fünf gemeinsam ausgingen, nachdem sie uns den vorangehenden Nachmittag auch schon vermiest hatten.

Wiederum begann der Abend mit einem Anblick, der sich mir durch die großen Schaufenster von Boardwalk Books bot. Ungefähr fünfzehn Minuten früher als ich Phlox, Arthur, Cleveland und Jane erwartet hatte, die mich abholen kamen, schlenderten sie auf dem Bürgersteig an dem Geschäft vorbei, und während eines langen Augenblicks bemerkte ich sie, erkannte sie aber nicht. Sie tauchten paarweise auf. Die beiden Frauen gingen voran; die eine, merkwürdig aufgetakelt mit bunt zusammengewürfelten Kleidern aus drei oder vier Epochen, redete mit der anderen, die einen bonbonfarben gestreiften Rock und einen leuchtend gelben Pullover trug, und begutachtete deren Handgelenk und Armreif. Das Haar flatterte ihnen im Wind wie kurze Schals um die Köpfe, und ihre Gesichter sahen zynisch und fröhlich aus. Ein Stück hinter ihnen folgten die beiden Männer, der eine mit langer schwarzer Löwenmähne und schwarzen Stiefeln, der andere in weißen *Stan-Smith*-Jeans, beide wirkten angeregt und wohlhabend, waren in Sonnenlicht getaucht, und jeder hielt die Zigarette auf andere Art, der Korpulente mit ungezwungener Lässigkeit, der Dünne betont und wild gestikulierend, als sei die Zigarette ein Hilfsmittel beim Reden. Mein Gott! dachte ich in jenem verrückten Augenblick, ehe sie sich umdrehten und winkten. Wer sind diese schönen Menschen?

Sie gingen weiter, und ich drückte mir die Nase an der Scheibe platt, um den verschwindenden Gestalten nachzuse-

hen. Ich kam mir vor wie ein Südseeinsulaner, der beobachtet, wie seine weißen Götter in ihr schimmerndes Transportflugzeug steigen und wegfliegen, nur kam noch hinzu, daß ich bei diesem Eindruck das zutreffende Gefühl hatte, irgendwie an der Nase herumgeführt zu werden. Verstört drehte ich mich um und wollte nachsehen, ob jemand im Laden die Theophanie miterlebt hatte, was anscheinend nicht der Fall war, jedenfalls hatte sie zumindest niemand so aufgewühlt wie mich. Hinter der Registrierkasse hüpfte ich wie ein Gummiball auf der Stelle, hopste von einem Fuß auf den anderen. Ich stempelte mein Kärtchen. Als sie Punkt sechs zurückkamen, stürzte ich auf die Straße und blieb zögernd stehen, nach der mittäglichen Katastrophe immer noch verwirrt und unsicher, wen ich zuerst umarmen sollte; schließlich gab ich Arthur die Hand, ehe ich Phlox in die Arme nahm. Vielleicht rührte ich durch diesen Fehler den ganzen Streit vom Mittag wieder auf. Als ich Phlox an mich drückte, zwickte sie mich leicht in den Arm, was Arthur natürlich bemerkte.
»Erst der Handschlag, dann die Umarmung«, sagte er zu ihr. »Paß bloß auf.«
Auch Jane umarmte ich, spürte kurz sanfte Arme und Chanel No. 5, dann stand ich Cleveland gegenüber, der die große schwarze Brille nach oben schob und die Stirn runzelte.
»Jetzt langt's mit dem Herumgetatsche«, sagte er.
Wir machten uns auf den Rückweg zur Bibliothek, wo Cleveland den Barracuda geparkt hatte. Meine Gefühle waren absolut zwiespältig, es war schlimmer denn je. Ich hielt Phlox an der Taille umfaßt, mein Arm scheuerte sich an dem komischen weißen Ledergürtel, der ihr Kleid zusammenhielt, doch immer wieder ging ich rückwärts und sah mich nach Cleveland, Arthur und Jane um. Ich merkte, wie Phlox sich darüber ärgerte, aber ich sagte mir, daß ich ihr in

letzter Zeit reichlich Aufmerksamkeit geschenkt hatte, und als Jane Clevelands Hand losließ und nach vorn kam, um mit Phlox zu reden, blieb ich zurück und schloß mich den Jungs an. Jane konnte Phlox gut leiden und sagte das auch unaufhörlich. Phlox fand Jane langweilig und blöd, weil sie trotz allem Cleveland die Stange hielt, und natürlich glaubte sie, Jane sei insgeheim in mich verliebt.

»Du wirst ganz schön Ärger kriegen«, sagte Arthur und lächelte.

»Schön euch zu sehen.«

»Schön, auch dich zu sehen«, sagte Cleveland. Er schien bester Laune; mit eingezogenem Bauch und klappernden Stiefelabsätzen schnaufte er über den Bürgersteig. »Hör mal, Bechstein, wann hast du deinen freien Tag?«

»Am Mittwoch«, antwortete ich. Ich schielte zu Phlox hinüber. Sie lachte gerade über eine Geschichte, die ihr Jane erzählte und mit zahlreichen Gesten ihrer gebräunten Hände unterstrich; ich beobachtete das Hinternpaar und die vier auf hochhackigen Schuhen stöckelnden Beine. Den Mittwoch hatte ich Phlox versprochen.

»Wir müssen uns treffen.«

»Wo?«

»Hier. In Oakland. Sagen wir bei der Wolkenfabrik.«

»Weswegen?«

Er gab mir keine Antwort. Arthur, der zwischen uns ging, drehte sich mit leicht verdrossener Miene zu mir um. Überrascht stellte ich fest, daß Cleveland Arthur offenbar nichts von meinem Vater erzählt hatte. Im ersten Moment war ich begeistert, als ich merkte, daß es zwischen Cleveland und mir etwas gab, woran Arthur nicht teilhatte, etwas außerhalb ihrer Freundschaft, doch dann wurde ich ebenso rasch traurig und schämte mich über das, was es war. Unsere größte Gemeinsamkeit hatte ich mir anders vorgestellt. Doch die Verlockung war natürlich unwiderstehlich.

»Okay«, sagte ich. »Aber können wir uns morgens treffen? Den Nachmittag habe ich für Phlox eingeplant.«

»In Ordnung«, meinte Cleveland. »Sagen wir zehn Uhr.« Er atmete kräftig ein und zog den ganzen Rotz in seiner Nase geräuschvoll hoch. »Müssen wir eigentlich so schnell gehen?«

Phlox drehte den Kopf um, kniff im Licht der untergehenden Sonne mehrmals die Augen zusammen, und der Ausdruck ihres Gesichts schwankte zwischen fürsorglich und verletzlich.

Auf unserem Programm standen Essengehen und Ella Fitzgerald, die an jenem Abend im Point Park auftrat. Cleveland behauptete, sie würde an einem Kranhubschrauber hängend nach Pittsburgh eingeflogen werden, wie Jesus in *La Dolce Vita,* und eines Tages, sagte er, würde man das gleiche mit ihm tun. Im Restaurant saß ich neben Phlox und gegenüber von Arthur; Jane hatte den Platz neben Arthur, und Cleveland nahm das ganze Kopfende des Tisches ein. Er brachte die Bedienung in Verlegenheit, weil er sie anscheinend von irgendwoher kannte, was Jane wiederholt rot werden ließ. Arthur und Phlox hatten schon im Auto angefangen, sich auf kleinliche Weise anzugiften, mit unfreundlichen Witzen und viel Gegrinse.

Sie setzten den Zoff vom Nachmittag fort. Wir drei richteten es nämlich von Zeit zu Zeit so ein, daß wir uns in den Mittagspausen treffen konnten – hinter der Bibliothek, im Park oder auf dem Rasen vor der Soldiers' and Sailors' Memorial Hall, aber an diesem Nachmittag hatte mich das Glück verlassen, und mitten in einer schrecklich wichtigen Auseinandersetzung hatte ich unversehens Arthurs Partei ergriffen.

Wir sprachen über *Born to Run* von Bruce Springsteen. Ich erklärte, dies sei das katholischste Plattenalbum aller Zeiten. »Mal sehen, was alles dafür spricht«, sagte ich. »Da taucht im ersten Lied eine Mary – also Maria – auf, die zur Musik aus dem Radio wie eine Vision über die Veranda tanzt. Dann sind da Leute, die durch himmlische Gefilde streifen und vergeblich versuchen, das Feuer zu atmen, in dem sie geboren wurden. Und Engel in frisierten Wagen, Jungfrauen und Huren ...«

»Nicht zu vergessen *She's the One«*, sagte Arthur. »Das ist der Gipfel an Marienverehrung.«

»Stimmt.«

»Da singt er von *killer graces and secret places.«*

»Das hasse ich«, sagte Phlox, während sie mit zwei langen Daumen eine Mandarine zerteilte. »Ich hasse dieses Lied über ›intime Stellen, die kein Junge ausfüllen kann‹. Das glaube ich nicht. Solche Stellen gibt es nicht.«

»Na hör mal, Phlox«, sagte Arthur. »Eine oder zwei intime Stellen mußt du doch wohl auch haben.«

»Die hat sie«, sagte ich. »Das weiß ich.«

»Intime vielleicht, aber nicht unausgefüllte. Wozu sollten Jungs denn gut sein, wenn sie nicht alle Stellen ausfüllen könnten?«

Arthur und ich machten uns gemeinsam für die These von den unauslotbaren Höhlen der Frau stark. Phlox verteidigte ihre totale Erkennbarkeit dickköpfig und mit wachsendem Zorn, und irgend etwas an der Situation ärgerte sie. Teils weil die Auseinandersetzung so belanglos war, vermutete ich, und teils weil wir zwei gegen eine waren, aber in erster Linie störte sie wohl, daß ich ihr so gemein in den Rücken fiel.

Vielleicht kannte ich wirklich alle Gründe, weshalb sie sauer auf mich sein konnte, und vielleicht würden mir Frauen gar keine Rätsel mehr aufgeben, wenn ich bloß ein wenig über meinen beschränkten Horizont hinaussehen könnte. Jedenfalls war die Mittagspause sehr unangenehm verlaufen, und während wir nun vor unseren roten Pastatellern saßen, spitzte sich die Lage rasch zu.

»Das kommt davon, weil du so unsicher bist«, sagte Arthur gerade. »Außerdem kannst du dir nichts Schöneres denken, als den ganzen Tag an diesem Schalter zu sitzen – gib's zu.«
»Kann ich wohl«, widersprach Phlox. »Ich hasse es. Du willst doch bloß selber dort sitzen.«
»Schon gut, schon gut«, sagte Cleveland mit vollem Mund.
»Du bist ja verrückt«, sagte Arthur. »Diese Putzfrauen haben dich wahrscheinlich nicht mal bemerkt.«
»Du hast selbst gesehen, wie ich weinte! Du hättest hören müssen, wie die über mich gelästert haben!«
»Was haben sie denn gesagt?« fragte Jane ganz freundlich. Sobald sie erfuhr, daß irgendwer jetzt oder früher irgendwie in Not war, löste das ihren Mitleids-Tick aus, und sie eilte zu Hilfe. Sie beugte sich über den Tisch und legte ihre Hand auf die von Phlox.
»Ich kann es nicht sagen. Ich habe es vergessen.«
»Ich nicht«, sagte Arthur.
»*Das reicht,* Artie«, sagte Cleveland.
»Du hast gesagt, sie hätten dich ein versifftes weißes Luder genannt, das sich für was Besonderes hält, weil es am Schalter den lieben langen Tag mit dem Arsch vor den Jungs rumwedeln darf.«
Schweigen senkte sich über unseren Tisch. Phlox warf stolz den Kopf in den Nacken, und ihre Nasenflügel zuckten. Ich hatte diese Geschichte schon ein paarmal gehört, aber Zwischenfälle mit anderen Frauen, die ihren eifersüchtigen Zorn an ihr ausließen, waren im Leben von Phlox an der Tagesordnung, deshalb hatte mich die imposante, eingängige Haßtirade der Putzfrauen aus der Hillman-Bibliothek bisher eher kaltgelassen. Ich hatte eine fürchterliche, ungewohnte, widerwillige Wut auf Arthur.
»Stark!« sagte Cleveland schließlich.
Ein paar kleine Tränen sammelten sich in Phlox' Augenwinkeln an und liefen ihr übers Gesicht: eins, zwei, drei. Ihre

Unterlippe bebte und kam dann wieder zur Ruhe. Ich drückte Phlox die andere Hand. Jetzt wurden ihre beiden Hände gedrückt.
»Arthur«, sagte ich. »Äh, du solltest dich wohl entschuldigen.«
»Tut mir leid«, sagte er sofort, aber es klang nicht sehr überzeugend. Er schaute nach unten auf seinen Schoß.
»Warum haßt du mich, Arthur?«
»Arthur, du bist schrecklich«, sagte Jane. »Er haßt dich nicht, Phlox, was, Arthur?« Sie schlug ihm auf die Schulter.
Ich blickte auf meine Linguini in roter Muschelsoße. Plötzlich schien die Wärme restlos aus ihnen gewichen zu sein, der darübergestreute Parmesan war kalt geworden und zu einer dicken klumpigen Käsedecke erstarrt, die sich über die Nudeln breitete, und mit den grauen Muschelstückchen wirkte das Ganze schleimig rot und organisch.
»Ich gehe«, sagte Phlox. Sie schniefte und ließ ihren Geldbeutel zuschnappen.
Ich stand mit ihr auf, und wir zwängten uns an Cleveland vorbei.
»Scheint für uns alle noch ein lustiger Abend zu werden«, sagte ich leise. Ich warf etwas Geld auf den Tisch.
»Wen die Götter vernichten wollen«, sagte Cleveland, »dem machen sie vorher Pasta.« Er streckte die Hand aus und stupste mich am Ellbogen. »Mittwoch.«
»Mittwoch«, sagte ich und setzte mich in Trab.
Draußen auf der Straße rang Phlox nach Fassung und fingerte nervös an ihrer Handtasche herum. Ich trat von hinten auf sie zu und preßte das Gesicht in ihr Haar. Sie atmete tief ein, hielt die Luft an, atmete wieder aus; ihre Schultern entkrampften sich. In diesem Augenblick – gerade als sie sich mit ziemlich gelassenem Gesicht zu mir umwandte – drehten die Zikaden in den Bäumen alle durch, wer weiß wieso, und ihr Zirpen war so laut und grauenhaft wie

tausend Fernseher, in denen gleichzeitig die Nachrichten laufen. In Pittsburgh sind selbst die Zikaden fleißig. Wir hielten uns die Ohren zu und lasen uns die Worte von den Lippen ab.
»Mann!« bildete sie mit den Lippen.
»Nichts wie weg von hier.«
»Was?«
»Das macht mich verrückt.«
»Was?«
Ich riß die Tür eines Lokals auf, einer Imbißstube direkt neben dem Restaurant, das wir eben verlassen hatten; wir standen im Vorraum neben dem Kaugummiautomat – einer Spende des Kiwanis-Klubs – und küßten uns in der Stille von klapperndem Besteck und dudelnder Musik.

13
Sommer 1941

Inzwischen wohnte Arthur im Stadtteil Shadyside im Haus eines reichen jungen Ehepaars, seiner dritten Wohnung in diesem Sommer. Nach seinem Auszug bei den Bellwethers hatte er zehn ausgelassene und sündhafte Tage, so sagte er, in einem kleinen hübschen Apartment mit einer echten Fensterrosette in Shadyside verbracht, das ich an einem hektischen Sonntag, als ich auf einen Sprung vorbeikam, flüchtig zu Gesicht bekam. Mit diesem dritten Quartier setzte er nun seinen Aufstieg in der Welt des Wohnens fort. Das reiche junge Paar, Freunde von Freunden, war den Juli über in Skandinavien. Die Frau hatte ich oft im Fernsehen gesehen (sie las den Wetterbericht), und es war seltsam, die gerahmte Postkarte von Maxfield Parish über ihrem Klo zu betrachten, oder eines von den hellen wunderschönen Oxfordhemden ihres Mannes zu tragen, oder sich einfach vorzustellen, daß ich hier war, auf dem Teppich einer Frau lag, die ich im Fernsehen gesehen hatte, mit von Blitzen und winzigen Gewitterwolken aus Papier umkränztem Haupt. Arthur hatte seine Schlacht gegen »die Tierchen aus der Hölle« gewonnen, doch nun wuchsen die abrasierten Haare nach, was anscheinend juckte und es ihm unmöglich machte, länger als ein paar Minuten stillzusitzen.

Am Morgen, nachdem Phlox und ich Ella Fitzgerald nicht gesehen hatten, ging ich kurz bei mir zu Hause vorbei, um mir zur Arbeit frische Sachen anzuziehen. Ich machte noch an der Haustür herum, als das Telefon klingelte; im Briefkasten steckte ein dicker Packen Post, dem ersten Blick nach hauptsächlich Reklame für befristete Sonderangebote von Rindfleisch, Gartenschläuchen und Holzkohlenbriketts.

Das Apartment wirkte muffig und unbewohnt, und das schrillende Telefon klang irgendwie klagend oder einsam, als hätte seit Tagen niemand mehr abgenommen. Es war Arthur.

»Hallo«, sagte ich. »Nein, bin gerade zur Tür reingekommen.«

»Ich rufe an, um dir zu sagen, daß es mir leid tut.«

»Oh. So.« Ich konnte keinen klaren Gedanken fassen. Eine Entschuldigung anzunehmen ist immer so leicht und doch so kompliziert.

»Ich war wirklich ekelhaft und hasse mich dafür.«

»Hm ...«

»Hör mal, glaubst du, wir könnten uns heute treffen?«

»Nein, glaube ich nicht. Ach, ich weiß nicht.« In seiner Stimme lag ungewöhnliche Herzlichkeit, ein aufrichtiger, ehrlicher Ton. »Na schön, vielleicht später. Ich nehme an, wir sollten das mal bereden?«

»Ich bin heute zu Hause. Ruf mich nach der Arbeit an. Ach, und Art ...«

»Ja?«

»Schönen Tag noch.«

Nicht nur Boardwalk litt unter dem Fluch, Bücher verkaufen zu müssen; auch auf den Geschäftsräumen selbst schien ein Fluch zu liegen, der es hin und wieder erforderlich machte, die eine oder andere kleinere Katastrophe zu beheben: mal platzte ein Rohr im Keller und zerstörte Lagerbestände, worauf es im Laden dann nach feuchten Büchern stank, mal fror die Klimaanlage ein und funktionierte nicht mehr, und einmal zertrümmerten ein paar Vandalen die riesige Schaufensterscheibe; an diesem Tag hatte es ein Feuer gegeben. Es war ein kleines Feuer, das die Zigarette eines Rettungssanitäters verursacht hatte, aber Valerie machte die leicht angesengte Buchhandlung dicht und schickte uns alle nach Hause.

Ich beschloß, durch den klaren heißen Montagvormittag zu Fuß zum Haus der Wettertante zu gehen. Aus irgendeinem Grund standen überall auf den Hausdächern von Ost-Pittsburgh zahlreiche Arbeitertrupps mit fahrbaren Bitumenkochern, und der Geruch nach Teer ließ alles noch heißer, gelber und sommerlicher wirken. An der Kreuzung der St. James Street fuhr ein grünes Audi-Kabrio an mir vorbei, das mit quietschenden Reifen zehn Meter hinter mir anhielt. Dunkler Mann, breites Grinsen; Mohammed. Ich ging zu ihm hin, und wir gaben uns die Hand. Ich sagte hallo, *comment ça va,* wo gehst du hin, und wo kommst du her? Momo erzählte mir eine lange, verworrene Geschichte über eine gerichtliche Vorladung wegen eines Verkehrsdelikts und die Schwäche seiner Cousine für Charles Bronson, was irgendwie miteinander zusammenhing. Gelegentlich trat er aufs Gas und ließ den Motor aufheulen, um die entscheidenden Stellen in seiner Erzählung zu betonen.

»Wie ist denn Arthurs Stimmung heute?« fragte ich, unmittelbar nachdem wir uns noch einmal die Hände geschüttelt hatten.

»Er hat tierisch stinkende Laune«, sagte Mohammed. Er lächelte und legte den Gang ein.

Entweder kannte Mohammed Arthur nicht gut genug, oder dessen Laune hatte sich verändert, nachdem der Araber gegangen war, oder vielleicht hatte mein überraschendes Auftauchen den Stimmungswandel bewirkt; wie auch immer, als Arthur die Tür öffnete, grinste er mich genau so an wie manchmal Cleveland – lässig und koboldhaft. Ich war gerührt.

»Wundervoll. Komm rein, rein mit dir«, sagte er. »Hübsches Hemd. Hübsche Hose. Hübsche Schuhe.« Wir hatten beide die üblichen Hosen aus Baumwollstoff, weiße

Hemden und braune Slipper an. Ich hatte mich rasiert, er nicht. Keiner von uns erwähnte Mohammed.
Er führte mich in das helle, ungemütliche Wohnzimmer. Der Innenarchitekt hatte sich anscheinend bemüht, die Illusion zu schaffen, das ganze Haus existiere in einer fernen Zukunft, in den tristen, öden Jahren nach Auslöschung des Planetens der Möbel und Kissen. Ich setzte mich auf drei breite, zusammengesteckte Stangen und ein Stück beiges Segeltuch und versuchte, mich nicht zurückzulehnen.
»Ist es draußen so schön, wie's aussieht? Ja? Wir sollten einen Spaziergang machen«, sagte er. Er drehte sich auf dem Absatz um und ging weg. »Möchtest du Kaffee?«
»Gern. Weißt du, weshalb ich heute frei hab?« rief ich ihm in die Küche nach.
»Weshalb? Hast du gekündigt?« Ich hörte, wie er eingoß, dann die kleine Melodie von Tasse und Löffel.
»Klar, ich habe gekündigt. Nein, habe ich nicht; es hat gebrannt.«
»Oha. Was ist passiert?«
»Das einzige Buch von Swift im Laden, *Gullivers Reisen*, konnte sein entwürdigendes Dasein bei Boardwalk schließlich nicht mehr ertragen und ging verständlicherweise in Flammen auf.«
»Verstehe.«
»Es war ein sehr kleines Feuer.«
Arthur kam mit zwei weißen Tassen zurück. »Woher weißt du, daß Swift der Auslöser war? Vielleicht war es *Fahrenheit 451*.«
Er ließ sich mit gespielt hochmütiger Miene auf einem anderen Dreibein nieder und machte viel Aufhebens davon, mit welcher Mühelosigkeit er Platz nahm.
»Tadellos – als ob du schon immer im fünfundzwanzigsten Jahrhundert gelebt hättest«, sagte ich. »Haha.« Ich war ein wenig nervös. Wir sprachen über nichts Bestimmtes.

»Ist doch kinderleicht. Hast du mal eine Zigarette?«
Ich warf ihm eine rüber, gab ihm Feuer, und meine Hand zitterte. Dann saßen wir da und sahen auf die cremefarbenen Wände. Ich kam zu dem Schluß, daß ich eigentlich nicht über Phlox reden wollte, aber es war sehr angenehm gewesen zu hören, wie er sich entschuldigte, und ich hätte es gern noch einmal gehört.
»So«, sagte er schließlich, und das Wort kam als wabernder Rauchring aus seinem Mund. »Möchtest du spazierengehen? Wir können einen Spaziergang zum Chatham College machen.«
»Gern.« Ich stand auf oder fiel vielmehr von dem Stuhldings. »Wie heißen solche Möbel eigentlich?« fragte ich. Ich trank den lauwarmen, bitteren Rest meines Kaffees.
»Die heißen High-Tech-Möbel, Junge«, sagte er. »Für die Wirbelsäule von morgen.«
Er schloß hinter uns die Tür ab; wir traten in den stinkenden herrlichen Tag hinaus und machten uns auf den Weg zum Chatham College, ein Ziel, das mich an die Party am Abend unseres Kennenlernens erinnerte, an unsere kurze Kraftprobe auf dem Rasen hinter Riris Haus, an jenen schon fernen Juni und all die Aussichten auf braunhäutige Frauen, die ich mit Phlox' Erscheinen aufgegeben hatte. Ich kam ein paar ruhige Augenblicke lang ins Sinnieren; Arthurs Antenne funktionierte unerbittlich.
»Wir könnten auf einen Sprung zu Riri gehen«, sagte er. »Jedesmal wenn ich sie treffe, fragt sie nach dir. Sie hat gesagt, daß sie dich für einen sehr netten Jungen hält.«
Sein Ton, dieses leicht kupplerische Getue, das er manchmal an sich hatte, rief mir noch ein Bild von jenem Abend in Erinnerung, das ich bis dahin vergessen hatte: die Veränderung, die in dem Audi auf seiner Miene eingetreten war, das Aha! in seinen Augen, als ich ihn zum erstenmal nach Phlox gefragt hatte.

»Arthur, hast du ...? Warum hast du ...?«
»Was?«
»Nichts. Schon gut.«
»In Ordnung. Mein Gott, wie das stinkt hier, nicht?« Wir sahen zu, wie seine Füße über den heißen langsamen Bürgersteig schritten. »Was ist mit Phlox?«
»Ich will bloß – ich liebe Phlox, Arthur ...«
»Puuh, hör auf.«
»Hör auf. Da hast du's; das will mir nicht in den Kopf. Wir müssen darüber reden, habe ich recht? Ich liebe sie, und ich liebe sie natürlich, weil ich sie lieben *möchte*, aber ich habe immer das Gefühl, daß Phlox und ich irgendwie wegen dir zusammen sind. Bloß daß ich nie ganz kapiere, warum ich dieses Gefühl eigentlich habe. Das ist wie mit Algebra. Ich kann das ganze Zeug nicht lange genug im Kopf behalten, um es zu begreifen. Andererseits paßt aber gelegentlich alles zusammen, und ungefähr einen Moment lang ist mir dann klar, daß du es herbeigeführt hast. Du steckst dahinter. Irgendwie. Und falls das stimmt, dann kann ich nicht verstehen, weshalb du so etwas sagst wie gerade eben. Oder weshalb du so etwas tust wie gestern abend.«
Ein langes Schweigen trat ein, das uns über die Fifth Avenue und die steile Auffahrt zum College begleitete. In der Nähe konnte ich Rasenmäher und die Stimmen spielender Frauen hören.
»Ich hätte nie gedacht, daß sie dir gefallen würde«, sagte er schließlich.
Wir kamen an den Teich, dann setzten wir uns unter ein paar Ahornbäumen ins Gras. Die Enten schnatterten und planschten.
»Bist du böse? Haßt du mich? Ich hoffe, daß du mich nicht haßt, Art Bechstein. Es freut mich, daß du Phlox großartig findest. Natürlich bin ich auch entsetzt – nein, das war ein

Witz, ehrlich. Es tut mir sehr, sehr leid. Wirklich. Ich bin überzeugt, daß sie sehr gut für dich ist.«

Er legte mir reumütig die Hand aufs Knie, dann zog er sie wieder zurück, und ich war erfüllt von Versöhnlichkeit, von dem herzlichen Unterton in seiner Stimme, und, nachdem ich ihn gerade als üblen Manipulierer entlarvt hatte – war Phlox von ihm als eine Art Bestrafung gedacht? –, von einer eigenartigen, lässigen Männlichkeit, als hätten wir gerade geboxt. Ich rupfte einige Handvoll Gras aus und warf sie in die Luft.

»Arthur«, sagte ich, »warum bist du so ein kleiner Machiavelli?«

Er drückte die Zigarettenkippe im Gras aus, schnipste sie weg, schien das ihm von mir aufgeklebte Etikett sorgsam zu erwägen und sich darüber zu amüsieren.

»Liegt das nicht auf der Hand?« fragte er schließlich. »Meine Mutter hat mich so geschaffen.«

Hupen hupten, ein voll aufgedrehtes Radio fuhr vorbei, die Enten paddelten im Wasser und quakten. Wir sahen uns an.

»Gehen wir schwimmen«, sagte er.

Wie ich gelinde überrascht feststellte, gehörte das reiche junge Paar dem gleichen Country Club an wie Onkel Lenny Stern; freundlicherweise hatte es Arthur dort als Gast angemeldet. Vor Jahren, während des Empfangs im Anschluß an Davy Sterns Bar Mizwa, hatte ich im Speisesaal des Clubs Vanillecreme über das lavendelfarbene Kleid meiner Mutter erbrochen. Das Schwimmbecken hatte olympische Abmessungen und war voll ausgelassener Kinder. Frauen mit Schals und steifem Haar saßen unter roten Sonnenschirmen, die Schatten über sie und über Thermosflaschen warfen, über Kindersonnenbrillen und Stapel frischer Handtücher, die auf den weißen Drahtgitterplatten der Tische neben dem Schwimmbecken lagen; einmal pro Stunde ertönte ein Pfiff,

Kinder murrten, und im Wasser wurde es ruhig, während das Schwimmbecken von einer fünfzehnminütigen Invasion von schwangeren Frauen und kleinen weißen Säuglingen heimgesucht wurde. Rings um uns lagerten Familien ohne Männer, und wir lagen nebeneinander auf Ruhebänken und wechselten träge Sätze im gleißenden Sonnenlicht.

Von Zeit zu Zeit warf ich einen raschen Blick auf Arthur, wie er mit geschlossenen Augen, glitzernden Wimpern und fast unbekleidetem Körper ausgestreckt dalag. Noch nie hatte ich so viel von ihm gesehen, von seiner nackten Haut, und mir schien, als hätte ich nie zuvor einen Männerkörper mit dem Blick betrachtet, mit dem ich jetzt Arthurs betrachtete – aber verstohlen und nervös aus zusammengekniffenen Augen. Es kam mir vor, kommt mir vor, als verfügte ich nicht über den Wortschatz, seinen Körper zu beschreiben, als seien Worte wie Schenkel, Brust, Nabel, Brustwarze erotisch-weiblich und ließen sich hier nicht anwenden. Zunächst einmal bedeckte jedes der oben erwähnten Körperteile dichtes blondes Haar, das am Bund der Badehose und auf Arthurs Brust in Rotbraun überging. Mir fiel auf, daß ich versuchte, das Haar, die Muskelpakete, den Umriß des Schwanzes zwischen den Beinen, die glitzernden Stoppeln auf seinen Wangen auszublenden, während ich ihn ansah. Ich ließ das bleiben. Ich sah ihn an. Er war in Schweiß gebadet; sein Bauch war flach; auf dem Rücken seiner langen feuchten Hand wuchsen Haare. Und ich sah auch auf die Stelle zwischen seinen Beinen, auf jene seltsame – jene kahlrasierte – Faust, die in glänzenden blauen Lycrastoff gehüllt war. Am seltsamsten aber war seine Haut, und von ihr den Blick abzuwenden war am schwersten; sie war überall mit winzigen Schatten gesprenkelt, wodurch sie glatt und zugleich rauh wirkte, wie Wildleder oder feiner Sand; und sie schien so straff über seine Knochen und Muskeln gespannt, als würde sie unter dem Druck meiner Hand niemals nachgeben wie die Haut einer Frau. Er richtete sich plötzlich auf, stützte sich auf die Ellbogen, mit rotem Gesicht und Augen wie das Wasser in dem glitzernden Schwimmbecken, und ertappte mich dabei, wie ich seine Haut betrachtete. Ich war so erschrocken, daß ich den Satz dachte, den zu denken ich mir den ganzen Sommer über verboten hatte: ich war in Arthur Lecomte verliebt. Ich sehnte mich nach ihm.

»Ja?« sagte er und lächelte leicht.

»Ha. Nichts. Äh, ich – ich war schon mal hier«, stammelte ich. »Ist lange her. Ich habe auf einer Bar Mizwa meine Mom vollgekotzt.« Meine Mom. Das hatte ich seit Jahren nicht mehr gesagt. Es war mir vor Verwirrung einfach rausgerutscht, und ich biß mir auf die Lippe. Arthur drehte sich auf die Seite, stützte sich auf einen Arm und sah mich erwartungsvoll an.

»Und?«

Ich wälzte mich auf den Bauch, nicht nur, um die Beule in der von ihm geliehenen Badehose zu verbergen – er hatte bereits einen Blick darauf geworfen –, sondern auch, um einer Diskussion darüber auszuweichen. Ich redete zwischen den Latten meines Liegestuhls hindurch und starrte auf den feuchten Betonboden.

»Und das ist alles. Bloß noch so eine beknackte Geschichte über einen Juden, dem übel wurde.«

»Davon kann ich ein Lied singen«, sagte er, und nach einem langen Moment legte er sich wieder in die Sonne. Ich atmete auf.

Im Becken schwamm er Bahn um Bahn in vollendetem, ziemlich altmodischem australischem Kraulstil; ich beobachtete, wie sich in den kleinen Wellen, die er machte, Sonnenstrahlen fingen und seinen Körper unter Wasser in tausend blaue und weiße Stücke zersplitterten. Dann sprang auch ich in den Pool und preßte mir die ganze Luft aus den Lungen, so daß ich auf den kühlen Grund des Beckens sank. Ich lag auf dem Rücken und schaute durch das schwankende Wasserfenster nach oben.

Wir nahmen den Bus zurück nach Shadyside und zogen uns, jeder in einem anderen Winkel des riesigen Wettertanten-Hauses, frische Sachen an. Wir trugen die eleganten Hemden, die dem Mann der Wettertante gehörten. Arthur sagte, er wolle mich nach Hause begleiten. Als wir zur Terrasse kamen, klingelte wieder mein Telefon. Ich riß die Tür auf und lief ins Haus, aber als ich mir den Hörer ans Ohr hielt, war nur das Freizeichen zu hören. Ich legte auf.

»Phlox«, sagten wir.

Während Arthur aufs Klo ging, holte ich so eine Riesendose Coke aus dem Kühlschrank und setzte mich damit nach draußen auf die Stufen vor der Haustür. Ich schluckte zwei oder drei prickelnde Mundvoll und sah mir ein paar Kleinigkeiten an: eine Ameise, einen fernen Jet. Als Arthur wieder auftauchte, hielt er eine Marihuanazigarette in den Fingern.

»Sieh mal, was ich in meiner Zigarettenschachtel gefunden habe«, sagte er.

Wir rauchten sie mit feuchten Fingern, plauderten belangloses Zeug und sahen hauptsächlich in den Himmel, der blau wie Babywäsche war. Ich hatte das Gefühl, mich mit einem Freund aus der vierten Klasse zu unterhalten, als es noch ein anderes Gefühl gewesen war, wenn man sich mit einem Freund unterhielt und in der Sonne saß, ein Gefühl wie jetzt, eher voller Möglichkeiten als irgendwelcher konkreter Inhalte. Fast weinte ich, so sehnlich wünschte ich mir, jetzt Turnschuhe zu tragen. Ich hatte lederne Herrenschuhe an, die unmöglich waren. Ich stand auf und konnte die Fensterbögen und Zinnen oben auf der Cathedral of Learning sehen, ein Stück von Oakland entfernt. Ach, dachte ich, die Smaragdstadt im zwölften Jahrhundert. Die Sonne war so hell. Ganz deutlich hörte ich das Geklapper der Absätze einer Frau auf dem gegenüberliegenden Bürgersteig. Rings um mich herum gab es nichts, was mich daran erinnert hätte, welches Jahr wir schrieben – keine neuen Autos, keine Rock and Roll-Musik; nur Himmel, rote Backsteine, rissiger Straßenbelag, eine Brise –, und ich erlebte einen dieser Zeitsprünge, während derer man zu sich sagen kann: »Wir haben Sommer 1941« und nichts, weder innerlich noch äußerlich, kann einem das Gegenteil beweisen. Das Sonnenlicht war das Sonnenlicht von vor vierzig Jahren. Ich sah auf Arthur, ohne Hemd, das Haar an den Spitzen noch feucht, die Augenwinkel vom Chlor und Gras gerötet, und der Moment war von Dauer. Ich berührte sein Gesicht. Fast argwöhnisch hielt er mir die Wange entgegen, mit skeptisch nach oben gezogener Augenbraue. Das Telefon klingelte.

»Du mußt wegen diesem Mädchen etwas unternehmen.«

»Still. Nein, ich wette, es ist mein Dad.« Äußerst unbeholfen lief ich ins Haus. »Wahrscheinlich hat er seit neun Uhr heute früh alle fünf Minuten angerufen.« Als ich zum Telefon kam, blieb ich stehen und ließ es noch ein paarmal klingeln. »Ich weiß nicht, ob ich das schaffe.«

»Laß mich reden.«

»Hallo? Paps. Tag. Oh, mir geht's großartig. Ganz prima.« Ich hörte Arthur vor sich hin grummeln: »So hm.«

»Wie steht's in Bethesda?« fragte ich.

»Bethesda? Bethesda ist ein kochender Hexenkessel. Sehr schwül«, sagte mein Vater durch das Prasseln und Knacksen der Ionosphäre. »Sehr feucht. Wir laufen hier alle mit Tauchgeräten rum. Und deine Großmutter unter ihrem Sauerstoffgerät läßt dir ausrichten, daß du ihr schreiben sollst.«

Ich fing an zu lachen – ein bißchen zu bemüht, sagte ich mir. Er würde es merken, er konnte es heraushören.

»Du solltest unbedingt schreiben. Hör mal, ich will dich nicht lange aufhalten, offenbar bist du gerade mit was anderem beschäftigt ...«

»Nein, Dad, absolut nicht ...«

»Ha!« sagte Arthur.

»Ich wollte dir nur sagen, daß ich morgen in Pittsburgh bin, wie ich gerade erfahren habe. Wahrscheinlich eine ganze Woche. Da müßten mehrere kostenlose Mahlzeiten rausspringen. Vielleicht auch ein Film.«

Ich sagte, daß ich mich darauf freuen würde. Nachdem ich aufgelegt hatte und wieder nach draußen gegangen war, sagte Arthur: »Was soll dieser High-School-Scheiß? Was ist schon, wenn er merkt, daß du bekifft bist?«

»Ich weiß nicht.« Ich setzte mich schwerfällig auf die Stufe.

»Du hast schlichtweg Angst. Entweder bringst du es nicht fertig, irgendwas zu tun, was ihn aufregen könnte, oder bei dir herrscht gerade Ebbe in der Kasse.«

»Nein, daran liegt es nicht.«

»Sieh den Tatsachen doch mal ins Auge. Du hast Volkswirtschaft studiert, obwohl du Filme machen solltest, rumreisen, Restaurants testen oder irgendwas Verrücktes.«

»Okay.«

»Du wohnst in Pittsburgh, obwohl du in New York oder L.A. oder Tokio oder irgendwo Verrücktes wohnen solltest.«

»Okay.«

»Du hast deiner gestörten Freundin den Laufpaß gegeben und dir eine andere zugelegt, die zwar auch verrückt ist, aber wenigstens Lippenstift und Parfüm trägt und einen Job hat. Dein ganzes Leben besteht doch nur aus einem einzigen großen ›Danke für den Scheck, Dad‹.«

»Okay, *okay.*« Ein paar Sekunden lang biß ich die Zähne

zusammen und zitterte, wollte ihm ins Gesicht schlagen, ihm die gerade Nase zertrümmern, aber dann war ich verwirrt und lachte. »Okay.«
Urplötzlich war ich wahnsinnig hungrig.

14
Marjorie

Wie sich herausstellte, war Phlox die erste, die den Schutzwall überwand.

Nachdem ich mich von Arthur verabschiedet hatte, zerbrach ich mir den ganzen Nachmittag den Kopf, wie ich ihr von meinem Tag erzählen sollte; ich tüftelte mehrere Halbwahrheiten aus und legte mir die Worte dafür zurecht, doch als sie mich am Abend von ihrer Wohnung aus anrief, hatte ich nicht einmal die Möglichkeit, zu behaupten, ich sei arbeiten gewesen, denn sie erzählte mir, daß sie in der Mittagspause kurz bei Boardwalk vorbeigegangen sei und das mit Filzstift geschriebene und mit Klebeband an der Glastür befestigte »Wegen-Brandschaden-geschlossen«- Schild gesehen habe.

»Also – was hast du heute gemacht?«

»Ach, ich hab mich bloß so rumgetrieben.«

»Hast du Arthur getroffen?« Mit einem Bleistift, Kugelschreiber oder ihren Fingernägeln klopfte sie an den Hörer. Das war eine nervöse Angewohnheit von ihr.

»Ja, ich hab mich mit Arthur rumgetrieben. Eine Weile lang.«

»Ach.« Ein langes Schweigen trat ein. »Art, bitte komm rüber«, sagte sie schließlich. »Komm schnell.«

»Das klingst so schwül, wie du das sagst.«

»In der Kirche meines Herzens brennt der Chor lichterloh.«

»O Gott, bin schon unterwegs.«

»Gut.«

»Von wem stammt das überhaupt?« Ich versuchte, bei ihren tausend Zitaten und Anspielungen auf dem laufenden zu bleiben, als ob ich ein Lexikon mit Phlox' geflügelten Worten zusammenstellen würde. Meine Liebe für sie (ich sage

dies trotz Clevelands Einspruch) glich einem Forschungsprojekt (nicht hoher Jagd) – einer Anstrengung, sich den Korpus der Geliebten anzueignen, der in Phlox' Fall so unermeßlich groß und bunt wie die Karte Afrikas war.
»Oh, das hat irgendein Russe gesagt. Für mich. Komm.« Damit legte sie auf, wie im Film.
Ich ging durch die abendlich stillen Straßen, dachte an ein kaltes frugales Mahl und Sexgeflüster, dachte schuldbewußter, daß ich den mit Arthur verbrachten Tag wettmachen mußte, indem ich Phlox den ganzen Abend leise ins Ohr wisperte, aber als ich in ihr Apartment kam, war es von Lärm erfüllt, und in der Luft hing ein kräftiger Duft nach Rinderbraten und Kräutern. Der Plattenspieler schmetterte in voller Lautstärke Vivaldi oder sonst eine trällernde Musik, ein Küchengerät mahlte in der Küche Kies, und Annette und zwei mit ihr befreundete Krankenschwestern hatten das Wohnzimmer in Beschlag genommen und spritzten kichernd riesige Daiquiris über den Teppich. Ich brüllte ihnen ein Hallo zu und ging dann in die Küche, wo Phlox vor dem geöffneten Backofen hockte und mit einer langen Gabel in etwas herumstocherte.
Sie trug ein rückenfreies heliotropfarbenes Minikleid, das ein verheißungsvolles Schattendreieck auf ihre Oberschenkel warf. Das Haar hatte sie zurückgebunden, und an ihren Wangen klebten ein paar feuchte Strähnen, die sich aus dem Knoten gelöst hatten. Ehe sie mich sah, strich sie sich mit dem Unterarm über die glänzende Stirn und pustete theatralisch Luft nach oben, die ihre Ponyfransen aufwirbelte. Sie wirkte wie ein verschwitzter lächelnder Heizer im heißen Maschinenraum eines außer Rand und Band geratenen Apartments. Als wir uns umarmten, glitt meine Hand über ihren Rücken, verirrte sich an der Taille in ihr Kleid, und sie kreischte.
»Ganz schön verrückt hier«, sagte ich. »Du riechst toll.«

»Ich rieche wie eine Sportlerin. Ich weiß, tut mir leid. Hatte keine Ahnung, daß Annette heute abend Gäste eingeladen hat. Laß mich wenigstens die Anlage ausschalten.«
Sie ging hinaus, und ich sah in alle köchelnden Töpfe, stach in die Kartoffeln im Backofen und brachte die prallen Schalen mit den Zinken der Gabel zum Platzen. Für das Essen war es vielleicht vier oder fünf Monate zu früh – es gab eine Art Schmorbraten, einen dicken Bund Spargel und schuhgroße Pellkartoffeln –, aber ich hütete mich anzudeuten, daß vielleicht ein bunter Salat oder gedünstetes Gemüse passender gewesen wäre. Jedenfalls war es ein so *verlockendes* Menü für Ende Juli, und ich hatte großen Appetit, obwohl ich erst vor kaum drei Stunden Räucherlachs und *Bagels* gegessen hatte. Als Phlox die Stereoanlage ausschaltete, schlug das die Wohnung durchpulsende weiße Rauschen abrupt in das kichernde Blaugrün vom Geplauder der Krankenschwestern um.
Ich lungerte in der Küche herum und schwatzte, während Phlox das Essen abschmeckte. Das Thema Arthur umschiffte ich, indem ich mit viel Phantasie die Geschichte von dem vielen Rauch bei Boardwalk ausschmückte, und Phlox war so in Kochgedanken versunken, daß sie mich fast vergessen hatte. Meine Feuerstory brachte uns über die Runden, bis wir in der Brise, die durch die Fenster am Eßtisch hereinwehte, Platz genommen hatten.
»Ach, übrigens hab ich heute mit meinem Vater gesprochen«, sagte ich gedankenlos. »Er kommt morgen in die Stadt. Für eine ganze Woche.«
»Oh, wie aufregend, Art! Ich möchte ihn kennenlernen!«
Warum wurde ich in jenem Sommer so häufig Opfer von Überraschungen?
»Klar, vielleicht. Sicher«, sagte ich und brachte keinen Bissen mehr runter.
»Das geht doch, oder etwa nicht?«

»Tja, er kommt geschäftlich her, weißt du; er wird fast die ganze Zeit über zu tun haben. Ich weiß wirklich nicht. Schwer zu sagen.« Allmählich fing ich mich wieder.
»Na ja, abends wird er doch nicht arbeiten, oder? Wir können mit ihm zu Abend essen.« Sie legte die Gabel hin und sah mich durchdringend an.
»Mal sehen.«
»Ich glaube, du schämst dich für mich, Art Bechstein.«
»Phlox, also wirklich. Ich schäme mich nicht für dich.«
»Warum willst du dann nicht, daß ich deinen Vater kennenlerne?«
»Das hat mit dir gar nichts zu tun. Es ist bloß so, daß ...«
»Warum schämst du dich für mich? Was gefällt dir an mir nicht?«
»Gar nichts. Ich liebe dich, du bist wunderbar.«
»Warum kann ich dann nicht deinen Vater kennenlernen?«
Weil niemand meinen Vater kennenlernt!
»Ich möchte mich deswegen nicht streiten.«
»Das ist kein Streit, Art; du bist bloß wieder unmöglich.« Eine Träne sammelte sich an und lief herunter.
»Phlox.« Ich streckte die Hand über den Tisch und zog mit dem Finger die glänzende Spur nach. »Nicht weinen. Bitte.«
»Schon vorbei. In Ordnung.« Sie nahm die Gabel zur Hand und schniefte. »Vergiß es.«
»Könntest du bitte einsehen, daß es nichts ...«
»*Schon gut.* Vergiß es.«
Schweigend mahlten unsere Kiefer.

Am Dienstag abend war der Bus Richtung Innenstadt voller Kinder, die ins Warner-Kino fuhren, wo ein neuer Science Fiction-Film Premiere hatte, eine Mutanten-Liebesgeschichte, die bald eine Sensation wurde. (Ich habe sie zweimal gesehen: einmal mit, einmal ohne Phlox.) Die Klimaanlage des Busses war ausgefallen, und ich fühlte mich in meinem Sportsakko mit Krawatte unbehaglich; durch das klappernde offene Fenster wehten Abgase und Straßenstaub herein.

»Die rosige Frische meiner Wangen welkt und dörrt vor sich hin«, sagte Phlox.

Ich sah ihr ins Gesicht und entdeckte unter dem Make-up unverkennbar Spuren rosiger Frische. Ich sagte ihr dies, und sie lächelte gedankenvoll.

»Art, ist dein Vater einer von diesen dämlichen Vätern?«

»Wie bitte?«

»Ist er einer von denen, die viel trinken, über Geld reden, in Zorn geraten, schmutzige Witze erzählen und lauthals lachen?«

Sie hatte gerade meinen Onkel Lenny und seine Busenfreunde Eddie »Bubba« Martino und Jules »Gloves« Goldman (ein entfernter Verwandter) beschrieben. »Nein, mein Vater ist eher ein ernster Typ«, sagte ich. »Er trinkt nur auf Hochzeiten. Er ist nicht vulgär. Er lacht kaum mal. Aber Witze macht er oft. Er ist lustiger als ich.«

»Wieso kann er dann ein ernster Typ sein?«

»Alle jüdischen Komiker sind ernste Typen.«

»Und wie steht's mit den Marx Brothers?«

»Die Marx Brothers waren sehr ernste Typen.«

»Du bist kein ernster Typ.«

»Ich bin auch nicht lustig«, sagte ich. Ich schluckte. »Ich bin nervös.«

Sie legte mir die Finger auf den Ärmel. Wir waren beim Lieblingsitaliener meines Vaters verabredet. Ich hatte auf einen argwöhnischen Unterton in seiner Stimme geachtet, als ich gefragt hatte, ob ich Phlox mitbringen dürfe, aber er hatte mit einem sehr bereitwilligen »Natürlich« geantwortet. Phlox würde nach Claire die erste Bekannte von mir sein, die meinem Vater tatsächlich begegnete – und Claire war ihm nur zweimal begegnet, beim erstenmal tapfer und beklommen, beim zweitenmal beklommen. Ich konnte mich kaum noch entsinnen, wie es war, mit meinem Vater und einer dritten Person in einem Restaurant zu essen, aber ich hatte aus früheren Jahren undeutliche, angenehme Erinnerungen, daß mein Vater auf Geburtstagsparties in Pizzerien und auf Minigolfplätzen ungeheuer unterhaltsam gewesen war. Ich hätte noch nervöser sein können, als ich ohnehin schon war (möglich wäre es mir durchaus gewesen), aber da wir in diesem Restaurant so oft zusammen aßen, mein Vater und ich, war ich sicher, daß es zumindest ein Trost sein würde, dort in dem vertrauten rötlichen Dunkel zu sitzen. Ein ungewohntes Restaurant kann einen schnell aus der Fassung bringen.

Phlox und ich kamen nur zwei Minuten zu spät und traten erleichtert in die knoblauchgeschwängerte Kühle. Ich entdeckte meinen Vater an einem Tisch – in der Mitte des Lokals, nahe bei den Toiletten und dem Zigarettenautomat –, den als ›unseren‹ Tisch zu betrachten wir uns im Lauf der Jahre angewöhnt hatten. Als erstes fiel mir auf, daß sein massiges Gesicht sogar noch rosiger war als gewöhnlich, beinahe rot, und ich erinnerte mich, daß er erzählt hatte, er arbeite in letzter Zeit im verwilderten Garten hinter dem Haus meiner Großmutter. Er hatte einen wunderschönen beigefarbenen Sommeranzug mit einer lachsrosa Krawatte an. Mir war klar, daß Phlox ihn für gutaussehend halten würde. »Tsts« sagte ich; er wirkte so stattlich und groß.

Mein Vater stand auf, um sie zu begrüßen, drückte ihr die Hand, und das Funkeln in seinen Augen verstärkte sich, als er ihren Blumennamen aussprach, der ihn, wie ich sah, ebenso amüsierte wie mich früher; er bewunderte ihr Kleid (das blauweiß geblümte, das sie an unserem ersten Abend getragen hatte) und lächelte vergnügt und väterlich; er sagte etwas, das sie sofort zum Lachen brachte. All diese Höflichkeit hatte natürlich rein gar nichts zu bedeuten. Er war ein äußerst höflicher Mensch. Vor morgen würde ich nicht erfahren, was er von ihr hielt. Wir nahmen die Speisekarten zur Hand und klagten hinter ihren Goldrändern über das heiße Wetter. Mein Blick huschte blind über die unaussprechlichen Namen der Nudelgerichte; ich habe noch nie eine Speisekarte lesen und mich gleichzeitig unterhalten können. Es gelang mir, meinen Vater und Phlox in ein Gespräch über die Bibliothek zu verwickeln, und diese dreißig Sekunden machte ich mir zunutze, um mich für mit Brät gefüllte Ravioli zu entscheiden. Mein Vater bestellte das gleiche.

Er wandte sich an Phlox und setzte ein ernstes Gesicht auf. »Ist Art höflich zu Ihnen?«

»Mhm. O ja, ausnahmslos.«

Mein Vater zog die Augenbrauen nach oben, lächelte und wurde knallrot. »Aha«, sagte er.

Wir bestellten, und der Kellner goß fachmännisch einen kleinen Schluck Rotwein in jedes unserer Gläser, und mein Vater redete, und das Essen kam, und mein Vater redete weiter. Bei der Minestrone und dem gemischten Salat brach mir fast das Herz, als er Phlox von einem denkwürdigen Sonntag mit meiner Mutter und mir als kleinem Jungen auf dem *Forbes Field* erzählte – eine sehr alte, sehr nette Geschichte, bei der ich eine Gänsehaut an den Armen bekam. Phlox wandte keinen Blick von ihm. Sie stellte kurze, taktvolle und sehr allgemeine Fragen über meine Mutter. Welche Haarfarbe sie gehabt habe? Ob ich ihr ähnlich sähe? Welche Vorzüge und gute Eigenschaften sie besessen habe? Ob sie nicht ganz vernarrt in ihren Jungen gewesen sei? Nach jeder Frage sah mich mein Vater verwundert an, und ich blickte auf meinen Teller. Du Idiot, dachte ich, du hättest wissen müssen, daß es so kommt.

»Sie war eine sehr schöne Frau«, erklärte mein Vater. »Sie

sah aus wie Jennifer Jones. Aber Sie werden wohl kaum wissen, wer das ist?«

»Jennifer Jones!« sagte Phlox. »Selbstverständlich weiß ich, wer das ist! *Jenny* ist mir der liebste Film auf der ganzen Welt!« Sie warf den Kopf nach hinten und spielte die Beleidigte.

»Wirklich? Entschuldigen Sie«, sagte mein Vater, schürzte die Lippen, zog eine Augenbraue nach oben und tat so, als sei sie in seiner Achtung gestiegen; vielleicht war er aber auch wirklich von ihrer Bewunderung für Jennifer Jones beeindruckt.

»Ich sehe die Ähnlichkeit mit Art«, sagte sie, wandte sich zu mir, strich mir mit dem Finger über den Augenhöcker, und ich dachte: O nein! »Er hat die Augenbrauen von Jennifer Jones.«

»Und Sie«, sagte mein Vater in spöttischem, kokettem Ton, »haben die Augenbrauen und die Nase der jungen Joan Crawford. Zum Beispiel in *Menschen im Hotel.*«

»Das ist mir der neuntliebste Film auf der Welt«, sagte Phlox.

»Sie stuft alles ein«, erklärte ich. »Sie hat das alles ausgeknobelt.«

»Das sehe ich«, sagte mein Vater, und seinem Ton nach merkte man, daß er sie entweder für reizend hielt oder für die dußligste Kuh, der er je begegnet war. Dann funkelte er mich einen kurzen Moment lang wieder wütend an.

Beim Hauptgericht erklärte er die Diaspora und die C-14-Methode zur Altersbestimmung (was Phlox genausogut ihm hätte erklären können) und setzte uns in groben Zügen die Geschichte des Schweizer Bankwesens auseinander. Zum Nachtisch – Cannoli – gab es Kaffee und eine peinliche Schilderung, wie ich als kleines Kind zum erstenmal ans Meer gekommen war, das ich mit einem riesengroßen Fruchtsaftsee verwechselt hatte. Mein Vater war toll. Wir lachten und lachten. Alles lief so, wie es nicht gelaufen war, als ich ihm Claire zum erstenmal vorgestellt hatte. Phlox kniff mich unter dem Tisch immer wieder begeistert in den Schenkel.

Schließlich stand sie auf, entschuldigte sich und hielt mit falscher Bescheidenheit den Blick gesenkt, womit sie uns anscheinend zu verstehen geben wollte, daß wir nicht zögern sollten, über sie zu sprechen, während sie weg war. Und obwohl ich zu diesem Zeitpunkt starke Zweifel hatte, ob mein Vater viel von ihr hielt, und keineswegs so dumm war, selbst unter den günstigsten Umständen von ihm zu erwarten, daß er ein Urteil über sie abgab, ehe er die Sache sorgfältig und jupitergleich erwogen und überschlafen hatte, wirkte alles – ihr Erröten, das gemurmelte Bis-gleich-dann, die niedergeschlagenen Augenlider – so überzeugt davon, daß man in ihrer Abwesenheit nichts Schlechtes über sie sagen würde, daß ich es darauf ankommen ließ.

»Ist sie nicht nett?« fragte ich.

»Mhm.« Mein Vater starrte mich an, seine dichten Augenbrauen berührten sich fast an der rosigen Stelle über seiner Nase, und ich bemerkte, wie sich die Muskeln an seinem Kiefer spannten. Ich schreckte schon zurück, noch ehe er etwas sagte.

»Was ist mir dir los? Ich verstehe dich nicht.« Er sprach schnell und mit hoher Stimme, aber nicht sehr laut. Ich wußte, daß nicht Phlox ihn geärgert hatte. Mein Vater war gekränkt, und zwar zutiefst gekränkt, sonst wäre auch dies auf morgen verschoben worden.

»Es tut mir leid, Dad.«

»Kannst du dich nicht mehr an deine Mutter erinnern? Du warst fast dreizehn Jahre alt, als sie von uns ging.« Er wischte sich zornig die Finger an der Serviette ab und warf sie auf den Boden.

»Natürlich kann ich mich an sie erinnern, Dad. Selbstverständlich. Dad, könnten wir bitte nicht jetzt darüber reden? Es ist mir egal, ob du mich wieder zum Weinen bringst, aber vor Phlox möchte ich es lieber nicht.«

»Erzählst du ihr denn gar nichts von deiner Mutter? Offensichtlich muß sie dich gefragt haben; sie hat mich ja richtig gelöchert.« Ich hoffte, dies war nicht als Vorwurf gedacht. »Was hast du ihr geantwortet, als sie dich all die Dinge fragte, die sie mich gerade gefragt hat?«

»Ich ...« Mein Kinn bebte. Ich beobachtete, wie das rote Licht des Restaurants in meinem Wasserglas flimmerte. »Ich weiß nicht ... Ich habe ihr erzählt ... Mir war nicht danach zumute ... näher darauf einzugehen. Sie hatte Verständnis dafür. Außerdem ... du und ich, wir sprechen ... nie darüber, oder? Warum also sollte ... Morgen, Dad, bitte.«

Es kam mir vor, als versuchte ich, all die blinden bleichen Wesen im Zaum zu halten, die in den schwarzen Wassern meiner Gedärme hausten, und daß alles zu spät wäre, wenn er noch eine anklagende Frage in diesem verletzten Ton stellte. So eingehend wie möglich musterte ich die Kondenstropfen am glitzernden Rand meines Glases. Dann hörte ich Schritte auf dem dicken Teppich hinter mir, und mein Vater gab einen merkwürdigen Laut von sich, ein kurzes Schnalzen. Ich holte Luft und drehte mich Phlox und Trost suchend um. Statt dessen sah ich einen dicken Bauch.

»Art!« rief Onkel Lenny Stern. »Joe! Art und Joe, Vater und Sohn, von Mann zu Mann, was? Hähä. Von Mann zu Mann!«

»Onkel Lenny.« Ich besann mich gerade noch rechtzeitig, ihm die Hand zu drücken, die so schweißig war wie eh und je. Auf den Gedanken, daß ich ihn vielleicht so wie früher auf die stoppelige Wange küssen sollte, kam ich nicht. Schließlich war er nicht mein richtiger Onkel. »Ich glaube, ich träume.«

Er lachte noch mal; einen Augenblick war es mir jedoch fast

ernst. Ich glaubte, einen grauenhaften Verwandlungstraum zu träumen, in dem aus meiner blauweißgeblümten Phlox ein kleiner, kichernder, eiförmiger jüdischer Gangster geworden war. Denn das, was mein Vater zu mir gesagt hatte, entsprach tatsächlich dem, was er oft in meinen Träumen zu mir sagte. Doch dann sah ich hinter Lenny ein Stück von Elaine Stern – ihre Schulter, vermutete ich –, und hinter ihr einen Teil von Phlox, die mit gerunzelter Stirn und aufgerissenem Mund dastand und verfolgte, wie mich diese Tonne von einer Frau und das ihr anhaftende *White-Shoulders*-Miasma fast erschlug. Tante Elaines Küsse aufs Gesicht waren immer schmerzhaft; früher hatte ich sie ›die Kneifzange‹ genannt.

»Von Mann zu Mann stimmt eigentlich nicht ganz«, sagte mein Vater. »Stell deine Freundin vor, Art.«

Er deutete auf Phlox, und alle wirbelten herum.

»Onkel Lenny Stern, Tante Elaine, das ist Miss Phlox Lombardi. Phlox.«

»Oh, ist sie nicht entzückend!« sagte Tante Elaine. Sie kniff mich in den Nacken. »Wie gefällt Ihnen denn dieser hübsche junge Mann, na? Ein Prinz!« Sie schüttelte meinen Kopf wie eine Troddel hin und her.

»Sie sind nicht richtig mit mir verwandt«, erklärte ich lahm.

»Er gefällt mir sehr gut«, sagte Phlox und streckte einem der berüchtigsten Bosse des organisierten Verbrechens in Pittsburgh ihre schlaffe hübsche Hand entgegen. Wir machten ihnen Platz an unserem Tisch, der wüst aussah und mit Servietten und Flecken roter Soße bedeckt war; zwei Speisekarten wurden gebracht und noch mal Kaffee. Ich lehnte mich zu Phlox hinüber und flüsterte, daß es noch eine Weile dauern würde, bis wir gehen könnten.

»Ist mir recht«, meinte sie. »Sie sind lustig.«

»Bitte«, sagte ich. Ich lehnte mich zurück und musterte Onkel Lenny; ich hatte ihn seit langem nicht mehr gesehen.

Er verwickelte meinen Vater in ein Gespräch über Investmentfonds und ruderte mit den Armen in der Luft herum. Seine Haut war floridagebräunt; je älter er wurde, desto weniger Zeit verbrachte er in seiner Geburtsstadt und desto mehr Ferngespräche von West Palm Beach hörte das FBI ab. Mir war klar, daß ich nicht der einzige im Restaurant war, der ihn nicht aus den Augen ließ. Ich drehte mich um und bemerkte zwei dunkelhaarige Männer an einem entfernten Tisch, vermutlich Brüder; sie nickten mir zu, und ohne darüber nachzudenken, suchte ich nach den Ausbeulungen an ihren Jacketts, ein alter Reflex von mir, und im nächsten Moment wurde der nicht minder alte Wunschtraum in mir wach, auf die andere Tischseite zu laufen, um Lenny Stern zu erwürgen. Ich wollte ihn eigentlich nicht umbringen. Es war bloß der Wunsch eines Zehnjährigen, eine kleine Schießerei mitzuerleben.

Elaine stellte Phlox erst einen Haufen Fragen nach ihren »Leuten«, dann ratterte sie eine eindrucksvolle Liste von Pittsburgher Italienern herunter, mit denen sie »so« stand, wobei sie zwei Finger über Kreuz legte. Es stellte sich heraus, daß Phlox' Großmutter mütterlicherseits die Tante einer Frau war, deren Heim und Spieltisch Elaine in den 50er Jahren oft mit ihrer monströsen Erscheinung beehrt hatte. Auf diese Enthüllung hin begannen sich meine Gefühle, die durch die Neuankömmlinge in einem entscheidenden Augenblick unterbrochen worden waren und mich während der letzten zehn Minuten in betäubter Gespanntheit gehalten hatten, zu winden, strecken und regen wie halb erfrorene Zehen unter einem warmen Wasserstrahl. Es waren äußerst gemischte Gefühle. Ich fand es eigentümlich wohltuend, daß es jenseits aller neuen und schwierigen Verbindungen zwischen mir und Phlox auch diese alte und alberne Verbindung zwischen unseren Familien geben könnte; ich erlebte die entgeisterte, aber nicht überraschte Freude des

Liebenden über alles, was auf die launische Hand des Schicksals hinzudeuten scheint.
Aber dieser Zusammenhang bestätigte auch, daß Phlox nun heillos in meine Familie verwickelt war. Sie hatte nicht nur meinen Vater kennengelernt, was ich nicht gewollt hatte, sondern auch Lenny Stern, und falls sie sich umdrehte, würde Phlox auch SIE sehen, die beiden häßlichen Männer mit Pistolen, die Löwe und Einhorn meines Familienwappens waren. Ich hielt mich an der Tischkante fest. Statt mir dabei zu helfen, aus jener Welt herauszukommen, in die ich hineingeboren worden war, wurden alle Menschen, die ich liebte und mit denen ich meine Zeit verbrachte, selbst in diese Welt hineingezogen: Phlox, die Verwandte der toten Frau irgendeines Mafioso, verzehrte ein Essen, das von der Washingtoner Familie bezahlt wurde; der dicke, mächtige Mann, der meinem Vater einen Klaps auf den Arm gab und Phlox über den Tisch angaffte, war, wenn auch entfernt, Clevelands Boß und jetzt – bestürzt fiel es mir wieder ein – drohte auch Cleveland mit meinem Vater in Kontakt zu kommen. Wäre es nicht Cleveland gewesen, hätte ich vielleicht daran gezweifelt, ob er es tun würde. Je mehr ich über diese Dinge nachdachte, desto stärker spürte ich, wie mir das schwere Essen mörderisch langsam wie Packeis durch den Magen rutschte. Es gibt Kopfmenschen, die an plötzlichen Migräneanfällen leiden, und es gibt Magenmenschen wie mich.
»Ah ja, Marjorie, mein Gott.« Lenny erhob die Stimme über den leisen Plauderton, in dem er mit meinem Vater gesprochen hatte, und lenkte an unserem Tisch die Aufmerksamkeit auf sich. Ich saß kerzengerade. »Floss, es ist wirklich jammerschade, daß du Arts Mutter nicht mehr kennenlernen konntest. Sie war ein tolles Mädchen. Hat Klavier gespielt wie ein Engel. Sie ... war ... wunderbar. Laine?«
»Könnte ich das vergessen? Ein Engel. Art? Ein Engel.«

Ich sah erst Phlox an, die meinen Blick erwiderte, als sähe ich verärgert aus, dann meinen Vater, der seufzte. Er wirkte plötzlich sehr müde.
»Ich habe es nicht vergessen«, sagte ich. »Entschuldigt mich.«
Ich stand auf und ging auf die Herrentoilette, wo ich mich hinkniete, den Kopf über die Klosettschüssel hielt und mich übergab, mit einigen Unterbrechungen, während die Quarzuhr, die mir mein Vater zum bestandenen Studium geschenkt hatte, zweihundertundvierzigmal donnernd tickte.

»Art«, sagte Phlox später. Wir lagen im Bett. Die Skala ihres Radios leuchtete grün und Patti Page sang mit leiser verlorener Stimme *Old Cape Cod.* »Was ist passiert? Sag's mir. Es war unhöflich, einfach so wegzugehen. Du hast mich in Verlegenheit gebracht.«
Ich sprach in das Kissen, das nach *Opium* und Seife roch. »Mein Vater hat es verstanden. Mach dir keine Sorgen wegen Lenny und Elaine.«
»Aber was ist denn passiert? War es wegen deiner Mutter? Warum kann niemand sie erwähnen, ohne daß du gleich aus der Haut fährst?«
Ich schmiegte mich wie ein Verrückter an sie und redete ihr in die weiche und ein wenig feuchte Ohrmuschel. »Es tut mir leid«, flüsterte ich. »Jeder hat ein paar Dinge, über die er nicht reden will, nicht?«
»Du hast zu viele«, erwiderte Phlox.
»Dieses Lied haut mich immer um«, sagte ich.
Sie seufzte, dann gab sie auf. »Wieso?«
»Ach, ich weiß nicht. Nostalgie. Es weckt in mir Sehnsucht nach einer Zeit, die ich nicht mal kenne. Ich habe sie nicht mal erlebt.«
»Genauso wirke auch ich auf dich«, sagte sie. »Da könnte ich wetten.«
Alles, was ich liebte, wirkte so auf mich.

15

Das Museum des wahren Lebens

Am heißesten Tag des Jahres trieb ich mich bei der Wolkenfabrik rum, mit den Schultern an den Maschendrahtzaun gelehnt, der Himmel noch immer in gelbem Pittsburghgrau, aber der Schweiß pappte mir bereits das Haar an die Stirn und den Baumwollstoff ans Kreuz. Cleveland hatte zehn Minuten Verspätung. Ich sah auf die schwarze fensterlose Seite des Carnegie Institute und beobachtete die Leute, die über die Feuertreppe hinunter zur Hintertür der Museumscafeteria huschten; dort arbeiteten nette alte Slowakinnen, die durchsichtige Plastikhandschuhe trugen und einem Spätzle, Schinken und andere schwerverdauliche Sachen aufs Tablett luden. Ich dachte daran, daß mir diese Cafeteria früher lieber gewesen war als die Dinosaurier und die Diamanten, sogar lieber als die Mumien. Dann sah ich mir die auf Hochtouren laufende Wolkenfabrik an, aus deren Ventil eine vollkommene Wolke nach der anderen strömte und dann wegtrieb; sie wirkten irgendwie trocken, frisch und weiß vor dem trüben, regenverhangenen Himmel. Ich legte den Kopf in den Nacken und blies im Takt mit dem Zischen der Fabrik lange Schwaden Zigarettenrauch in die Luft. Nach dem Frühstück an jenem Morgen hatten Phlox und ich uns zum erstenmal angeschrien. Jetzt zitterten mir die Hände.

Sie hatte mich nicht gehen lassen wollen – weder aus dem Bett noch vom Frühstückstisch, noch von ihrem Schoß, auf dem ich gesessen und mir die Schuhe gebunden hatte. Aber ich wurde langsam unruhig; seit drei Tagen hatte ich nicht mehr mit Arthur oder Cleveland geredet, und drei Tage, so rechnete ich mir aus, waren drei Prozent meines Sommers, was mir schrecklich viel verlorene Zeit schien. Mein juniheiterer Technicolortraum von einem Sommer, den ich damit verbringen wollte, fortwährend nach oben zu gleiten, wie ein Papierflieger über dem Trubel und Tumult des Times Square, war längst noch nicht ausgeträumt; nach wie vor setzte ich all meine dummen Hoffnungen auf die beiden Dummköpfe. Ich mußte mich mit Cleveland treffen, das sagte mir mein Gefühl, auch wenn das hieß, ihn in jene Welt zu begleiten, die zu meiden ich mir geschworen hatte. Auf einem ganz anderen Blatt stand jedoch, was ich Phlox an den Kopf geworfen hatte; ich kann mich nicht mehr erinnern, was ich sagte, aber bestimmt war es irrational, gemein und kleinlich.

Eine Zigarette später hörte ich das laute stotternde Brummen von Clevelands Motorrad. Er setzte über den Randstein am Ende der Schenley-Park-Brücke, und ich wollte schon zu ihm gehen, sah dann aber, daß er den Motor abgewürgt hatte, sich aus dem Sattel schwang und den Helm an den Lenker hängte; deshalb zögerte ich, blieb stehen und wartete noch etwas.

Wir schüttelten uns die Hände, dann ließ er mich einfach stehen und ging zu dem mit einem Vorhängeschloß versperrten Tor der Wolkenfabrik, wo er die Finger durch die rautenförmigen Lücken im Zaun steckte und zu dem magischen Ventil hinaufsah. Ich stellte mich neben ihn, beobachtete aber sein Gesicht und nicht die zischende weiße Rauchbildung, bis auf das, was ich auf den Gläsern seiner Brille davon sehen konnte. Er hatte nicht geduscht, sein langes Haar war strähnig und fettig, auf der Wange hatte er einen schwarzen Fleck. Etwas an seinem Gesichtsausdruck – die angestrengte Falte der Augenlider, die trockenen Lippen – brachte mich auf den Gedanken, daß er verkatert war, doch er lächelte über die Babywolken und rüttelte, glücklich, wie ich fand, am Tor.

»Sachte«, sagte ich. »Du reißt es noch aus den Angeln.«
»Hab ich schon mal.«
»Aber sicher.«
»Weißt du, diese verdammte Wolkenfabrik ...« Er packte fester zu und zerrte an dem Draht.
»Was?«
Er sah mich an. Ich beobachtete, wie seine Knöchel weiß hervortraten.
»Weißt du, wo ich dich heute hinbringe?«
»Ich kann's mir denken. Cleveland, was ist?«
»Ich bin pleite, Bechstein, völlig abgebrannt.« Seine Stimme klang unsicher.
»Na und? Hör mal, ich weiß, warum man für Onkel Lenny zu arbeiten anfängt.«
»Nein, das weißt du nicht.« Er zog noch fester an dem dicken Draht des Zauns. »Nein, keine Ahnung hast du. Zur Hölle mit dem Geld. Und wieder zurück. Einmal Hölle und zurück mit dem Geld. Ich bin pleite ...« Seine Stimme verlor sich. »Da muß was anders werden. Ich liebe Jane, Bechstein.«
Jetzt merkte ich, daß er nicht bloß einen Kater hatte; er war immer noch betrunken. Wahrscheinlich hatte er überhaupt nicht geschlafen.
»Immer wenn du betrunken bist, legst du die Ich-liebe-Jane-Platte auf.« Er gab keine Antwort. »Na schön, worauf warten wir, Virgil? Schockier mich.«
Wir gingen zu der großen schwarzen BMW rüber und ließen zwei handgroße Ausbuchtungen in dem Zaun zurück. Auch aus fünfzig Meter Entfernung waren sie noch erkennbar, zwei kleine Flecken im Drahtmuster.
Wir fuhren durch mir fremde Bezirke in einen Stadtteil, den ich kaum kannte. Tatsächlich wußte ich nur, daß irgendwo in der Nähe noch ein gutes italienisches Restaurant sein mußte; mein Vater erwähnte es oft. Wir standen am Fuß

eines Wohngebiets, das am Hang lag und dessen Häuser weitläufig über den Bergrücken verstreut waren, zur Talsohle hin aber immer dichter über-, neben- und hintereinander standen; sie waren mit krummen Laufstegen und Treppen verbunden und fielen wie ein Katarakt zum Fluß ab – dem Allegheny oder Monongahela, ich wußte es nicht genau. Ich entdeckte ein paar spielende Kinder auf einer der wenigen breiten Straßen, die den Hang durchschnitten, und ein Auto und zwei Frauen, die auf einer fernen Veranda ein Schwätzchen hielten.

Ehe er den Motor abstellte, sagte Cleveland etwas, das ich nicht mitbekam. In der plötzlichen Stille bat ich ihn, es zu wiederholen.

»Das, das ist mein Land«, sagte er mit einer weit ausholenden Charlton Heston-Armbewegung, »und das, das ist mein Volk.«

Wir gingen eine der Betontreppen hinauf, die sich im Zickzack zwischen den Häusergruppen bis ganz nach oben schlängelte; es sah ziemlich weit aus.

»Es gibt zwar eine Straße, aber ich komme lieber heimlich, still und leise. Keine Angst, wir müssen nur bis zum zweiten Kreis.« Langsam und regelmäßig klapperten seine Absätze auf dem Beton, und nach jedem Treppenabsatz ging unser Atem schneller.

»Ist die Gegend arm?«

»Gleich wird sie noch ärmer.«

»Um wieviel ärmer?«

»Kommt ganz auf den geliehenen Kies an.«

»Der Kies.«

»Kommt ganz drauf an.«

»Oh.«

Damit war eine Zeitlang alles gesagt. Cleveland blieb einmal stehen und wischte sich mit einem großen rosaroten Taschentuch die Stirn ab. Er sagte, die Agenzien in seinem

Blutkreislauf würden zu rasch oxydiert. Wir standen jetzt mitten auf der Treppe, und ich sah zu dem Motorrad hinunter und dem dahinter liegenden Fluß, dessen Wasser die Farbe von Wasser in einem Glas zum Pinselauswaschen hatte.

»Der prächtige Monongahela«, sagte ich.

»Das ist der Allegheny, Schweinchen Schlau«, sagte Cleveland. »Okay, jetzt geht's mir besser. Komm.«

Ein paar weitere Minuten schweigsamen Treppensteigens brachten uns auf eine lange Straße, die im rechten Winkel zur Treppe verlief. Links schlängelte sich die Straße bis ganz nach unten, rechts stieg sie bis zum Bergrücken an, der, wie ich jetzt erkannte, doch nicht so dünnbesiedelt war, wie es von unten ausgesehen hatte. Dort oben stand eine Kirche mit einem großen roten Schild, auf dem stand, daß Jesus irgendwas tat: rettete, lebte, sagte – ich konnte das Verb nicht erkennen. Cleveland und ich rangen ein paar Augenblicke nach Atem, dann ging ich hinter ihm die Straße hinauf. Mit ohrenbetäubendem Lärm rasten zwei Motorräder an uns vorbei, und wir beugten uns zur Seite, um ihnen auszuweichen. Sie kamen dicht an uns heran, das innen fahrende Motorrad mit einem behelmten Riesen am Lenker schlitzte mir fast die Hüfte auf. Cleveland versuchte, die vorbeirasende Maschine am hinteren Schutzblech zu erwischen.

»Arschlöcher. Mann, hab mich gerade an jede Zigarette erinnert, die ich je geraucht hab«, sagte er keuchend.

»Cleveland, warum schleifst du mich hierher? Muß ich das sehen?«

»Was erwartest du denn?«

»Traurige Leute.«

»Schadet nie, traurige Leute zu sehen. Dann kannst du deinem Dad wenigstens was erzählen.«

»Stimmt.« Dad. »Weißt du, was mein Dad sagen würde,

wenn ich ihm erzählte, daß ich mit einem von Lenny Sterns Eintreibern auf Tour gehe? Er würde sagen: ›Ich möchte, daß du aus Pittsburgh wegziehst. Du bist da an zu viele zwielichtige Bekannte geraten.‹ Nein, er würde sagen: ›Willst du mich damit bestrafen, Art?‹«

Cleveland drehte sich ruckartig zu mir um. »Ich hab dir schon mal erklärt, daß ich weder Lenny Sterns Eintreiber noch sonst was bin.«

»Schon gut, schon gut.«

»Aber wieso – schämt sich dein Vater für seinen Beruf?«

»Ich schäme mich.«

»Na, in dem Fall ist es vielleicht besser, wenn ich ihm erzähle, was wir vorhatten. Du weißt ja, ich möchte Joe ›the Egg‹ gern kennenlernen.«

Ich mußte bei diesem Spitznamem zusammengezuckt sein.

»Das hast du schon mal gesagt.«

»Tut mir leid.« Sonderlich zerknirscht klang er nicht. »So, da wären wir.«

Vor uns lag das erste Haus einer Häuserzeile, die auf dem winzigen Erdstreifen zwischen der Straße und dem Nichts, der leeren Luft stand. Die Hinterseite der Häuser wurde von kompliziert und wackelig aussehenden Holzverstrebungen abgestützt, von denen die graue Farbe abblätterte und die auf eigenartige Weise zu den im Hügel eingelassenen Betonankern hinunterführten. Die grünliche Farbe blätterte auch von der Wand des ersten Holzhauses ab, in das am Giebel ein mit Zeitungspapier bespanntes Fenster gesägt worden war. Über einen rissigen Weg, auf dem alte Spielsachen, ein riesiger Karton von einem Sony-Fernseher und ein durchnäßter rosa Turnschuh herumlagen, gingen wir zur Haustür.

»Ich würde wirklich gern mit deinem Vater reden«, flüsterte er und klopfte an.

»Cleveland.«

Er schlug mir leicht auf die Schulter und pochte dann mit der gleichen Hand an die Tür.

Die Frau, die schließlich öffnete, nachdem Cleveland noch dreimal lässig angeklopft hatte, lächelte freundlich, aber das änderte sich im Bruchteil einer Sekunde, als sie erkannte, wer vor der Tür stand.

»Er ist nicht da«, sagte sie, mehrmals abwechselnd von Cleveland zu mir sehend, nicht nervös, aber verärgert, und als ob sie sich unsere Gesichter einprägen wollte.

»Aber ich.« Mit einem Mal lag in Clevelands Stimme ein sehr echt klingender gemeiner Unterton. »Und der unsichtbare Mann, der so großzügig zu deinem Bruder war. Der ist auch da. Im Geiste.«

Sie warf mir einen raschen Blick zu, ehe sie merkte, wen Cleveland meinte: wahrscheinlich nicht Onkel Lenny oder wer sonst sein Boß war, sondern einen von Sterns Leuten. Die Frau oder das Mädchen – sie sah ungefähr wie sechzehn aus – hatte den Spalt zwischen der Tür und dem Rahmen immer weiter zugezogen und war mit dem Körper ins Haus zurückgewichen, so daß jetzt nur noch ihr Gesicht zu sehen war.

»Wer ist da?« rief von irgendwo im Haus ein Mann.

Das Mädchen wurde rot. Cleveland lächelte.

»Wartet«, sagte sie und knallte uns die Tür vor der Nase zu.

»Möchtest du reinkommen? Nein, danke; ich warte lieber hier auf der Veranda.« Er drehte sich zu mir um und lächelte noch einmal, zündete sich eine Zigarette an und lehnte sich an die zerbröckelnde Hauswand.

»Schau dir den Sauladen mal genau an«, sagte er. »Hier gehe ich immer zuerst hin; ist mein Lieblingskunde.«

»Ha.«

»Das sind Leute vom gleichen Schlag wie dein Vater.«

»Laß das, Cleveland, hör auf.«

Diesmal machte ein unrasierter junger Mann in einem

Unterhemd die Tür auf – weit, nicht nur einen Spalt; er hatte langes schwarzes Haar wie Cleveland. Sein Lächeln verschwand nicht wie das seiner Schwester, aber er lächelte zu lange: breit, feige und jämmerlich.

»Kommt doch rein.«

Wir traten ins Haus, das von verschiedenen Düften erfüllt war. Zunächst stieg einem ein scharfer und schweißiger Geruch nach Marihuana in die Nase, und dann, unter diesem Geruch oder in ihn verwoben, schwächere Ausdünstungen von Tomatensoße, Sex und alten Möbeln. Das Haus wirkte großmütterlich und sauber: Ohrensessel, mit Fransen besetzte Lampenschirme, ein ramponierter Geschirrschrank. Das Mädchen, das schwarzes Haar hatte wie ihr Bruder, saß auf einem Sofa neben einer anderen jungen Frau, die ein kleines Kind auf dem Schoß hielt. Im Fernsehen schrie in einer Quizsendung das Publikum den Kandidaten Tips zu.

»Wer ist der Kerl?« fragte der große Mann und nickte mit dem Kopf in meine Richtung.

»Mein Papi«, sagte Cleveland. »Er wollte nicht glauben, daß ich einen ordentlichen Beruf habe.«

Wir lachten; wir, das hieß wir Männer; die beiden Frauen starrten Cleveland wütend an. Dann hörten wir eine Weile dem Fernseher zu.

»Schön«, sagte Cleveland.

»Gib's ihm doch und schaff sie raus.« Die Frau mit dem Baby sagte das; sie murmelte es auf das kahle Köpfchen.

»Halt gefälligst das Maul.« Er griff in die Tasche seiner Jeans, zog eine schwarze Plastikbrieftasche hervor und nahm zwei zerknitterte Zwanziger heraus, die er Cleveland in die Hand drückte. »Diese Woche nicht«, sagte er.

»Kein Problem«, sagte Cleveland, holte ein kleines Kuvert aus Manilapapier aus der Tasche und steckte die Scheine hinein. »Überhaupt kein Problem.«

»Ich hab gehört, vor September sollen ein paar Leute wieder eingestellt werden, weißt du, und deshalb, na ja.« Er lächelte wieder dieses grauenvolle Lächeln.

Jetzt kletterte der kleine Junge vom Schoß der Frau, wakkelte durchs Wohnzimmer und blieb dann vor uns dreien stehen. Mit gerunzelter Stirn blickte er zu mir auf und stieß voller Ernst einige Silben hervor.

»Ja, ich weiß«, sagte ich.

Nachdem sich die Tür hinter uns geschlossen hatte, gingen wir über den geborstenen Asphaltweg zur Straße, und ich fragte Cleveland, was er für so bemerkenswert an diesem Haushalt hielt.

»Die Mädchen sind beide seine Schwestern«, sagte er.

Es folgte ein kurzes Schweigen, während ich diese Mitteilung verdaute.

»Wessen ...?«

»Ich weiß nicht. Vielleicht ist es nicht mal von ihm. Du müßtest sie aber mal an einem guten Tag erleben. Heute waren sie alle bekifft. An einem guten Tag geht's da zu wie im Tollhaus.«

Das machte mich ärgerlich.

»Cleveland. Du ... Das ist abscheulich. Du nützt diesen arbeitslosen Typ aus, einmal pro Woche stehst du bei ihnen auf der Matte und verdirbst ihnen den Tag, ich wette, sobald du weg bist, kriegen die sich ganz schön in die Wolle, und du findest das alles auch noch komisch. Es macht dir richtig Spaß. Diese Leute hassen dich wie die Pest. Sie hassen dich. Wie hältst du es nur aus, jede Woche dieses arschkriecherische Grinsen von dem Kerl zu sehen?«

»Die Geschäftswelt gründet sich auf arschkriecherisches Grinsen.«

»Den falschen Zynismus kannst du dir sparen, Cleveland.«

»Du bist der Volkswirtschaftler. Du weißt, was Volkswirtschaft ist.«

»Ich kann mich nicht erinnern.«
»Du erinnerst dich sehr wohl. Volkswirtschaft ist die genaue Messung der Arschkriecherei, sie ist die Lehre vom Elend. Sieh mal, ich muß es doch komisch finden, nicht? Na schön.«
Er blieb stehen. Wir standen in der Mitte der Häuserreihe, und die Sonne war gerade hervorgekommen, so daß es noch wärmer wurde. Er beugte sich vor, um sich den Jeansstoff aus den Kniekehlen zu ziehen, und ich machte es ebenso, da auch mir alles am Körper klebte.
»Na schön. Hör zu. Ich habe dich mitgenommen, Bechstein. Ich habe noch nie jemand mitgenommen. Außer Artie weiß niemand sonst, daß ich das mache. Jane hat keine Ahnung. Und Lecomte hätte ich keinesfalls mitgenommen. Weshalb? Ich weiß nicht. Eigentlich darf ich überhaupt niemand mitnehmen. Aber aus irgendeinem Grund wollte ich, daß du das siehst. Du müßtest das doch verstehen. Kapierst du denn nicht, weshalb ich das mache?« Er schrie mich fast an und war anscheinend noch aufgebrachter, als ich es vor einem Moment gewesen war. Über seinen Augenbrauen standen Schweißtropfen, die ihm auf beiden Seiten übers Gesicht liefen. Aber ich glaubte ihm nicht. Urplötzlich kam ich mir vor wie Arthur mit seinem Röntgenblick, und ich war sicher, daß Cleveland mir irgendwie etwas vormachte, daß er genau wußte, weshalb ich hier neben ihm auf diesem Hügel stand, schweißnaß, beschämt und mit einem Mal vor Wut schäumend.
»Weil es leicht ist«, rief ich. »Weil es leicht ist, gut bezahlt wird und du dir dadurch besser vorkommst als die Leute, die du ausbeutest.«
Ich dachte, er würde mich schlagen. Er ballte die Fäuste und hielt sie mit Mühe unten. Dann löste sich die wütende Verkrampfung seiner Schultern; er öffnete die Fäuste und lächelte schwach.

»Irrtum. Nein. Irrtum. Ich mache das, weil es Spaß macht und eine faszinierende Arbeit ist.«
»Aha.«
»Weißt du, ich bin gern unter Menschen.« Er warf lässig den großen Kopf in den Nacken.
»Verstehe.«
»Außerdem – und es überrascht mich, daß du nicht selbst darauf gekommen bist, Bechstein – mache ich es, weil ...«
»Ich weiß«, sagte ich, »weil es böse ist.«
Er grinste und sagte: »Ich trage eine Klapperschlange als Krawatte.«
Ich lachte.
»Meine rechte Hand riecht nach Tod«, sagte er, »und vor der linken habe ich selber Angst.«

Es fiel mir zwar schwer, es mir einzugestehen, fast so schwer, wie es mir gefallen wäre, die Arbeit und die Kollegen meines Vaters zu bewundern (dennoch nahm ich sein Geld), aber das Eintreiben von Wucherzinsen war eine unwahrscheinlich faszinierende Arbeit, auch wenn sie vielleicht keinen Spaß machte. In die Häuser von Fremden hineinzusehen, hatte mir schon immer Vergnügen bereitet. Wenn ich als Kind bei Sonnenuntergang nach Hause ging, durch die endlose Kette von Hinterhöfen, die vom Schulhof zu unserem Haus führte, erhaschte ich durch die Fenster der Eßzimmer flüchtige Blicke auf die fürs Abendessen gedeckten Tische; auf an Kühlschränke geheftete Buntstiftzeichnungen und auf Milchtüten, die auf Arbeitsplatten standen; auf gerahmte Fotos, Füße auf niedrigen Sitzkissen, und leere Sofas, alles ins milde Licht des Fernsehers getaucht; und diese rasch wechselnden Tableaus von fremden Möbeln und den Leben und Familien, die sie mir vor Augen führten, versetzten mich in eine Trance von Neugier. Lange Zeit über glaubte ich, daß man deshalb Spion wurde, um die Häuser

anderer Leute zu beobachten, um mit der schlichten, wundersamen Wirklichkeit anderer Küchen, anderer Uhren und Ottomanen konfrontiert zu werden.
Cleveland führte mich in zehn oder zwölf Häuser auf diesem Hügel; ich stand in Küchen und auf Terrassen und hatte so wenig Lust, die Katzbuckelei und den Groll mitanzusehen, die jeden Zehndollarschein begleiteten, daß ich mir mit fieberhafter Genauigkeit in jedem Zimmer alles einprägte – die Seidenblumen auf dem Fernseher, die Muttergottesfiguren, die Babysöckchen auf dem Fußboden. Anfangs tat ich so, als führe mich Cleveland durch die Säle eines »Museums des wahren Lebens«, einer Reihe sorgfältiger und geschickter Nachbildungen von Häusern, bei denen man sich fast, aber nicht ganz vorstellen konnte, daß sich dort einfache und entsetzliche Dinge zutrugen, als wären die Häuser unbewohnt, nachgebaut und zu meinem Vergnügen da; doch spätestens nach dem siebten oder achten Haus mit dem Paar blaugeäderter Beine, dem schmutzigen Kind, der hübschen Schwester und dem verdorbenen Mittagessen, war ich nicht mehr im Museum. Seine »Leute« hatten mich in ihren Bann geschlagen. Sie konnten ihn nicht leiden, und er mochte sie auch nicht sonderlich; aber es bestand eine grundlegende, starke und aufrichtige Vertrautheit zwischen ihnen und Cleveland, eine merkwürdige Verbundenheit, und ich hatte den Eindruck, als zeige man mir in dieser Welt, die irgendwie besser schien als die meine, noch eine Facette von Cleveland, die ich nie kennenlernen würde.
»Cleveland«, sagte eine ältere Frau, deren Mann sich vor so langer Zeit hundertfünfzig Dollar zu einem gestaffelten Zinssatz geliehen hatte, daß sie nun an Cleveland gewohnt war wie an den Briefträger, »du wirst Russel mit jedem Tag ähnlicher. Ich könnte heulen, wenn ich das seh.« Sie hatte sich gerade das Haar gerichtet, als wir kamen, und trug jetzt ein durchsichtiges Plastikkopftuch, das Falten warf, wenn

sie den Kopf schüttelte. Im ganzen Haus stank es nach faulen Eiern.

»Wieso denn?«

»Weißt du, wo Russel jetzt im Moment ist?«

»In der Fabrik?«

»Nein, er schläft im Schlafzimmer seinen Rausch aus. Und du hast das gleiche aufgedunsene Gesicht wie er. Hast du eine Freundin?«

»Ja.« Verblüfft sah ich, wie er sich mit den Fingern an die Wangen fuhr und sie vorsichtig drückte.

»Na, die tut mir leid. Du wirst jede Woche häßlicher.«

16
Die Casa Panik

Als wir über die rissigen Steinplatten auf dem Rasen des letzten Hauses gingen, stutzte Cleveland plötzlich und blieb wie angewurzelt stehen. Ich rempelte ihn von hinten so heftig an, daß ihm die Brille herunterfiel.

»Was ist los?« fragte ich.

»Scheiße«, zischte er, dann machte er einen unüberlegten und falschen Schritt. Ich hörte das leise Knacksen, als der Stiefelabsatz das Glas traf.

»Scheiße!« sagte er noch mal, aber er lief weiter den Hügel runter, etwas zögerlicher nun und mit ausgebreiteten Händen; ich bückte mich schnell, um die Bruchstücke seiner schwarzen Hornbrille aufzuheben, und setzte ihm nach. Vor der Häuserreihe ein Stück weiter unten an der Straße standen die beiden Motorräder, von denen mir das eine früher an diesem Vormittag fast das Becken zerschmettert hätte. An der aufgebockten Maschine lehnte ein äußerst dicker Mann, der eine Zigarette rauchte, und auf ihn lief Cleveland nun so unsicher zu. Gerade als ich ihn einholte, stolperte mein Freund über ein Schlagloch, stürzte und schlitterte auf dem Bauch glatt zwei Meter über den Asphalt.

»O Mann!«

»Bist du in Ordnung?«

Er war sofort wieder auf den Beinen und lief weiter, wenn auch jetzt mit einem eher schwerfälligen schiefen Hüpfen, bei dem ihm das lange Haar mit jedem Schritt gegen die Schulter flog. Auf seinen Handflächen hatte ich flüchtig Blut und schwarze Steinchen gesehen, und als ich hinter ihm herlief, machten mir dieses Blut, das dumpfe Poltern seiner wuchtigen Schritte und sein Schweigen angst. Der Dicke

hatte uns gleich bemerkt und sich aufgerichtet, und als wir auf ihn zukamen, schnipste er seine Zigarette weg und trat sie mit einem Twistschritt aus. Cleveland rannte direkt auf ihn zu, bis nur noch Zentimeter zwischen ihren Gesichter lagen; ich konnte nicht sagen, ob das aus Kampflust oder Kurzsichtigkeit geschah.
»Feldman.«
»Hallo, Peter Fonda«, sagte Feldman.
»Was zum Teufel machst du hier?«
Feldman war etwa Ende Zwanzig, in seinem kleinen schwarzen Schnurrbart hingen Schweißtropfen, sein Baumwollunterhemd war klatschnaß. Er hatte eine breite, dicht behaarte Brust und trug auf dem dicken linken Arm eine Tätowierung: GANEFF. Seine Augen, überhaupt sein ganzes Gesicht, wirkten schlau, gemein und belustigt; er erinnerte mich ein wenig an Cleveland, den er mit den Spitzen seiner Wurstfinger verächtlich wegstieß, ehe er sich eine Zigarette hinter dem Ohr vorholte.
»Ich lehne mich an mein Motorrad«, sagte er. Mit einer Hand zündete er ein Streichholz an und grinste. »Deine Bauchlandung da hinten war wirklich sehenswert, Fonda.« Feldman kicherte: Ssi-ssi-ssi, wie eine Luftmatratze, aus der ein auf und ab hüpfendes Kind die Luft preßt. »Und wer ist das? Dennis Hopper?« Er blies mir eine Rauchwolke ins Gesicht.
Ich sah weg und erkannte die zerbeulte blaue Gießkanne auf der Veranda des Hauses, wo ein häßlicher Mann, der Russel hieß, im Schlafzimmer seinen Rausch ausschlief.
»Mist«, sagte Cleveland und lief an mir vorbei die Holztreppe hinauf und ins Haus hinein; ehe er verschwand, zwinkerte er mir zu, als erwarte er, daß ich ihm folgte, aber Feldman legte mir eine schwere Hand auf den Arm. Ich drehte mich zu ihm um, und allmählich wurde mir klar, was hier ablief.

»Da ist jemand im Haus«, sagte ich.
»Meines Wissens sind im Moment genau vier Personen in dem Haus«, sagte Feldman. Er ließ die Hand auf meinem Arm liegen. Schweigend zählte ich. Feldman hatte sich wieder an sein Motorrad gelehnt, eine gigantische Harley-Davidson; kurz darauf raffte er sich mit einem trägen Schwung seines wasserballgroßen Bauchs auf und ging schlurfend den Weg hinauf. Er war ein großes, schweißtriefendes Paket knallharter Manierismen im Unterhemd. Als er wegging, legte er den Kopf in den Nacken und sah mich aus dieser merkwürdigen Stellung an.
»Kommst du, Bechstein?« sagte das kopfstehende Gesicht.
Im Haus erwartete uns der Geruch nach faulen Eiern, der immer noch überall hing, seinen Ausgangspunkt jedoch auf dem Sofa im Wohnzimmer hatte, wo die alte Frau mit ihrem Cellophankopftuch flach auf dem Rücken lag, sich eine zitternde, blauweiße Hand auf die Brust preßte und schnell atmete. Sie hatte die Augen offen und sah uns verstört an, als wir ins Haus traten, hob aber nicht den Kopf. Aus dem anderen Zimmer hörte ich Stimmen, darunter Clevelands, und dann das Ächzen von einem Tisch, einer Kommode oder sonst etwas, das man über den Boden schob. Feldman, der meinen Namen kannte, ging durch die Diele, als sei es die Diele seines Elternhauses, strich mit den Fingern über die Wände und blickte auf seine Füße, wie ein Junge, der aufs Zimmer geschickt worden ist, jedoch keine Angst vor einer Bestrafung oder vor seinem Vater hat. Wieder knarrte ein Möbel und wurde dann krachend auf dem Boden zerschmettert, und das Klirren von zerbrochenem Glas hallte durchs ganze Haus. Ich zuckte zusammen. Als wir zu der halb offenstehenden Tür am Ende des Flurs kamen, hörte ich das Stöhnen von Männern, Füßescharren, einen Fluch. Mit der Spitze seines modischen Slippers aus Eidechsenleder stieß Feldman die Tür auf.

Cleveland und ein schwarzer Riese hielten sich mit den Armen umklammert und zerrten sich an Haaren und Kleidern; der Riese, den ich auf zwei Meter zehn schätzte, hatte es anscheinend auf den verlotterten alten Mann abgesehen, der mit vor Schreck weit aufgerissenen Augen an der Wand am Kopfende des Betts zusammengesackt war. Die Trümmer eines Toilettentisches lagen vor den Füßen der beiden Ringer, die Scherben des Spiegels waren ringsum auf dem Boden verstreut, und ein alter Ventilator, dessen Schutzgitter mit Spinnweben und Schmutz verkrustet war, surrte vergeblich auf dem Fensterbrett. Cleveland hatte sich zwischen dem Riesen und dessem potentiellen Opfer postiert.

»Lurch«, sagte Feldman. »Hör auf.« Er hielt einen Revolver in der Hand, und auf einmal konnte ich weder die Spucke in meinem Mund runterschlucken noch mich bewegen oder denken; das plötzliche Auftauchen einer Waffe wirkt auf mich immer wie eine Art Medusenblick, lähmt mich. Der Riese befreite Cleveland sofort, oder befreite sich von Cleveland. Er richtete sich zu seiner vollen Größe auf, und seine glänzende Ringellöckchen-Dauerwelle streifte fast die niedrige Zimmerdecke. Er baute sich neben Feldman auf und legte seinem Partner den riesigen Arm auf die weit entfernte Schulter. Sie lächelten sich über fünfzig Zentimeter schlechte Luft hinweg an. Feldman ließ den Revolver ein wenig sinken. Der alte Mann hatte sich nicht gerührt; Spucke lief ihm übers Kinn.

»Cleveland«, sagte Lurch; seine Stimme klang tief und schön wie die eines Radiosprechers, »wo liegt dein *Problem,* Kleiner?« Er war nicht mal außer Atem. Cleveland hingegen sah schlimm aus: er konnte nichts sehen, seine Hände bluteten, sein Hemd war zerrissen, er schnappte nach Luft; er sagte kein Wort, sondern lächelte Lurch nur an. Es war ein seltsames Lächeln. Ein wissendes Lächeln.

»Ach, Lurch, hier ist jemand, den du immer schon kennenlernen wolltest«, sagte Feldman. »Das ist ein Bechstein.«
»Wow«, sagte Lurch. Er streckte mir eine wörterbuchgroße Hand entgegen und zeigte mir seine teuren Zähne. »Cleveland macht dich wohl mit der Kehrseite des Familienunternehmens bekannt?«
Ich sage das wirklich ungern, aber ich brachte einfach keine schlagfertige Antwort zustande; mein Blick war starr auf den leuchtend schwarzen Revolver gerichtet.
»Feldman, Lurch, laßt den Quatsch«, sagte Cleveland und strich sich mit den blutigen Handflächen über die Hosenbeine. »Er ist ein alter Mann. Vor 'ner Stunde hat die Alte die Zinsen bei mir geblecht – bar auf die Kralle.«
Trotz allem bewunderte ich Clevelands flippige Ausdrucksweise. Bar auf die Kralle. Das mußte ich mir merken.
»Wieviel hast du kassiert?« fragte Feldman, der den Revolver inzwischen irgendwohin gesteckt hatte; seine Hände waren leer. »Fünfundsiebzig fünfzig? Das reicht nicht.«
»Wir dürfen erst weggehen, wenn der liebe Mr. Czarnic einer gewissen Person den Betrag von dreihundertfünfzig Dollar und dreißig Cents bar bezahlt hat. Nicht mehr und nicht weniger, Cleveland. Andernfalls geben wir diesem alten Runzelarsch ein paar eindrucksvolle Kostproben unseres Könnens.«
»Außer ...« sagte Feldman. Er drehte sich zu mir um.
»Außer was?« fragte Cleveland.
»Außer ... Was hältst *du* von der Sache, o Sohn von Joe ›the Egg‹?«
»Was soll das heißen? Was spielt es denn für eine Rolle, was ich davon halte?« Ich sah ihnen ins Gesicht, von einem zum anderen, sah auf den alten Mann, der sich mittlerweile aufgerappelt hatte und versuchte, mit den Beinen über die Bettkante zu rutschen. Mit einer Hand faßte er sich behutsam an den Brummschädel.

»Bist du nicht das Söhnchen deines Daddys?«
»Mein Daddy wohnt nicht in Pittsburgh. Mein Daddy wohnt in Washington, D.C.«, sagte ich. »Einmal die Woche telefoniere ich mit ihm.«
»Oh, Dennis, das trifft sich ja glänzend«, sagte Feldman. »Bestimmt willst du deinen Daddy endlich mal kennenlernen. Er ist hier in der Stadt im Duquesne, Dennis. Zimmer sechshundertvierundzwanzig, wenn ich mich nicht irre.«
Ach du Schande.
»Na und?« fragte ich.
»Vierund*dreißig«*, sagte Lurch. Er ging zum Toilettentisch des Alten. Kleingeld, eine Klippfliege und eine Brieftasche waren über die Glasplatte verstreut, außerdem standen da eine Flasche Aqua Velva und ein Foto der Alten, als sie noch nicht alt war. Mit der Faust fegte Lurch alles auf den Boden. Das Glas des Bilderrahmens zersplitterte klirrend. Ich schielte zu Cleveland hinüber, der offenbar versuchte, mir fest in die Augen zu sehen, wenn er ohne Brille auch nur angestrengt blinzeln konnte.
»Cleveland, was soll das?« sagte ich. »Willst du mich auf die Probe stellen?«
Lurch nahm einen alten Homburg von der Klinke der Klotür und ging zu dem Alten. Er beugte sich weit hinunter, zog dem Mann den Hut über den Kopf und zog immer weiter, bis der Hut verbeult war, der Filz sich dehnte und die Schädelform annahm, und die Augen des Mannes unter der verknitterten Krempe verschwanden. Lurch zog, der Mann schrie auf und packte die Unterarme des Riesens, der Filz dehnte sich, ein kleiner Riß entstand.
»Aufhören!« rief ich.
Lurch hörte auf. Er hob den Hut hoch, beulte ihn sorgfältig aus und hängte ihn an die Klinke. Der Alte schlug nach Lurch und traf ihn leicht am Oberschenkel.
»Gehen wir«, sagte Feldman.

»Nach Ihnen, Mr. Bechstein«, sagte Lurch.
Wir gingen raus. Dem widerlichen Blick des Alten, dem ekelhaften Ausdruck voll Haß und Dankbarkeit in seinen Augen – das heißt dem respektvollen Ausdruck –, wich ich aus.
Sie nahmen uns bis zum Fuß des Hügels mit; Cleveland saß hinten auf Lurchs Motorrad, mir bot sich die großartige Aussicht auf die miefende Fläche von Feldmans Rücken; wie immer ging alles viel zu schnell, und wie immer zauderte ich auch, die Folgerungen aus allem zu ziehen; statt dessen unterhielt ich mich, gegen den schweißigen Wind anschreiend, mit Feldman, der mir trotz allem, trotz meiner Wut auf Cleveland und trotz der unterschwelligen Angst vor Waffen und Brutalität, recht sympathisch war.
Er sagte, er und Lurch hätten rivalisierenden Motorradbanden angehört – Feldman der Pittsburgher Gruppe der *Outlaws* und Lurch einer Schwarzengang, den *Down Rockers* –, seien sich mit Brechstangen in den Händen und wilden Verwünschungen auf den Lippen im dichtesten Getümmel eines Rassenkrawalls begegnet und hätten aus irgendeinem Grund zu lachen angefangen. Seitdem waren sie unzertrennlich. Sie hatten ihre Banden verlassen, um im Team zu arbeiten, und waren als Schläger von Frankie Breeze angeheuert worden, dem gleichen Mann, der Cleveland angeheuert hatte und dessen »Einzugsbereich« – Cleveland gehörte er gewiß nicht – wir gerade verließen.
Wir waren schon fast unten am Hügel angelangt. Ich sah Clevelands geparktes Motorrad und roch den ekelhaft süßlichen Gestank der am Flußufer vertrocknenden Algen.
»Sag mal, Feldman. Das Ganze war doch eine abgekartete Sache, oder?«
»Klar.«
»Warum hat er das getan?«
»He, er ist *dein* Freund, Dennis. Und weißt du«, fügte er in

sanfterem Ton hinzu und gab weniger Gas, »du solltest besser auf ihn aufpassen.«

Wir hielten hinter der anderen Harley, ich stieg vom Motorrad, und wir gaben uns die Hand. Dann brausten er und Lurch über den flimmernden Asphalt davon. Eine Zeitlang war es still.

»So«, sagte Cleveland schließlich. »Dein Vater ist also in der Stadt. Interessant.«

»Mann, Cleveland, du bringst mich zur Weißglut. Was soll der Scheiß? Was bezweckst du damit?«

»Was ich damit bezwecke? Tatsache ist, daß dir diese Typen die Nägel manikürt und ein Käseomelett gemacht hätten, wenn du sie darum gebeten hättest. Dein Vater ist ein hohes Tier, Bechstein, er ist groß. Ich hab's dir ja gesagt. Und das, verstehst du, färbt auf dich ab. Du hast teil an der Größe deines Vaters. Weshalb solltest du dich dafür schämen? Ich wollte dir ...«

»Falls du glaubst, daß ich dich jetzt mit meinem Vater zusammenbringe ...«

»Ich bin nicht auf dich angewiesen, um seine Bekanntschaft zu machen, Dennis. Ich kann mich einfach ans rote Haustelefon in der Hotellobby hängen.« Er zündete sich eine Zigarette an und wedelte das Streichholz aus. »Hör mal, Art, ich finde, das ist doch Wahnsinn.«

Ein Gefühl großer, wachsamer Erleichterung überkam mich, so, wie einem zumute ist, wenn man sich an einen Strohhalm klammert. »Es ist Wahnsinn, Cleveland. Ja. Stimmt genau. Wir sollten nicht mal drüber reden.«

»Du brauchst natürlich nicht mitzukommen. Wenn du willst, kann ich dich an der Bushaltestelle absetzen. Du kannst aber auch auf mich warten, im *Kaufmann's* solange die Zeit totschlagen oder so, und dann fahr ich dich nach Hause.«

»Hm.«

»Aber ich fänd's schon gut, wenn du mitkämst, weißt du, dadurch würde alles viel einfacher. Was ist schließlich dabei? Ich bin dein Freund, oder etwa nicht? Stellst du deine Freunde nicht deinem Vater vor? Phlox hat er doch wohl kennengelernt?«

»Ja, schon.«

»Na, und? Ich möchte ihn bloß mal *sehen,* ihm die berühmte eiserne Hand schütteln.«

»Nein«, sagte ich. »*Ausgeschlossen.* Kommt nicht in Frage. Nein, du bist nicht mein Freund, Cleveland. Du hast zu lange Katz und Maus mit mir gespielt. Vergiß es.«

»Schön. Dann muß ich telefonisch einen Termin ausmachen.«

»Du würdest wirklich ohne mich hingehen.«

Ich drehte mich um, ging zum Flußufer und blieb zwischen Unkraut und verrosteten Blechdosen stehen. Mir war heiß, bleierne Schläfrigkeit überkam mich, und zu der Verabredung mit Phlox, die bestimmt schieflief, würde ich zwei Stunden zu spät kommen. Ich merkte, daß ich mich geirrt hatte, als ich mich für eine Mauer hielt, denn eine Mauer steht zwischen zwei Orten, zwei Welten, trennt diese, wohingegen ich allerhöchstens ein immer weiter aufgehendes Tor war, ein Tor in einem düsteren Gang, der von meiner Mutter und meinem Vater direkt zu Cleveland, Arthur und Phlox führte, von dem prächtigen Sonntagmorgen, an dem mich meine Mutter im Stich gelassen hatte, zu dem unvorstellbaren August, der jetzt zum erstenmal seine düsteren Schatten vorauswarf. Und eine Mauer sagt immer nein; ein Tor sagt überhaupt nichts.

»Ich bin nicht dein Freund?« Raschelnd kam er zu mir ins Gras gestapft. Eine alte vergilbte Zeitungsseite wickelte sich um seinen Stiefel.

»Cleveland, ist dir klar, um was du mich da bittest?

Machst du dir einen Begriff davon, welche Qualen das für mich bedeutet?«

»Nein. Kann ich mir auch nicht«, sagte er. »Du läßt mich ja nie.«

Ich sah ihn an. Er lächelte fast, doch sein Blick war starr auf mich gerichtet und seine Stirn gerunzelt. Dann ging er zu dem Motorrad. Ich folgte ihm mit seiner kaputten Brille, und er reparierte sie so gut es ging.

Es stimmt, ich weiß, daß ich Cleveland keinerlei Einblick in meine Innenwelt gewährte, die eine Welt voller Geheimnisse war und ist (aber das ist ein zu hochtrabender Ausdruck, denn es war nur eine Welt von Dingen, über die ich nicht sprechen konnte – nein, über die ich nicht sprechen *mußte),* und heute bedaure ich dieses Versäumnis um so mehr, als mir klar ist, daß er – ach, Cleveland! – mir fünfmal die Tore zu seiner seltsamen Welt weit geöffnet hat. Fünfmal fuhr ich in jenem Sommer auf Clevelands Motorrad, den Kopf in den bananengelben Helm gezwängt, der früher seiner kleinen Schwester gehört hatte. Wenn wir losbrausten, klammerte ich mich immer an den hinteren Metallbügel, aber er raste natürlich wie ein Wahnsinniger, schlängelte sich zwischen anfahrenden Autos durch, kümmerte sich nicht um gelbe Ampeln, flitzte manchmal sogar ein Stück über den Bürgersteig, um Staus auszuweichen, und so endete es immer damit, daß ich ihm sicherheitshalber die Hände auf die Hüften legte und ihm durch den Helm lachend etwas ins Ohr brüllte. Bei diesen Gelegenheiten, diesen fünf kurzen und beängstigenden Fahrten auf dem Motorrad, wenn ich die Hände voll heißen schwarzen Leders hatte und unsere Helme klickend aneinanderstießen, fühlte ich mich ihm am engsten verbunden, verstand ich ihn am besten. Ich wußte, weshalb er so und nicht anders handelte. Es gab nichts außer seinem breiten Rücken, seinem Gelächter und Pittsburgh, das an uns vorbeisauste, jeder Baum ein kurzes Zischen. Das

Tempo, das Donnern und das Nichts, die uns isolierten, waren aufregender, wahrer und vertrauter als alles, was ich in jenem Sommer mit Phlox oder Arthur empfand; keine Spur von Sex verdarb oder vertiefte dieses Gefühl. Es gab nur die lachende Angst und meine Hände, ungefähr so, auf seinen Hüften. Wir waren Freunde.

Er nahm mich mit zu sich nach Hause, wo wir duschten, er seine zerrissenen Klamotten auszog und sich eine alte Brille holte. Wenn ich Clevelands Behausung noch nicht beschrieben habe, so deshalb, weil ich sie zum erstenmal an jenem Tag sah, als alles neu und plötzlich wie ein böses Omen wirkte, als ich voll schwindelerregender Angst und Neugier war. Auf die Casa Panik, wie er das Haus nannte, hatte mich Arthur schon ein wenig vorbereitet, mit vagen Anspielungen auf die ständig wechselnden Bewohner, die Einstürze und kleinen Feuer, die seltsamen Tiere, die Stapel schmutzigen Geschirrs und die Berge schmutziger Wäsche. »Das ist kein Haus«, hatte er gesagt, »das ist eine Implosion.« Es lag inmitten eines Wäldchens inmitten einer Siedlung in Squirrel Hill, ein vergessenes Haus, das man über eine schmale, von Rissen überzogene Auffahrt erreichte, die von der Straße aus kaum zu sehen war. Wäre es außen nicht mit riesigen dreifarbigen Laubsägefiguren von Kater Felix, Micky Maus, Tom und Jerry, Daffy und Bugs Bunny geschmückt gewesen, hätte man es für ein Spukhaus halten können. Doch es hatte Giebel, ein eigenartiges Türmchen, von dem die Farbe abblätterte, einen eisernen Zaun, die Fensterläden hingen völlig schief, und die Fassade wirkte irgendwie menschlich.
»Wem gehört das Haus?« fragte ich, als wir vom Motorrad stiegen und ich mir den Helm vom Kopf schraubte.
»Das weiß niemand.«
»Aha.«
»Jeden Monat lege ich in der ersten Vollmondnacht die

Miete in einer kleinen Papiertüte ans Ende der Auffahrt. Am Morgen ist sie verschwunden.«
Wir stiegen die Treppe zum Haus hinauf, gingen über die knarrende Veranda und durch das Wohnzimmer. Überall, auf den Tischen, auf dem Boden und in den Ecken, stapelten sich Taschenbücher; ich warf einen Blick auf die Titel, eine bunt gemischte Sammlung, die von wahren Geschichten berühmter Morde bis zu Knut Hamsun, von Diät- und Horoskopbüchern bis zu Vonnegut und Comic-Heften reichte. Ich nahm an, daß dieses merkwürdige Kuddelmuddel ein Spiegelbild der zahlreichen und vielfältigen Zimmergenossen und früheren Bewohner der Casa Panik war.
»Hast du die alle gelesen?«
»Selbstverständlich. Weshalb lägen sie sonst hier?«
»Du hast diese Bücher alle gekauft?«
»Ich kaufe keine Bücher«, sagte er.
Damals wußte ich noch nichts von Clevelands Zaubermantel mit den vielen unerschöpflichen Taschen, aus denen Zigaretten, Konservenbüchsen, Bücher und Zeitschriften und hin und wieder eine Gummischlange oder ein aufziehbares, klapperndes Gebiß zum Vorschein kamen – alles im Kaufhaus geklaut. Das größte Wunder, das Cleveland je vollbrachte, war vielleicht, daß er das beträchtliche Erbe seiner Mutter in sechs Jahren verpulvert hatte, ohne dabei je etwas Teureres als sein Motorrad zu kaufen.
Wir brachten uns wieder auf Vordermann, und während er sich umzog, streifte ich durchs Haus und sah in die leeren Zimmer; in allen stand eine Stereoanlage und lag eine Matratze. Von den bösen Mitbewohnern schien keiner zu Hause zu sein, obgleich überall ihre Spuren zu sehen und zu riechen waren. Einige Schlafzimmertüren waren mit Vorhängeschlössern versperrt, andere aus den Angeln gerissen und schräg gegen die Wand gelehnt. Ich trat in ein Zimmer und starrte eine Zeitlang abwesend auf ein Poster von einer

Rockband, ehe ich bemerkte, daß es in grellen Farben ein Menschenopfer auf einer aztekischen Pyramide darstellte – das Herz, seines Körpers beraubt, war in liebevollen Details gemalt. Mir fiel ein, daß ich Phlox anrufen mußte, und der Gedanke an Phlox war so verlockend, daß ich beinahe beschlossen hätte, einfach zu ihr zu gehen, mich aus dem Haus zu schleichen und Cleveland allein in die Stadt fahren zu lassen. Vielleicht wäre das eine noch größere Dummheit gewesen, obwohl schwer vorstellbar ist, wieso. Aber wie auch immer, Cleveland steckte den Kopf durch die Tür.

Ich drehte mich um. Er trug eine Brille mit weißer Fassung, die ihn recht fetzig aussehen ließ.

»Alles klar, Bechstein.«

»Na schön.« Ich seufzte. »Aber laß mich vorher Phlox anrufen.«

Aber ich erreichte sie nicht, und so fuhren wir in die Stadt, und das war meine vierte Fahrt hinten auf Clevelands Motorrad.

17
Durch die Hintertür

Auf dem Weg in die Innenstadt erwog ich die Möglichkeit, daß ich wieder mal bei dem Unglücksitaliener landen könnte. Dadurch wäre zumindest so etwas wie eine grausige Symmetrie entstanden. Zufällig war mein Vater aber mit mehreren anderen Männern auf seinem Zimmer im Hotel. Wir konnten undeutlich ihr Gelächter hören, als wir über den abgetretenen Plüschteppich des kühlen Hotelflurs gingen, der schon bessere Zeiten gesehen hatte. Vor Angst und Aufregung kribbelten mir die Wangen. Und dann sorgte Cleveland für eine Überraschung: Als ich vor der Tür mit der richtigen Nummer stehenblieb und mich Ermutigung suchend zu ihm umdrehte, zog er eine Krawatte aus der Tasche seiner Lederjacke und band sie sich um. Die Krawatte war graubraun und hatte ein verschlungenes Muster mit ungewöhnlichen Vierecken und Ovalen.

»Klapperschlange«, sagte Cleveland.

Wieder brandete auf der anderen Seite der Tür schallendes Gelächter auf. Ich wartete, um das Lachen nicht unheilverkündend und abrupt zu unterbrechen; als ich schließlich hörte, daß sich mein Vater räusperte, klopfte ich an. Nach einigen Sekunden, in denen sie sich stumm besprachen und jemand beauftragten, öffnete ein Mann die Tür, einer von IHNEN. Ich versuchte, einen Blick ins Zimmer zu werfen, sah aber nur ein Vorzimmer – eine Bank, ein Spiegel und eine Gladiole in einer Vase. Der Mann, der in Hemdsärmeln und einer Anzugshose vor uns stand, hatte ein bleiches Gesicht und einen beknackten Haarschnitt. Er erkannte mich, und ich fragte

mich, wie oft ich ihm wohl schon begegnet war. Er lächelte, trat auf den Flur heraus und schloß die Tür hinter sich.
»Hallo«, begrüßte er mich. »Was soll man dazu sagen? Der Junge von Joe Bechstein.« Er gab mir die Hand. »Jimmy. Jim Breezy. Als ich dich das letzte Mal gesehen hab, warst du gerade *so* groß. Du, Art, hör mal.« Er legte mir die Hand auf die Schulter und zog mich ein Stück zu sich her und ein Stück von der Tür weg, dann sah er mir über die Schulter und schien zum erstenmal Cleveland zu bemerken. »Ist das ein Freund?«
»Ja, richtig. Schön, dich zu sehen, Jimmy.«
»Du, Art, hör mal – dein Vater hat jetzt eigentlich keine Zeit, weißt du, er ist mit ein paar Leuten in einer Besprechung. So. Er hat keine Zeit.«
»Ach, schade.«
»Ja, nicht? Am besten kommst du noch mal in 'ner Stunde zurück, in anderthalb Stunden vielleicht.«
»Oh. In Ordnung, Jimmy, klar. Sagen wir um fünf?«
Er sagte okay, ohne auf die Uhr zu sehen, und ging ins Zimmer zurück; die Tür wurde geschlossen.
»Tja«, sagte ich. »Dann eben um fünf. Mein Dad hat zu tun.«
Cleveland verdrehte die Augen.
»Du bist ein Waschlappen, Bechstein, du bist echt ein Waschlappen«, sagte er und klopfte an die Tür.
»Ja?« fragte Jimmy Breezy diesmal und lächelte immer noch.
»Könnten wir Mr. Bechstein nicht jetzt gleich statt um fünf sprechen?« sagte Cleveland.
»Wer bist du?« fragte Jim, nun ohne Lächeln.
»Ich bin der Freund. Cleveland Arning.«
»Schick sie rein«, hörte ich meinen Vater sagen.
Jim Breezy wich wie ein aufgestoßenes Tor vor uns zurück. SIE nicht mitgerechnet, waren sieben Männer in dem Zim-

mer, die in allen möglichen Sesseln um einen niedrigen langen Couchtisch saßen, auf dem eine gelesene und wieder zusammengefaltete Zeitung lag, ein Schlüssel und das Flugticket meines Vaters; mein Vater, der Golfkleidung trug und ernst, aber gelöst wirkte; Onkel Lenny, ebenfalls in weißen Schuhen und weiten pastellfarbenen Hosen; und fünf andere Männer, von denen einer sich mit bleichem Gesicht kerzengerade aufrichtete, als er Cleveland sah. Das mußte Frankie Breezy sein, gelinde überrascht, daß er den angeheuerten Motorradfahrer im gleichen Hotelzimmer traf. Frankie war ein gebrechlich wirkender Mann, bei dem man – das merkte ich sofort – auf den ersten Blick sehen sollte, daß er eine Menge Geld für seine Kleidung ausgab. Er war das Protzigste im Zimmer, das so alt, muffig, elegant und groß wie das ganze Hotel war. Die Männer ließen sich ihre langen Zigarren und Drinks schmecken; mein Vater und Lenny tranken wie gewöhnlich eisgekühlten Kaffee, die anderen alle Ginger-ale oder Bitter Lemon mit Schuß; und jeder trug sein Sonntagslächeln, mit Ausnahme von Frankie Breezy.
»Hallo, Dad; hallo, Onkel Lenny«, sagte ich und entschied mich, nicht zu meinem Vater zu gehen, um ihn auf die Wange zu küssen. Ich nickte den anderen Männern zu, die mir zunickten. »Entschuldigt, wenn ich störe. Das ist mein Freund Cleveland.«
Mein Vater erhob sich, kam zu mir und gab mir einen Kuß. Cleveland schüttelte er die Hand.
»Joe, ich kenne Cleveland«, sagte Frankie in absichtlich eigenartigem Ton. Mein Vater sah mich an.
»Sehr erfreut, Mr. Bechstein«, sagte Cleveland. »Es ist allein meine Schuld, daß wir hier einfach so reinplatzen. Ich wollte Sie kennenlernen.«
»Angenehm«, sagte mein Vater leise.
»Er gehört zu meinen Leuten«, sagte Frankie.

»Amüsiert euch doch ein paar Stunden in der Stadt, Art. Dann lade ich dich und Cleveland zum Essen ein.« Er starrte mich unverwandt an.
»Ja, wir haben nicht alle Sommerferien, Art«, sagte kichernd der alte Lenny. »Manche Leute müssen sogar am heißesten Tag des Sommers arbeiten.«
»Also, Jungs. Ich habe zu tun. Wiedersehen.«
»Ach, Joe, laß sie doch noch einen Moment bleiben«, sagte einer der Männer, ein früher mal blonder, nun fast glatzköpfiger Mann mit gütigen wasserblauen Augen und einer vom Boxen plattgedrückten Nase. Er nahm die Zeitung zur Hand und legte sie neben sich. Das war Carl »Poon« Punicki, wenn ich das damals auch nicht wußte. Und drei andere Dinge wußte ich zu diesem Zeitpunkt auch nicht über ihn: erstens, daß er eine große Nummer in der Schmuckhehlerszene war; zweitens, daß er und Frankie Breezy sich das ganze Jahr wegen eines kleinen Gebiets im Monongahela Valley bekriegt hatten; und drittens, daß er einen Sohn hatte, den er innig liebte und jeden Sonntagabend zum Essen einlud; dieser Sohn war Rocker. »Ich kenne deinen Jungen noch nicht, Joe.«
Mein Vater hatte mit diesem Mann geschäftlich zu tun; er machte kehrt und legte den Arm um mich.
»Arthur, das ist Mr. Punicki.«
Er stellte mich allen im Zimmer vor. Ich schüttelte einen Haufen Hände, Cleveland ebenfalls. Ich sah, wie Mr. Punicki mit väterlicher Belustigung Clevelands Schlangenkrawatte musterte.
»Und?« fragte mein Vater schließlich. »Ihr seid bloß mal so auf einen Sprung vorbeigekommen?«
»Ja«, sagte Cleveland. »Genau.«
»Nein«, sagte ich. »Eigentlich hatten wir schon einen Grund.«
Cleveland und ich müssen zwei echte Hayley-Mills-Was-

machen-wir-jetzt-Blicke gewechselt haben, denn alle lachten.

»Der Kerl hat hier nichts verloren. Er ist Eintreiber«, erklärte Frankie. »Er arbeitet für mich.«

»Paps, Cleveland möchte einen Job«, sagte ich.

Frankie Breezy stand auf und ballte halb die Fäuste, eine wahrscheinlich unbewußte Geste.

»Das ist sehr unklug«, sagte mein Vater.

»Ich gebe Cleveland einen Job«, sagte Mr. Punicki. Er zog einen Füller aus der Tasche und schrieb etwas auf das bedruckte obere Blatt des Flugtickets meines Vaters. Sorgfältig riß er eine Ecke ab und gab sie Cleveland.

»Wir sprechen uns um fünf«, sagte mein Vater zu mir – fast im Flüsterton. Vor Zorn hatten sich in seine Stirn so tiefe Falten eingegraben, daß es aussah, als hätte er nur eine einzige lange Augenbraue, die ihm quer übers ganze Gesicht lief. Er war knallrot. »Allein.«

Einen Moment lang hatte ich das bohrende Gefühl, daß ich diesmal zu weit gegangen war, um mich mit noch einem gottverfluchten Abendessen herumzuschlagen.

»Geht nicht, Dad«, sagte ich. »Ich hab was zu erledigen. Tut mir leid.« Ich fing an zu weinen, bremste mich aber; es sah aus wie ein Gähnen. »Gehen wir, Cleveland.«

»Und ich wette, der Job macht auch viel mehr Spaß«, sagte Cleveland leise, als wir durch das hübsche Vorzimmer rausgingen. »Ist bestimmt mehr nach meinem Geschmack und paßt besser zu meiner witzigen Art.«

Wir mußten lange auf den Aufzug warten. Es war sehr still auf dem kühlen Korridor. Endlich glitten die messingbeschlagenen Türen auseinander. Auf dem Weg nach unten zündete sich Cleveland direkt unter dem Schild RAUCHEN VERBOTEN – 500 $ GELDSTRAFE eine Zigarette an; ausnahmsweise hielt ich das für eine unnötig theatralische Geste.

Ich kippte ein halbes Bier runter, ohne es zu merken. Cleveland und ich waren beide benommen, doch seine Benommenheit war eine Art fahrige Träumerei, während die meine eher Apathie ähnelte. Als ich schließlich den Weißbrotgeschmack des Biers in meinem Mund bemerkte, sah ich mich in der Kneipe um und konnte mich nicht erinnern, wie ich hier reingekommen war. Ich saß auf dem letzten Barhocker am Fenster, hinter dem der strahlende Tag und die von der Sonne beschienenen roten Backsteingebäude des Market Square lagen, und gönnte mir, mich kurz in dem warmen Wind, der von sich träge drehenden Ventilatoren nach unten geweht wurde, und den die Luft erfüllenden milden, salzigen Ausdünstungen toter Schalentiere zu entspannen. Carl Punicki ging an der Kneipe vorbei, ohne einen Blick durchs Fenster zu werfen. Ehe er außer Sicht kam, strich er sich mit der Hand durch das schüttere flachsblonde Haar und zuckte einmal mit den Schultern. Ein Stückchen Asche fiel von der Spitze meiner zitternden Zigarette.

»Äh«, sagte Cleveland. »Art. Es ist einfach so über mich gekommen. Tut mir leid.«

»Ha«, sagte ich. »Vielen Dank.«

»Echt. Belastet das dein Verhältnis zu deinem Alten?«

»Ja. Ich weiß nicht. Nein. Unser Verhältnis war schon belastet.«

»Bist du sauer auf mich, Bechstein? Bitte nicht.« Das weiße Brillengestell verlieh ihm ein koboldhaftes Aussehen, und er fügte knallhart hinzu: »Ich hab ein saugutes Gefühl.« Er trank sein Bier aus. »Läuft alles wie geschmiert für mich. Da sieht man eben wieder – ehrlich währt am längsten.«

Ich lachte und sah ihn schließlich an. Irgendwann während dieses Tages gegen Ende eines glühendheißen Julis, der den 1926 oder so aufgestellten Hitzerekord brach, nahm meine Freundschaft mit Cleveland Züge einer Détente an: jene unsichere Bereitschaft, Mißstimmigkeiten mit einem Lachen abzutun.

»Ich muß Phlox anrufen«, sagte ich und dachte: Ich muß Arthur anrufen. Ich rutschte von dem Barhocker, ging zwischen den alten Fotos und Männern in den hinteren Teil der Kneipe und suchte in meinen Taschen nach Kleingeld.

»Hallo?« sagte, mein Gott, Phlox.

»Oh, hallo!«

Vermittlung, Vermittlung, da muß ein Fehler passiert sein!

»Ach. Du bist's.«

»Tag, Phlox. Es tut mir wirklich schrecklich leid und ich möchte nicht darüber reden. Wie geht's dir?«

»Ich bin sauer.« Sie klopfte gegen den Hörer. »Wo bist du?«

»In der Stadt. Mit Cleveland.«

»Prima. Bleib dort.«

»Wie wär's, wenn ich jetzt gleich zu dir komme?«

»Nein«, sagte sie etwas leiser. »Fände ich gar nicht gut.« Ihr Ton war kühl. »Warum rufst du nicht Arthur an?«

»Phlox! Gut. Das mach ich.«

»Nein, Art, komm zu mir!«

»Nein, ich rufe Arthur an, wie du gesagt hast.« Eine Pause trat ein. Der Computer in dem Flipper links neben mir imitierte das Stöhnen einer zum Orgasmus kommenden Frau. Ich merkte, wie blöd das war, was ich gerade zu ihr gesagt hatte.

»Gut.«

»Bitte, Phlox, laß mich zu dir kommen, jetzt gleich.«

»Nein«, sagte sie. »Ich bin viel zu sauer, um dich jetzt zu sehen. Ich könnte Dinge sagen, die ich nicht wirklich meine. Komm später vorbei.«

Die Lage spitzte sich viel zu schnell zu, als daß es ein Später hätte geben können.

»Ich komme sofort.«

»Nein«, sagte sie und legte auf. Als ich noch mal anrief, war besetzt. Daher rief ich Arthur an, weckte ihn aus einem Schläfchen. Er sagte, ich solle gleich vorbeikommen. Ich ging zurück in die Kneipe, um Cleveland Bescheid zu geben, aber der war gegangen und hatte mir einen Zettel und ein paar zerknitterte Dollarscheine dagelassen. Ich las den Zettel, stopfte ihn in die Tasche und erwischte noch den Bus nach Shadyside.

Arthur lachte mitfühlend in sich hinein, als er mich sah, und streckte mir erfreut die Hand entgegen. Ich schlang die Arme um ihn und drückte ihn fest an mich. Wir lösten uns voneinander. Sein Gesicht war sonnengebräunt und seit kurzem hellwach, im linken Augenwinkel hing ihm noch ein winziges Schlafkorn. Er hatte sich ein Fläschchen nach Zitrone riechendes *Christian Dior* gekauft. Ich war so froh, ihn zu sehen.
»Armer Kerl«, sagte er. »Du siehst jämmerlich aus.«
»So fühl ich mich auch. Nimm mich noch mal in die Arme.«
»Du mußt einen ziemlich irritierenden Tag hinter dir haben.«
»Ich bin irritiert, Arthur, darf ich ...?«
»Aber gern.«
Ganz so anders war es gar nicht. Er hat gerade eine Pflaume gegessen, dachte ich.
Er schob mich leicht von sich weg, hielt mich aber fest.
»Bist du im Vollbesitz deiner geisten Kräfte?«
»Genau kann ich das nicht sagen; nein.«
»So langsam wird's auch Zeit«, sagte er. Er kniff mich ins Ohrläppchen. »Laß uns alle Möglichkeiten ausschöpfen.«
»Könnten wir es bitte langsam machen?«
»Nein«, sagte er, und er hatte recht. Wir machten es sehr schnell, im Bett der Wettertante, durchliefen, angefangen mit Zungenküssen, alle verkehrten und fremden, aber vertrauten Stationen auf dem alten Weg zur Vereinigung, die

mir stets drohend vor Augen stand, schwarz und brutal und lächelnd, fremder, verkehrter und vertrauter als alles andere. Dann, ungefähr zehn oder fünfzehn Minuten nach meiner Ankunft im Haus, als ich in der Rechten eine harte, schwammige Handvoll von ihm hielt und meine linke Hand flach auf seinem Bauch lag, übermannte mich ein Gefühl, das unser schwarzes Ziel doch wieder nicht so drohend wirken ließ. Mir brach das Herz, und gleichzeitig war es voll Wollust, ich war erschöpft und genoß es bis zum letzten Moment. Es war seltsam und berauschend, sich ausnahmsweise als Schwächerer zu fühlen.

»Hier«, sagte ich. »Direkt hier.«

»Bist du sicher?«

»Ja. Bitte. Es ist in Ordnung. Ich tu's jetzt oder nie.«

»Wir brauchen irgendwas Glitschiges.«

»Beeil dich.«

Er kletterte aus dem Bett, rannte im Schlafzimmer rum, verstreute überall Zeitungen, stöberte in Schubladen herum und verschwand dann im Bad. Ich hörte, wie die Tür des Arzneikästchens quietschend aufging und wieder zugeschlagen wurde. Er flitzte nackt durch die Schlafzimmertür, und ich hörte, wie er die Treppe runtertrampelte und unten vor Eile stolperte. Ich lag auf den zerwühlten Laken und der Decke und sah, ohne an die Zeit zu denken, auf die Zeiger des Weckers. Die Seiten taten mir weh, weil ich so schnell atmete und nur noch den unbändigen Wunsch verspürte, gevögelt zu werden. Die Zeiger rückten vor, das lose alte Fliegengitter am Fenster bauschte sich; ich hörte wieder Arthurs Schritte auf der Treppe. Er kam ins Schlafzimmer zurück, nach Atem ringend, aber grinsend, und trug eine Flasche Maisöl in der Hand.

»Was Glitschiges«, sagte ich, und mein Lachen war wie eine schillernde Luftblase, die an die Oberfläche einer Teerpfütze steigt. »Na los.«

»Sachte, ich bin völlig außer Atem, laß mir einen Augenblick Zeit, gib mir einen Kuß«, sagte er.
Es tat verdammt weh, und das Öl fühlte sich kalt und eigenartig an, aber als er sagte, er sei fertig, wollte ich nicht, daß er aufhörte; ich bat ihn, weiterzumachen, und er tat sein Möglichstes, doch dann fing ich an zu weinen. Er hielt mich in den Armen, ich hörte auf zu weinen, wir lachten über ein Geräusch, das ich, wie er sagte, von mir gegeben hatte, und unsere Gesichter waren wenige Zentimeter auseinander, als er plötzlich die Augen aufriß, sich aufsetzte und dann wieder zurücklehnte, um mich genauer zu betrachten.
»Du blutest aus der Nase«, sagte er.
Er stand auf, ging zu den hohen breiten Schlafzimmerfenstern, zog die Vorhänge auf und öffnete die Fenster. Ein Luftzug und das späte Sonnenlicht drangen durch die schmiedeeisernen Gitter ins Zimmer, und eine Reihe feiner Schatten fiel auf den Boden. Auf meinem Kissenbezug war Blut. Als ich aufstand, um mir ein Taschentuch für meine Nase zu holen, zog Arthur den befleckten Kissenbezug zielstrebig ab und ging damit zum Fenster. Als ich zurückkam, stand er am Fensterbrett und grinste über die wundersame Neuigkeit, die er gerade der Nachbarschaft kundgetan hatte.

18
Scharfsinn

»Jede Frau hat das Herz eines Polizisten.« Später, viel später, lange nachdem der Sommer explodiert und in kleinen schwarzen Flöckchen Asche und Japanpapier auf die Erde geregnet war, saß ich in einem wie ausgestorbenen bretonischen Ferienort in einem Café und unterhielt mich mit einem Jungen aus Paris, der diesen Aphorismus zum besten gab. Er trank Pernod, süß und trübe, bitter und sanft, und um die Sentenz zu veranschaulichen, erzählte er mir eine Geschichte über die detektivischen Fähigkeiten einer ehemaligen Verlobten von ihm. Während ihrer ganzen Verlobungszeit hatte er im dritten Stock eines alten Hauses im Fünften Arrondissement gewohnt, und im sechsten Stock dieses Hauses wohnte eine junge Frau, die ihn verführen wollte. Nur mit einem dünnen Morgenrock bekleidet, erwartete sie ihn an seiner Tür, wenn er abends von der Arbeit nach Hause kam, warf ihm Blumen und bunte Schleifchen in den Briefkasten, rief ihn mitten in der Nacht an und hatte nichts zu sagen. Doch diese Frau war arm und verrückt, erzählte er, und er war mit der hochintelligenten Tochter einer bekannten jüdischen Familie verlobt, die zur sozialistischen Oberschicht gehörte.

Er sagte, über ein Jahr lang sei es ihm gelungen, den offenen Armen seiner Nachbarin auszuweichen, obwohl sie hübsch gewesen sei, und seiner reichen Verlobten erzählte er natürlich kein Wort von ihr. Dann, eines Sonntagnachmittags, gab er ohne besonderen Grund schließlich nach. Anschließend stand die Nachbarin aus seinem Bett auf und schlüpfte in ihr Kleid und ihre Sandalen, um im Laden an der Ecke eine Flasche Wein zu kaufen. Auf der Treppe begegnete sie der Verlobten, die den jungen Mann mit einem kostspieligen Geschenk überraschen wollte. Die beiden Frauen wechselten einen flüchtigen Blick. Das junge reiche Mädchen kam nach oben, klopfte an die Tür, und als er die Tür öffnete, gab sie ihm eine Ohrfeige. Mit dem Geschenk, einem vergoldeten Rasierzeug, zertrümmerte sie den Bildschirm seines Fernsehers, dann ging sie, und er sah sie nie wieder.

Der Aphorismus ist vielleicht falsch (er klingt gut, und mehr wird von einem Aphorismus nicht verlangt), aber ich war noch keine fünfundvierzig Sekunden in Phlox' Apartment, als sie sich schon zusammengereimt hatte, was immer sich aus meiner Miene, Stimme und Liebkosung – vielleicht sogar aus meinem Geruch – zusammenreimen ließ, und mir vorwarf, das getan zu haben, was ich um zwei Uhr an jenem Morgen noch einmal getan hatte. Arthur war danach eingeschlafen, aber ich konnte nicht und war deshalb über die leere Fifth Avenue und durch Straßen ohne Verkehr nach Hause gegangen.

»Wer war es?« fragte sie, stieß mich weg und stützte sich auf eine Sessellehne.

»Der Name würde dir sowieso nichts sagen.« Zu einer überzeugenden Lüge fehlte mir die Kraft. Ich war überrumpelt. Mir blieb nichts, als mich auf dem alten Sofa zu verkriechen und ängstlich zu warten, was sie wohl als nächstes erraten würde. Ihr Anruf hatte mich am Morgen aus dem Bett geholt, und wie ich jetzt erkannte, hatte ihre Stimme schon zu diesem Zeitpunkt signalisiert, daß sie etwas wußte – so eindringlich hatte sie mich völlig unvorbereitet in ihr Apartment gelockt, nach drei Stunden Schlaf und einer einzigen Tasse Kaffee. Mit wütend verschränkten Armen stand sie in der Mitte des schmucklosen kleinen Wohnzimmers, in einem zerrissenen grauen Sweatshirt und einer kurzen Sporthose, aber sie sagte kein Wort. Sie fing an zu weinen.

»Es tut mir leid«, sagte ich. Ich murmelte in mein Hemd. »Da war überhaupt nichts. Es war ein Fehler. Ich habe mich einsam und mies gefühlt und bin da zufällig ... diesem Mädchen begegnet, das ich von früher kannte.«
»Claire?« schluchzte Phlox.
Ich blickte auf. Bei dieser Vorstellung mußte ich einfach lächeln, oder jedenfalls beinahe. »Nein. Um Himmels willen, nein. Ideen hast du. Hör mal, Phlox.«
Sie kam zu mir. Ich zog sie auf meinen Schoß und rieb meine Wange an dem zerrissenen, noppigen weichen Stoff, den sie trug. Im Stoff von Sweatshirts liegt Trost. »Bitte, Phlox, du mußt mir verzeihen, du mußt einfach. Ich empfinde nichts für diese Frau. Da war gar nichts.«
Sie wirbelte herum, voll Zorn und Neugier, mit geröteten Augen.
»Wie sieht sie aus?«
»Sie ist blond. Sehr blond und kalt.«
»So blond und kalt wie Arthur?«
»Was soll das heißen?« fragte ich.
Sie schlang mir die Arme um den Hals und antwortete, sie wisse es nicht. Phlox sagte, ich könne ihr alles erzählen; sie würde mir alles glauben. Mit kurzen Unterbrechungen weinte sie den Rest des Tages über. Es war ein angeknackster, gemächlicher, wohltuender Sonntag; unsere Gefühle und was wir einander sagten, waren behutsam und zärtlich. Am späten Nachmittag regnete es. Wir zogen uns halb aus, kletterten aufs Dach raus und standen barfuß in den Pfützen; der Teer unter dem kühlen Wasser war noch warm an den Füßen. Überall in der Nachbarschaft glucksten und gurgelten die Dachrinnen, und wir hörten, wie Autos auf der Straße Wasserfontänen aufspritzten. Ich rauchte eine Zigarette im Regen, was die beste Art ist, eine Zigarette zu rauchen. Ich betrachtete Phlox' schönes trauriges Mondgesicht und ihre feuchten Wimpern. Als wir reingingen, rub-

belten wir uns die Haare trocken und aßen mit Plastikgabeln aus kalten Tupperschüsseln. Am Tag zuvor hatte Phlox ein Fläschchen Seifenwasser und Plastikröhrchen gekauft, und bald wimmelte es im Schlafzimmer von unseren Seifenblasen, die mit feuchten leisen Plops platzten; abends knipste ich ein Bild von ihr. Ich beschloß, Arthur eine ganze Woche lang nicht zu treffen.

Als ich am Tag darauf zur Arbeit erschien, saß Ed Lavella hinter der Registrierkasse und tippte den 57-Dollar-Einkauf – ein zwanzig Zentimeter hoher Berg von Büchern und Zeitschriften – meines Vaters ein, der mit einem Hunderter bezahlte. Mein Vater trug seine Arbeitskleidung, einen blauen Anzug mit dezenter Krawatte, und hatte den verschlossenen, undeutbaren Gesichtsausdruck, den er stets um zehn Uhr am Morgen eines, wie er hoffte, arbeitsreichen Tags aufsetzte. Ich wußte, daß er Boardwalk Books verabscheute, also war er offensichtlich hier, weil er mit mir reden wollte, doch wir merkten beide auf den ersten Blick, daß jetzt nicht der richtige Zeitpunkt dafür war. Er mußte arbeiten und wollte nicht den ganzen Tag die wütenden Worte seines Sohns im Ohr haben, und meine Verzeihung oder Beistand heischenden Bemühungen würden durch seinen von Berufs wegen nichtssagenden Gesichtsausdruck und weil wir uns hier vor aller Augen auf dem Präsentierteller befanden, vereitelt werden. Und so standen wir auf dem Gang bei den Bestsellern und brachten beide kein Wort über die Lippen. Er roch nach Rasierwasser. Schließlich lud er mich für Mittwochabend zum Essen und ins Kino ein, steckte mir einen Zwanzigdollarschein zu und ging raus. Um die Mittagszeit fiel mir auf, daß ich das zu einer kleinen grünen Kugel zusammengeknautschte Geld immer noch in der Hand hielt. Ich schickte Phlox ein Dutzend Rosen in die Bibliothek. Als ich aus dem Blumenladen kam, lief mir

Arthur über den Weg. Am Morgen hatte er sich die Haare kurz schneiden lassen, nur eine lange, modische, nach vorn fallende Locke verdeckte seine linke Augenbraue. Er sah merkwürdig aus, jungenhaft und schwul.
»Du lebst«, sagte er,
Auf beiden Seiten gingen Frauen mit Sandwiches und Eistüten an uns vorbei und unterhielten sich mit vollem Mund. Das Wetter war nach dem gestrigen Regen ungewöhnlich trocken und schön, und auf der strahlenden Forbes Avenue wimmelte es von Krankenschwestern und Sekretärinnen, die den Klimaanlagen und dem Neonlicht entronnen waren. Ich lachte, weil die Luft von den Gesprächsfetzen dieser Frauen erfüllt war.
»Hast du schon gegessen?« fragte er. »Komm, wir suchen uns drüben bei den Juristen ein Plätzchen.«
Ja, ich erinnerte mich an meinen Vorsatz. Mit schlechtem Gewissen.
»Klar, gern«, sagte ich. Ich pustete ihm ins Gesicht, so daß die Locke nach oben flog und die gewohnte Wölbung seiner blonden Augenbraue zeigte.

Nachmittags telefonierte ich mit Phlox in der Bibliothek und log sie an. Ich erzählte ihr, daß ich mit meinem Vater zu Abend essen würde, daß heute die Beurteilung fällig sei. Über mein jüngstes Zusammentreffen mit meinem Vater hatte ich ihr natürlich kein Wort gesagt. Als ich log, war mir klar, daß diese Lüge morgen einen ganzen Rattenschwanz neuer Lügen nach sich ziehen würde, und diese Lügen am Mittwoch vielleicht wieder einen Schwanz von Lügen verursachen würden, wenn mir mein Vater gesagt hatte, was er wirklich von ihr hielt, und das würde er bestimmt, falls ich mich entschied, mich tatsächlich mit ihm zu treffen. Und die erste Lüge einer Reihe macht man stets mit der größten Beklommenheit

und besonders schweren Herzens. Phlox klang weder enttäuscht noch eifersüchtig.
»Vor noch nicht mal fünf Minuten sind die Blumen gekommen«, sagte sie. »Du bist echt ein prima Kerl.«

Nach der Arbeit gingen wir zu der Treppe hinter dem Fine Arts Building, wo wir vor fast zwei Monaten unsere Mittagsbrote verzehrt hatten; wir wollten spazierengehen, waren aber noch unentschlossen, wo wir den Abend verbringen und was wir unternehmen wollten. Ich hatte die Vergessene Gegend vorgeschlagen. Wir lehnten uns ans Geländer und sahen runter. Arthur stand da, als sei er ganz ruhig, doch ich spürte einen Anflug von Nervosität oder Erregung an ihm; mit den Fingern trommelte er auf das Geländer. Unten in der Vergessenen Gegend wurde gegrillt; zerfranste Rauchsäulen stiegen auf, und in dem dürren Gebüsch, das unseren Aussichtsplatz umgab, zirpten Grillen. Arthur lachte. Abgase färbten den Himmel rosenrot und orangefarben.
»Cleveland und ich sind früher mal da runtergefahren«, sagte er. »Gleich nachdem er mir von diesem Job erzählt hatte. Wir fuhren mit seinem Motorrad am Schuttabladeplatz entlang, an den beiden Kötern vorbei, und wollten in die Straße zur Vergessenen Gegend einbiegen. Aber wir kamen nicht durch; es war komisch. Das heißt, durchgekommen wären wir schon, aber Cleveland wollte nicht. Überall waren kleine Kinder, und auf der Straße lagen Fahrräder, Go-Karts und Spielzeuglaster. Er schaltete den Motor aus. Wir blieben stehen. Cleveland wollte ihnen wohl zuschauen. Ich habe Hunger. Wo sollen wir essen?«
»Diesmal darf ich bestimmen.«
»Nein, ich glaube, diesmal bin *ich* dran«, widersprach er. »Du bestimmst nämlich immer.«
»Dann bestimm eben du.«

»Chinesisch.«
»Fein.«
Wir gingen zum Chinesen. Das Essen war braun, ringelig und höllisch scharf. Wir fluchten über die feurige Suppe und löffelten sie aus. Die Cashewnüsse in dem Hühnergericht waren milde, friedliche Inselchen in einem Meer von Pfeffer. Meine Lippen schwollen an und brannten. Wir tranken ein Glas Eiswasser nach dem anderen und leerten drei Kannen Tee. Ich fischte kleine weiße Reisklümpchen mit Eßstäbchen aus der Schüssel; Arthur benutzte die Gabel und rührte den Reis in die Soßenpfützen auf seinem Teller. Das Essen nahm einen völlig in Beschlag. Arthur und ich wechselten fast kein Wort.
Nachdem wir fertiggeraucht und uns zweimal die Sprüche in den Glücksplätzchen vorgelesen hatten – ›Vögel, die morgens singen, bellen nicht‹ stand auf meinem –, gingen wir nach draußen. Es war sieben Uhr. Ich wandte mich nach links, hörte Arthur »Nein« sagen, drehte mich nach rechts um, und da stand Phlox, an der Ecke von *Atwood and Louise*, die Arme in die Hüften gestemmt. Sie wirbelte herum und ging weg, und ich lief ihr nach und rief ihren Namen. An der Straße holte ich sie ein und faßte sie am Ellbogen.
»He«, sagte ich; mehr fiel mir in diesem Augenblick nicht ein. Wir sahen uns lange an, und sie weinte nicht.
»Ich muß bekloppt sein«, sagte sie. »Total bekloppt. Ich bin ein Idiot. Sag nichts. Halt die Klappe. Geh zurück. Ich bin ein Idiot.«
Wir drehten uns zu Arthur um, der auf uns zukam. Er wirkte ernst, aber das war nur vorgetäuscht; ich sah es an seinem hämischen Blick.
»Ich hasse euch beide«, flüsterte sie.
»Was machst du hier?« fragte ich.
Statt mir zu antworten, beobachtete sie, wie Arthur näher-

kam und neben uns stehenblieb. Sie starrten sich an, Phlox wütend, Arthur, dessen Blick von ihr zu einer Stelle am Boden und wieder zurück wanderte, eher verstohlen.

»Ich hätte Lust auf Limoneneis«, sagte er schließlich.

»Prima Idee«, sagte ich. »Gehen wir zusammen Limoneneis essen.«

»Nein!« rief Phlox. »Mit dir gehe ich nirgendwohin, Arthur.« Sie richtete sich auf, zog die Schultern hoch, und in ihre Augen trat ein glasiger Ausdruck, aus dem so etwas wie eine Vivien-Leigh-Hochnäsigkeit sprach. »Bitte komm mit mir, Art«, deklamierte sie. »Ich werde dich nur dieses eine Mal darum bitten.«

Ich sah zu Arthur, der gelassen mit den Schultern zuckte.

»Okay, okay«, sagte ich. Die Leute auf dem Bürgersteig drehten sich nach uns um. »Das reicht. Hört auf. Okay? Können wir den Quatsch nicht lassen? Können wir nicht einfach damit aufhören? Okay? Okay, schaut mal, wir müssen diese Sache ein für allemal aus der Welt schaffen.« Ich wunderte mich, daß ich reden konnte. Ich wandte mich an Arthur und sagte: »Arthur, ich liebe Phlox.« Ich wandte mich an Phlox. »Phlox«, sagte ich, »ich liebe Arthur. Wir müssen lernen, miteinander auszukommen. Wir können es schaffen.«

»Red keinen Scheiß«, sagte Phlox. Ihre Zähne blitzten.

»Sie hat recht«, sagte Arthur.

»Ich hasse dich, Arthur Lecomte.« Sie wirbelte herum. Mit ihren Wangen und den gespreizten Fingern wirkte sie atavistisch und wunderschön in ihrem Zorn. »Das verzeihe ich dir nie.«

»Du wirst mir noch dankbar dafür sein.«

»Von was redet ihr eigentlich?« fragte ich.

»Geh nur«, sagte er.

»Ich ruf dich an.«

»Ist schon gut«, sagte Arthur. »Echt. Nicht nötig.«

Phlox und ich zogen los, anfangs ziellos und ohne miteinander zu reden. Es dämmerte, und die Cathedral of Learning, das Gebäude und die Zinnen, warf breite Lichtkegel in die Nacht und sah wie das 20th Century Fox-Symbol aus. Ich faßte Phlox an der Hand, doch sie löste sich aus meinem Griff, und während wir weitergingen, herrschte dicke Luft zwischen uns.

»Hat er dir *gesagt,* daß wir heute abend essen gehen würden?«

»Warum hast du mich belogen?«

Sie umfaßte meine Hand, hob sie hoch und schleuderte sie dann wie eine leere Flasche von sich.

»*Warum?*«

»Woher hast du es gewußt?«

»Ich hab's eben gewußt«, sagte sie. »Das ist alles. Ich hab's gewußt.«

»Arthur hat's dir erzählt.«

»Für wie blöd hältst du mich eigentlich?« Sie lief ein paar Schritte voraus, dann drehte sie sich zu mir um, und das Haar flog ihr in weitem Bogen um den Kopf. Wir waren an die Brücke zum Schenley Park gekommen, auf der dichter Verkehr herrschte. Die beiden Schornsteine der Wolkenfabrik zeichneten sich wie Tusche vor dem tintenschwarzen Himmel ab. »Arthur brauchte ich dazu nicht. Ich habe es gewußt, als ich die Rosen bekam.«

»Die Rosen habe ich gekauft ...«

»Vergiß es«, sagte sie. »Ich möchte nichts davon hören. Du lügst doch nur wieder. Du doofer erbärmlicher Lügner.« Sie drehte sich um.

»... bevor ich wußte, daß ich heute abend mit Arthur essen gehen würde.« Jedesmal, wenn ich Arthurs Namen erwähnte, hörte ich ihn »Nicht nötig« sagen, und mir wurde schwindlig; es war, als ob ich von einer Klippe in die Tiefe starrte, und als Phlox nun wegging, tat sich mir gegenüber ein Spalt auf, und der Boden unter mir gab nach. Gleich, ging mir durch den Kopf, malte ich mir aus, würde ich im Nichts stehen, und zum erstenmal in meinem Leben hätte ich die Flügel gebraucht, die keiner von uns hat. Als Phlox, die in der Dunkelheit auf der Brücke verschwunden war, ans andere Ende kam, tauchte sie noch einmal kurz im Licht der Straßenlaternen auf – Rock, Schal und zwei weiße Beine –, dann verschluckte sie der Park.

19
Der Große P

»Bechstein.« Schwärze. »Bechstein.« Licht. »Bechstein.«
»He. Was. Oh.«
Im Geflirr des blutroten Zwielichts zeichnete sich im Rahmen meiner Haustür die riesige Silhouette eines Mannes ab, der die Hände in die Hüften gestemmt hatte. Er hob einen schwarzen Arm, und Lichtstrahlen umkreisten ihn wie die Flügel eines Ventilators.
»Mann.« Ich blinzelte und stützte mich auf einem Ellbogen auf. »Zum Glück ist das kein Film von Sergio Leone.«
»Peng.«
»Muß wohl eingeschlafen sein. Wieviel Uhr?«
»Die Nacht bricht herein«, sagte Cleveland. Er kam ins Haus und setzte sich auf die Couchlehne unten an meinen Füßen; die Ecke eines Taschenbuchs lugte aus seiner Jackentasche hervor, und in der Hand hielt er ein weißes Kuvert. »Wie siehst du denn aus – du bist völlig verschwitzt«, sagte er. Mit einem gewaltigen, rasselnden Seufzer lehnte er sich gegen die Wand und tätschelte sich den fetten Bauch. »Was hast du zu essen da?«
Ich drehte mich um und setzte mich richtig auf. Einen kurzen Augenblick lang dröhnte mir Arthurs Gelächter im Ohr, und ich merkte, daß ich von ihm geträumt hatte.
»So was wie ein Käsesandwich müßte ich wohl zusammenkriegen«, sagte ich. Ich wollte aufstehen, schwankte leicht, fing mich wieder; mir tat alles weh. »Vielleicht habe ich ein paar Oliven.«
»Toll. Oliven.« Er steckte sich eine Zigarette an. »Ist dir schlecht?«

»Ich glaube nicht. Nein.« Hannah, das kleine Mädchen von nebenan, übte gerade wieder ›Für Elise‹. Auch in meinem wollüstigen Traum hatte ich Klaviermusik gehört. »Ich mach dir ein Brot. Äh, was treibst du so?«

Ich ging in die Küche und holte alles Nötige aus dem Kühlschrank. Die Kälte darin tat gut.

»Oh, bei mir ist der Bär los. Punicki hält mich leider ganz schön auf Trab. Das lag vor der Tür, Bechstein.« Cleveland latschte hinter mir in die Küche. Er gab mir das Kuvert, das mir vorher schon aufgefallen war und auf dem nur mein Name stand, ohne Briefmarke und Anschrift, in Phlox' schulmädchenhafter, verschnörkelter Handschrift. Es war ein Geschäftskuvert. Mein Herz machte sich plötzlich heftig bemerkbar – schlug höher, rutschte mir in die Hose. Das Gefühl ist das gleiche.

»Ach, von Phlox«, sagte ich. »Tja. Hmm.«

»Hmm.«

»Tja.«

»Hmm.« Er grinste. »Mann, Bechstein, liest du ihn jetzt oder was?«

»Aber sicher – ich meine, warum nicht? Könntest du ...?« Ich deutete auf die verschiedenen Eßsachen.

»Natürlich. Mal sehen. Ah, Brot, sehr schön, hervorragend. Bloß die Kanten? Macht nichts, sehr schön. Ich mag die Kanten. Brot und Käse, kadmiumorangefarbener amerikanischer Käse – ganz hervorragend. Du bist Minimalist. Los, lies schon.« Er wandte mir den Rücken zu und konzentrierte sich ganz auf das Essen.

Ich kam mit dem Kuvert aus der Küche und versuchte, keine Vermutungen über den Inhalt anzustellen, dann riß ich es auf und faltete den zweiseitigen Brief auseinander, der ebenfalls mit der Hand geschrieben war, mit purpurner Tinte auf rosa Briefpapier, das ihr Monogramm trug – ›PLU‹. »Die Vergangenheitsform von *plaire«*, hatte sie immer gern gesagt; mit zweitem Vornamen hieß sie Ursula. Mein Blick schweifte einen Augenblick über die Blätter, ehe ich mich zügeln konnte, und die Worte »Sex«, »Mutter« und »scheußlich« starrten mich durch den Stacheldrahtverhau von Phlox' Absätzen wie unglückliche Gefangene an. Ich zwang mich, am Anfang anzufangen.

Art,
ich habe Dir noch nie geschrieben, und es kommt mir komisch vor. Ich glaube, daß es mir schwerfallen wird, Dir einen Brief zu schreiben, und versuche, mir darüber klarzuwerden, warum. Vielleicht möchte ich nicht, daß Du liest, was ich schreibe, weil ich weiß, wie intelligent Du bist und weil Du meinen Brief mit zu kritischen Augen betrachten könntest. Vielleicht liegt es auch daran, daß es mir geschraubt vorkommt, wenn ich mich in einem Brief ausdrücke, daß ich mich beengt fühle. Ich habe Angst, lange Sätze zu schreiben oder Wörter falsch zu verwenden. Schließlich konnte ich Dir früher alles, was ich Dir sagen wollte, einfach so sagen, direkt ins Ohr. Und sollte es so nicht auch sein? Schreiben ist so unnatürlich. Dennoch gibt es ein paar Sachen, die ich Dir sagen muß, und da ich Dich nie mehr wiedersehen kann, muß ich schreiben.
Vermutlich fürchtest Du, daß ich sauer auf Dich bin, und dazu hast Du allen Grund. Ich bin wütend. Niemand hat mir je so etwas angetan. Nicht so. Nicht auf so ungeheuerliche und abscheuliche Weise. Art, ich habe Deinen Hals und Deinen Penis berührt, wir haben so leidenschaftlich miteinander geschlafen und so vertraut miteinander geredet, wie es zwischen einem Mann und einer Frau nur möglich ist. Dir muß klar sein, daß das, was Du jetzt tust, mich zutiefst anekelt.
Mir gehen (und halte das nicht für blöd) unzählige Su-

premes-Songs im Kopf rum. *Stop in the Name of Love* usw. Art, wie kannst Du nur mit einem Mann ins Bett gehen? Ich weiß, daß Du mit Arthur geschlafen hast, weil ich Arthur kenne. Er kann ohne Sex nicht leben. Er hat einmal gesagt, daß er immer die Hände eines Mannes auf seinem Körper spüren muß, sonst würde er sterben. Ich erinnere mich genau, daß er das gesagt hat.

O wie kannst Du nur? Es ist so widernatürlich, so offensichtlich unrecht, wenn Du es Dir recht überlegst. Ich meine, denk mal darüber nach, laß es Dir wirklich durch den Kopf gehen. Ist es nicht lächerlich? Es gibt nur einen Ort auf der Welt, wohin Du Deinen Penis stecken sollst – in mich. Wie auch immer, das alles ist jetzt unwichtig. Es ist mir schon lange klar, daß Du irgendwie einen Komplex wegen Deiner Mutter hast, aber für so gravierend habe ich ihn nicht gehalten. Glaube mir, Art, denn ich sorge mich wirklich um Dich – Du brauchst Hilfe, und zwar dringend und bald (von einem fähigen Psychiater).

Ich liebe Dich immer noch, aber ich werde Dich nicht mehr wiedersehen können. Du behauptest, daß Du mich liebst, aber so lange Du Dich weiterhin mit Arthur triffst, kann das einfach nicht wahr sein. Du begreifst nicht, wie sehr mich das verletzt. Du mußt wissen (ich glaube, ich habe es Dir erzählt), daß es nicht das erste Mal ist, daß ich mich in einen schwachen Mann verliebe, der sich als homosexuell entpuppt. Das ist scheußlich. Nachdem man die ganze Zeit auf der Hut war – nicht aus Eifersucht, sondern bloß, um ein Auge auf die Frauen zu werfen, die in die Nähe des Jungen kommen, den man liebt – was schließlich ganz normal ist, oder? –, kriechen sie einem erst in den Hintern und fallen einem dann in den Rücken. Das ist das Schlimmste.

Ruf mich nicht mehr an, Schatz. Ich liebe Dich. Ich hoffe, Du bist glücklich. Der Brief tut mir leid. Niemals hätte ich

Dir etwas davon sagen können. So ist es leichter. Ruf mich irgendwann mal an, sehr viel später, vielleicht nach Jahren, wenn Du verstanden hast.

PHLOX

»Setzen wir uns auf die Treppe«, sagte Cleveland und deutete mit dem Zeigefinger, auf dessen Spitze eine entkernte Olive steckte, vor die Tür. Sein Sandwich war fast drei Zentimeter dick mit Käse belegt. »So wie du aussiehst, könnte dir ein bißchen frische Luft nicht schaden, Bechstein. Du siehst wirklich krank aus.«
»Hmm? Oh, nein, nein, das ist bloß, äh, bloß so.«
»Ach, *bloß so.* Na, dann bin ich ja beruhigt.«
»Ich habe schlecht geschlafen.«
Wir setzten uns auf die rissigen Stufen, und ich überlegte, ob ich nicht vielleicht wirklich krank war. Es war kurz vor acht Uhr abends. Ich hatte eine sehr verschwommene Erinnerung, daß ich am Morgen aufgewacht und ins Wohnzimmer gegangen war, wo ich mich wieder aufs Sofa gelegt hatte; ich hatte ungefähr siebzehn Stunden geschlafen. Cleveland zog das Taschenbuch aus seiner Tasche und warf es mir lässig in den Schoß. Es war ein billiger alter Poe-Auswahlband, gebraucht, mit einem Totenschädel und einer Fledermaus auf dem Titelbild.
Zehn Erzählungen voll Spannung und Grauen, las ich.
»Ich lese gerade wieder den Großen P«, brummelte er, den Mund voll Käse. »Früher war ich ganz verrückt nach ihm. Ich habe mir eingebildet, ich könnte der wiedergeborene Poe sein.« Er strich sich die glatten Ponyfransen nach hinten, um mir seine bleiche Poe-Stirn zu zeigen. »Puh! Ich sag dir mal was, Bechstein.« Mit dem Daumen spießte er noch eine Olive auf und schnipste sie sich wie eine Erdnuß in den Mund. »Der böse Carl Punicki ist

echt in Ordnung. Er lacht ein bißchen zu laut, wirft ein bißchen zu sehr mit dem Geld um sich und klopft mir ein bißchen zu oft auf den Rücken, aber ich kann mit ihm arbeiten.«

»Wie mit ihm arbeiten?«

»Das sage ich dir lieber nicht.«

»Oh.« »Was hast du gestern abend bloß gemacht?« fragte er und schielte auf den zerknitterten Brief in meiner Hand.

Ich sah ihn an. Er quatschte, aß das Käsebrot, ohne sich richtig Zeit zum Schlucken zu nehmen, und ich fragte mich, ob er vielleicht bekifft war. Das übliche Netz geplatzter Blutgefäße in der Haut seines Gesichts, unter den Augen und auf der Nase, sah dunkler aus als sonst; seine Augen waren entzündet, das Haar fettig. Obwohl ich ihm einerseits am liebsten einfach alles erzählt hätte, ärgerte es mich, daß er so gut drauf war, daß er etwas für Carl Punicki machte, was offensichtlich schlimmer war als das, was er für Frankie Breezy getan hatte, und schließlich befürchtete ich auch, daß er sich über mich lustig machen oder – wer konnte da schon sicher sein? – sogar wütend werden könnte. Und was hatte ich eigentlich gestern abend gemacht?

»Ja, ich bin bekifft und hab den ganzen Tag getrunken. Ich bin ziemlich dicht«, erklärte er. »Genehmigt?«

»Du bist also vorbeigekommen, weil du zu Hause nichts zu essen hattest?«

»Genau.«

»Ach.«

»Arschloch. Deshalb bin ich nicht gekommen. Ich wollte mit dir reden.«

»Echt?«

»Klaro.« Er lehnte sich vor und gab mir einen Klaps auf den Schenkel, dann angelte er sich den Brief aus meinen schlaffen Fingern. »Schlechte Nachrichten?«

»Ich bin mir nicht ganz sicher. Verwirrende Nachrichten.«
»Darf ich?«
»Nein. Laß sein, Cleveland.« Ich streckte die Hand nach dem Brief aus, doch er hielt ihn sich über den Kopf, so daß ich nicht rankam. »Es will mir nicht in den Kopf, daß du für dieses Scheusal Punicki arbeitest, ich fühle mich nicht wohl, du bist total im Arsch ...«
»Mir geht's astrein. Hör mal, Bechstein, du bist durcheinander; da stimmt was nicht. Da.« Er tippte mir mit dem Brief ans Knie und gab ihn mir zurück. »Erzähl mir doch wenigstens ein bißchen, was drinsteht.«
Meine kleine Nachbarin begann wieder, Beethoven zu klimpern. Cleveland sah mich mit äußerst aufrichtigem, wenn auch ziemlich verquollenem Gesicht an, mit nur einem Anflug von Spott.
»Es ist ein Erpresserbrief, stimmt's? Sie hat sich selbst als Geißel genommen. ›Lieber Art‹«, sagte Cleveland, biß sich nachdenklich auf die Lippe und verdrehte die Augen. »Äh, ›Deponiere Arthur in einer neutralen Papiertüte im Schließfach achtunddreißig am Busbahnhof, oder du siehst mich nie wieder.‹ Ist es das?«
»Oh, da, nimm«, sagte ich. Während er Phlox' ekligen Brief las, wozu er sich sehr viel Zeit ließ, als fiele es ihm schwer, ihn zu verstehen, lauschte ich der Musik von nebenan und starrte auf eine winzige weiße Fussel, die an einem Spinnenfaden hängengeblieben war und sich am Ende ihres Miniaturseils wie ein Windrädchen im Wind drehte. Cleveland würde den Brief zusammenknüllen und auf den Boden werfen; würde aufstehen und mir auf den Kopf spucken; dann würde auch er für immer aus meinem Leben verschwinden. Ich hatte alles kaputtgemacht.
Einige Minuten später hob Cleveland den riesigen Kopf und sah mich an. Er grinste.
»Du kleines Luder.«

Ich lachte auf, durch die Nase, so wie man lacht, wenn man gleichzeitig weint.

»Mann, hör auf, du Kindskopf. Sie meint kein Wort davon ernst. Das ist alles dummes Zeug. Hier schreibt sie, niemand hätte ihr je so etwas angetan, und da schreibt sie, daß es ihr immer so geht. Die verscheißert dich voll.«

»Sie will mich nie mehr wiedersehen.«

»Blödsinn.« Achtlos faltete er den Brief zusammen und steckte ihn wieder in das aufgerissene Kuvert. »Es *klingt* so, als ob sie dir den Laufpaß gibt, aber das ist nur ein Scheiß-Ultimatum. Das ist immer so mit diesen Sachen. Ungefähr wie: ›Ich werde dich nie mehr wiedersehen. *Außer.*‹ Jane bombardiert mich dauernd mit solchen Briefen. Vierteljährlich. Entspann dich. Wenn du möchtest, kannst du sie heute abend anrufen«, sagte er. Er las einen Käsekrümel auf, der in einer Falte seiner Jacke hängengeblieben war. »Außer.«

Eine Weile saßen wir da, ohne über Arthur zu reden.

»Cleveland?« sagte ich schließlich.

»Tja, überrascht bin ich jedenfalls nicht.«

»Nicht?«

»Es mußte so kommen. Die Stelle in dem Brief, wo sie schreibt, daß sie einem ›in den Hintern kriechen‹, ist echt lustig. Haha. Mensch, Bechstein, du Knalltüte. Weshalb weinst du? Laß den Quatsch. Ich kann es nicht ausstehen, wenn jemand weint. Erzähl mir, was passiert ist.«

Ich schilderte ihm sehr knapp die Ereignisse des Vorabends.

»Arthur hat gesagt, ich bräuchte ihn nicht noch mal anzurufen.«

Cleveland schnaubte verächtlich.

»Daran klebt auch ein großes ›Außer‹-Schildchen«, sagte er. »Die wollen beide auf Nummer Sicher gehen. Hör auf zu weinen. Verdammt noch mal.« Er griff in seine Jackentasche und zog ein zusammengeknülltes altes Papiertaschentuch heraus. »Da. Scheiße. Du hast sie nicht beide verloren.

Entweder Phlox oder Arthur – du hast die Wahl. Möchtest du das hören?«
»Ich glaub schon.« Allmählich fühlte ich mich wieder besser, weniger verwirrt und sogar weniger leidend, das war die Wirkung von Clevelands bärbeißiger Anteilnahme. »Danke«, sagte ich. »Entschuldige. Daß du auch für Punicki arbeitest, beunruhigt mich irgendwie.«
»Ich arbeite *mit* dem Bösen Poon, Bechstein; wir haben eine Abmachung. Mein Gott, deswegen mußt du nicht weinen, Bechstein. Ich werde in ein altes und ehrbares Gewerbe aufgenommen. Ich eigne mir nützliche Fähigkeiten an. In Ordnung, laß das mal einen Augenblick aus dem Spiel und hör mir zu.«
»Ich weiß, ich weiß. Wenn ich mir Arthur definitiv aus dem Kopf schlage und Phlox anrufe ...«
»Dann wäre binnen einer Stunde zwischen euch wieder Friede, Freude, Eierkuchen. Im Ernst. Aber ich glaube, Arthur würdest du dir wirklich aus dem Kopf schlagen müssen. Oder andersrum.«
Er hob das Kuvert wieder auf und schlug sich damit nachdenklich auf den Handrücken. »Wen liebst du also? Phlox oder Arthur? Das heißt, wen liebst du mehr?«
»Ich weiß nicht. Beide gleich«, sagte ich.
»Eingabe ungültig«, antwortete Cleveland. »Versuch's noch mal.«
Er hatte wahrscheinlich recht; meine Gefühle für Phlox, die ich Liebe nannte, konnten unmöglich die *gleichen* sein wie meine Gefühle für Arthur, die ich ebenfalls Liebe nannte. Ich dachte an Phlox' makellose breite Stirn, an ihren Schrank voller todschicker Röcke, an den Duft in ihrem Schlafzimmer, und als mich das nicht sofort zu einer Entscheidung brachte, dachte ich an ihre Zärtlichkeit und ihre Fürsorglichkeit, an ihre so offensichtliche und beharrliche Zuneigung. Ich hatte das Gefühl, es hätte gar keine Frage sein dürfen.

Irgend etwas stand zwischen mir und Phlox – vielleicht war ich selbst es – und ließ die Liebe zu ihr zu einer ständigen Anstrengung werden; Phlox war eine immense Sammlung kleiner bewegender Einzelheiten, und ich mühte mich dauernd damit ab, sie mir in einer bestimmten Reihenfolge zu merken, indem ich die Phlox-Liste immer wieder durchging, denn falls ich auch nur ein typisches Detail ihres Lächelns oder ihrer Ausdrucksweise vergaß, löste sich das Ganze in seine Bestandteile auf. Vielleicht liebte ich Phlox doch nicht – ich kannte sie nur auswendig. Ich hatte mir meine Freundin eingeprägt.
Vielleicht war es aber auch anmaßend und dünkelhaft von mir und Cleveland, zu glauben, daß Phlox mich wirklich wiederhaben wollte. Vielleicht hatte sie Schluß gemacht, weil in der Tat Schluß war.
»Äh, Cleveland – findest du es wirklich nicht schlimm ...«
»Was soll ich nicht schlimm finden?«
»Daß ... daß ich ... daß ich vielleicht ...«
»Daß du vielleicht schwul bist?« Er legte den Brief auf den Poe und stand auf, breitete die Arme aus, als wolle er den ganzen hereinbrechenden Abend an sich drücken, und furzte und rülpste gleichzeitig. »Wow! Mach das ein paarmal und du implodierst.«
»Ha.«
»Schwul wie mein ältester Freund? Wie mein Vater?«
»Hm.«
»Um die Wahrheit zu sagen, Bechstein, ich glaube nicht, daß du schwul bist. Meiner geschätzten Meinung nach spielst du bloß mit deinem Sexperimentierkasten rum. Aber nur zu – gönn dir eine Pause von der Bösen Liebesschwester. Du kannst sie ja – wie schreibt sie gleich? – noch nach Jahren anrufen, ›wenn Du verstanden hast‹.«
Ich wandte ein, es sei mir viel ernster damit, als er glaube. Ich wollte ihm etwas von meinen Gefühlen für Arthur

erklären, besann mich aber darauf, wie oft Cleveland in besoffenem Zustand seine Liebe zu Jane beteuert hatte, und schwieg. Er stand vor mir, ein paar Stufen weiter unten, und im Halbdunkel konnte ich kaum sein Gesicht erkennen.

»Und was hast *du* gestern abend gemacht?« fragte ich schließlich und erwartete wieder eine Geschichte voll Ausschweifungen und Übermütigkeit.

»Gestern abend«, sagte er, während sich der Saum des blauen Himmels mit Purpur vollsog, »habe ich gelernt, wie man eine Alarmanlage außer Betrieb setzt.«

»O Gott.«

»Klasse, was?«

»Nein! Wofür zum Teufel?«

»Für einen Orden von der Heilsarmee. Wofür denn wohl? Um in Häuser reinzukommen. Poon gehören fünf Juweliergeschäfte im Monongahela Valley.«

»Er ist ein Hehler.«

»Er ist der größte, Bechstein.«

»Und du willst für ihn stehlen.« Ich stand auf.

»Darauf kannst du einen lassen. Im Ernst – wie Cary Grant in *Über den Dächern von Nizza.*«

Ich schob mich an ihm vorbei, lief von meinem eigenen Haus weg und war schon mitten auf der Treppe, als ich mich nach Cleveland umdrehte, eine verschwommene Gestalt im Licht, das aus der fernen Küche fiel.

»Cleveland, das ist gegen das Gesetz! Das ist Diebstahl! Diebstahl! Du könntest ins Gefängnis kommen.«

»Klappe!« Er kam zu mir die Treppe runter, und wir standen uns angespannt gegenüber. »Unzucht«, sagte er.

Dieses Wort löste ein langes Schweigen aus, bis er sich schließlich umdrehte und die restlichen Treppenstufen nach unten ging.

»Ich bin doch auch nicht aus der Haut gefahren und hab mich wie ein Arschloch benommen«, flüsterte er halblaut.

»Grund dafür hätte ich jedenfalls gehabt. Du hast anscheinend damit gerechnet. Warum läßt du mich also nicht einfach tun, was ich will, und ich laß euch beide tun, was ihr wollt, und vielleicht können wir auf diese Weise alle Freunde bleiben.« Er ging ein Stück weg, dann kam er zu mir zurück und flüsterte wieder. »Und komm bloß nicht auf die Idee, du könntest mich aufhalten.« Er packte mich an der Schulter und drückte zu; es tat weh. »Versuch nicht, mich zu verpfeifen.« Er schüttelte mich. »Und kein Wort zu deinem himmlischen Vater.«

»Cleveland!«

»Klappe. Denn genauso leicht könnte ich dich verpfeifen.« Mit einer kurzen Bewegung des Handgelenks ließ er meine Schulter los, und ich fiel auf die Stufen.

»Um Himmels willen, Cleveland«, flüsterte ich.

Er strich sich fahrig das Haar aus den Augen und wirkte verlegen.

»Na schön, das wär's. Danke für das Käsesandwich. Gute Nacht.«

Ich sah ihm nach, wie er durch die Lichtpfützen von drei Straßenlaternen watete und immer kleiner wurde: am größten, größer, groß, nichts. Dann ging ich zurück ins Haus, schaltete eine Lampe ein und blieb mitten im Wohnzimmer stehen, die Hände wütend in die Hosentaschen gesteckt. In der linken Tasche entdeckte ich einen Papierfetzen, der sich beim Auseinanderfalten als die Cocktailserviette entpuppte, die mir Cleveland nach unserer ersten Begegnung mit Carl Punicki in der Kneipe an die feuchte Seite meines Bierglases geklebt hatte. Als ich die zwei Worte nochmals las – MUSS NACHDENKEN –, fiel mir, peng! Phlox' Brief wieder ein, aber draußen vor der Haustür gab es nichts außer den riesigen wirbelnden Schatten der Nachtfalter, die sich an der Glühbirne die Köpfe einschlagen wollten. Cleveland mußte den Brief im Dunkeln aufgehoben haben, als er sein Buch eingesteckt hatte. Morgen früh würde ich ihn anrufen; alles würde in Ordnung kommen. Ich ging wieder ins Haus, lief lange Zeit im Kreis herum, las in einer alten Zeitung und tigerte dann wieder durchs Zimmer. Schließlich griff ich in meine Tasche und warf eine Münze. Zahl war Phlox, Wappen Arthur. Zahl lag oben. Ich rief Arthur an.

20
Leben auf der Venus

Wir schliefen miteinander. Er stand morgens immer zuerst auf und durchwühlte unsere auf einen Haufen geworfenen Hosen und Slips, steckte den Kopf unter den Wasserhahn, knallte zum Abschied die Tür zu und hetzte aus dem Haus zur Arbeit, und wenn er weg war, genoß ich den Luxus, daß ich erst eine Stunde später anfing, und aalte mich in der klauenfüßigen Badewanne der Wettertante und der Fremdheit von all dem. Wir lebten gut. Arthur kochte üppige Abendessen; im Kühlschrank war immer Pasta in den italienischen Nationalfarben, eine reiche Auswahl an merkwürdigen Weinen, Kapern, Kiwis, exotischen Fischen mit hawaiischen Namen und haufenweise Spargel, Arthurs Lieblingsessen, in den mit Gummiringen zusammengehaltenen Bunden, die er stets als ›Bio-Dildos‹ bezeichnete. Wir schickten unsere schmutzige Wäsche in die Reinigung, und wenn sie in blaues Papier eingewickelt zurückkam, sah sie aus wie ein Geschenk. Und so oft wie möglich gingen wir ins Bett. Ich hielt mich nicht für schwul; in der Regel hielt ich mich für gar nichts. Aber den ganzen Tag über, von dem reinen Moment, wenn ich morgens die Augen aufschlug, bis zur letzten befleckten Sekunde des Bewußtseins, wenn ich Arthurs abflachenden Atem an meiner Schulter spürte, war ich ständig nervös, voller Energie, ängstlich. Die Stadt war wieder neu und steckte voll neuer Gefahren, und wenn ich durch die Straßen ging, dann rasch und ohne den Passanten ins Gesicht zu sehen, wie ein Spion im Dienst der Wollust und des Glücks; ich bewahrte das Geheimnis tief in meinem Inneren, aber es lag mir stets auf der Zunge.

Das reiche junge Paar – das wir am letzten Julitag zurückerwarteten – beschäftigte eine Schwarze als Putzfrau. Sie hieß Velva. Um acht Uhr an dem einzigen Mittwochmorgen, den ich im Haus der Wettertante verbrachte, kam sie ins Schlafzimmer und schrie. Nachdem sie einen Augenblick alles genau gemustert hatte, lief sie aus dem Zimmer und rief, es tue ihr leid. Arthur und ich trennten uns, regten uns ab und lachten. Wir zündeten uns Zigaretten an und überlegten, was nun zu tun sei.

»Ich sollte vielleicht runtergehen«, sagte er.

»Zieh dir erstmal eine Hose an.«

»Was wird sie tun?« fragte er. »Um das einzuschätzen, kenne ich sie nicht gut genug. Schwarze verwirren mich.«

»Nimm den Hörer vom Zweitapparat ab.«

»Weshalb?«

»Vielleicht ruft sie die Polizei.«

»Oder einen Krankenwagen.«

Ich stellte mir meine fetten Freunde aus der Buchhandlung vor, wie sie mit ihrem Rettungswagen vorfuhren, um der zutiefst schockierten Putzfrau, die vom Schlag getroffen auf dem Wohnzimmerboden zusammengebrochen war, die Defi-Paddles auf die Brust zu setzen.

»Freizeichen«, sagte er. »Und ich gehe nicht runter. Du gehst. Steck ihr einen Fünfer oder so zu.« Er gab mir einen Stoß, so daß ich aus dem Bett fiel und das Bettzeug hinter mir herschleifte. Ein Zipfel der Baumwolldecke verhedderte sich an einer Lampe, zog die Lampe mit auf den Boden und dämpfte dann den Knall der zersplitternden Glühbirne. Wir starrten uns an, mit großen Augen, angespannten Muskeln und gespitzten Ohren, wie zwei kleine Jungs, die man ermahnt hatte, nicht das Baby aufzuwecken. Doch die geplatzte Birne blieb die einzige Auswirkung des Zwischenfalls. Velva richtete es so ein, daß sie sich in einem anderen Teil des Hauses aufhielt, während wir jeder für sich frühstückten und weggingen, und die nachfolgenden Ereignisse ließen darauf schließen, daß sie bei niemand ein Wort verlor. Vielleicht war es ihr egal – ich stellte mir vor, sie sei Lurchs Mutter und habe sich längst mit allem abgefunden. Jedenfalls hatten wir Glück. Wie jeder erfolgreiche Spion hatte ich die ganze Zeit über Angst und Glück.

Auch Pittsburgh war in der Gewalt eines schwülen Exzesses. Am Tag, nachdem ich die Münze geworfen hatte, war die Sonne hinter einem unauflöslichen grauen Dunstschleier verschwunden, dem es nie gelang, sich zu Regen zu verdichten, aber die Hitze der Sonne blieb trotzdem so drückend wie zuvor; die stickige, feuchte verpestete Luft schien zu kochen, und am Vormittag stiegen Dampfschwaden vom Asphalt auf. Arthur meinte, es sei so, als ob man auf der Venus lebe. Wenn ich zu Fuß zur Arbeit ging – und ausgelaugt und mit einem durchgeschwitzten Hemd ankam, das mir wie ein Fremdkörper am Leib klebte –, wirkte die normalerweise braune Cathedral of Learning schwarz vor Nässe, klamm, wie unter Wasser, atlantisch. Es gab drei Amokschützen in dieser Woche, und zwei Massenkarambolagen auf der Schnellstraße; im Verlauf einer heißdiskutierten unsportlichen Entgleisung schlug ein *Pirate* drei Zähne aus, die einem Pechvogel von den *Philadelphia Eagles* gehörten; in einer Mülltonne in Bloomfield wurde ein lebender Säugling gefunden.

Und während sich unsere letzte Woche im Haus der Wettertante ihrem Ende zuneigte, wurde unser Verhalten im Bett mehr und mehr venusianisch. Der Würgegriff, der Biß, sogar der leichte Schlag fanden Aufnahme in unser sexuelles Repertoire: ich entdeckte purpurrote Striemen oben auf meinen Schultern. Es liegt am Wetter, sagte ich mir; oder, fügte ich hinzu – nur einmal und einen Augenblick lang, da ich es ja strikt ablehnte, mir Gedanken darüber zu machen –, so ist es eben mit einem anderen Mann.

Ich hatte meinem Vater die Nummer gegeben, unter der ich

im Haus der Wettertante zu erreichen war, und ich fragte mich, was ich seiner Vorstellung nach wohl dort zu suchen hatte, denn ich hatte doch ein tadelloses Haus für mich allein. Seit Tagen hatte ich ihn nun hingehalten und fühlte mich ihm gegenüber unbehaglich, nicht nur wegen Cleveland, Punicki, Phlox, meiner Mutter und meines neuen, absichtlich unreflektierten Lebens, sondern auch wegen des flehenden Untertons in seiner Stimme, als wir kurz miteinander sprachen, wegen seines offenkundig aufrichtigen Verlangens, mich zu sehen. Unsere Treffen während seiner früheren Besuche hatten stets weder besonderen Vorrang genossen noch ganz unten auf der Dringlichkeitsliste gestanden. Wir trafen uns einfach, wenn es ging, und dann flog er wieder nach Washington. Diesmal war er so weit gegangen, seinen Aufenthalt um ein paar überflüssige Tage zu verlängern, und seine Entschiedenheit, nicht abzureisen, ehe er mich ins Kino eingeladen hatte, war so seltsam, daß sie mein Bewußtsein für die Kluft zwischen uns schärfte, für die traurige Zuspitzung der Lage. Ich sah nicht gern, daß mein Vater über den eigenen Schatten sprang; es paßte nicht zu ihm. Und am späten Nachmittag jenes Mittwochs, an dem wir Velva erschreckten, kam ich von der Arbeit nach Hause, fand eine Nachricht von meinem Vater auf dem Anrufbeantworter der Wettertante und zitterte, als ich den bitteren Charme in seiner Stimme hörte, seine Belustigung über das Gerät, seine entsetzliche Verlegenheit.

»Ähem, Art, hier spricht dein Vater«, sagte seine Stimme. »Kannst du mich verstehen? Ähem. Tja, es freut mich zu hören, daß du dich in Kreisen bewegst, wo man Anrufbeantworter besitzt. Heute ist – ähem – der letzte Abend des Joe-Bechstein-Festivals, und unseren Unterlagen zufolge hast du noch immer nicht deine Karte benutzt. Wie wär's mit diesem Science Fiction-Film, von dem alle so begeistert sind?«

»Ist das dein Dad«, sagte Arthur, der mich von hinten überrumpelt hatte und mir die Arme um den Hals schlang.

»Findest du das eine gute Idee?« fragte die Stimme.

»Ja«, sagte ich. »Pst.«

»Er hat eine Kieks-Stimme!«

»Still, wegen dir verpaß ich die Hälfte.« Ich spulte das Band zurück. »Er möchte ins Kino.«

»Er klingt wie die Stimme von Puh dem Bär.«

»... eine gute Idee? Weil ich nämlich morgen früh abreise, Art ...«

»Klar, gehen wir ins Kino. Ich würde ihn schrecklich gern kennenlernen.«

»Sei still! Mach dich nicht über seine Stimme lustig.« Ich spulte das Band noch einmal zurück.

»... morgen früh abreise, Art ...«

»Weiß er Bescheid?«

»Bitte«, sagte ich.

»... ist alles in Ordnung?«

Ich rief ihn zurück und sagte ihm, daß ich noch jemand mitbringen würde. Jemand anderes.

»Ach«, sagte mein Vater, und mit einem Mal wollte ich ihn doch nicht sehen. »Ist das nötig? Könnten wir nicht ausnahmsweise mal allein sein?«

»Tja ...«

Ich saß auf der Bettkante, und nun kniete Arthur sich vor mich hin und machte mir den Reißverschluß an der Hose auf.

»Hast du Angst, allein mit mir zu sein, Art?«

»Das wird es sein, Dad. Nicht.« Ich stieß Arthurs wühlenden Kopf weg.

»Was nicht?«

»Nichts. Oh. Ja. Ich weiß nicht.«

»Art, ich habe dir eine ganze Menge zu sagen und möchte nicht darüber reden, wenn einer deiner Freunde dabei ist.«

»Ah«, flüsterte ich, stieß Arthur weg, zog ihn heran. »Bitte.«

»Art?«

O Gott. »Schön, dann, ah, eben nicht, Dad, okay? Vermutlich würde ich sowieso nicht hören wollen, was du zu sagen hast, oder? Nein, bestimmt nicht.« O Gott! »Geh zurück nach Washington. Richte Grandma einen Gruß aus. Ah.« Ah!

»Art!« Die Stimme von Puh dem Bär klang grauenhaft schrill, und ihr Ton signalisierte, daß ihm etwas weggenommen wurde, daß etwas außer Kontrolle geriet. »Was ist mit dir los?«

»Es tut mir leid, Dad«, sagte ich und spürte, wie ich wegglitt, unter Händen und Händen zerfloß in die erbarmungslose Woge glitt. Ich ließ mich aufs Bett zurückfallen; Arthur hängte genau im richtigen Moment ein. Er stand auf, wischte sich über die Mundwinkel, dann stopfte er mir mit gewandten, fast kellnerhaften Bewegungen das Hemd in die Hose und machte mir den Reißverschluß zu.

»Welchen Freund hast du ihm denn vorgestellt?«

»Cleveland.«

»Ach? Warum hab ich nichts davon erfahren?«

»Da muß dich dein Geheimdienst wohl im Stich gelassen haben.« Ich starrte ihn an. War ihm nicht klar, was er – was ich – gerade getan hatte? Was hatte ich getan?

»Wahrscheinlich zahle ich den Jungs nicht genug«, sagte er und lächelte niedergeschlagen.

»Schon möglich. Hab wohl vergessen, es zu erwähnen.«

Cleveland. Wenn ich in den letzten paar Tagen überhaupt an ihn gedacht hatte, dann nur mit vager Beklemmung, die durch die kleinste Silbe oder Liebkosung von Arthur mühelos zerstreut wurde, und in jenem Augenblick schien es möglich – nein, Verzeihung, es schien sogar wünschenswert –, daß wir Cleveland durch seinen neuen Beruf für immer verloren hatten, daß er in der verschwindenden Welt meines Vaters verschwunden war, zwei Eisbären auf einer

Eisscholle, die in eine weiße Nebelödnis trieben. Außer Arthur, meinem extravaganten Arthur, würde ich vielleicht niemand jemals wiedersehen.
»Warum lächelst du?«
»Ich bin frei«, sagte ich.

Arthur trank den letzten Rest in der Weinflasche aus, ich spülte die gesprenkelte Schicht Kräuterbutter von unseren Tellern ab, und wir hatten gerade beschlossen, einen Spaziergang zu machen, als es an der Tür klingelte.
»Wer könnte das sein?«
»Hab wohl vergessen, es zu erwähnen«, sagte er, stand auf und ging in die Diele. Ich drehte das Wasser ab, damit ich mithören konnte, aber Arthur hatte die Küchentür angelehnt, was er sonst nie tat. Wer konnte es sein? Ich meinte, ihn hallo sagen zu hören, in ungewöhnlich mürrischem Ton, und mir war, als hörte ich eine Frau »'Lo« erwidern. Etwas Schweres wurde in der Diele abgestellt, dann folgte ein lauter Kuß, ein richtiger Schmatz. Ich legte den Schwamm hin, trocknete mir die Hände an der Hose ab und trat in die Diele.
Arthur, der knallrot wurde, hatte eine Frau im Schlepptau und versuchte, sie ins Wohnzimmer zu bugsieren. Sie hatte blaue, kalte Augen wie er, doch um ihre lagen dunkle Ringe; sie hatte seine gerade Nase und seinen Mund, der von zwei tiefen Falten umrahmt wurde, und sein blondes Haar, wenn auch lang, dicht und von farblosen Alterssträhnen durchzogen; ihre abgetragenen Kleider saßen schlecht; und auf dem Kreuz, das an ihrem Hals baumelte, wand sich ein winziger silberner Jesus. An der Art, wie sie den Kopf einzog, und an ihren roten, zerschundenen Händen ließ sich ablesen, daß sie harte Arbeit und Kummer gewohnt war, und sie sah mich nun an, als erwarte sie eine sehr traurige Nachricht von mir.

»Art Bechstein, das ist meine Mutter, Mrs. Ondine Lecomte. Mutter, das ist mein Freund Art.« Er brachte die Vorstellung rasch hinter sich, mit einer seltsam fahrigen Handbewegung, und schob seine Mutter dann buchstäblich aus der Diele ins Wohnzimmer.

»Oh, guten Tag, Mrs. Lecomte, wie schön, Sie kennenzulernen«, sagte ich und legte mich mächtig ins Zeug. Ich wollte nicht, daß Arthur mir diesen Anhaltspunkt vorenthielt, diesen Einblick in die geheimste aller geheimen Welten. Mrs. Lecomte wollte mich jedoch nicht ansehen; ihr Blick fiel auf ihre abgearbeiteten Hände, und sie lief rot an, eine Eigenart Arthurs, deren Ursprung zu entdecken mich vielleicht entzückt hätte, wenn ich mich nicht so entsetzlich geschämt hätte. Ich kam mir vor, als hätte ich Arthur verführt; das Wort »Verführung« stand im Raum.

»Ich bring bloß ein paar geflickte Sachen für Arthur vorbei«, murmelte sie. »Deine Hemden, Schatz. Ich hab neue Knöpfe angenäht. Und den Kragen gerichtet.«

»Toll, Mom, danke. Komm, wir gehen ins Wohnzimmer, da lang. Wirklich hübsch, das Haus.« Im Gehen drehte er sich zu mir um und sagte: »Ich bin in ein paar Minuten zurück und helfe dir beim Abwasch. Dann können wir einen Spaziergang machen.«

»Schon kapiert«, sagte ich, aber ich ließ nicht locker. Ich setzte den Kessel auf, und nach fünf Minuten hatte ich die Kanne, Tassen, Löffel und eine Zuckerdose auf ein kleines Tablett gestellt und ins Wohnzimmer gebracht; sie wollten gerade gehen.

»Kaffee?« fragte ich.

Langsam ließen sie sich wieder in die High-Tech-Sessel sinken, gleichzeitig und mit derselben überrumpelten Miene. Ich schenkte Kaffee ein, und durch die bloße Gegenwart von Arthurs Mutter fühlte ich mich enttäuscht, schokkiert, angeklagt und beunruhigt. Ich hatte sie mythologisiert, und dies hätte vielleicht erklären können, weshalb ich mir so ernüchtert und ratlos vorkam, aber das wirklich Beunruhigende daran war, daß mich ihr trauriges runzliges Gesicht und ihre abgetragene Kleiderschürze zu dem Eingeständnis zwangen, daß ich im Grunde rein gar nichts von Arthur wußte. Ohne daß er dies je gesagt hatte, war ich davon ausgegangen, sein Benehmen, Kleidungsstil und Geschmack seien das Produkt eines wohlhabenden Landhaus-drei-Autos-Privatlehrer-Tanztee-Milieus. Nun wurde mir allmählich klar, daß er sich im wesentlichen selbst erfunden hatte.

»Es ist mir ein Rätsel, wie du es schaffst, in solche Häuser zu kommen«, sagte Mrs. Lecomte mit einem zaghaften Lächeln und ließ den Blick über die hübschen Bilder an der Wand schweifen. »Immer so groß und leer und schön. Sie sind wie ...«

»Ja, Mom.«

»Mrs. Lecomte«, sagte ich, »freut mich wirklich, Ihre Bekanntschaft zu machen. Ich habe schon so viel von Ihnen gehört.«

»Oh.« Sie zuckte zusammen, schlürfte den Kaffee und starrte tief in die Tasse. Wir hielten unsere Tassen in den Händen, saßen da und beobachteten, wie vier oder fünf Schweigeengel durchs Zimmer huschten. »Bist du am Sonntag in der Messe gewesen?« fragte sie schließlich und zog in Erwartung der Antwort ihres Sohns schon den Kopf ein.

»Äh, nein, Mom. Seit Aschermittwoch nicht mehr.« Das war gelogen, und ich wunderte mich über ihn. Er war mehrmals zur Messe gegangen, das wußte ich, und behauptete stets, ohne dabei verlegen zu werden, es gäbe ihm ein gutes Gefühl.

»Weißt du, was am Aschermittwoch abläuft, Art?« fragte er.

»Am Dienstag abend kommen alle Priester zusammen ...«

»Bitte«, unterbrach ihn seine Mutter, deren Tasse leise auf dem zierlichen flachen Unterteller klirrte.

»... und ziehen eine echt schrille Fete ab.«

»Arthur.« Sie stellte die Kaffeetasse ab.

»Und Mittwoch früh«, sagte er und lächelte sein kühlstes Lächeln, »leeren sie alle Aschenbecher in so eine große Schüssel ...«

»Ich gehe, Arthur«, sagte sie und stand zitternd auf, und dann merkte ich, daß Arthur auch mit ihr ein Spiel spielte, wie mit allen Leuten, die er kannte. Vermutlich ging er fast bis zur Blasphemie, so weit wie nötig, um sie zum Weinen zu bringen. Dann folgte vielleicht ein Versöhnungsritual.

»Ach, bitte bleiben Sie doch noch«, sagte ich. »Hier, Mrs. Lecomte, trinken Sie noch etwas Kaffee.«

»Nein, ich gehe wohl besser«, sagte sie und sah mich – ein oder zwei Sekunden – aus ihren humorlosen Augen schließlich doch an. »Ich muß morgen früh raus, trotzdem vielen Dank, mein Lieber.«

Die letzten beiden Worte kamen kaum vernehmbar und wahrscheinlich unwillkürlich über ihre Lippen, aber ich war gerührt. Sie war schließlich Arthurs Mutter, und ich wollte nicht, daß sie mich für einen Abgesandten der Hölle oder so hielt, der ihr den Sohn wegnehmen wollte. Normalerweise machte ich einen guten Eindruck auf Mütter.

»Ach?« sagte ich. »Was machen Sie denn?«

Arthur kam zu ihr rüber und legte ihr den Arm um die Schultern. Wieder begann er, seine Mutter nach draußen zu bugsieren.

»Danke, daß du vorbeigekommen bist, Mom. Danke für die Hemden.«

»Ich putze«, sagte sie. »In Häusern wie diesem.«

Sie warf einen letzten sehnsüchtigen und spöttischen Blick auf das schimmernde Messing und die Gummibäume im Salon der Wettertante, dann gab ihr Arthur einen Kuß auf die Wange und schob sie zur Tür raus. Nachdem er die Tür geschlossen hatte, lehnte er sich dagegen, breitete die Arme

aus und japste nach Luft, wie es die Leute im Film tun, wenn sie endlich den lästigen Bekannten oder das grauenhafte Schleimmonster losgeworden sind.
Wir landeten wie üblich im Bett, nur fanden wir diesmal zum erstenmal nicht den richtigen Takt, Zungen und Hände blieben wirkungslos, und es wurde rasch klar, daß etwas nicht stimmte.
»Du findest mich nicht mehr reizvoll«, sagte er und schlug sich die Hände vors Gesicht.
»Quatsch«, sagte ich. »Du bist faszinierender denn je.«
»Weil meine Mutter eine Putzfrau ist?«
»Weil deine Traummutter eine Herzogin ist«, sagte ich und schilderte ihm die Kindheit und Erziehung, die seine Art und sein Aussehen so deutlich suggerierten.
»So ist es bei Cleveland«, sagte er. »Privatlehrer, das Landhaus. Das alles hatte er. Ha. Und sieh ihn dir jetzt mal an.«
»Vielleicht hat man euch bei der Geburt vertauscht.«
»Ich bin nicht so, wie du mich heute abend erlebt hast.« Er stützte sich auf einen Arm und starrte mich streng an, als wolle er mir eine wichtige Lektion oder einen Verweis erteilen.
»Nein.«
»Man wird immer so, wie man werden soll.«
»Ich hoffe, du hast recht«, sagte ich und dachte dabei an ihn, nicht an mich.
»Sag mal, was ist dein Vater eigentlich? Ein jüdischer Neonazi? Proktologe?«
»Ziehen wir uns an«, sagte ich. »Machen wir einen Spaziergang.«
»Nein, Moment mal. Was ist dein Vater, Art? Sag's mir. Komm schon, das bist du mir schuldig. Es steht eins zu null für dich.«
»Ich liebe dich«, sagte ich und stand auf, um meine Hose anzuziehen.

Wir machten einen langen Spaziergang und ließen die angenehm duftenden, dunklen Straßen Shadysides hinter uns, wo man tiefhängende, wildwachsende Zweige zur Seite schieben und durch Spinnwebschleier gehen mußte, die über dem Gehweg hingen und deren kitzelnde Fäden auf Lippen und Augenwimpern kleben blieben. Wir gingen bis weit nach East Liberty, wo die Häuser allmählich verfielen, das Grün immer spärlicher wurde und zuletzt ganz verschwunden war, und schließlich landeten wir an einer lebhaften Kreuzung, inmitten eines lockeren Pulks unglücklich wirkender Schwarzer, die lachend vor der Eckkneipe und einer Reihe geschlossener, vergitterter und mit Stahlrolläden verrammelter Geschäfte standen. Als wir unentschlossen am Rand der heruntergekommenen Gegend stehenblieben und Arthur meinte, daß wir umkehren sollten, hörte ich einen Hund knurren. Ein Lieferwagen hielt an der Ampel, und auf seiner Ladefläche war ein wütender Dobermannpinscher so rasend vor blindwütigem Haß, daß er sich fast überschlug. Immer wenn die Männer an der Kreuzung nervös auflachten, kläffte der Hund wie verrückt los.

»Ach du Schande«, sagte Arthur.

»Allerdings«, sagte ich. »Der Hund ist übergeschnappt.«

»Das ist Cleveland.«

»Na, mach halblang«, sagte ich. »Ganz so ist er auch wieder nicht.« Ich dachte, er hätte vielleicht eine ähnliche Begegnung mit Cleveland gehabt wie ich zuletzt, ohne mir etwas davon zu erzählen, aber dann sah ich in das Fahrerhaus des Lieferwagens und entdeckte Cleveland auf dem Beifahrersitz; er lachte und hielt eine Zigarette aus dem Fenster.

»Was macht er hier? Wer ist das neben ihm?« Ich versuchte, den Mann am Steuer des Lieferwagens zu erkennen. Der Hund gab ununterbrochen das gleiche geifernde Knur-

ren von sich, immer wieder und völlig monoton, wie eine Maschine, die speziell dafür konstruiert war, lachende Schwarze anzuknurren.
»Er sieht uns nicht«, sagte Arthur. »He, Cleveland!«
Cleveland drehte den Kopf, sperrte den Mund auf und grinste dann, winkte erfreut und sagte etwas, das ich nicht verstand. Die Ampel sprang um, der Lieferwagen fuhr mit quietschenden Reifen an, und der Dobermann strampelte sich ab, um mit den Vorderbeinen auf das Seitenbrett der Ladefläche zu kommen und den Kopf in den Fahrtwind zu strecken.
»Was hat er jetzt wieder vor?« sagte Arthur lachend. »Ein toller Hund!«
»Ein toller Hund!« bestätigte ich. »Wer weiß?«
Wir lachten, aber auf dem Rückweg sagte ich kaum ein Wort, während Arthur weiterhin plapperte und erzählte, aber er konnte mich mit nichts aufheitern – tatsächlich ging mir sein Geschwätz auf die Nerven, denn ich vergaß alles, was mir am Nachmittag durch den Kopf gegangen war, und wurde von der Angst ergriffen, Cleveland nie mehr wiederzusehen. Später liebten wir uns, und es war intensiv und stumm wie immer, doch als wir fertig waren und er mich daran erinnerte, daß uns nur noch drei Tage blieben, bis das reiche junge Paar nach Hause kam, verkrampfte ich mich.
»Und was dann?« sagte ich; die Frage stellte sich mir zum erstenmal.
»Ja, was dann?«
»Wohin wirst du gehen?«
»Ich habe da an dieses tadellos gemütliche Haus an der Terrace gedacht, das in letzter Zeit so leer stand.«
»Ich weiß nicht«, sagte ich, und innerlich stöhnend bemerkte ich, daß das vertraute Gefühl, unter Druck zu stehen, wieder da war, aber Arthur sagte nur: »Schön«, und wälzte sich auf die Seite.
Und so verließen wir am folgenden Sonntag, verschlafen und

in aller Frühe, das Haus der Wettertante, und da ich selbst nicht wußte, was ich wollte, wohnte Arthur drei gespannte, unerotische Tage lang bei mir, bis er von einer freien Haussitter-Stelle läuten hörte und auszog.

21
Der Weltuntergang

Eines Morgens während der ersten Woche des seltsamen neuen Augusts weckte mich der Telefonanruf einer Frau aus der Hillman Library, die mir in lähmend eisigem Ton erklärte, man habe mir in mehreren Mahnungen mitgeteilt, daß Sigmund Freuds *Ausgewählte Briefe an Wilhelm Fliess* am 10. Juni fällig gewesen seien, und wenn ich das Buch nicht sofort zurückgäbe, hielte man die Abschriften meines Abschlußzeugnisses zurück oder irgend so was, wodurch alle meine Berufsaussichten gefährdet seien, und falls mich dies nicht überzeugte, leite man die Angelegenheit an ein Inkassobüro weiter.

»Ich habe das Buch im Juli zurückgegeben«, sagte ich, rieb mir die Augen und erinnerte mich deutlich an den Tag. Mahnungen hatte ich keine erhalten, aber da ich zu Beginn des Sommers umgezogen war, nahm ich an, daß sie mir nicht nachgesandt worden waren.

»Hm, aha«, sagte sie, und ihre Stimme wurde einen Augenblick lang etwas freundlicher. »Falls das so ist, müssen Sie persönlich in die Bibliothek kommen. Ja, um einen Nachforschungsantrag für das Buch zu stellen.«

Natürlich hatte ich es tunlichst vermieden, auch nur in die Nähe der Hillman-Library zu kommen. Zur Arbeit ging ich durch Seitenstraßen, verzehrte meine Mittagsbrote im Büro der Buchhandlung und war ständig auf der Hut und bereit, beim ersten Anblick einer bestimmten blaugrünen Haarschleife sofort die Flucht zu ergreifen. Einer stillschweigenden Abmachung zufolge sprachen Arthur und ich nicht über seine Arbeit in der Bibliothek, und falls er irgendwelche häßlichen Szenen am Hauptkatalog oder Trinkbrunnen

erlebte oder falls in der Wissenschafts- oder Nachlaßabteilung, im Einkauf oder der Ausleihe böse Gerüchte über ihn zu kursieren begannen, habe ich nie davon erfahren. Ich bat die wackere Bibliothekarin, mir zu gestatten, telefonisch einen Nachforschungsantrag zu stellen, doch sie wollte nichts davon wissen. Ich war noch mitten im Satz, als sie auflegte.
Arthur hatte an diesem Tag frei. Ich fand den Zettel, auf dem ich mir seine neue Telefonnummer notiert hatte, und rief ihn an, um zu erfahren, was er über Nachforschungsanträge wußte, bekam jedoch nur seine schläfrige Stimme auf dem neuesten Anrufbeantworter an die Strippe. Er verbrachte, wie mir wieder einfiel, den Tag mit der schönen Riri bei ihrem Cousin in Latrobe, was er ihr schon seit Monaten versprochen hatte.
»Hier spricht Art«, sagte ich nach dem Signalton, »und ich stehe im Begriff, mich in die Höhle des Löwen zu wagen.«
Und so ergab ich mich in mein Schicksal und tröstete mich mit dem Gedanken, daß es, wenn er nicht da war, zumindest irgendwie leichter sein würde, endlich wieder die Bibliothek zu betreten, was ich eine halbe Stunde später auch tat. Freunde des Unbewußten wird es interessieren, daß ich mir Mühe gab, mich gut anzuziehen – sommerliche Farben, eine Khakihose mit Bügelfalten, dazu ein weißes Hemd mit lachsrosa Nadelstreifen und eine locker gebundene Seidenkrawatte. Eilig ging ich zu dem großen Typ, der am Auskunftsschalter arbeitete, und sah mich vorsichtig um, ehe ich ihn ansprach.
»Ich bin gekommen, um einen Nachforschungsantrag zu stellen«, sagte ich.
Er machte ein verständnisloses Gesicht.
»W-wie bitte?«
»Ich bin heute von einer Frau bei Ihnen angerufen worden, die mir sagte, daß ich einen Nachforschungsantrag zu stel-

len hätte.« Ich warf einen Blick über die Schulter zu den Fahrstühlen und rechnete jeden Moment damit, entdeckt und ergriffen zu werden.
»Hm mhm«, sagte er. »Verstehe.«
Wie ich wußte, sind Bibliotheken häufig die bevorzugten Schlupfwinkel zuckender, vor sich hin brabbelnder paranoider Schizophrener, die dort an ihren Verschwörungstheorien herumbasteln, und daher machte mich der Blick, den er mir zuwarf, verlegen, weil er mir zu verstehen gab, mein Beharren auf dem Nachforschungsantrag sei wahrscheinlich meiner festen Überzeugung zuzuschreiben, daß Richard Nixon, Stephen King und Anita Loos in engem Zusammenhang mit dem Untergang der *Titanic* und dem Verschwinden von Errol Flynns Sohn in Kambodscha standen.
»Ich soll irgend so ein Formular ausfüllen«, sagte ich.
»Ach? Nie davon gehört. Wissen Sie, mit wem Sie gesprochen haben? Nein? Vielleicht gehen Sie besser mal zur Verwaltung und fragen da nach.«
»Hm. Ich habe befürchtet ... habe gehofft ... könnten nicht vielleicht Sie dort hingehen und für mich nachfragen? Haha. Wissen Sie, da hinten im Büro arbeitet nämlich jemand, dem ich lieber nicht über den Weg laufen möchte.«
Seine Augen leuchteten auf, und er zog die Augenbrauen hoch. Mit theatralischer Bedächtigkeit griff er hinter sich nach einem Hocker und setzte sich. Er nahm einen Bleistift zur Hand und tippte sich damit an die Schläfe.
»Nur Mut«, sagte er.

Es war wie im Film. Ich blieb wie angewurzelt auf dem Gang vor den Fahrstühlen stehen, und da war sie, hinter ihrem Gitter, todschick angezogen, mit Perlen und blauem Strandkleid. Die Strähnen in ihrem Haar waren heller denn je, fast rotblond, nach oben gekämmt und zu einer Palme aus Haaren gedreht, die über ihrem Kopf emporragte und die leuchtenden Spitzen in einem albernen, entzückenden Wedel ausbreitete. Phlox hob das Gesicht, das braungebrannt und kaum geschminkt war, der Haarpinsel wippte hin und her, und alle Vorstellungen, die ich mir von ihrem Gesichtsausdruck gemacht hatte – Wut, Verlegenheit, Nicht-Wiedererkennen –, lösten sich in Nichts auf. Sie grinste. In diesem Augenblick, als sie mich mit ihrem alten, unerwarteten Lächeln anstrahlte, konnte ich mir gerade noch verkneifen, zu ihr zu laufen und mein Gesicht gegen das Fenstergitter zu drücken, das ich so gern hatte. Aber ich beherrschte mich, ging langsam auf sie zu, befangen, mit plötzlich steifen Knien, und hielt die Hände vor mich, als ob ich einen Wasserball auffangen wollte. Als ich an den Fahrstühlen vorbeikam, leuchteten die Aufwärts-Pfeile auf, und es klingelte: eins, zwei. Unter beifälligem Gemurmel glitten die Türen auf, und der Gang hinter mir füllte sich mit einer kleinen Zuschauerschar.

»Phlox«, sagte ich vierzig Zentimeter von ihren Lippen entfernt. »Ach, Phlox.«

»Liebst du mich?« sagte sie, blieb immer noch sitzen, strahlend vor Geduld und Vorfreude, und offensichtlich glaubte sie, die Fäden in der Hand zu halten. Ihrem heiteren unbekümmerten Ton nach hätte sie genausogut fragen können: Sie wünschen?

Ich dachte nicht lange nach und sagte ja.

»Warte«, sagte Phlox. Sie stand auf, drehte mir den Rücken zu, ging mit wackelnden Hüften aus dem Büro und kam auf die andere Seite des Fensters; wir streckten die Hände aus, unsere Finger verschlangen sich ineinander, und ich preßte die Lippen auf die ihren. Nachdem wir uns eine Minute lang geküßt hatten, wobei uns all ihre gutinformierten Kollegen durch das magische Gitter beobachteten, trat sie einen Schritt zurück und sah mich ohne eine Spur von Schmerz oder Zorn auf dem Gesicht an. Nichts als halb unterdrückte

Fröhlichkeit, und ein ungläubiges rasches Zwinkern. Sie neigte den Kopf auf die Seite.
»Es tut mir so leid«, sagte ich.
»Pst«, sagte sie und kicherte. »Komm mit.«
Sie faßte mich an der Hand und zerrte mich den Gang entlang zum Treppenschacht; ihre weißen Pumps klapperten auf dem Fliesenboden. Eine Sekunde schloß ich die Augen, nur um diesem vielversprechenden Getrappel zu lauschen, um wieder zu denken: Ah, da kommt eine Frau; hier kommt eine Frau. Unter der Treppe küßten wir uns und drückten uns an den Hüften aneinander. Dann hatten wir die gleiche verrückte Idee; sie packte mich mit beiden Händen an der Hand, lief rückwärts und zerrte mich die Treppe hinauf, in den dritten Stock der Bibliothek, wo überall an den Außenwänden winzige dunkle Zimmer mit winzigen Schreibtischen lagen, die von der Bibliothek an Studenten vermietet wurden.
»Die sind doch abgeschlossen, oder?«
»Das hier nicht«, sagte sie und bugsierte mich zu einer Tür, die sie mit einer kurzen Drehbewegung ihrer glühenden Hand öffnete.
»Woher weißt du davon?« Ich schlüpfte flüsternd hinter ihr in das Zimmer, und sie schloß die Tür.
»Pst«, sagte sie. »Das wissen alle. Setz dich, wir müssen uns beeilen. So.«
Sie beugte sich vor, um den Reißverschluß an meiner Hose aufzumachen, wie ein Kind, das eine Puppe auspackt. Die Hose rutschte nach unten und hing mir um die Knöchel. Ich setzte mich.
»Oh«, sagte Phlox gerührt, als sie meine Erektion sah. »Wie schön.«
»Wirklich?«
»Ja, so hübsch und höflich.« Sie zog ihr Kleid hoch; kein Slip.

»Warst du darauf vorbereitet?« fragte ich, und dieser Verdacht dämmerte mir, Ehrenwort, zum erstenmal.
»Ich bin jetzt schon seit einer Woche darauf vorbereitet«, sagte sie und nahm meine Finger. »Fühl doch nur, wie vorbereitet ich bin.«
Sie ließ sich auf mir nieder, rutschte hin und her, suchte die richtige Lage, und da war wieder die Übereinstimmung, die wohltuende Nachgiebigkeit der Haut, die Wärme, die menschliche und lieblich duftende Glitschigkeit, und ich seufzte, als täten mir sämtliche Knochen weh und ich ließe mich in ein heißes Bad sinken. Nach sechzig Sekunden war alles vorbei und hatte alles wieder angefangen.

Aber es war anders.

Abends rief mich Phlox an, um mich zum Essen einzuladen, und ohne zu zögern, sagte ich, daß ich mich sofort auf den Weg machen würde. Diesmal verzichtete ich auf die Krawatte, putzte mir die Zähne, schnappte meine Schlüssel und spritzte mir drei *flaques* Eau de Cologne auf den offenen Kragen. Gerade als ich hinter mir die Tür schloß, klingelte noch mal das Telefon, und obwohl ich wußte, daß es vermutlich Arthur war, preßte ich mir die Hände auf die Ohren und lief die sechsundzwanzig Stufen hinunter, immer zwei auf einmal. Als ich wie so oft zuvor die Straßen zu Phlox' Haus entlangging – an jenem Briefkasten vorbei, jenem hochgelegenen Beet mit wuchernden Cosmeen, jenem alten Mann, o ja, der mit dem Halstuch und dem Spitz – und den üblichen Weg zu ihrem Apartment einschlug, durch jene ewig ölige Pfütze und den Gestank jenes Ginkgobaums, erfüllte mich eine schwache, schwermütige Heiterkeit, und ich hätte wirklich gleich erkennen müssen, um was es sich dabei handelte, und auf der Stelle kehrtmachen sollen – denn es war Nostalgie, und alles, was Nostalgie auslöst, ist schon lange tot. Es gab nichts zu essen, als ich bei ihr ankam, überhaupt nichts, und wir stürzten uns aufeinander und fielen auf den harten, kratzenden Teppich. Diesmal standen wir zwei Stunden lang nicht mehr auf, bis sie dringend mal mußte.

»Mau-Mau«, sagte ich, als sie vom Klo zurückkam. Der verbotene Name schlüpfte mir über die Lippen, obwohl ich ihn bis zu diesem Augenblick völlig vergessen hatte.

»O Art, es war so lange, so lange ...«

Ich sagte ja, stimmt, aber ich glaube, wir redeten von zwei verschiedenen Dingen.

»Was ist nur los?« fragte ich. »Was ist das?«

»Wollust«, sagte sie. »Ich glaube, das ist rasende Wollust.« Sie kicherte.

»Hast du diesen Anruf heute morgen arrangiert?«

»Welchen Anruf?« fragte sie und erwiderte meinen Blick, wurde aber leicht rot.

»Mau-Mau. So war es früher nie, Mau-Mau.«

»Wir müssen wieder zusammenkommen.«

»Ich bin wieder da«, sagte ich. Und als ich neben ihr auf dem Boden des Wohnzimmers lag, den Arm unter ihrem Kopf, ihr Atem an meiner Schulter, und das orangefarbene Plaid des letzten Tageslichts auf den Teppich fiel, hatte ich eine kurze Weile das Gefühl, tatsächlich zurückgekehrt zu sein. Ich fühlte mich müde, so matt, als wäre ich geschwommen. Phlox flüsterte mir Entschuldigungen ins Ohr, beschimpfte mich zärtlich, und während sie redete, richtete ein Luftzug die feuchten Härchen an meinen Leisten auf, so, als ob ihre Worte die Gänsehaut auf meinen Armen und Beinen entstehen ließ und mir leichte Schauer über den Rücken jagten, und ich schmiegte mich an Phlox und sagte: »Ich bin wieder da.« Doch als die Nachwirkungen der Droge Sex allmählich abklangen, meine irdischen Kräfte zurückkehrten, mein eingequetschter Arm nicht mehr durchblutet wurde und mir die Hand einschlief, begann ich schwankend zu werden, mir Sorgen zu machen und mein Herz zu prüfen. Ich war mir nicht sicher, ob ich tatsächlich immer noch in Phlox verliebt war oder nur einen letzten Rest heterosexuellen Dampf abließ. Mit schlechtem Gewissen dachte ich an Arthur und erinnerte mich, daß er einmal gesagt hatte, so etwas wie Bisexualität gebe es nicht, man sei entweder das eine oder das andere. Ich nehme an, ich glaubte noch immer an das Absolute. Ich wußte nicht, was ich ihm nun sagen würde, wenn ich ihn wiedersah, oder ob es nicht vielleicht etwas gab, was ich jetzt gleich Phlox sagen sollte, ehe die Dinge sich weiter zuspitzten. Ich fühlte mich immer unbehaglicher, wie ich in Phlox' Armen auf dem kratzigen Teppich lag. Ich wollte eine Zigarette, wollte meine kribbelnde Haut von ihrer lösen. Als sie auf den Brief zu sprechen kam, den sie mir vor die Tür gelegt hatte, und dabei lachte, als seien seitdem zwanzig Jahre verstrichen, richtete ich mich kerzengerade auf.

»Der Brief!« sagte ich.

»Schon gut, es tut mir so leid, Artischöckchen. Komm doch her«, sagte sie und zog mich an den Schultern zu sich. »Ich kann mich nicht mal mehr erinnern, was ich geschrieben habe. Aber ich weiß, daß es ganz schön blöd gewesen sein muß.«

»Nein!«

»Findest du nicht?«

»Nein, ich ...« Beschämt stand ich auf und suchte überall nach dem Hemd, das ich in eine Ecke geworfen hatte. Ich holte tief Luft. »Ich habe den Brief verloren.«

»Art!«

»Nein, ich meine, Cleveland hat ihn.« Das Hemd lag in der Mitte des Zimmers, in der Brusttasche steckten meine Zigaretten, und eine Weile riß ich an dem fast leeren Päckchen herum. Alles, nur nicht ihrem Blick begegnen.

»Cleveland! Wie kommt er zu meinem Brief?«
»Ich krieg ihn zurück, keine Angst. Er hat ihn aus Versehen eingesteckt.« Das Streichholz flammte auf. »In letzter Zeit hab ich ihn nicht mehr gesehen; er war, äh, beschäftigt.«
»Ich bin ihm neulich begegnet«, sagte sie zögernd. »Er hat mir nichts davon gesagt.«
Jetzt drehte ich mich zu ihr um und sah sie an. »Echt? Wo?«
»Er war aber sehr komisch, Art. Er hat meinen Brief doch nicht etwa gelesen?«
»Komisch? Was hat er gemacht?«
»Art, hat Cleveland meinen höchst privaten und vertraulichen Brief gelesen?« Die Hände in die nackten Hüften gestemmt, stand sie auf und warf ihr loses Haar nach hinten. Im Zimmer war nun fast kein Licht mehr.
»Nein«, sagte ich. »Natürlich nicht.«
»Na dann.« Sie trat zur mir, nahm mich in die Arme und küßte mich; ich hatte gerade eine Lunge voll Rauch eingesogen; wir lösten uns, und ich stieß dankbar den Rauch aus und haßte mich dafür, gelogen und ungeduldig auf das Ende des Kusses gewartet zu haben. »Eigentlich wäre es auch nicht weiter schlimm gewesen, wenn er den Brief gelesen hätte«, sagte sie.
»Inzwischen hat er es vielleicht auch, weißt du«, erwiderte ich lahm. »So wie ich Cleveland kenne.«
»Macht nichts.« Sie gab mir noch einen Kuß, ein zufriedenes, beschwichtigendes Bussi. »Ich habe einen Riesenhunger. Wie wär's, wenn wir uns eine Pizza kommen ließen?«
Wir zogen uns etwas an, setzten uns mit ineinanderverschlungenen Beinen auf die entgegengesetzten Ecken der Fensterbank und warteten darauf, daß der Pizzalieferant auf der Straße auftauchte.
»Ich bin viel spazierengegangen, Art«, sagte sie und strich mir mit dem Finger übers Schienbein. »Sehr lange Spaziergänge, seit – seit unseren Problemen. Manchmal hilft mir

das, den Durchblick zu behalten. Manchmal gehe ich einfach immer weiter, ohne einen einzigen Gedanken im Kopf.«

»Allein?« fragte ich. Es fiel einem schwer, sich vorzustellen, daß Phlox eine lange Wanderung oder überhaupt irgendwas ganz allein unternahm.

»Ja, allein. Ich komme in letzter Zeit viel besser mit dem Alleinsein zurecht.«

»Es waren doch nur zehn Tage, Phlox. Wenn man dich hört, könnte man meinen, ich sei um Kap Horn gesegelt.«

»Ich kann eben nicht gut alleinsein. Es waren zehn lange Tage.«

Sie wandte den Blick ab und tat so, als würde sie zwei unten auf dem kleinen Rasen herumhüpfende Spatzen beobachten, wenn ich auch zuerst nicht merkte, daß sie nur so tat. Anfangs sah ich nur ihr Profil, jene mir so wohlbekannte Kontur, und das auf ihr Ohr fallende schwache Licht, all die vertrauten Schatten und Schimmer, die Dunkelheit am Flügel der geraden Nase, die winzigen Lichtpunkte auf den Härchen an ihrer Oberlippe, und wie immer gefiel mir ihr Profil; deshalb hatte ich das Bedürfnis, näher hinzusehen, rasch einen Blick darauf zu werfen, wie ich ein in einem Kunstband abgebildetes Gemälde betrachten würde, mich zu bemühen, das Ganze und seine Teile gleichzeitig zu würdigen, an das ebenmäßige Profil zu denken, aber auch die ägyptisch anmutende Wirkung des etwas spitzen Kinns wahrzunehmen, die schöne Verbindung zwischen Kiefer und Ohrläppchen, den Knochen unterhalb ihres Auges, und während ich hinsah, war es kein Profil mehr, denn Profile gibt es eigentlich gar nicht; es war Phlox' Gesicht; und ich hatte es geliebt. Und dann sah ich mit einem Mal, daß Bewegung in dieses Gesicht kam, wie sich die Unterlippe kräuselte, die Nasenlöcher weiteten, die Tränenspuren, die sich auf ihrer Wangen verloren, und ich merkte, daß sie nur so tat, als beobachte sie die Vögel im Gras.

Als wir in dieser Nacht ins Bett gingen, lief es wieder laut und schnell ab, wieder hielt sie die Fäden in der Hand, und ich kauerte, vielleicht zwangsläufig, auf Ellbogen und Knien – ungefähr so; ich verzog das Gesicht und vergrub es in den Laken. Dann sagte sie in merkwürdig scharfem Ton, der mir durch und durch ging, sie wünschte, sie könne mich vögeln, es müsse doch einen Weg geben, und tief in meinem Inneren erwachte jäh etwas sehr Primitives. Keuchend wälzte ich mich auf die Seite, fing mich aber wieder. Phlox fing an zu schluchzen, und als ich die Fäuste öffnete, fragte ich mich, ob sie weinte, weil sie die Sache ängstigte, die sie sich gewünscht hatte, oder weil es nicht ging oder weil ihr nun klar war, daß es doch ging, da ich irgendwie anders geworden war.

»Ich habe es nicht so gemeint«, sagte sie und ließ sich ins Bett fallen.

»Schon gut«, sagte ich. Ich kniete mich neben sie und fuhr ihr mit den Fingern durch das ausgebleichte Haar. Ich sagte Dinge, die ich so schnell wieder vergaß, wie ich sie aussprach. Nach zehn Minuten legten wir wieder los, und obwohl ich es mir diesmal sanfter gewünscht hatte, mit Umarmungen und viel Zeit, war es binnen kürzester Zeit genau wie ein Ringkampf; wir bissen und schrien, und ich ertappte mich dabei, wie ich sie in die Stellung manövrierte, die ich vor einer Weile noch selbst eingenommen hatte. Ich ließ den Blick über die ganze Länge ihres glänzenden Rükkens gleiten, bis hinauf zu dem fernen Wirrwarr ihres Kopfs.

»Kann ich?«

»Möchtest du?«

»Kann ich?«

»Ja«, sagte sie. »Mach schon. Jetzt.«
Ich ging zu ihrem unordentlichen Toilettentisch, holte einen Klacks kühle Vaseline und bereitete alles vor. Arthur hatte mir sehr genau gezeigt, wie man die Vorbereitungen trifft, aber unmittelbar, nachdem ich in jene drückend enge, unscheinbare fade Öffnung eingedrungen war, verließ mich der Mut, weil ich einfach nicht begriff, was ich eigentlich vorhatte; das war weder so- noch andersrum, höchstens beides gleichzeitig, doch es war zu verwirrend, als daß ich es noch hätte begehren können, und so sagte ich: »Das Ganze ist ein Fehler.«
»Nein, ist es nicht«, widersprach sie. »Feste, ah! feste. Langsam, Schatz.«
Als wir erschöpft aufs Bett gesunken waren, sagte Phlox, es habe weh getan und sei ganz gut gewesen, aber erschrekkend, wie Sex manchmal sein könne, und ich sagte, das kenne ich. Wir hörten auf zu reden. Ich spürte, wie sie schwer wurde, hörte das langsame Ansteigen ihres Atems. Ich schlüpfte aus dem Bett und suchte meine Kleider zusammen. Als ich mich im Dunkeln heimlich anzog und mir die Socken überstreifte, fühlte ich mich einen kurzen Augenblick lang sehr glücklich, als wäre ich morgens um drei aufgestanden, um zum Fischen zu gehen, und müßte nun noch Äpfel und belegte Brote einpacken. Ich beschloß, ihr keinen Zettel dazulassen.
Unter klarem Sternenhimmel und matt leuchtenden Straßenlampen ging ich nach Hause. Auf halbem Weg hatte ich noch keinen einzigen zusammenhängenden Gedanken gefaßt, keinen Schlachtplan entworfen, als mir einfiel, daß ich vergessen hatte, Phlox nach Cleveland zu fragen, was er denn so Komisches gesagt oder getan hatte, und in diesem Moment wurde mir klar, daß es mir eigentlich egal war. Es war wie ein Krampf, ich spuckte aus und wünschte, der Sommer wäre vorbei. Unmittelbar darauf schämte ich mich;

ich hielt mir die Hand vor den Mund, als ob ich gelästert hätte oder so. Doch ein heftiges Verlangen überkam mich, hier wegzugehen, am Morgen ein Flugzeug zu nehmen, nach Mexico zu fliegen, wie es Arthur einst gemacht hatte, und ein liederliches Leben in einem kleinen zwielichtigen Hotel zu führen; oder nach Italien zu gehen, um flirrende Nachmittage in einer halb verfallenen Villa zu verschlafen; oder in den Eisenbahnwüsten Nordamerikas zu verschwinden. Mein einziger Umgang würden Prostituierte und Barmänner sein. Ich würde Postkarten ohne Absender schicken.

»Nein«, sagte ich laut, »gib nicht auf.« Aber ich erging mich immer noch halbherzig in meinen Wunschträumen über die Orte, die ich besuchen, und das einfache Leben, das ich dort führen würde, als ich zu meiner Haustür kam und drinnen das Telefon klingeln hörte.

»Wie war's in Latrobe?« sagte ich.

»Weggewesen?«

»Ja, ich bin ...« Ich wollte schon lügen, doch ausnahmsweise sah ich mit entmutigender Klarheit die Folgen, egal welche alberne Lüge ich ihm auftischen mochte. Ich würde mich nur von neuem in diese blödsinnige Laviererei zwischen Arthur und Phlox verstricken. Ich sah auf die Uhr, atmete aus und sagte ihm, er solle doch bei mir vorbeikommen.

»Nein«, sagte er. »Treffen wir uns.«

Arthur war inzwischen der Haussitter eines Professors der Politikwissenschaft, der oben am Hang von Nord-Oakland wohnte, und so trafen wir uns ungefähr auf halbem Weg, bei dem Johann-Sebastian-Bach-Denkmal vor dem Carnegie Institute, nicht weit von der Wolkenfabrik. Für eine Sommernacht war es kühl; mich fröstelte, und ich bedauerte, nur ein Sweatshirt anzuhaben, bedauerte, daß wir so weit auseinander standen, auf dem Gehweg unter dem riesigen

grünen Bach. Und ich bedauerte, daß die Atmosphäre zwischen uns kühl war, daß er selbst unter den günstigsten Voraussetzungen nicht einfach den Arm um mich legen und mich an sich drücken konnte, weil wir hier in Pittsburgh waren und J.S. oder sonst jemand es sehen könnte, und daher standen wir mit den Händen in den Hosentaschen da, zwei junge Männer, die um ihre Liebe kämpften und im Begriff waren, die Sache miteinander auszufechten.
»Ich habe mit Phlox geschlafen«, sagte ich.
»Ach du Schande. Machen wir einen Spaziergang – irgendwohin.« Er hatte sich rasch angezogen; die Turnschuhe paßten nicht zueinander und das Hemd hing ihm aus der Hose – er war mindestens schon einmal im Bett gewesen, ehe ich ans Telefon gegangen war. Und ich muß zugeben, daß ich genau da, als ich damit herausplatzte, was ich getan hatte, und er sein unrasiertes Gesicht, in das ihm vereinzelte Haare fielen, in affektiertem Unmut verzog, das erstemal spürte, wie jenes Gefühls nachließ, das ich gerade bekunden wollte.
»Wie ist es passiert?«
»Wie wohl?« fuhr ich ihn barsch an, denn in diese Richtung schien sich alles zu entwickeln. »Nein, Arthur, tut mir leid; es war sehr seltsam, und eigentlich ist es mir ein Rätsel, wie's passiert ist.«
Wir gingen an dem bronzenen Shakespeare mit dem großen gewölbten Kopf vorbei, dem bronzenen Stephen Foster, dem eine kleine Schwarze mit einem Bronzebanjo ein ewiges Ständchen brachte, und ich merkte, daß wir wohl an unserem Stammplatz hoch über der Vergessenen Gegend landen würden, und so war's denn auch; schweigend lehnten wir uns lässig an das Eisengeländer. Ein Stück weiter weg bei den Fabriken im Süden glühte und blitzte der Himmel orangefarben, als ob dort Vulkangötter einen Kampf austrügen oder, diesen Eindruck hatte ich, der Weltuntergang nahe sei – so gemartert und apokalyptisch wirkte das Orange.

Er faßte mich fest am Ellbogen und drehte mich herum, bis ich ihm ins Gesicht sah. Wie schon einmal an jenem Tag rechnete ich mit Zorn und wurde wieder enttäuscht.
»Art, verlaß mich nicht«, sagte er, und sein Gesicht hatte einen ungewohnten Ausdruck: die Wangen waren eingefallen, die Augen unruhig. Ich hatte noch nie erlebt, daß dieses Gesicht irgend etwas verriet. »Ich habe so gefürchtet, daß es dazu kommen würde. Ich habe es gewußt, als du die ganze Nacht nicht nach Hause gekommen bist. Ich habe es gewußt.«
»Ich hatte keine Ahnung«, sagte ich. »Es war alles ein großer Zufall. Das heißt, Phlox hat es geplant. Ich bin da reingestolpert. Ich weiß auch nicht, was es eigentlich bedeuten soll. Der Abend heute war so seltsam, Arthur.« Es schnürte mir die Kehle zu. Der ganze sexuelle Kampf und Druck an diesem Tag, die Verwirrungen bei meinem letzten Gefecht mit Phlox, die Schönheit ihres verrückten Schlafzimmers und die Macht ihres Gesichts stiegen in mir hoch, und ich platzte mit allem heraus. Arthur streichelte mir mit den Fingern leicht über die Wange.
»Was ist? Art. Komm schon. Nicht weinen.«
»Ich weiß nicht mehr, was mit mir los ist«, sagte ich. »Ich mache Dummheiten.«
»Na, na.«
»Stell mich nicht vor die Wahl. Bitte.«
»Gut«, sagte er kurz angebunden, als koste es ihn eine gewisse Überwindung. »Nur verlaß mich nicht.«
Ich hörte auf zu weinen. Alles schien völlig auf den Kopf gestellt. Der Arthur, den ich zu kennen glaubte, hätte mich jetzt verhöhnt, Phlox ins Lächerliche gezogen und mich gezwungen zuzugeben, daß sie mich aufs Kreuz gelegt hatte. Er hätte mich zu dem Eingeständnis getrieben, wenn ich ihn, Arthur F. Lecomte, nicht liebte, trotz all der In-Leute, die er kannte, trotz des vollkommenen Lebens, das er

führte, seiner sarkastischen Intelligenz, seiner enormen Unterhaltsamkeit, und, was am wichtigsten war, seiner Gesellschaft als Mann, die er mir bot, dann müsse ich ein Narr sein, ein Verlierer und ganz der folgsame Junge meines Vaters; verflucht und dazu verdammt, all die Dinge zu verlieren, die mein Vater verloren hatte – Kunst, Liebe, Integrität und das alles. Ein Wechsel, noch ein Wechsel, war eingetreten. Irgendwie hatte nun ich die Wahl, und ich wollte wissen, weshalb.

»Ist heute noch was passiert?« fragte ich. »Irgendwas mit Riri?«

Arthur setzte sich auf eine Stufe und blickte nach unten auf die winzigen Lichter der Vergessenen Gegend.

»Ich habe da so einen Test gemacht«, sagte er. »Du hast nichts davon gewußt. Die Aufnahmeprüfung für den diplomatischen Dienst. Ich hab's vermasselt. Ich habe es schon gewußt, als ich zur Tür rausging, aber heute nachmittag kam der Brief.«

Ich setzte mich neben ihn und legte ihm den Arm um die Schultern.

»Na und? Du kannst die Prüfung noch mal machen, oder?« Ich versuchte, mir auszurechnen, wann er sie gemacht haben mußte.

»Ich bin fünfundzwanzig. Ich gehe immer noch aufs College. Ich bin schwul. Mein Freund will mich wegen Deanna Durbin verlassen.« Er warf einen Stein. »Ich jage jetzt schon ewig hinter den gleichen paar Sachen her.«

»Ich liebe dich«, sagte ich.

»Sexuell bist du ein Dilettant«, sagte er. »Du hast ja keine Ahnung.«

Wir liebten uns auf der Treppe. Ich mußte mich übergeben. Er brachte mich nach Hause, erzählte mir einen schlechten Witz, und wir stiegen in mein schmales Bett. Zwei Stunden später war vor dem Fenster Tageslicht und ein Wedgwood-Himmel.

22

Kopfüber, kopfunter

Ich denke, es war kurz vor dem Essen am Abend des dreiundzwanzigsten August, als Cleveland, Böses im Schilde führend, in die Welt seiner frühesten Kindheit zurückkehrte. Erst vor wenigen Tagen hatte er, glaube ich, Fox Chapel zum erstenmal seit Jahren betreten, zum erstenmal seit jenem fernen Wintermorgen, an dem die Arnings aufs Land gezogen waren und er in Gummistiefelchen und einem seidigen wattierten Schneeanzug auf dem Rücksitz des Familienautos gesessen und bestürzt beobachtet hatte, wie das kahle Fenster seines Zimmers verschwand. Jetzt waren seine Stiefel aus schwarzem Leder, es roch nach tadellos gepflegtem Rasen, und er, das Böse in Menschengestalt, wußte genau, wohin er wollte. Er fuhr langsam und gab ganz behutsam Gas, damit das gewaltige Brummen seiner deutschen Maschine nicht allzuviel Aufmerksamkeit erregte. Als wäre sein undurchsichtiger Helm nicht Maskierung genug, hatte er sich die Haare kurz schneiden lassen, die Brille mit Kontaktlinsen vertauscht und die schwarze Jacke mit einem Sportsakko aus Köper, und als er auf den Parkplatz eines Einkaufszentrums im Pseudo-Tudorstil einbog, wo in hübschen, rustikal eingerichteten Läden allerlei Tinnef verkauft wurde – Potpourris, künstliche Eier, alles mögliche rund um die Ente –, versuchte er nach besten Kräften, wie der verzogene, erlebnishungrige Sohn einer wohlhabenden Familie aus Fox Chapel auszusehen – wie eins der hiesigen schwarzen Schafe, die sich immer mit ihren italienischen Autos auf kurvenreichen Straßen überschlugen, nachts auf die Golfplätze kotzten und in voller Montur in die Bäche und Flüßchen sprangen –, der er eigentlich auch

war. Bloß bei mir, dachte er, als er die Maschine abstellte, bleibt es nicht einfach bei Ungezogenheiten. Ich habe ein intellektuelles und moralisches Programm. Ich habe den Willen zur Größe.
Er legte den Helm ab, ließ sein Motorrad auf einem Parkplatz hinter dem Einkaufszentrum stehen, nahe bei den Müllcontainern, wo der Tudorstil aufhörte und nackter Schlackenstein anfing. Dann blieb er einen Augenblick stehen und tastete seine Jacke ab. Handschuhe, Flachmann, Stablampe, Taschenmesser, Poe. Er zog ein kleines Stemmeisen unter den Gurten hervor, mit denen es am Sattel befestigt war, und schob es sich unter dem Uhrarmband den Ärmel hinauf, bis es ihn in die weiche Ellbogenbeuge piekte. Hinter dem Einkaufszentrum begann ein Wald mit Sumpfeichen und Dornensträuchern, ziemlich dicht, von winzigen Bächlein durchzogen, doch Cleveland wußte, daß es dort unvermutet Lichtungen gab, der Wald passierbar war und sich über etwa drei Kilometer erstreckte, bis er vor einer bestimmten Betonmauer jäh aufhörte, mit deren Abmessungen Cleveland inzwischen recht vertraut war. Beim Anblick der Baumreihe vor ihm grinste er, und er trödelte noch eine Weile herum, um das rasche Pochen seines Herzens und die sich in seinem Magen ausbreitende Wärme auszukosten. Obwohl er es inzwischen für eine Dummheit hielt, war er nun mal so, wie er war – und hatte deshalb auf dem Herweg an einer Kneipe angehalten, um zwei wohltuende Gläser Jameson's Irish Whiskey zu trinken, und als er nun noch einen kräftigen feurigen Zug aus dem eigenen Flachmann nahm und die schöne düstere Welt ins Auge faßte, die zu betreten er im Begriff stand, hatte er sich reichlich Mut angetrunken; er machte sich auf den Weg zwischen den Bäumen hindurch, knackend zerbrachen Zweige unter seinen Füßen, und gewohnheitsgemäß warf er den Kopf in den Nacken; doch das lange Haar, das sich so zurückwerfen

ließ, hatte er nicht mehr, und so fuhr er sich mit der Hand über den stoppeligen Hinterkopf.

Für die Strecke durch den Wald brauchte er etwas über eine Stunde, daher hatte er mehr als genug Zeit, sich zu überlegen, was er vorhatte, und ich glaube ohnehin, daß er sich sehr gern als Juwelendieb sah, ungefähr so: »Ich, der Juwelendieb«; denn Cleveland erlernte einen Beruf, und so wie bei Ärzten und Priestern und den wenigen anderen Leuten, die einen echten Beruf haben (das heißt Leute, die darin ausgebildet sind, Gefahren zu erkennen), war allein schon das Aussprechen des Worts »Juwelendieb« für ihn so etwas wie eine prompte Erinnerung an seine zahlreichen Fähigkeiten und Pflichten, ein aufmunternder Klaps. Es versetzte ihn mit einem Ruck in einen Zustand düsterer, ungeduldiger Bereitschaft, wie die schnelle Bewegung des Handgelenks bei einem Schnappmesser die Klinge herausschnellen läßt.

Zwei- oder dreimal blieb er wegen eines vereinzelten Vogelrufs, dem Schrei eines Eichelhähers, abrupt stehen und lauernd und keuchend versteckte er sich hinter einem Baum. Die vielen Dinge, die im normalen Ablauf eines Auftrags schiefgehen konnten, fürchtete er nicht, denn diese Dinge waren ja gerade der Witz an der Sache, zusammen mit dem sprichwörtlichen großen Haufen Kies. Doch während der vergangenen paar Tage hatte ihn die ganz und gar untypische Ängstlichkeit Pete Arcolas, seines Lehrers, beunruhigt und sogar leicht erschreckt. Irgend jemand hatte Poon gewarnt, er solle aufpassen, seine Schützlinge unter Kontrolle halten, und wenn Punicki auch gelacht und Pete aufgetragen hatte, Cleveland auszurichten, daß er sich keine Sorgen machen müsse, hatte er dennoch für eine später am Abend stattfindende Übergabe umfangreiche Vorsichtsmaßnahmen getroffen. Arcola, ehemals Angehöriger einer militärischen Sondereinheit, den die Armee zum Stehlen ausgebildet und dann auf die Welt losgelassen hatte, meinte, daß Frankie Breezy vage, »wahrscheinlich hirnrissige« Drohungen ausstreue, doch Cleveland hatte den dunklen Verdacht, daß mein Vater dahinterstecken könnte, und so hielt er sich an einem Baum fest und horchte angestrengt.

Als er jedoch in die Nähe des Hauses kam, schüttelte er diese Gedanken ab, faßte sich ein Herz und begann, sich auf seine Aufgabe zu konzentrieren. Ungefähr eineinhalb Meter vom Fuß der Mauer entfernt stand eine junge Eiche; Cleveland packte den niedrigsten Ast und schwang sich hinauf, dann kroch er auf dem Ast zentimeterweise nach vorn, bis er fast auf gleicher Höhe mit der Mauerkrone war. Er musterte das Haus, das keine zwanzig Meter entfernt von seiner bereits feuchten Stirn stand. Der Ast wackelte unter seinem Gewicht. Ein großes Backsteinhaus, rot und von Efeu überwuchert, zwei Dutzend Fenster allein auf der Rückseite, drei Kamine. Arcola hatte es vor ein paar Tagen auf ihrer Besichtigungstour ausgewählt, weil keine Wachhunde zu sehen gewesen waren. Vielleicht war ihr letztes Abenteuer mit der knurrenden Hündin auf der Ladefläche des Lieferwagens fast ins Auge gegangen, oder vielleicht war sie nicht mehr läufig; jedenfalls waren sie im Augenblick nicht dafür gerüstet, mit Dobermännern fertig zu werden. Cleveland liebte natürlich Hunde und hätte niemals mit dem Vergifteten-Schnitzel-Trick gearbeitet.

Unten brannten alle Lampen, oben waren alle Fenster dunkel, wie er es gehofft und erwartet hatte – es war Essenszeit, und Cleveland konnte sie sehen, Dad, Mom, Junior, Sis und Baby, wie sie um den riesigen Eßzimmertisch mit dem köstlichen Abendessen saßen, konnte sehen, wie das livrierte Dienstmädchen durch die Pendeltür in der Küche verschwand (flüchtiger Blick auf Kupfertöpfe, geblümte Tapete), und das vertraute Bild von Vater und Sohn und der Butter, die stumm über die unüberbrückbare Kluft zwischen ihnen gereicht wurde, ließ kurz Wehmut in ihm aufsteigen.

Er spuckte dicken Whiskeyspeichel aus, dann kletterte er auf die Mauer und ging in die Hocke. Er blickte an der Innenseite der Mauer bis zum Gras hinunter und suchte nach Anzeichnen, ob es eine Außenalarmanlage gab, obwohl er wußte, daß die Alarmanlage, falls vorhanden, um diese Zeit voll Glück und Sicherheit nicht in Betrieb sein würde; aber es waren keinerlei Anzeichen zu entdecken, und so ließ er sich langsam aufs Feindgebiet des gepflegten Rasens hinterm Haus hinuntergleiten.

Von Strauch zu Strauch huschte er, mied die aus den Fenstern dringenden Lichtschwaden, die sich nun in der Dämmerung ansammelten und aufs Gras sanken, mied das Eßzimmer und versuchte zu entscheiden, welches der nach wie vor dunklen Fenster im Obergeschoß zum Elternschlafzimmer gehörte. Elternschlafzimmer, dachte er. Das Wort erinnerte ihn aus irgendeinem Grund an Dr. und Mrs. Bellwether, Janes Eltern, und während er das Dutzend Fenster im Obergeschoß musterte, erlaubte er sich, ein oder zwei Sekunden einem geheimen Wunschtraum nachzuhängen. Wenn er genug Kies hatte, würde er ein zehn Meter langes Airstream-Wohnmobil kaufen und mit Jane zu einer Reise durchs Vaterland aufbrechen, die ihren Höhepunkt auf Mount Rushmore finden würde, wo sie Cary Grant und Eva Marie Saint in den Schatten stellen würden, indem sie die heilige Handlung in der Kapelle des rechten Ohrs von Teddy Roosevelt vollzogen. Das war's! Da hinten, vom Eßzimmer aus gesehen am anderen Ende des Hauses – zwei schmale hohe Fenster, fast Türen, hinter einem schmiedeeisernen, verschnörkelten Geländer, ungefähr drei Meter über dem Boden. Zweifellos wurden die Fenster allmorgendlich geöffnet, damit der Herr des Hauses zufrieden den Blick über sein Anwesen schweifen lassen konnte.

In diesem Augenblick wünschte Cleveland sich zum erstenmal, einen Partner zu haben. Pete Arcola hatte bei einem

Autounfall vor sechs Monaten ein halbes Bein verloren, und in Cleveland, sagte Arcola, habe Poon zum erstenmal einen Typ gefunden, bei dem sich überhaupt die Ausbildung lohnte. Punicki arbeitete nur für die echten Künstler und Könner unter den Pittsburgher Juwelendieben, und davon gab es vielleicht drei oder vier. Jetzt brauchte Cleveland jemand, der für ihn die Räuberleiter machte und ihn von unten hochhob. Geduckt lief er zu dem dunklen Fenster, blieb darunter stehen und sah hinauf.

Als er einen weiteren Zug aus seinem Flachmann nahm, bemerkte er, daß das Fenster direkt vor ihm offenstand. He. Er steckte den Kopf in ein halbdunkles leeres Zimmer, Bibliothek oder Arbeitszimmer, großer Schreibtisch in der Mitte, auf dem eine kleine Lampe in Form eines Reihers brannte. Die Lampe verbreitete gerade so viel kaltes Licht, daß er die unzähligen juristischen Bücher in den Wandregalen erkennen konnte. Er zog die Handschuhe an. So leise wie möglich kletterte er in die Bibliothek, in der es nach Pfeife roch, und trug dann die dicksten und größten Bücher, die Wälzer, nach draußen. Er hatte eine heftige Abneigung gegen ungemütliche, plutonische Bibliotheken wie diese und war richtig froh, wieder ins Freie zu kommen, endlich wie Buster Keaton auf dem Gipfel des schwankenden Bücherbergs zu balancieren und mit der Hand fest das schmiedeeiserne Geländer zu umklammern. Er hievte sich hinauf.

Nun zog er das schmale Stemmeisen aus dem Ärmel und brach leise das Fenster auf, indem er geduldig immer fester dagegendrückte, wie Pete es ihm beigebracht hatte; dann war er in dem kühlen, duftenden, stillen schwarzen Schlafzimmer; keuchend, im Mund den brennenden Geschmack des Whiskeys, der in seinem Bauch rumorte, wartete er darauf, bis sich seine Augen an die Dunkelheit gewöhnt hatten, dann ging er zu Moms Toilettentisch und nahm den Stuhl. Leise schob er ihn unter die Klinke und verriegelte die

Tür. Der wichtige Teil war auch der leichteste und schnellste. Ein paar Uhren und Armbänder lagen wie Kleingeld einfach herum; er kam sich vor wie der Knilch, der Weihnachten stahl, scharrte sie zusammen und durchsuchte dann die Socken und Slips in der antiken Kommode, bis er zwei große Händevoll Erbstücke und Geschenke vom Herrn des Hauses zusammengerafft hatte.
Irgendwas zum Transportieren – er dachte erst an eine Socke, entschied sich dann aber für einen Kissenbezug oder ein Laken und schlich auf Zehenspitzen zum Bett. Auf dem linken Nachttisch lag noch ein goldener Armreif – zack! – und eine alte blonde Puppe, eine mit Augen, die sich zu puppenhaftem Schlaf schließen, wenn das Gummibaby auf den Rücken gelegt wird. Er grinste, riß ihr mit einem ziemlich unangenehmen leisen Knall den Kopf ab und schüttete den ganzen Schmuck in den hohlen Puppenkörper. Es kostete ihn eine grauenvolle Minute, den Kopf wieder auf den Hals zu schrauben; dann schüttelte er die ulkige Maraca einmal, und weil er einfach nicht widerstehen konnte, belohnte er sich mit einem weiteren Schluck aus dem Flachmann – immerhin stand er unter gewaltigem Streß –, und so kam es schließlich, daß der fabelhafte Cleveland seine fabelhafte Nonchalance einmal zu oft unter Beweis stellte. Er hätte den Augenblick jubelnder Freude verschieben, nur ein bißchen früher weggehen sollen. Als er so leise wie möglich auf den Rasen sprang, hörte er das erste Aufheulen der Sirenen.
An dieser Stelle sollte ich wohl erwähnen, daß sich mein Vater seit unserem letzten bizarren, kläglichen Versuch zu einem Gespräch in eine Wut hineingesteigert hatte, die in ihrem väterlichen Zorn und der knappen Selbstbeherrschung, in der Furcht und dem Zittern, die sie einflößte, angeblich schrecklich war, biblisch. Mein Vater war in Rage. Durch Lenny Stern ließ er ausrichten, daß Frankie Breezy

ihn sofort anrufen solle, und als Frankie dies zwanzig Minuten später tat, ermunterte er ihn zu der Einsicht, daß Cleveland Frankies Problem war. Frankie sah das ein. Wie erklärte sich Frankie Breezy wohl, dem vielleicht etwas mulmig war, als er den Hörer auflegte, daß sich Joe the Egg, der offensichtlich nichts Gutes im Sinn hatte, plötzlich für Frankies ehemaligen Laufburschen zum Abkassieren und Zustellen, einen dummen Rocker, interessierte? Bestimmt wußte er, was alle anderen auch wußten: daß Joe Bechstein seit dem Tod seiner Frau komisch war, wenn es um den Jungen ging. Jetzt war der Junge schließlich doch im Dreck gelandet und spielte mit den anderen Jungs, und deswegen schimpfte Joe the Egg. Er hatte Frankie beauftragt, Cleveland eine Lektion zu erteilen, aber Frankie hatte bei diesen Worten wahrscheinlich hämisch gegrinst und erraten, für wen die Lektion in Wirklichkeit bestimmt war.
Frankie hatte auch keinen Grund, es abzulehnen, denn von allen Menschen auf der Welt mochte er zur Zeit am allerwenigsten Punicki. Frankie schickte ein paar Spitzel los. Es dauerte gar nicht lange, bis sie von dem Bruch in Fox Chapel Wind bekommen hatten; und ein anonymer Anruf mit einer über den Daumen gepeilten Adressenangabe sorgte für den Rest. Mit heulenden Sirenen kamen die Bullen angerauscht, und Cleveland, dessen Radau den Hausherrn alarmiert hatte, warf die Puppe über die Mauer und kletterte hinterher. Er hörte, wie die Schulternaht seines Jacketts aufriß. Krachend bahnte er sich einen Weg durch den Wald, die Puppe unter den Arm geklemmt, und verlor zweimal die Orientierung. Er malte sich aus, was jetzt hinten im Haus ablief: die Kinder heulten, Dad stürzte auf den Rasen, Junior auf die Straße. Polizei, Polizei! Ein Zweig schlug ihm direkt am Auge gegen die Wange, und er sah einen roten Blitz. Endlich erreichte er

mit wuchtigen Schritten den geteerten, menschenleeren Parkplatz, ließ sein Motorrad an und fuhr los.
Als er auf die Straße kam und ohne nachzudenken nach rechts abbog, wurden Cleveland zwei Dinge klar: Er wußte nicht, wo er hinfuhr, und er hatte zuviel getrunken. Während er durch den Wald gehetzt war, hatte sich der Alkohol verflüchtigt, doch nun kehrte er mit der ganzen Erbitterung eines Ich-hab's-dir-ja-gesagt zurück. Cleveland drehte auf der Straße und fuhr in die Gegenrichtung, zurück nach Highland Park, ohne sich entscheiden zu können, was er als nächstes tun sollte, denn es war noch zu früh, bei Carl im Laden vorbeizuschauen; vorher sollte er ohnehin noch Pete in Oakland abholen. Als er überlegte, ob er ein Stopschild überfahren sollte, dann aber bremste und fast anhielt, fiel ihm ein, daß vielleicht nicht nur die Polizei nach ihm suchte; und er dachte an mich, weil er das unbestimmte verrückte Gefühl hatte, daß ich bei irgend jemand ein Wort für ihn einlegen und den Druck mildern könnte, falls tatsächlich Druck ausgeübt wurde; dann dachte er an Jane, an jene sichere, andere, zärtliche Welt, und er fragte sich, ob er es wagen konnte, bei ihr zu Hause aufzukreuzen; seit zwei Monaten war er nicht mehr dort gewesen.
Er brauste an zwei Streifenwagen vorbei, die in die Gegenrichtung fuhren, und hörte in der Ferne das Quietschen der Reifen, als die Polizisten das Steuer herumrissen und die Verfolgung aufnahmen. Immer noch mit der Puppe unter dem Arm fuhr er über den Allegheny und war entschlossen, seine Verfolger abzuschütteln. Zehn Minuten später hatte er sein Motorrad auf einem leeren Parkplatz in East Liberty abgestellt, hinter einem alten Gebäudetrakt, der ihn von der Straße abschirmte; mit gespreizten Beinen stand er auf dem Rücksitz des Motorrads und sah sich um: auf drei Seiten war er von Verladerampen, leeren Kisten und einem Gabelstapler ohne Gabel umgeben. Auf der vierten Seite standen auf

einem mit Unkraut überwucherten Stückchen Land ein kleiner Wohnwagen, der als Büro diente, und eine beleuchtete Telefonzelle. Er trank den letzten Schluck aus dem Flachmann, dann holte er eine Vierteldollar-Münze aus der Tasche.
»Cleveland!«
»Was machst du gerade, Bechstein?« sagte er. »Laß alles stehen und liegen.«
Ich hatte auf dem Sofa gelegen und versucht, einen Artikel zu lesen, der die berüchtigte Kurzlebigkeit der *Clash*-Schlagzeuger und von Schlagzeugern im allgemeinen behandelte, wurde jedoch ständig von dem Gedanken abgelenkt, daß ich nichts für den Abend vorhatte und seit letztem Freitag überhaupt nichts mehr vorgehabt hatte; seit jenem Abend mit Phlox, den ich verdorben hatte, weil es mir nicht gelungen war, vor ihr meine neue, erschreckende Unfähigkeit zu verbergen, auf ihre Äußerungen oder ihren Körper einzugehen; dem war bereits ein ruhigerer, aber ähnlicher Abend mit Arthur vorausgegangen, und allmählich zweifelte ich, ob ich überhaupt noch sexuelle Gefühle hatte, gleich welcher Vorsilbe. Ich war mir nicht im klaren darüber, ob die Tatsache, daß ich nichts vorhatte, ein Segen oder eine Strafe war. Die unfreundlichen Töne bei meinem letzten Abschied von Cleveland – die Streiterei auf der Treppe zu meinem Apartment – erschienen nun unwichtig, ein belangloses Mißverständnis, und sein Anruf versprach Rettung.
»Wo bist du?« fragte ich. »Was gibt's?«
»Wie schnell kannst du bei der Wolkenfabrik sein, Bechstein?«
»In zwanzig Minuten? Fünf, wenn ich den Bus erwische. Was? Was?«
»Du sollst bloß herkommen.«
»Weshalb?«

»Ich muß unter deine schützende Hand kriechen«, sagte er trocken. »Komm schon.«
»Du bist besoffen.«
»Scheiße, Bechstein, jetzt komm schon. Das ist deine große Chance.« Ein leicht bettelnder Unterton in seiner Stimme. »Komm schon.«
»Es ist doch nicht wieder einer von deinen Ausflügen in die Unterwelt?«
»Ich hol dich ab«, sagte er. »Rühr dich nicht vom Fleck.« Mit viel Lärm und Geklapper legte er den Hörer auf.
Ich rasierte mich und zog, einer merkwürdigen Eingebung folgend, die Sachen an, die ich als meinen Kampfanzug bezeichnete – das heißt, soweit man bei mir von einem Kampfanzug sprechen konnte –, Jeans, schwarzes T-Shirt mit Tasche, schwarze hochgeschlossene Turnschuhe. Dann stellte ich mich vor den Spiegel, bejammerte meine schwächliche Konstitution und versuchte lachend, die Lippen zusammenzupressen und mir einen harten Blick zuzulegen. Ich war aufgeregt, besorgt, ausgelassen und nahm an, daß mir wieder die gleiche Kostprobe von Angst, Aufklärung und seltsamer Freiheit bevorstand, die ich bei den zwei vorangegangenen Ausflügen in die Unterwelt erhalten hatte. Ich lief zur Forbes Avenue, um dort auf ihn zu warten, und erfuhr eine erste Enttäuschung, als ich merkte, daß ich völlig falsch angezogen war. Cleveland sah in seinem Blazer wie jemand aus, der zu einem obligatorischen Mittagessen mit seiner einsamen alten Tante geht. Ich sah wie jemand aus, der ihr Haus verwüstet und ihre Vogelhäuschen stiehlt. Wir hatten unsere üblichen Kleider getauscht. Er schob das Visier nach oben; ich bemerkte die entzündete rote Schramme auf seiner Wange unter einem Auge.
»Wie siehst denn du aus. Ha.« Er lächelte eine halbe Sekunde lang. »Steig auf.«
Ich stieg auf, traute mich nicht, wegen der Puppe zu fragen;

ich legte die Arme um ihn und hielt mich fest; hier war eindeutig etwas faul; ich spürte die fatalistische Abgestumpftheit in Clevelands Worten. Die ihn stets umgebende alkoholische Aura dessen, der alles auf die Spitze treibt, hatte sich nun zu einem widerlichen Geruch verdichtet.

»Dein Vater ist ein Arschloch.« Damit begann er, und dann erzählte er mir rasch, indem er gegen den Wind anschrie, was er in den letzten beiden Stunden getan hatte und vor wem er seiner Meinung nach weglief.

»Was für ein Interesse sollte mein Vater daran haben?« rief ich. »Du leidest unter Verfolgungswahn. Warum sollte er sich dafür interessieren, was du für Carl Punicki machst?«

Er bremste ab, als wir zum Schenley Park einbogen, und der Fahrtwind legte sich kurz. »Weil er ein Arschloch ist! Weil... verdammt, weil ich deine Jugend verdorben habe. Keine Ahnung. Ich habe dir den Schlachthof hinter der Würstchenbude eurer Familie gezeigt. Und weiß Gott, es gibt noch eine ganze Menge, was du herausfinden könntest. Das würde ihn wahrscheinlich umbringen.«

Ich erwiderte nichts. Wir kamen zur Wolkenfabrik, die sich im Licht der Straßenlampen undeutlich abzeichnete, und rasten gerade an ihr vorbei, als in einiger Entfernung an der Bibliothek ein Streifenwagen auftauchte. Wir sahen ihn beide. Cleveland riß die Maschine herum und fuhr auf den Parkplatz des Museums, bis dicht vor die Cafeteriatür; dort stellte er den Motor ab.

»Hier warten wir kurz«, sagte er und drehte den Kopf zu mir nach hinten, so daß mir seine Whiskeyfahne ins Gesicht schlug. »Ich möchte, daß du eine Weile bei mir bleibst, bitte, Bechstein, in Ordnung?« Er hatte, das wußte ich, grundsätzlich etwas gegen das Wort ›bitte‹. »Sei einfach mein Maskottchen.«

Der Streifenwagen fuhr vorbei, reichlich langsam, aber er

fuhr vorbei, und die Schatten der Bullen im Auto wirkten gelassen und nicht so, als verfolgten sie jemand. Ich atmete auf.

»Na schön«, sagte ich, zum erstenmal seit vier Tagen von Zweifeln unbelastet. So freundlich, wie man jemand an der Schulter packen kann, packte ich Cleveland an der Schulter.

»Mach ich. Was soll die Puppe?«

Er schüttelte sie.

»Verstehe«, sagte ich. Ich hätte den Inhalt wirklich gern gesehen. Gestohlener Schmuck. Wen erregen diese beiden Worte nicht?

»Moment mal«, sagte er und glitt von dem Motorrad. Er ging samt Puppe in Richtung der Wolkenfabrik.

Ich sah ihm nach, wie er den Hügel hinabging und verschwand. Ich war noch nie darauf gekommen, daß es nicht nur an meinem, sondern ebenso am Willen meines Vaters lag, wenn es mir bisher gelungen war, mich aus den Geschäften meiner Familie herauszuhalten. Ich hatte immer geglaubt, daß ihn meine Scham, mein Desinteresse, meine pubertäre Verachtung enttäuschten. Und dann dachte ich: Moment mal, wird man mich verhaften? Stop, nun mal langsam.

»Was hast du mit dem Ding gemacht?« fragte ich, als Cleveland gemächlich zurückgeschlendert kam und sich die Taschen seines zu engen Jacketts abklopfte. »Bist du gesehen worden?«

»Jetzt hab ich nichts Belastendes mehr bei m-mir«, sagte er; er klang völlig erschöpft und außer Atem. »Niemand hat mich gesehen. Möge die Wolkenfabrik mein kleines Baby behüten und be-bewahren. Jetzt hör mal zu. Wir machen folgendes. Ich muß schnell zur Ward Street fahren und meinen Mentor aufgabeln. Ich nehme seinen Lieferwagen – er hat einen tollen Lieferwagen –, und wir holen dich dann hier ab.«

»Warum muß ich hier warten?«
Mit der einen Hand packte er mich am Ellbogen, mit der anderen am Oberarm, und hob mich hoch, ungefähr zehn Zentimeter über den Sattel. Es tat weh.
»Runter mit dir«, sagte er und stellte mich grob auf die Füße. Ein Beobachter hätte den Eindruck haben können, Cleveland hätte mich zusammenschlagen wollen. »Du bleibst hier, weil du alle Hände voll zu tun haben wirst, während ich weg bin.« Er griff in seine Hosentasche und holte ein halbes Dutzend Vierteldollarmünzen hervor. »Da«, sagte er. »Fang an, alle hohen Tiere anzurufen, die du kennst. Die ganzen Zampanos. Deinen Onkel Lenny, wen auch immer. Bitte sie – mit der ganzen kindlichen Bescheidenheit, die du so gut draufhast –, die Sache abzublasen. Dir zuliebe.«
»Ich kenne keinen von den Zampanos, Cleveland. Ich kann Onkel Lenny nicht anrufen.«
Er stieg auf die BMW und setzte sich den Helm auf. Seine Stimme drang näselnd und wie aus großer Ferne durch das runtergeklappte Visier, als würde er aus einer Flasche zu mir sprechen.
»Aber sicher kannst du das«, sagte er. »Ruf deinen Dad an, wenn's sein muß.« Er trat den Kickstarter kräftig nach unten, und sein durch den Alkohol unsicherer Fuß glitt ab und landete mit voller Wucht auf dem Boden. »Mein Gott. Ruf ihn per R-Gespräch an.«
»Das ist kein guter Plan, Cleveland. Das ist ein schlechter Plan. Du kannst nicht mal mehr dein Motorrad anlassen.« Ich merkte, daß ich mich um mein Versprechen drücken wollte, ihm zu helfen, und grinste deshalb. »Du bist nicht gerade in Topform.«
Er trat noch einmal, und im Motor setzten die gesteuerten Explosionen ein.
»Ich bin riesig«, sagte er und stupste mich mit einem Finger auf die Brust. »In zehn Minuten bin ich zurück.«

Während ich die klammen Metallstücke in der Hand knetete, sah ich ihm nach, wie er wieder durch die Schatten zwischen den Straßenlaternen fuhr und dabei immer kleiner wurde. Ich wünschte, voll merkwürdiger, heftiger Reue, daß ich ihn auf die Wange geküßt hätte.

Ich stand in der Telefonzelle, die verschiedensten Einleitungen und Taktiken schwirrten mir durch den Kopf, einen Vierteldollar hatte ich halb in den Münzschlitz geschoben, mich aber leicht verwirrt, doch entschieden zu dem Schluß durchgerungen, daß ich unmöglich Onkel Lenny anrufen konnte. Ich mußte es bei meinem Vater probieren. Ich sage verwirrt, weil ich eigentlich noch immer nicht glaubte, daß das vorzeitige Eintreffen der Polizei irgendwie mit meinem Vater zusammenhing, und so sah ich auch nicht recht ein, weshalb ich ihn anrufen sollte, mal abgesehen davon, daß ich es Cleveland versprochen hatte. Schlimm genug, meinen Vater aus guten Gründen beunruhigen zu müssen, geschweige denn wegen Clevelands Kinkerlitzchen! Voll Angst ließ ich die Münze in den Schlitz fallen und überlegte, ob ich nicht bloß anrufen sollte, um ihm guten Tag zu sagen. Fünfzehnmal las ich eine obszöne Kritzelei auf der Aluminiumwand in einer Ecke der Telefonzelle.

»R-Gespräch für Joseph Bechstein von Art«, sagte ich, und nach einer Weile hörte ich meinen Vater sagen, daß er die Gebühren nicht übernehmen wolle. In der Sekunde, ehe mich der Mut verließ, merkte ich, wie seltsam es war, seine hohe, schneidige Stimme zu hören und nicht mit ihm sprechen zu können, als ob die Frau in der Vermittlung einen unerreichbaren Geist oder ein Orakel beschworen hätte; diese Frau hatte die Stöpsel und den Draht in der Hand, die uns verbanden. Mein Vater würde auflegen, und ich dann auch, und sie würde allein dort zurückbleiben, wo auch immer sich Vermittler aufhalten.

»Dad!« sagte ich. »Bitte rede mit mir!«
Ich hörte die jähe Stille, als die Frau die Verbindung unterbrach; dann, als sie in reserviertem Ton vorschlug, ich solle durchwählen, hörte ich, wie in der Ferne die Sirenen lauter wurden. Ich knallte den Hörer auf die Gabel und lief zum Parkplatz zurück. Einige Sekunden lang sah ich Clevelands Motorrad, sehr weit weg, ehe es aus meinem Blickfeld verschwand. Er mußte über eine Kreuzung gedonnert sein, an zwei Bullen in einem Auto vorbei, die eine Beschreibung von ihm hatten und an der Ringfahndung teilnahmen. Einer, dann zwei, drei Streifenwagen nahmen mit aufblitzendem Blaulicht die Verfolgung auf. Während der folgenden paar Minuten rannte ich hilflos hin und her, sprang in die Luft, stieg die Treppe zum Museum hinauf, versuchte, einen Blick zu erhaschen, und nahm nichts von meiner Umgebung wahr als die unablässige Vorführung des Dopplereffekts. Ich wußte überhaupt nicht, was ich tun sollte, und kam sogar auf die Idee, die Polizei zu rufen.
»Hilfe, oh, Hilfe«, flüsterte ich.
Dann sah ich Cleveland aus einer Straße drüben hinter der Bibliothek auftauchen, die Straße, die ich immer gegangen war, als ich Phlox nicht über den Weg hatte laufen wollen, und gleichzeitig hörte ich das Grollen und entsetzliche Geflatter von Aberhunderten schlagender Taubenflügel. Der Hubschrauber sank herab und schwebte auf der Stelle, strich mit dem Lichtkegel seines Scheinwerfers über Cleveland, und eine Metallstimme erteilte einen unverständlichen Befehl. Cleveland zögerte einen Augenblick, vermutlich vor Schreck, weil er plötzlich tosenden Wind und grelle Helligkeit über seinem besoffenen Kopf spürte, und schoß dann, als hinter ihm die Streifenwagen auftauchten, auf mich und die Wolkenfabrik zu. Der Hubschrauber stieg ruckartig höher und stürzte dann wieder auf sein Opfer herab. Cleveland fuhr keine zwanzig Meter vor mir an den Randstein,

ließ das Motorrad mit noch drehendem Hinterrad auf die Straße fallen und rannte, verfolgt von dem Scheinwerfer oben, zur Wolkenfabrik. Ich lief hinter ihm her.
»Zurück!« rief die Stimme im Hubschrauber. »Stehenbleiben!«
Cleveland hangelte sich an dem Maschendraht hinauf, schwankte oben am Zaun, und dann verlor ich ihn aus den Augen. Streifenwagen fuhren vor, Polizisten stiegen aus den Autos und kamen klirrend und rasselnd auf mich zu. Einer von ihnen löste sich aus dem Pulk, gab mir einen Schubs, drehte mir den Arm auf den Rücken und verhaftete mich. Ich konnte nicht sagen, daß ich nichts damit zu tun hatte.
Wir sahen zu, ich und mein Bulle. Der Suchscheinwerfer erfaßte Cleveland auf einer Eisenleiter; er war betrunken, verängstigt und kletterte sehr schlecht. Unter seinem Arm blitzte etwas weiß und rosa auf. Ich schrie auf. Runter, dachte ich, runter, geh runter. Aber er kletterte weiter nach oben, rannte blindlings über jeden Steg zur nächsten Leiter, war auf Schritt und Tritt in den grellen Lichtkegel getaucht, bis er zu einer Leiter kam, die an der Fabrikwand befestigt war, eine Reihe Sprossen, die man wie Krampen in den Backstein geschlagen hatte.
»Geh runter!« rief ich.
»Er kann dich nicht hören«, sagte der Bulle. »Halt's Maul.«
Clevelands Verfolger erklommen das Gebäude bereits von allen Seiten, als er die Spitze der Wolkenfabrik erreichte. Ich sah ihn, wie er mit gespreizten Beinen im Schatten des magischen Ventils stand, die eine Hand streckte er abwehrend in Richtung des heranfliegenden Hubschraubers aus, um das Gesicht vor dem Scheinwerferlicht zu schützen, mit der anderen umklammerte er die nackte Puppe. In jener langen Sekunde, ehe er den Halt verlor und kopfüber, kopfunter abstürzte, strahlte der Scheinwerfer Cleveland so seltsam an, daß er kurz einen riesigen Schatten auf die

vollkommenen Wolken warf, und das Haar schien wie ein schwarzes Banner um den Schattenkopf zu wehen. Eine Sekunde stand Cleveland über dem Hubschrauber, der ihn peinigte; er überragte die Fabrik, mich und die Stadt mit ihren geheimnisvollen Bewohnern und Häusern unter seinen Füßen, und der eineinhalb Meter lange Schatten der Puppe strauchelte und schrie.

23
Xanadu

Anscheinend habe ich, als Cleveland stürzte, bei der Verhaftung Widerstand geleistet, und mußte mit Gewalt abgeführt werden. Ich habe keine Erinnerung daran, auch nicht an andere Dinge, die sich vor dem sonnigen Augenblick ereignet hatten, als ich mit einem Namenskärtchen am Handgelenk in einem Bett aufwachte, dessen Laken steif wie weiße Einkaufstüten waren, und Schmerzen hatte, die ich zuerst für einen fürchterlichen Kater hielt, die sich dann jedoch als die Nachwirkungen von zwei kräftigen Schlägen mit dem Gummiknüppel auf den Kopf herausstellten; ich konnte den Schmerz richtig sehen, ein Phosphenschleier hinter meinen Augen. Als ich mich aufzusetzen versuchte, hörte ich einen tiefen befriedigten Seufzer. Mühsam drehte ich den Kopf um und sah Onkel Lenny neben dem Bett sitzen, in einen weißen Sessel versunken, der zu groß für ihn war. Ich zuckte zusammen.

»So ist's brav«, sagte er und baumelte leicht mit den Beinen, die nicht ganz bis auf den Boden reichten. »Hihi. Guten Morgen! Na? Wie geht's deinem Kopf? Schon viel besser, was?«

Ich wandte zu rasch den Blick ab, so daß eine schwarze Sternchenwelle über meinen Augen zusammenschlug, und sagte: »Ah.«

»Gefällt dir das Zimmer? Nicht übel, was? Privat. Sehr teuer. Hab dich verlegen lassen, gleich als ich davon erfuhr.«

Einen Augenblick wartete er darauf, daß ich mich bei ihm bedankte.

»Nur keine Angst, Art. Dein Dad ist unterwegs, wahrscheinlich ist er schon am Flughafen. Brauchst dir gar keine Sorgen zu machen. Mit der Polizei gibt's keine Scherereien. Du hast Freunde, Art.« Ächzend beugte er sich vor, um mir zwei sonnengebräunte Finger auf die Schulter zu legen. »Schließlich hast du deinen Onkel Lenny. Und deine Tante Elaine; sie wartet unten. Sie ist auch gekommen. Um dich zu trösten.«

In diesem Moment wurde mir ein anderer Schmerz bewußt, der tiefer ging und stechender war als jenes Gefühl von Verlust, das ein Kater manchmal im Herzen freilegt.

»Was ist passiert?« flüsterte ich. Meine Stimme brach, klang belegt und eingerostet. Durch das Fenster konnte ich die Häuserkaskaden am fernen steilen Ufer des Monongahela sehen, das ausgebreitete, schmutzig rotgrüne Karomuster von Oakland. Ich lag also im *Presbyterian Hospital.*

»Ein Bulle hat dich geschlagen, ein mieser Polacke. Auch um den Bullen kümmern wir uns.«

»Prima«, sagte ich, »kümmert euch um alles.« Ich hatte Freunde. Ich hatte Freunde, die Polizeichefs kauften, mordeten und all die Dinge taten, die ich stets als erschreckende, bedauerliche und mäßig interessante Handlungselemente einer Fernsehsendung betrachtet hatte, die ich mir selbst nicht ansah. Und nun kamen mein Vater und meine anderen Freunde und holten sich den Dank dafür ab, daß sie mir aus der Klemme geholfen, mir die ganzen leidigen Scherereien erspart hatten. Ich suchte unter dem Kopfkissen nach dem Klingelknopf, doch dann erinnerte ich mich oder glaubte mich zu erinnern, daß Annette, die Mitbewohnerin von Phlox, im *Presbyterian* arbeitete. Ich hatte das Gefühl, in der Falle zu sitzen, wenn ich auch nicht genau wußte, weshalb; ich hatte keine klare Vorstellung mehr, wo Verbindendes und wo Trennendes zwischen meinen Bekannten lag, wer auf welcher Seite und in welchem Verhältnis zu mir stand; was letztlich darauf hinauslief, wenn man es genau nimmt, daß ich vergessen hatte, wer ich war. Während ich den Knopf anstierte, den zu drücken ich nicht fertigbrachte, war ich einen Augenblick lang starr vor Schreck, losgelöst, schwebend, und um wieder festen Halt zu gewinnen, beschwor ich unwillkürlich den einzigen magischen Namen, den ich kannte. Was würde Cleveland tun, überlegte ich mir, wenn er in dieser Lage gewesen wäre?

Er hätte den Bogen überspannt.

»Onkel Lenny«, sagte ich. »Warum hat mein Vater Cleveland ermorden lassen?«

»He! Art! Was sagst du da? Junge, man hat dir eins über die Birne gezogen. Dein Vater hatte nichts damit zu tun. Dein Freund, der arme Kerl, ich weiß auch nicht, er war Anfänger, er ist leichtsinnig geworden. Die Bullen hat er sich selber auf den Hals gezogen.« Er zupfte sich abwartend am Ohr.

»Lenny, ich liege hier mit einem Schädelbruch im Krankenhaus. Ich habe Schmerzen, Onkel Lenny; bitte lüg mich nicht an.« Ich kannte ihn gut genug, um zu wissen, daß die dringende Bitte eines Kranken vielleicht Eindruck auf ihn machte. Tante Elaine, die erbarmungslos über Migräneanfälle, Gallensteine, Rheuma und Unterleibskrämpfe klagte, hatte ihren Mann im Lauf der Jahre in eine Art menschliches Linderungsmittel verwandelt; seine anderen Begierden – nach Geld, Herrschaft, einem berühmten Namen – waren alle schon vor langer Zeit befriedigt worden und hatten ansehnliche Früchte getragen, und so blieb ihm nur noch der Wunsch nach guter Besserung für jedermann – der im Florida der Greise unerfüllbar bleiben mußte.

»Wer hat ihn bei der Polizei verpfiffen?« fragte ich und stöhnte.

»Meine Güte, wer weiß? Vermutlich der Kerl, bei dem er eingebrochen ist.« Nach wie vor beschäftigte ihn sein langes Ohrläppchen, doch ich merkte, daß ich ihn unruhig gemacht hatte. Ich wagte ein weiteres Stöhnen und mußte feststellen, daß ich mehrere Sekunden lang gar nicht mehr aufhören konnte.

»Um Himmels willen, Art, soll ich die Schwester holen?«

»Es geht schon. Ich will eine Antwort. Cleveland hat gesagt, daß mein Vater ihn reingelegt hat. Stimmt das?«

»Art, sieh mal, dein Vater wird jeden Augenblick hier sein; ihm kannst du soviel Fragen stellen, wie du möchtest, gar kein Problem. Ich hole die Schwester, sie wird dir eine Pille geben.« Er wuchtete sich aus dem Sessel und sah mich dann an, mit verzerrtem Gesicht, als stelle er sich meine Kopfschmerzen vor, die geöffneten Hände hilflos von sich gestreckt. »Art, er wollte nur auf dich aufpassen. Es hat ihm nicht gepaßt, mit welchen Leuten du verkehrst. Ich schätze, er war sauer. Ja, er war wirklich stinkwütend. Mein Gott, du hättest ihn am Telefon erleben müssen. Ich hab mir das Ding so weit vom Ohr weghalten müssen. Hör mal, du weißt doch, wie er zu dir steht, seitdem, ich meine, seit...«

Ich setzte mich auf, aller Schmerz war verflogen, und ich streckte die Hand aus, um ihn am noppigen Ärmel seines Pullovers zu packen, so wie es Cleveland getan hätte.

»*Seit was,* Lenny? Seit sie statt seiner meine Mutter umgebracht haben?« Einen Moment lang schien dies alles zu erklären und dann doch wieder nicht.

Lenny wich zur Tür zurück, wachsam und niedergeschlagen, braungebrannt und alt.

»Ich hole deine Tante Elaine«, sagte er bedächtig, ein Wort nach dem anderen, als fuchtelte ich wild mit einer Pistole herum. »In Ordnung? Du wartest hier. Ich gehe jetzt raus.«

»Was ist mit meiner Mutter geschehen, Lenny?« Was ist mit meinem Vater geschehen? Was ist mit mir geschehen?

Er ging hinaus. Meine Kopfschmerzen wichen dem wachsenden Gebrodel in meinem Magen. Ich drückte auf den Klingelknopf und vergaß trotz allem nicht, neugierig darauf zu warten, ob Annette meine Krankenschwester war, doch eine ältere Frau rauschte herein, die flott und fröhlich aussah und die Haube wie eine ausgestopfte Taube auf dem Kopf sitzen hatte.

»Ich muß brechen«, sagte ich und erbrach mich, obwohl ich nicht viel im Magen hatte. Ich sank zurück in die raschelnden Laken.

»Ich bin heute für niemand mehr zu sprechen«, sagte ich und nahm ein Glas Zuckerwasser aus ihrer Hand. »Ich fühle mich gar nicht gut.«

Meine heldenmütige Krankenschwester (der ich nun nachträglich danke – ein Kuß auf jede Ihrer faltigen Wangen, Eleanor Coletti, R.N.) wehrte den heftigen Ansturm von väterlicher Sorge und Gladiolen ab, bis die erste Besuchszeit vorbei war, obwohl ich jedesmal, wenn ich die hohe, sanfte und zerknirschte Stimme meines Vaters auf dem Flur hörte, in schrecklicher Versuchung war, nachzugeben, da ich, wie bereits erwähnt, schon immer den Hang hatte, Entschuldigungen anzunehmen, weil sie nostalgische Sehnsüchte stillen. Den ganzen Nachmittag über rüttelte und schüttelte ein Gewitter an meinem Fenster, während ich meinen Vater inständig bitten, herumkommandieren und seufzen hörte; ich behielt die Tür, die unerbittlich geschlossen blieb, im Auge und sehnte mich danach, alles möge wieder so werden wie früher, denn dies ist das trügerische Versprechen der Entschuldigung. Aber mir war klar, daß, wenn mein Vater lange genug dablieb, ich es schließlich sein würde, der sich entschuldigte, und das war etwas – so überlegte ich mir –, was Cleveland keinesfalls getan hätte. Um sieben kam Schwester Colletti mit grimmig zusammengekniffenen Lippen ins Zimmer und sagte mir, mein Vater sei samt Blumenstrauß abgezogen. Sie pustete sich eine unbändige graue Locke aus der Stirn.

Genaugenommen trieb mich schließlich diese Anforderung, die ich mir ständig stellte, so zu denken, wie mein toter Freund gedacht hatte, aus dem Bett und zu dem winzigen Schrank in meinem Zimmer, in dem ich meine Kleider fand, meinen Kampfanzug. Ich zog mich langsam an, begleitet vom leisen Klirren und Klimpern von Kleiderbügeln, fühlte mich schwach und jämmerlich in meiner jämmerlichen Uniform, fand meine Armbanduhr, meine Brieftasche, meine Schlüssel und schlich mich aus dem Zimmer und in den Aufzug. Ich entließ mich ohne Formalitäten aus dem Krankenhaus, was abends um halb acht nicht weiter schwer war, und erwischte noch einen Bus nach Squirrel Hill.

In einem Linienbus zu sitzen, mit dem man nach der Arbeit, nach dem Kino und zahllosen Essen beim Chinesen gefahren ist, während die gleiche späte Sonne hinter den gleichen verfallenden Gebäuden untergeht und der gleiche stechende Wassergeruch die regenschwüle Luft erfüllt, kann unmittelbar nach einem Unglück entweder ein surrealistischer Alptraum an Normalität sein oder ein Sprung ins warme Wasser des herrlichen Alltagstrotts. Ich beobachtete, wie inmitten der vierzig schwitzenden, unscheinbaren Leute eine Mutter das Haar ihrer Tochter kämmte und in Zöpfe flocht, die sie straff und nett mit rosa Gummispangen befestigte, und als ich an der Terrace-Haltestelle das Stopsignal drückte, wußte ich, daß alles gut werden würde, daß ich bald, sehr bald, würde weinen können.

In meinem Briefkasten war keine Post; ich kam zur Tür rein und entdeckte Arthur, der auf dem Sofa saß, vor sich auf dem Boden eine große karierte Reisetasche hatte und in einer Illustrierten blätterte. Er sah aschfahl und übermüdet aus. Eine Zigarette zitterte zwischen seinen schlanken Fingern. Ich ging zu ihm, wir umarmten uns, wir weinten, heulten Rotz und Wasser, Schultern und Hals waren naß von unseren Tränen, putzten uns hundertmal die triefenden Nasen.

»Ich habe ein Problem«, sagte er schließlich schniefend. Ich spürte, wie sich seine Schultern plötzlich verkrampften. »Und in gewisser Beziehung bist du daran schuld.«
»Wieso?« fragte ich.
»Ein paar von den Partnern deines Vaters haben mich heute besucht. Bei meiner Mutter.« Hinter der Blässe und dem Schatten auf seinem Gesicht tauchte ein Anflug von seiner üblichen sarkastischen Miene auf. Er hatte trotz allem Sinn für die groteske Seite der Situation. »Du hast mir nie erzählt, aus was für einem, na ja, aus was für einer Dynastie du stammst.«
»Was soll das heißen? Was wollten sie?«
Er deutete auf die große Reisetasche.
»Zunächst einmal wollten sie mir klarmachen, was für ein Glückspilz ich sei, mein hübsches Schwulengesicht behalten zu dürfen. Sie ersuchten mich höflich, die Stadt zu verlassen.«
»Wie sind sie ... was machst du jetzt?
«Ich verlasse die Stadt. Ich gehe nach New York. Ich bin nur noch hiergeblieben, um mich von dir zu verabschieden und mein Konto zu plündern. Kann ich hier übernachten?» Er versuchte zu lächeln. »Geht das ohne Gefahr?«
»Du mußt die Stadt nicht verlassen.«
»Ach, nicht? Kannst du etwas dagegen unternehmen?«
Ich dachte einen Augenblick nach.
»Nein«, sagte ich. »Nichts.«
Ich horchte kurz in mich hinein, ob es mich beunruhigte, daß mein Vater alles herausgefunden hatte, aber das war nicht der Fall. »Wie sind sie ... Ach. Der Brief.«
»Vermutlich«, sagte er.
»Hatte er ihn bei sich, als er ... als sie ihn gefunden haben? Wieso?«
»Was war das für ein Brief?«
»Ein Brief von Phlox. Ziemlich wirres Zeug.«

»Vielleicht hatte er ihn bei sich, weil er irgendwelchen Blödsinn damit anstellen wollte.«
Ich hatte eine Idee, stand auf und ließ meinen Blick über all die nie ausgepackten Kartons, all die aufgetürmten Stapel in meinem Sommerapartment schweifen.
»Ich nehme an«, sagte ich, »ich nehme an, es wird ein ... Tja. Ein Begräbnis geben. Hm. Willst du nicht noch solange bleiben?«
Arthur blickte starr auf seinen Schoß. Ich sah, wie ihm das Blut in den Hals stieg, bis hinauf zu den rosa Ohrläppchen, aber er wurde nicht rot.
»Nein«, sagte er. »Ich glaube nicht. Begräbnisse sind immer schwachsinnig, aber das von Cleveland wird das schwachsinnigste Begräbnis der Welt.«
»Ich gehe.«
»Schön«, sagte er, ohne aufzublicken. »Laß mich wissen, wie's war.«
»Ich meine, ich möchte mit dir gehen.«
Eine Pause trat ein. Er wandte mir das Gesicht zu.
»Ich bin überrascht«, sagte er, aber natürlich war ihm keine Spur davon anzumerken. Da war lediglich sein gelassener wachsamer Blick, die leicht hochgezogene linke Augenbraue. »Ich dachte, du würdest dich jetzt hinter den verstreuten Trümmern deiner Heterosexualität verschanzen.«
Ich setzte mich neben ihn, Schenkel an Schenkel auf der kleinen Couch.
»Ich weiß nicht so recht. Vielleicht tu ich das. Kann ich trotzdem mitkommen?«
»Ich dachte an Spanien oder so«, sagte er.
Vielleicht war meine Angst dumm, doch auch ich packte eine Reisetasche, und wir übernachteten im Hotel; vielleicht war es aber auch dumm, nicht noch mehr Angst zu haben, denn wir stiegen im Duquesne ab, unter dem Namen Saunders. Die düsteren, von einem leisen Brummen durchzoge-

nen Gänge, der regungslose Vorhang am Fenster ließen mich an meinen letzten Besuch in dem Hotel denken, zusammen mit Cleveland; genaugenommen erinnerte mich alles an ihn, als hätte er mir in seinem Testament die ganze Welt vermacht. Als ich unter die duftende Decke des zweiten fremden Betts an diesem Tag schlüpfte, erfüllte mich zuviel Schmerz, war ich viel zu bedrückt, zu haltlos, um nicht sofort in unruhigen Schlaf zu sinken und von meinem herumbrüllenden Vater zu träumen.

Unter den wenigen Sachen, die ich mitnahm – Kleider, Paß, Schweizer Armeemesser, dreitausend alte, unangebrochene Bar Mizwa-Dollar, die ich in glänzende, ätherisch blaue Travellerschecks umtauschte – befand sich ein Foto von Phlox und ein Goldlamésöckchen, das sie irgendwann im Juli in meinem Badezimmer vergessen hatte. Ich weiß, habe ich mir seither oft überlegt, daß ich Cleveland und Arthur liebte, weil sie mich verändert haben; ich weiß, daß Arthur hinter der freundlichen, geistesabwesenden Zurückhaltung steckt, mit der ich anderen Menschen begegne, und Cleveland bei jeder Gelegenheit durchkommt, wenn ich diese Zurückhaltung überraschend und schockierend fallenlasse; von ihnen stammt meine Ausdrucksweise, mein Kleidungsstil, meine Vorliebe für seichtes Gerede. Von Phlox entdecke ich jedoch keine auffällige Spur in mir; keine Angewohnheit, kein Hobby, keine Mode oder Redensart, und lange Zeit über fragte ich mich, ob ich sie geliebt habe oder nicht. Doch als ich herausfand, daß ich mich wirklich richtig in einen Mann verlieben kann – küssen, weinen, Geschenke machen kann –, habe ich auch die Spuren entdeckt, die eine Frau hinterläßt, die Phlox hinterließ, und diese Spuren sind schöner als die eines Mannes.
Meinen Vater werde ich nie mehr wiedersehen, Cleveland ist tot, Arthur ist zur Zeit wohl auf Mallorca. Doch weil ich sie

so leicht in mir finden kann, bin ich nicht mehr – sag's schon, Bechstein – also, bin ich nicht mehr auf sie angewiesen. Aber ich kann nie lernen, eine Welt für mich zu sein, so wie Phlox eine Welt für sich war, mit eigener Flora und Physik, eigener Atmosphäre und eigenen Vögeln. So wie Coleridge sein nutzloses Traumgedicht blieb, bleibt mir ein glitzerndes Söckchen und eine Erinnerung, ein verworrener Bericht über meinen Besuch auf ihrem Planeten, aus dem nicht genau hervorgeht, was sich dort abspielte und weshalb ich eigentlich nicht bleiben konnte. Wenn ich sage, daß ich Phlox geliebt habe, impliziert dies keinen Lernprozeß, kein Verlangen oder fehlendes Verlangen nach ihr; ich habe nichts gelernt. Sie ist eine Welt, die ich gewonnen und wieder verloren habe. Ich habe dieses Bild, dieses Söckchen, und das ist alles. Ich wünschte, ich hätte sie noch ein letztes Mal gesehen.

Aber es ist sowieso nicht die Liebe, sondern die Freundschaft, die sich einem entzieht. Arthur und ich kamen über New York nach Paris und bis nach Barcelona, wir lernten eine Handvoll junge Männer und Frauen kennen, hatten ein paar Abenteuer, ehe wir entdecken mußten, daß wir kaum noch miteinander redeten; wenn wir schließlich doch redeten, dann von Cleveland, als würde nur er uns noch verbinden, und dann starrten wir immer traurig in den meerdunklen spanischen Wein in unseren Gläsern. Wir paßten nur schlecht zueinander, denn neben aufrichtiger und stürmischer Zuneigung empfand jeder auch tiefes Mißtrauen gegenüber dem anderen.

Wie ich übrigens erfahren habe, war Clevelands Begräbnis eine merkwürdige Angelegenheit, zu der sich Säufer, undurchsichtiges Gelichter und seine ganze gespenstische Familie einfanden. Zusammen mit einem Dutzend anderer Rocker gaben Feldman und Lurch auf ihren Motorrädern dem Leichenwagen in der üblichen Trauerformation das